普通高等教育"十一五"国家级规划教材

简明比较文学教程

孙景尧　主编

凤凰出版传媒集团
江蘇教育出版社
JIANGSU EDUCATION PUBLISHING HOUSE

图书在版编目（CIP）数据

简明比较文学教程 /孙景尧主编. — 南京:江苏教育出版社，2007.9(2012.7 重印)
ISBN 978-7-5343-8305-2

Ⅰ.简… Ⅱ.孙… Ⅲ.比较文学—高等学校—教材
Ⅳ.I0-03

中国版本图书馆 CIP 数据核字(2007)第 150530 号

书　　名	简明比较文学教程
主　　编	孙景尧
责任编辑	周敬芝
装帧设计	张金风
出版发行	凤凰出版传媒集团 凤凰出版传媒股份有限公司 江苏教育出版社（南京市湖南路 1 号 A 楼　邮编 210009）
苏教网址	http：//www.1088.com.cn
集团网址	http：//www.ppm.cn
照　　排	南京前锦排版服务有限公司
印　　刷	江苏凤凰通达印刷有限公司（电话 025-57572528）
厂　　址	南京市六合区冶山镇（邮编 211523）
开　　本	787 毫米×1092 毫米　1/16
印　　张	15.25
插　　页	1
字　　数	265 000
版　　次	2007 年 9 月第 1 版　2012 年 7 月第 2 次印刷
书　　号	ISBN　978-7-5343-8305-2
定　　价	28.00 元
邮购电话	025-85406265，85400774 短信 02585420909
E－mail	jsep@vip.163.com
盗版举报	025-83658837

苏教版图书若有印装错误可向承印厂调换
提供盗版线索者给予重奖

主　编　孙景尧

副主编　刘耘华　陈义海　简小滨(美籍)　张宁(法籍)

参编者　瑞士日内瓦大学:张　宁

美国威廉玛丽大学:简小滨

黑龙江大学:胡燕春

广西大学:庞希云、李志峰

深圳大学:刘洪一

河南大学:孙彩霞

江南大学:张俊萍

贵州大学:刘振宁

温州大学:李新德

东华大学:谢志超

天津师范大学:吕　超

盐城师范学院:陈义海

晋中学院:赵怀俊

周口师范学院:马　衡

上海体育学院:罗　璇

上海师范大学:孙景尧　刘耘华　边西岩　陆　辛　王　晶　陈广媛　李云辉

目　录

前　言

比较文学的由来、学习意义，以及本教材的使用

比较文学是从欧洲传入的一门国际性文学研究学科，也是改革开放后在国内稳步发展的新兴综合学科，而且还是高校中文专业规定要开设的教学主干课程。

由于比较文学研究对象和研究者视野的国际性和综合性，因此它与欧洲近现代资本主义的产生与发展密切相关。马克思说："世界商业和世界市场是在16世纪开始资本的近代生活史的。"①经历了文艺复兴运动、宗教改革运动和资产阶级启蒙运动的欧洲，由于牛顿的力学、伽伐尼与伏特的电学、瓦特的机械学等科技大发展，一方面促进了物质生产和资本主义的发展，另一方面又使社会科学和认识方式有了巨大的突破：面对现实世界的科学观察与实验，归纳逻辑打破了经院神学及其演绎逻辑的垄断，因果联系进化说取代了"天意安排说"。尤其是地理大发现，使欧洲人的眼光，由原来的地中海区域视野拓展为世界性的"球型视野"。这些就为现代欧洲比较文学学科的形成，从视野、认知、思维模式和研究方式上，都奠定了基础和条件。正如马克思和恩格斯在《德意志意识形态》中所指出的："各个相互影响的活动范围在这个发展过程中愈来愈扩大，各民族的原始闭关自守状态则由于日益完善的生产方式、交往以及因此自发地发展起来的各民族之间的分工而消灭得愈来愈彻底，历史也就在愈来愈大的程度上成为全世界的历史。"②

伟大的歌德"老人"，在1827年1月31日同他的学生和秘书爱克曼的谈话，是一篇振聋发聩的早期比较文学研究名篇。歌德拿中国传

① 资本论第一卷[G]. 北京：人民出版社，1975：149.

② 中共中央马克思恩格斯列宁斯大林著作编译局. 马克思恩格斯选集第一卷[G]. 北京：人民出版社，1973：51.

奇小说同法国诗人贝朗瑞、英国小说家理查生和他自己的作品作比较分析时指出：中国文学“在思想、行为和情感方面几乎和我们一样”，而且三次提醒爱克曼“注意”“中国诗人那样彻底地遵守道德”这一特点，他还预言这一中国文学的长处“还会长存下去”，“是人类共同财产”；进而他提出了“世界文学”的理想目标，并要求“每个人都应该出力促使它早日来临”。①

事实上，歌德的比较文学研究和世界文学理念，只是19世纪欧洲比较文学研究大潮中的一朵浪花。据瑞士籍比较文学家贝茨于1897年编的比较文学参考书目所载，当时已有二千条目；到1899年增至三千条目。同时，比较解剖学、比较建筑学、比较语言学等比较学科也相继问世。随着这波澜壮阔与名实相副的比较研究浪潮的高涨，要求将比较文学独立成为学科的呼声也越来越高。法国文学史家和早期比较文学家勃吕纳介(1849—1906)和维尔曼(1800—1864)等，在《法国文学教程》、《文学体裁的演进》和《十九世纪法国抒情诗的进化》等一系列著作中也一再强调，文学作品之间存在着相似之处，又有明显的外来影响的特点，许多问题都是一个国家的文学史所不能给予解答的，唯有比较文学才能胜任这一工作。因此，他宣称：“准确地著述国际间的大文学运动的历史时刻到来了。”②1861年，时任意大利教育部长的桑克蒂斯，利用其权力还在那不勒斯大学设立了比较文学史讲座；而德国的谢勒、施密特和加里耶等学者，甚至还主张：“学生们现在应该把注意力转向比较文学。”③

丰富的研究成果和新时代的人才需要，必然要求大学教育为之服务、为之建制。1897年，法国的里昂大学正式聘任泰克斯特(1865—1900)为第一位比较文学教授，韦斯坦因认为这是“比较文学作为一个学科真正诞生的日子”④。泰克斯特以《外国和法国的比较文学研究》为题作为他的就职演讲，他说：“我对于比较文学和‘欧洲文学’的将来

---

① 歌德谈话录[M].朱光潜译.北京：人民文学出版社，1980：112.

② 梵·第根.比较文学论[M].戴望舒译.第一版.台湾：台湾商务印书馆，1937：30.按：中译本初版之著者名为“提格亨”，今从通译，改作“梵·第根”。以下均同。

③ 韦斯坦因.比较文学与文学理论[M].刘象愚译，辽宁人民出版社，1987：226；185.

④ 韦斯坦因.比较文学与文学理论[M].刘象愚译.辽宁人民出版社，1987：170.

是很有厚望的……勃兰提斯、马克斯·柯克、爱里克·须弥德等在德国，波斯奈特在英国，已经把道路开拓了。我们将向那里前进。”①

这位才华横溢但英年早逝的第一位比较文学教授，他的厚望没有落空。因为比较文学在20世纪的发展，比他期望的发展更迅猛，所取得的成就也更为丰硕。20世纪的比较文学，随着资讯、商贸和政经文化的全球一体化进程，比较文学不仅在西方，而且在东方与世界各国，也蓬勃发展并方兴未艾。自1954年9月，国际比较文学学会(ICLA)宣告成立，并于1955年9月在意大利的威尼斯举行第一届年会，三年一次的年会，前后已举行过十四届，如今已发展成拥有上百个国家与地区的数千名学者参加的国际文学研究的最大学术团体。

比较文学在中国的发展，也同样如此。早在20世纪初，比较文学就传入我国，最早介绍它的是黄人——中国近现代著名文学刊物《小说林》的主编和东吴大学首任国文总教席(教授)。他在1904年撰写编印的东吴大学《中国文学史·分论》中，就专门提到了波斯奈特与他的“比较文学”。1911年，他又在其主编的《普通百科新大辞典》中，对“比较的文典”定义道：“于同一系统二国以上文字之性质，就其用法，参互比较而得异同连合之故。谓之比较的文典。”接着就是章锡琛，他在1919年翻译了日本学者本间久雄所写的《新文学概论》，第二年，其文言文的译稿刊登在1920年的《新中国》杂志上，他既介绍了波斯奈特及其著作《比较文学》，又介绍了法国比较文学学者洛里哀及其专著《比较文学史》。之后，汪馥泉、宋桂煌、吴宓等，也相继作过专门介绍。到30年代，傅东华、戴望舒先后翻译出版了法国比较文学的专著《比较文学史》和《比较文学》。三四十年代，许地山、李广田、吴宓、陈寅恪、钱锺书，以及来清华讲学的瑞恰慈(I. A. Richards)等人，都作过出色的比较文学研究或讲授过这门课程。但解放初，受苏联影响——将之定性为“资产阶级形式主义的伪科学”，而一概取消。直到文革结束后的改革开放年代，才重又恢复。1979年，在全国外国文学学会的成都会议上，老一辈学者提出应重视比较文学。1980年，又将之列入全国文学发展规范。1983年，扬州会议决定成立由北京大学教授杨周翰

① 梵·第根.比较文学论[M].戴望舒译.第一版.台湾:台湾商务印书馆,1937:31.

为组长的全国比较文学学会五人筹备领导小组。1985年在深圳正式成立中国比较文学学会，进入了法国比较文学家艾琼伯（René Étiemble）称之为"中国比较文学的复兴"①的新时期。

1981年，广西、黑龙江、上海、天津和北京等高校，先后开设比较文学概论课。1982年，复旦大学贾植芳教授，首招国家教委委托代培的比较文学出国研究生。1985、1986年，北大、复旦等校，建立比较文学硕士点。1993年，北大拥有第一个比较文学博士点。之后又有四川大学等多所高校，开始培养比较文学与世界文学博士、博士后，建立与完善了培养我国比较文学专门人才的教学建制。每三年一次的全国比较文学学会年会暨国际学术讨论会，至今已举行七次，其会员已达千人之多。而每年公开发表的专著与论文，也成百上千，并基本覆盖了文学的各个研究领域。到了20世纪的90年代，教育部将比较文学列为高校中文教学的"主干课程"，过去少人问津的这块学术领地，如今已成为每年有成千上万莘莘学子涉足学习的文学研究新天地了。

比较文学一个多世纪以来的发展，以及在我国短短20来年的长足进步，正如我国著名学者季羡林教授，在全国比较文学学会成立大会的开幕词中所说："大家知道，比较文学在世界上已经成为一门'显学'。"②那么，在文学研究已经有了文学史、文学理论等学科之后，为什么又兴起了成为当今"显学"的比较文学呢？

首先，是与国际学界接轨，并是文学研究与当今"世界文学"视野同步发展的必然要求。

众所周知，文学史是按照历史的前后序列，研究和总结各个时代的国家或民族的文学发展历程、特点和规律；文学理论则以文学史提供的丰富成果和文学创作、文学批评的实践经验为基础，专门研究、概括和阐明文学的性质、特点、标准、类型、基本规律和基本原理等；而文学批评，则是具体研究、分析和评论作家、作品及各种文学现象。当然文学理论和文学批评密不可分，既没有无理论的文学批评，也没有无批评的文学理论。

---

① 中国比较文学年鉴[G]. 北京：北京大学出版社，1986：6.

② 季羡林. 在中国比较文学学会成立大会暨首届学术讨论会上的开幕词[C]//中国比较文学年鉴. 1986. 北京：北京大学出版社，1987：28.

通常的国别文学史、文学理论，它们所研究的文学对象，大多局限在一个民族、国家或文化体系之内，因此，所获得的认识常受到国家、民族或同一文化体系的局限。这在过去，由于受到社会发展水平的限制，人们还不能足迹遍及全球，因此视野也还不能跨越国界、族界与文化体系的界限，对文学认识的这种片面性与局限性也还不足为虑。然而，随着社会的进步，科技的发展，尤其是人们的足迹已能轻易地遍及世界各地，认识的眼光也已在宏观与微观上拓宽到全球各处，尤其是信息科技的迅猛发展，已使世界再遥远地方发生的任何事件，都能瞬间来到你的显示屏前，世界各国就像一个放大的村落，过去视为畏途的空间距离，在如今的"地球村"时代，已成无大障碍的左邻右舍。因此，人们对文学的研究也已不再满足于同一个国家、民族或文化体系的文学之内，而是愈来愈变得富有超国界、超族界与超文化界限的世界性视野了。

正如当代英国比较文学与翻译研究者苏珊·波斯奈特所总结的："许多人的起点并非是比较文学，但结果往往殊途同归到比较文学。有一点可以肯定，每一个爱读书的人，实际上都已踏上通向被称之为比较文学的道路。"①

这种超越了国界、族界、文化体系与学科界的"世界文学"视野，正是比较文学研究同国别文学史和通常的文学理论研究等有所不同又有所补充的地方，也是全球化时代文学史和文论研究深入发展的必然要求和自然结果。从 21 世纪国内比较文学新一轮教材的编写者来看，有长年执教比较文学课的老教授，也有刚毕业从教不久的新教师，还有一些从其他学科转行过来的，或是在自己学科进行比较研究并有成绩的新、老博士和教授、学者，都说明了这一点。而钱锺书和陈寅恪二先生，无论是陈寅恪的作中西文史文化"融通"研究的《寒柳堂集》等著，还是钱锺书举小以明大作循环阐释的《管锥编》，都是其学贯中西古今的渊博视野，作出了"东海西海，心理攸同，南学北学，道术未裂"的令人叹服的比较文学研究认知典范。

其次，是全球化时代反思认知"自我"与"他者"文学文化传统的必

① Susan. Bassnen. Comparative Literature: A Critical Introduction[M], Blackwell Publisher, 1983:1.

然趋势。

我国现有的文学史和文学批评理论，是20世纪初废科举、兴新学才开始建构的。其所依据的文学史理念和框架，以及文学批评理论的不少术语和观念，也随兴新学而从西方引进并发展。然而它们主要是基于以叙事诗传统为主的西方文学及其文化土壤，因其研究总结对象的不周全，因此对以抒情诗为主并具中国文化背景的中国文学，不仅在运用上常有削足适履之感，而且其本身也存在众多局限和偏颇。在当今人文资讯全球化的语境中，这种"自我"和"他者"的反思与认知日益频繁，其不足与局限也随之凸现。

用西方古代文学的"悲剧"概念来审视中国古典戏曲，由于"悲剧"(Tragedy)一词源自古希腊语，其所指的是古希腊那类既悲悯又恐惧的剧目，如著名悲剧家索福克勒斯的悲剧《俄狄浦斯王》就是。该剧的主人公俄狄浦斯弑父娶母，后明白真相则以戳瞎双目与自行流放来惩罚自己，这一结局恰如亚里士多德给悲剧所下的定义："描述引起怜悯和恐惧的事件。"依此概念来观照中国的元杂剧，即使是"感天动地"的《窦娥怨》，也因其结局是善有善报、恶有恶报的"大团圆"，而缺"恐惧"，该怎么阐释呢？

对此，早在1912年，王国维在《宋元戏曲史》中就说："明以后传奇，无非喜剧，而元则有悲剧在其中。"并说关汉卿《窦娥冤》、纪君祥《赵氏孤儿》"列之于世界大悲剧中，亦无愧色也"①。1982年，王季思教授在《中国十大古典悲剧集》的"前言"中阐述道："悲剧作品在不同的民族、国家各自产生、发展时，由于历史条件的不同，民族性格的各异，在思想倾向、人物性格、情节结构等各个方面，又各自形成不同的艺术特征。我国古代虽然没有系统的悲剧理论，但从宋元以来的舞台演出和戏曲创作来看，说明悲剧是存在的。"②换句话说，只要有演出、有剧作，就不言自明地有"悲剧"。这遭到钱锺书、朱光潜等人的反对。朱光潜在1933年的《悲剧心理学》中说："仅仅元代(即不到一百年时间)就有五百多部剧作，但其中没有一部可以真正算得悲剧。"③直到20世

① 郭绍虞. 中国历代文论选第四册[M]. 上海：上海古籍出版社，1980：390.

② 王季思. 中国十大古典悲剧集[M]. 齐鲁书社，1991：前言.

③ 朱光潜. 悲剧心理学[M]. 北京：人民文学出版社，1983：218.

纪的80年代，港台学者姚一苇、陆润裳等也大致持这个观点。[①] 可见，我们习以为常的有些源自西方的文学理论术语和概念，不仅难以顺当地用到中国文学史和文学批评的研究中去，而且还会出现南辕北辙的不同阐释，陷入说不请、道不明的概念困惑。

对文论体系源自西方文化文学土壤的这一局限，连西方的一些著名学者也深有感触并反思自省。法国比较文学家艾琼伯教授，在1963年撰文宣称，若没有读过《西游记》，就像没有读过托尔斯泰等的作品一样，"而侈谈小说理论，可谓大胆"。美国普林斯顿大学已故教授和前国际比较文学学会会长迈纳则对西方理论本身也反思自省："我们的言辞对于我们具有如此大的魔力，以至于我们非常熟悉的西方术语似乎只表示西方文学，仅此而已。"[②]

可见，源自西方的文学观念，并非事事、个个都能胜任当今全球多元文学文化的沟通和研究使命的。它们是比较文学研究必不可少的学识库藏，也是比较文学藉以反思认知中外文学文论的学识基础。比较文学既是对之补充与发展，又是顺应全球化时代发展的需要，并将认识"自我"和认识"他者"多元文学文化作互动参照和反思认知的重要学科。

再次，是我国改革开放时代，沟通已学中外文学文论及其知识更新，以培养具"世界文学"理念的开放性创新型人才的必然需要。正如马克思在《共产党宣言》中所说：

> 旧的、靠国产品来满足的需要，被新的、要靠极其遥远的国家和地带的产品来满足的需要所代替了。过去那种地方的和民族的自给自足和闭关自守状态，被各民族的各方面的互相往来和各方面的互相依赖所代替了。物质的生产是如此，精神的生产也是如此。各民族的精神产品成了公共的财产。民族的片面性日益成为不可能，于是由许多民族的和地

① 姚一苇. 元杂剧中悲剧观初谈[M]. 李达三，罗钢. 中外悲剧文学里程碑. 北京：人民文学出版社，1997.

② 昂热诺等. 问题与观点[M]. 史忠义，田庆生译. 天津：百花文艺出版社，2000：207.

方的文学形成了一种世界的文学。[①]

旧的要被新的代替，民族的地方的文学要被世界的文学所取代，这在改革开放的今天，显得尤为重要也尤为紧迫，因为时代和国家都需要能沟通中外文学的双语双文化人才、知识不断更新的创新型人才。我们在按照教学计划分别学习了中国文学、外国文学等课程后，也逻辑地要求将之融通并有所发现和有所创新，而比较文学就给了我们发挥智慧和一展身手的机会和天地。

比较文学是前全球化时代催生的文学研究新兴学科，并随着全球化发展而与之同步俱进的人文研究新学科。随着我国改革开放与现代化的发展，作为沟通中外文学文化交流的比较文学学科，它的认识世界文学和认识本国文学的双重辩证作用，也将越来越被人们重视与认同。学习比较文学，既是时代的需要、国家对双语双文化人才的需要，也是我们自身知识积累的必然需要和提高与升华。

为此，我们编写了这本教材。就参编者而言，尽管来自国内五湖四海和国外美法两国，但都出身于比较文学专业，大多获得国内或美法两国的比较文学博士学位，而且也一直从事中外比较文学的教学和研究工作，多多少少都积累了这方面的实践经验，因此比较注意教材所要求的基本知识的稳定性、学术观点的公允性、学生学习的渐进性与教学难易的适切性。

循此，本教材的十个章节，分为四个内容板块：第一、二、三前三章，主要讲比较文学的基本概念、基本知识和基本原理；第四、五两章，主要讲比较文学的历史发展、基本方法和基本技能；第六、七、八三章，是对比较文学研究各个分支领域的研究要领和具体操作，理据结合地作一一解析和归纳总结；最后的九、十两章，是重点介绍国内外学术发展的前沿信息和问题与趋势，以拓宽视野和激活思路。在每章前面的简要“提示”中，都明确交代了该章的主要学习内容与目的，以及方法实践和训练要求，可供参考。

---

① 中共中央马克思恩格斯列宁斯大林著作编译局. 马克思恩格斯选集第一卷[G]. 北京：人民出版社，1973：254—255.

由于各校的教学要求和教学计划的不同，我们建议在具体使用这本教材时，可灵活变通，不必“照章办事”。对通常必须掌握的课程“四基”（基本概念、基本原理、基本方法、基本技能）内容，予以充分重视；对个别理论性强的章节，可根据学生接受能力作“俗讲”或少讲。

我们希望这本教材能获得大家关注，并请大家能将使用或学习后的意见、批评和建议，告诉我们，以便修正。因为我们深知，这本讲解在西方被视为“学院派精英学科”的比较文学通论性教材，无论从我们的“知识装备”还是研究撰写的时间来看，都是远远不够的。

第一章 比较文学的学科特性和相关概念

提示

一门学科要在现代知识体系中拥有一席之地，就应当具备有别于其他学科门类的特质。学习一门学科知识也应首先从明确其性质入手。那么，作为学科的比较文学具有什么样的独特性质呢？对这个问题的解答集中地体现在学者们对它所作的界定之中。本章将重点辨析和阐释比较文学定义及其相关概念，以启迪同学掌握学习基本概念的学理方法。

第一节 比较文学的学科特性

一、西方学者的界定

(一) 法国学界关于比较文学的学科定义

法国是比较文学学科建立较早并影响最大的国家之一，其代表人物主要是梵·第根(P. Von Tieghem)与基亚(Marius-François Guyard)等人，他们有关比较文学学科的定义，基本代表了法国学界的比较文学观。梵·第根在他的《比较文学论》中指出：

> 真正的"比较文学"底特质，正如一切历史科学的特质一样，是把尽可能多的来源不同的事实采纳在一起，以便充分地把每一个事实加以解释；是扩大认识的基础，以便找到尽可能多的种种结果底原因。总之，"比较"这两个字应该摆脱了全部美学的涵义，而获得一个科学的涵义的。而那对于用不相同的语言文字写的两种或许多种书籍、场面、主

题或文章等所有的同点与异点的考察，只是那使我们可以发现一种影响，一种凭借，以及其他等等，并因而使我们可以局部地用一个作品解释另一个作品的必然的出发点而已。①

这段话有三个主要意思：首先，比较文学是一门历史的科学，其特质在于，通过文献实证要把民族文学的各种影响来源加以充分的解释（特别是指外国文学的事实影响）；其次，“比较”作为一种科学的研究，应该把美学的内涵排除出去；再次，“比较”的目标是，借助跨语言、跨国界的同异考察，可以部分地阐明民族文学所受到的异域影响和渊源。基亚强调：

比较文学是国际文学关系史。比较文学者站在语言和民族的边缘，审视两种或多种文学在题材、思想、书籍或感情方面的众多交流。他的工作方法就要与其研究内容的多样性相适合。必要的装备，对他是必不可少的。他必须知晓几种文学，他必须会读几种语言，他必须知道如何找到必不可少的书目索引。②

在此，比较文学已经不再仅仅被视为依附于文学史的一个分支学科了，而是明确地被定性为国际文学关系史，而且其研究对象限定为民族文学间的“交流”联系。但是在方法和旨趣上仍然严格体现了文献实证和排除美学的要求。从20世纪50年代末开始，有些美国学者认为，这些要求与新的学术精神格格不入，从而使比较文学陷入了严重的“危机”。

（二）美国学界关于比较文学的学科定义

1958年，在美国北卡罗来纳大学举行的国际比较文学协会第二届年会上，以韦勒克为代表的一些美国学者对法国学界的“定义”发起了挑战，爆发了长达十年之久的比较文学定义之争。论争的双方被称为“美国学派”和“法国学派”。不久，美国学派的比较文学定义便应运而生。

1961年，美国学界出版了第一部比较文学论文集《比较文学：方法和视域》，其中载有美国印第安纳大学教授亨利·雷马克的《比较文学的定义与功用》一文。雷马克在此文中给比较文学所作的界定是：

① 梵·第根. 比较文学论[M]. 戴望舒译. 北京：商务印书馆，1937：17—18.
② 马·法·基亚. 比较文学[M]. 颜保译. 北京：北京大学出版社，1983：4.

比较文学是超越一国范围之外的文学研究，并且研究文学和其他知识领域及信仰领域之间的关系。包括艺术（如绘画、雕刻、建筑、音乐）、哲学、历史、社会科学（如政治、经济、社会学）、自然科学、宗教等等，简言之，比较文学是一国文学与另一国或多国文学的比较，是文学与人类其他表现领域的比较。①

美国比较文学家亨利·雷马克

雷马克对于比较文学的定义，与早期法国学派有很大区别：第一，他给比较文学定性为“超越一国范围之外的文学研究”，而非只是“史”的研究；第二，他所说的“超出一国范围之外”，既有“一国文学与另一国或多国文学”，又有“文学与其他知识及信仰领域之间的关系”的比较研究。前者将研究对象的范围，从你来我往各国文学联系的文献实证研究，拓展到并无事实联系的美学关系探究；而后者则是最大的差别，就是把文学与其他学科的比较（后来被称为“跨学科研究”或“科际整合”）也纳入到比较文学的范围之中，毋庸置疑，其研究也就有更强的理论综合性。

1970年，韦勒克对雷马克的比较文学定义，给予了重新阐释与补充：

比较文学是从国际的角度来研究所有文学，认为所有文学创作与经验都是统一的。依据此种（这也是我的看法）观念，比较文学是一种没有语言、伦理与政治界限的文学研究。它不可能局限于单一的方法，在论述过程中，描摹、刻画、阐释、叙述、解说以及评价等方法同比较法一样经常被应用。比较法也不能局限于只用以研究实际存在的历史联系。文学研究者们应当从近来的语言学的经验之中得到启示，从而意识到：比较历史上毫无关系的语言与风格方面的现象，同研究从阅读中可能发现的相互影响与平行现象一样，都是有益之举。②

① 雷马克.比较文学的定义和功用[M]//比较文学研究资料.北京：北京师范大学出版社，1986：1.

② René Wellek. Discriminations: Further Concepts of Criticism[M], New Haven and London: Yale University Press, 1970, 19.

其意思十分明白：第一，将学科的研究范围扩展为"一切文学创作与经验"，对人类认知能力的无限性给予了充分肯定；第二，强调研究的视野应转向文学内部，要求关注文本的结构、语言等美学层面的问题；第三，研究的方法不能仅仅限于"比较"，而是要广泛运用一切其他的方法；第四，"比较"的对象不能只限于实际存在的文学"事实联系"，而应该同时包含彼此之间没有事实来往的"平行现象"，比较文学的"平行研究"也由此得名。上述界定典型地表明了美国学者在学科性质的认识和研究方法上，与梵·第根、基亚等法国学者的基本差异。

（三）其后西方学界关于比较文学的学科定义

自美国学者对比较文学的研究对象与方法等问题进行了新解释以来，在比较文学半个世纪的发展历程中，西方比较文学界从未停止对于学科定义的重新阐释。例如，法国学者毕修瓦等所著《比较文学》一书指出：

> 比较文学是一种方法论艺术。它借助类似、影响和亲缘等关系，来探讨文学与其他知识领域的相互关联；或者只比较不同语言文化中的文学作品与史实，不管时间、空间如何遥远，只要这些作品同属于一个传统即可。其目的在于能更进一步地描述文学作品，达到更进一步的了解与欣赏。①

这个定义既主张对不同文学之间以及文学与其他学科之间的亲缘关系进行实证研究，又包括对没有时空联系的文学现象进行"平行比较"，可以说同时兼顾了上述两家的观点。但是，它把研究对象严格限定在一个传统之内，显然不无偏颇。

这个曾经代表了西方比较文学界主流的看法，自 20 世纪 80 年代以后发生了根本改变，此后，西方学者一般都认为，跨文化的不同文学关系也可纳入到比较文学的研究范围之中。例如，颇有影响的英国比较文学和翻译理论家苏珊·波斯奈特在其《比较文学批评导论》一书中指出：

> 比较文学是关于跨越两个以上文化的文本的跨学科研究，也是对跨越了时空的两个以上文学相关模式的关系研究。②

① Claude Pichois, André_M. Rousseau, La littérature comparée[M], Paris: A. Colin, 1967: 174.

② Susan Bassnett. Comparative Literature: a Critical Introduction[M], Blackwell Press, 1995: 1.

在此，比较文学的重心已明确地转移到对于跨越“文化”、“时空”的“文学相关模式”之研究上来了，至于这些模式之间是否有事实上的历史关联，已经不是关键的问题了。

从上述定义可以看出，西方学界对于比较文学学科性质的认识始终在与时俱进，不断变化。

二、中国学者关于比较文学的学科定义

随着20世纪80年代中国比较文学研究的迅速复兴和崛起，中国学者也对比较文学的学科性质作出了不同的考察。大陆首部比较文学概论著作《比较文学导论》就曾明确指出：“‘什么是比较文学？’现在我们可以借用我国学者季羡林先生的解释来回答了：‘顾名思义，比较文学就是把不同国家的文学拿出来比较，这可以说是狭义的比较文学。广义的比较文学是把文学同其他学科来比较，包括人文科学和社会科学。’”①由此可见，即便是在大陆比较文学学科的初创期，学者对于“比较文学”的理解也已较为客观了。

进入本世纪以来，一些学者对“比较文学”进行了重新界定。例如：2000年，由陈惇、刘象愚教授合著的《比较文学概论》修订本问世，其中明确指出：“比较文学是一种开放式的文学研究，它具有宏观的视野和国际的角度，以跨民族、跨语言、跨文化、跨学科界限的各种文学关系为研究对象，在理论和方法上，具有比较的自觉意识和兼容并包的特色。”②该定义的提出者认为，法国学派、美国学派以及其他西方学者所强调的“跨越国家界限”是不准确的，由此，该定义的特色在于不再强调“跨国家”，而是倡导跨民族、跨语言、跨文化与跨学科并举的研究策略。2002年，杨乃乔教授主编的《比较文学概论》出版，该书同样强调“四跨”原则，认为：“比较文学是以跨民族、跨语言、跨文化与跨学科为比较视域而展开的研究，在学科的成立上以研究主体的比较视域为安身立命的本体，因此强调研究主体的定位，同时比较文学把学科的研究客体定位于民族文学之间与文学及其他学科之间的三种关系：材料事实关系、美学价值关系与学科交叉关系，并在开放与多元的文学研究中追寻体系化的汇通。”③这个定义之最突出的特点在于，它认为研究主体必须具备“比较视域”，学科的本质与定位，首先是由上述研究主体确定的，即“比较视域”必定会产生出三种“关系”范畴的研究对象。

① 卢康华，孙景尧. 比较文学导论[M]. 哈尔滨：黑龙江人民出版社，1984：14.
② 陈惇，刘象愚. 比较文学概论[M]. 北京：北京师范大学出版社，2000：21.
③ 杨乃乔. 比较文学概论[M]. 北京：北京大学出版社，2002：98.

然而，由于比较文学学科自身所面临的复杂情况，"四跨"仍然不能为比较文学提供一个可以使它同其他文学学科相区别的最可靠依据，因此，国内学者对于上述定义始终存在着论争。例如，曹顺庆教授曾多次对于"跨民族"、"跨语言"等界定提出质疑，2005 年，在其主编的《比较文学学》之中对于比较文学的学科内涵进行了如下阐释："比较文学是以世界性眼光和胸怀来从事不同国家、不同文明和不同学科之间的跨越式文学比较研究。它主要研究各种跨越中外文学的同源性、类同性、异质性和互补性，以文学跨越学、文学关系学、文学变异学和总体文学学来作为研究领域，其目的在于以世界性眼光来总结文学规律和文学特性，加强世界文学的相互了解与整合，推动世界文学的发展。"①该定义强调"跨文明"的视角，并在旧说基础之上提出了文学变异学等新见解。

综合上述各家之言，我们可以对"何谓比较文学"的问题做出以下回答：

比较文学是研究者以跨文明、跨民族、跨语言或跨学科的比较视野来思考全世界各种文学现象之产生、发展、演变的外在表现和内在规律，探讨各种文学之间以及文学与其他知识领域之间复杂而深刻的异同差异及其深层原因，通过互识、互证、互补，来寻求"自我"与"他者"的相处之道、重构之道、发展之道和超越之道。

总之，各种定义的先后出台，标志着比较文学在我国的深入进展，同时也为进一步探讨本学科的性质提供了新的参照。

三、比较文学的学科特性

根据上述中外学者的认识和界定，我们可以把比较文学的学科特性概述为以下三点：

（一）比较文学要求研究者及其研究对象，具有主客观统一的"比较的视野"

比较文学要求研究者具有"比较的视野"，并把它视为学科最重要的学理基础，即，"比较文学"的基础不是一般意义上的比较"方法"，而是一种面向国际，以跨越国家或民族、文化、语言以及学科界限的视野来思考不同民族间的文学关系与文学问题的研究意识。比较的视野作为研究主体所具备的一种认识境界，主要内容包括两个方面：

一是具有主体的自觉性，即研究者带着跨越国家或民族、文化、语言以及学科界限的视野来研究文学问题，使得存在于不同民族文学之间、不同语言文化之间、不同学科知识之间的文学关系成为自己的研究对象。这些对象，很多情况下

① 曹顺庆. 比较文学学[M]. 成都：四川大学出版社，2005：49.

是以潜在、不明确的方式存在的，要求研究者在具体研究过程中把它们显在化、明确化。

二是对本学科的对象、范围、任务和目标具有独特的要求，即把上述不同民族之间、不同语言文化之间、不同学科知识之间的文学审美关联、文学事实关联和文学与其他学科的内在关联作为研究的对象，并依据对象的差别而确立相应的研究范围与研究种类（历史实证研究、诗学理论研究和科际整合研究），研究的任务和目标是自觉地把研究的对象置于文化整体关系的背景上，对各种文学关联现象（包括事实关联和非事实的关联）达到会通性的了解与整合。

研究的对象既具有客观性，又具有主观性。所谓对象的客观性，是指这些关系客观存在于各民族文学之间和各学科体系之间，不因人的主观忽视而消亡；所谓对象的主观性，是指这些关系更多的时候是隐藏的、潜在的、含混的，处于暗昧不明的状态之中，需要研究者运用各种视角、方法将其显现出来。因此，比较文学研究要求研究者与研究对象的主观与客观相统一。

（二）比较文学是一种“自我”与“他者”的认识之道

美国哥伦比亚大学已故比较文学教授赛义德指出：“比较文学的构成及其初衷是为了获取一种超越自己民族的视域（perspective），把眼光投向整体而非本民族文化、文学和历史抱残守缺的那一点点东西。”①这是说，通过走向“他者”，比较学者能够获得超越“自我”的视野及其认识。

比较文学就是这样一种“自我”与“他者”之间的认知之道。通过“他者”，“自我”不仅可以拓展自己的认知深度与广度，而且还可以更全面、更到位地了解彼此。法国学者谢弗尔对此有精彩阐述：

> 比较文学是一种方法，一种对假设的验证，一种研究文本的路径。最初，是一个这样的问题把比较文学跟其他比较学科清楚地区分开来：当某种融贯于自身文化的人文意识遭遇到生发于别种文化的作品，此时会发生什么事情呢？换言之，当你遭遇到一个“他者”，他与你言语不通，文化不同，你对他一无所知，这时会发生什么呢？比较文学关注的核心就是这种有意或无意的与“他者”的遭遇。比较文学就是一种走向“他者”的运动以及对这个运动的研究。比较学者总是要面对在深入理解“他者”时所形成的各种挑战，并且对“自我”与“他者”的各种关联存

① 杨乃乔．比较文学概论[M]．北京：北京大学出版社，2002：106—107．

有更强烈的意识。最终，通过“他者”，“自我”更好地理解了“自己”。①

（三）比较文学要求研究者具有特定的“知识装备”

比较研究视野的拓展，必须具有特定的“知识装备”与之相适应。因为，跨界的视野，就是指落实为比较文学研究必须具备的跨界“知识装备”，正如基亚所说，比较文学学者的工作方法要与其研究内容的多样性相适应，必要的装备是必不可少的。相关研究者必须知晓几种文学，必须会读几种语言，还必须知道如何找到必不可少的书目索引，而他所提出的“工作方法”和必要“装备”，也正是基于其“跨界视野”而与研究内容相适应的必备条件。

比较学者只有具备了与比较视野相适应的“知识装备”，才能够进行与众不同的比较文学研究。陈寅恪、钱锺书先生之所以能够在比较文学领域取得很高的成就和学术声誉，其关键就在于他们学贯中西、博通古今。其论著不必标上比较文学也是比较文学研究，否则就算是标上比较文学也未必就是比较文学研究。因为只有具备跨界的“知识装备”，才可能拥有研究跨界文学关系的“权力”与“力量”。

总体而言，比较文学学科的上述特性，在具体的学科实践当中往往是交织并存的，不能机械地、相互割裂地领悟其内涵，而应具有融通意识。

第二节　比较文学的名称与实质

比较文学学科自诞生之日起，便陷入了“名”与“实”的矛盾纷扰之中。尽管很多学者都试图解决这个矛盾，并且取得了较大的突破（韦勒克的《比较文学的名称与实质》是其中突出的成果），但是迄今为止矛盾仍未完全克服。特别是当比较文学走出欧美，来到东方诸国之后，名实之间的矛盾又具有了新的表现形式。通过对这个问题的思考，不仅可以帮助我们加深对本学科之特质的了解，而且还有助于我们在研究实践中避免名实不符的问题。具体说来，可作以下三方面论述：

① Yves Chevrel, Comparative Literature Today: Methods and Perspectives. Translated from the French by F. E. Dahab, Kirksville: The Thomas Jefferson University Press, 1989: 1-2.

一、"比较"与"文学"词语搭配不当所引起的名实不符现象

"比较文学"这一名称本身在语义上容易引起误解，因此不少学者曾对其提出质疑。例如：法国学者卡雷、基亚等曾指出"比较文学"实际只是一种被误称了的科学方法，其含义并非仅指"比较"。美国学者韦勒克、沃伦等曾表明"比较文学"这个名称引发了诸种纷争，"比较"实际上是所有学科都使用的方法，因而不足以充分表述比较文学研究的特殊过程。此外，L.库柏索性明确宣称"比较文学"一词实际上属于虚设性的术语，就如同称土豆为"比较土豆"或果壳为"比较果壳"一样经不起推敲。①

由于比较文学最早兴起于欧洲，我们且以法、英、德三个欧洲主要语种来分析其间的名实关联。"比较文学"的法语、英语和德语表述分别为 Littérature Comparée、Comparative Literature 和 Vergleichende Literaturwissenschaft。具体说来，"comparée"（比较）这个词在法语里是过去分词，"littérature"（文学）则兼有"作品"、"学问"和"研究"的含义，结合起来，其主要意思是"被比较的文学学问"或"比较的文学研究"；"comparative"（比较的）在英语里是形容词（表性质），"文学"指"文学作品的总称"，结合起来，主要意思是"比较性的文学（作品）"；"vergleichende"（比较）在德语里是现在分词（相当于 comparing），而 Literaturwissenschaft 译成中文是"文学科学"或"文学学"。就上述三种表述而言，法语和德语的表述没有语法和语义上的毛病，而英语的表述则有语义搭配不当的问题。

此外，中文的表述同样也存在语义搭配不当的问题。中国学者是通过对于英语、法语的相关词进行译介而逐步接受比较文学这个术语的，然而，无论是法语中的"littérature Comparée"还是英语中的"Comparative Literature"，如若转换成中文都极易引起误解，会依据字面意思将"比较文学"误读为"文学比较"或"比较的文学"。中文"比较文学"无论作为偏正结构，还是动宾结构都不能很好地表达出"以比较为方法手段来进行跨国界的文学研究"的意思，因为说到底，中文的"文学"是没有"研究"这一含义的。

总之，由于"比较文学"作为约定俗成的学科名称，其字面意义与这一学科的性质及特征之间有着诸种差异，因此中西学界的确都存在着望文生义的理解。

二、作为"方法"的"比较"与"比较文学"学科性质之间存在差异

法国学者勃吕纳介等人曾批评"'比较文学'是一个有缺陷的词"②。为什么

① René Wellek. Discriminations: Further Concepts of Criticism[M]. Yale University Press, 1970, p. 4.
② 勃吕纳介，比叔瓦，卢梭. 什么是比较文学[M]. 葛雷，张连奎译. 北京：北京大学出版社，1989：15.

尽管“Littérature Comparée”和“Vergleichende Literaturwissenschaft”没有语法和语义上的错误，然而勃吕纳介等人却说它“有缺陷”、语义“含混”呢？这是因为相关术语没有表达出“比较文学”作为一门学科的内在本质。

在早期法国学派那里，“比较”所蕴含的意思主要是研究民族文学的跨国界流传和演变，而不是作为一般意义上的“比较”方法来使用的，所以基亚指出：

> 比较文学并非比较。比较文学实际只是一种被误称了的科学方法，正确的定义是：国际文学关系史。①

基亚由此指出，“关系”这个词在“世界”层面画出了一条线。他转述他的老师卡雷的话说，什么地方的“联系”(关系)消失了，那么，那里的“比较工作”也就不存在了。取而代之的，如果不是修辞学，那就是批评领域的开始。② 实际上，关于比较文学的“比较”不是一般意义上的“方法”这一点，卡雷的表述更为明晰，他认为：

> 比较文学不是文学的比较。问题不在于将高乃依与拉辛、伏尔泰与卢梭等人的旧辞藻之间的平行现象简单地搬到外国文学的领域中去。我们不大喜欢不厌其烦地讨论丁尼生与缪塞、狄更斯与都德等等之间有什么相似与相异之处。③

归结起来，早期法国学派的“比较”主要有三层含义：

第一，它不是一般方法的“比较”。作为一般方法的“比较”，是人类全部知识领域所共同享有的认知方式之一，它不能够成为比较文学这一门学科的独特方法基础。

第二，它指的是一种实证的科学方法。由于比较文学是从属于“文学史”的辅助学科，故这种方法从根本上说也是一种“历史研究”。

第三，由于比较文学要求探讨跨国界的文学流传事实，因此仅限于一国范围之内的“比较”加“文学”研究，不属于比较文学领域。

总的说来，早期法国学派比较严谨，故尽管“比较文学”一词名实不符，学科的基础仍然较为稳固而可靠。

---

① 马·法·基亚. 比较文学[M]. 颜保译. 北京：北京大学出版社，1983：1.

② 马·法·基亚. 比较文学[M]. 颜保译. 北京：北京大学出版社，1983：1—2.

③ 卡雷. 比较文学：出版序言[M]. //比较文学研究资料. 北京：北京师范大学出版社，1986：42.

美国学派对于比较文学研究的兴趣侧重点发生了明显的改变——由法国学派的专门研究"事实联系"转向多元并存,并倡导以"平行研究"为主。然而,尽管大多数人认可平行研究的"比较",但是这种作为一般方法的"比较"与美国学派的比较文学理念依然存有内在的名实不符:

第一,美国学者认为,"比较"不是比较文学的唯一方法,按韦勒克的说法,即,除此之外,还要有描写、叙述、解释、评价等各种别的"方法"①。因此,美国学者同样认为仅有"比较",不足以作为一门学科的方法论支撑。

第二,大多数美国学者认为,研究者总是要处于某种立场之上,"比较"因此不可能完全是客观而科学的,或者说,研究的结果实际上无法避免研究者所带来的主观色彩。如奥尔德里奇虽然也同意比较文学不是"把民族文学拿来一国对一国进行比较",但他的比较文学理念已与传统法国学派截然不同,他认为比较文学主要是为研究一部文学作品"提供了扩大视野的方法"②,即,"比较"的侧重点在研究者的主观性及其对作品本身的评价,而不在于研究对象的客观性(排斥研究者的主观评价)。

第三,大多数美国学者认为,既然"比较"难以避免研究者的主观判断,那么,在研究对象和范围上对民族文学、比较文学和总体文学进行刻板的分工既不实际,也无必要。他们认为,比较文学的定义最好是根据它的角度和精神,而不是根据文学中被人为分割的部分来确立。这种精神,就是一种从国际角度来研究所有文学的立场、胸怀和着眼点,而不仅仅是某种一般的方法。③ 这样一来,"比较"的依据表面看来是"类同"或"对比",实际上则是当时美国学界主流的文学观(即新批评派的文学观),对此,雷马克的概括可谓直截了当:

> 美国比较学派实质性的主张在于:使文学研究得以合理地存在的主要依据是文学作品,所有的研究都必须导致对那个作品的更好的理解。他们认为,到目前为止比较文学领域时兴的许多研究所探讨的都是文学的边缘问题,它们不是越来越接近文学艺术品,而是越来越背离它。④

---

① 韦勒克.比较文学的名与实[M].//比较文学研究资料.北京:北京师范大学出版社,1986:28.

② 奥尔德里奇.比较文学的内容和方法(A. O. Aldridge. Introductions.)[M].//A. O. Aldridge. ed. Comparative Literature: Matter and Method[M], Urbana: University of Illinois Press,1969:1.

③ 有关上述观点的出处,可以重点查阅韦勒克的《比较文学的名与实》、雷马克的《比较文学的定义与功用》以及勃洛克的《比较文学的新动向》等文章。

④ 雷马克.比较文学的法国学派和美国学派[M].郭建译//比较文学研究资料.北京:北京师范大学出版社,1986:70.

由于文学研究的目的在于加深对作品的理解，因此，应当尽量减少对渊源、成功和影响之类问题的机械式研究，而把注意力转向作品的艺术特征等核心层面，因此，雷马克等人所设定的“比较”，一方面固然不大在意被比较的作品之间究竟是否存在事实上的亲缘关系，另一方面，“类同”或“对比”也仍然只是达到对作品自身特性之了解的手段，因而不是比较文学研究的实质含义。

美国学派所提倡的上述“比较”的理念，使得比较文学的研究领域几乎无所不包，其正面价值在于凸现了文学自身的价值与特性，并把触角延伸到了非欧美的文学与文化，如雷马克所概括的，它显示比较文学有可能通过审慎的比较进一步修正欧美学界“对亚洲文学在理解上的严重缺陷”①；它的负面效应则是为“文学比较”打开了方便之门。

三、“文学比较”是比较文学学科名实不符的表现

“文学比较”现象对于学科发展的危害不能轻估，它不像“比较加文学是否为比较文学”等问题，只是因为不了解学科本身的属性而产生疑问或错解，它的危害在于，它是以“比较文学”的面目来损害该学科的形象与声望。所以，弄清“文学比较”的具体表现形态，在实际研究中尽力避免，则对于比较文学学科的稳健发展是十分有益的。

一般说来，“文学比较”有以下几个特点：

一是选题往往只是以中外文学之间表层的“雷同”或“对比”现象为依据，忽视了不同文学的文化深层差异，因而论题缺乏真正的可比性。

二是学术功底和素养不够，论述观点时所用的证明材料不具备足够的原典性和可靠性，不能真正体现中外文学的内在性质。

三是研究的结论似是而非。研究者不顾及文化根源和整体背景，主要依据中外文学之间表面的相似与对比来对作家作品进行异同、高下的罗列或比附，得出的结论往往是似是而非、牵强附会的，经不起仔细推敲。

比较文学是一门精英学科，它要求研究者在具备跨国界、跨民族、跨语言的学术视野的前提下，至少对两种语言文化具有较为透彻的了解，从而确保其在选择论题之后能够对相关领域的知识背景和前期成果做出深入的探讨，同时，也使合格的比较学者有自己具体的问题意识和独特的研究发现，而不至于就事论事、

① 雷马克.比较文学的法国学派和美国学派[M].郭建译//比较文学研究资料.北京：北京师范大学出版社，1986：71.

信口开河，宏阔有余而信实不足。

“文学比较”的原因主要就在于研究者的知识装备不充分，未能达到对所研究的文化整体细致精审而准确到位的体认，而后则又必然造成材料使用上的粗率失误。我们认为，在研究实践里，材料的准确使用是衡量比较研究成败与否的重要标准，其内涵则主要体现在以下两个方面：

第一，材料的原典性。所谓材料的原典性，是指用来阐发某种民族文化与文学在思维方式、审美品格、道德意识、情感倾向等方面之基本特征或具体内涵的材料应该来自于该民族的原典著作，这些著作对于本民族文学文化的基本性质与发展方向具有决定性的影响。

第二，材料的可靠性。所谓材料的可靠性，是指在论证过程中所使用的材料应该是第一手的原材料，对作家思想的阐发所运用的材料应该具有作家创作所使用语言的支撑。倘若仅仅以译本为根据来做比较研究，其研究结论的可靠性就难免要打折扣。

第三节　比较文学的相关概念

在与比较文学密切相关的几个概念中，民族文学和外国文学可谓其起点与基础，而世界文学和总体文学则堪称其目的与结果。深入理解民族文学、外国文学与世界文学这三个概念的外延与内涵，对于进一步明确比较文学的学科特征具有重要意义。

一、民族文学（national literature）

民族文学，也称为国别文学或国家文学。民族文学就是指具有纵向继承关系和独特历史文化传统的文学。

民族与国家，是资本主义兴起后才形成的概念，在西欧语言中，通常是同一个词。英语中的“national”和法语中的“nationale”都具有“国家的”与“民族的”的意义，因此在这两种语境中，国别文学与民族文学的意义是相互重叠的。而民族则是人们在历史上形成的一个有着共同语言、共同地域、共同经济生活以及表现于共同文化之上的共同心理素质的、稳定的共同体。各个民族在其长期历史发展过程中，逐渐形成了具有本民族特色的文艺观点、艺术形式、艺术风格、审美习惯等为总和的民族传统，并具体体现在一系列优秀的作品与理论著作之中。因此，民族文学就是指具有继承关系和独特历史文化传统的文学。发达的民族文学，总具有明显的民族特点，这是一个民族在历史中形成的共同文化、共同的心理素质、共同的语言、共同的生活方式和共同的风俗习惯等特征在其文学中的具体反映。这种特征，相对于别的民族来说是该民族才有的独特个性；而对于该民族成员来说，则又是他们普遍具有的共性。因而阅读本民族的文学作品，则比阅读其他民族的文学作品，容易理解、容易接受和容易欣赏共鸣。这种民族共同性，使人们从其文学的内容、形式及其文化的各个方面，都能清晰地分辨出各个民族文学的“国籍”或“族籍”来，从而使不同民族文学的比较研究，具有了认知“自我”与“他者”的意义。

这是因为，具有各自不同的特征的民族文学，既是各个民族文学研究的根基，又是构成比较文学研究的基础单元。提倡比较文学绝对不是忽视或削弱对民族文学的研究，相反的是要把民族文学或国别文学置于世界文学的整体中进行比较认知，以便更准确而清晰地探索与发现其独特性以及与其他民族文学所具有的共通性，从而更好地认识“自我”和“他者”。例如：近代以来诸位学术大师——王国维、胡适、鲁迅、辜鸿铭、陈寅恪、吴宓、朱光潜、钱锺书、季羡林等——其知识结构无不学贯中西。其中，王国维的《〈红楼梦〉评论》、胡适的《〈西游记〉考证》、鲁迅的《摩罗诗力说》、陈寅恪的《〈三国志〉曹操华陀与印度故事》、吴宓的《荷马史诗与中国文学比较》、朱光潜的《诗论》、钱锺书的《谈艺录》、季羡林的《中国文学在德国》等研究成果，无疑可以作为比较文学视域的民族文学研究或国别文学研究的典范。有鉴于此，从事比较文学研究的学者，一定要以自己民族与国家的文学发展规律与特征为立足点。这正如韦勒克所说的，比较文学必然需要克服民族偏见与地方主义，然而这并非意味着可以否认或缩小不同民族传统的存在与活力。因此，“我们需要只有比较文学才能达到的广阔视野”①。

在比较文学的研究实践之中，会遇到许多国家和民族的概念具有某种程度交叉的问题。由于复杂的历史原因，一个国家有可能包含多个民族，而每个民族又拥有自己独特的语言、习俗、信仰和文化，当然也就具有自己独特的文学观念与表现形态。例如，中国文学和印度文学内部都存在着诸种不同的民族文学。此外，不同国家可能具有某些相同的民族根源，例如，阿拉伯民族就散居于不同

① René Wellek. Discriminations: Further Concepts of Criticism[M], New Haven and London: Yale University Press, 1970: 36.

的国家。因此，对于比较文学跨越国家和民族界限的研究来说，应当依据实际情况进行具体分析。对此，本书的第二章将作具体探讨。

总之，民族文学是比较文学研究的立足点，也是以他国文学为参照系研究的基点。基于多元的文化语境的比较文学研究，必将有助于克服民族文学单一性的不足，促进各民族文学间的进一步对话与认知。

二、外国文学（foreign literature）

“外国”一词，其本身就是指“不熟悉”并与己不同的“异”。中国古代常用“异域”、“异邦”来指称外国，意为自己不熟悉的地方和人，而且是行为怪异并同自己大不一样的“蛮夷”。而西方也同样如此，古希腊语的“外国”与“偏远、蛮夷”同义，拉丁文的“外国”也有“野蛮”之义，都是说“外国的”就是无法了解的，其行为怪异不被接受的意思。后来的法文词“外国的”（étranger），就与“未知的”（incnnu）、“外界的”（extérieur）相应而同“奇异的”（étrange）相对。英文也有类似的说法，stranger 一词，就既指“外国的”又指“陌生人的”；而另一个词 foreign，也同样具有“外国的”、“陌生的”、“异质的”等义。可见，“外国文学”实际上就是指本国读者不熟悉并陌生的异国和异族人的文学，那些载体及其表述都相异的他国语言文学。

在中国，“外国文学”作为一个综合性的概念，是由原语外国文学和翻译文学两部分组成的。

首先，原语外国文学，是指那些未经翻译或其他语言加工，保持着创作者创作时所运用的语言种类等原初形式的文学文本。例如：阅读《巴黎圣母院》的法文本、《浮士德》的德文本、《复活》的俄文本等，都是在接触原语外国文学。由于此种阅读外国文学文本的方式能够深入接触创作者所运用的原初语言的言说方式、思维特征及其相应的文化传统与社会背景，设身处地地阅读、理解其文本的文学、艺术以及相关的社会文化特征，因而能够更好地在同本国语言文学的参照比较中发现其相异、相同或同异皆存的内在规律，从而获得具有共通性、他者性等诸种文学体认。

其次，对于翻译文学来说，由于语言体系、相应的文化背景等具体情况的变化，译本的意义受到翻译者和接受者的固有文化理念等因素的制约。因此，学界历来有“翻译即叛逆”、“翻译是不忠的美人”等说法。此外，翻译文学的性质并不仅仅取决于译者和翻译文本，同时还取决于读者的根深蒂固的文化模式与本土化阅读行为等因素。由此，就翻译文学的性质而言，从语言层面来说它应当属于中国语言文学，而不同于原语的外国文学；从文本的基本内容与表达方式来说，它又不同于本国语言文学，多少都带有外国语言文学的性质。这也就是说，翻译文学具有中国文学与外国文学的双重性。译本所具有的跨越国界、语言与文化等各种特征，使翻译过程涵盖了语言、文化信息的转换和沟通等活动。由此，翻译文学本身就具有比较文学的某种特性，从而也就理应作为比较文学研究领域的重要研究对象。

对于“外国文学”与“比较文学”之间的关系而言，两者始终是互为依存、互为促进的。

一方面，外国文学的学术成就不但为比较文学学科的发展夯实了基础，而且为其提供了极好的契机。对于“外国文学”作为一门课程在中国学界的发展历程而言，早在 1917 年，周作人先生就曾在北京大学用中文讲授欧洲文学史。1926 年，清华大学成立西洋文学系，后改名为外国语言文学系，相继培养了一批专门从事外国文学研究的杰出学者。在国内比较文学学科的发展过程中，一些学者，例如季羡林先生、杨周翰先生等，凭借其深厚的外国文学学术功底积极参与了比较文学的学科建构。可以说，外国文学是比较文学研究不可或缺的基本单元和重要参照。

另一方面，比较文学研究则为外国文学研究提供了极具学术价值的理念与视野。外国文学尽管是建立在国别文学基础上的，但却是在比较文学的范畴中才能够展开的。此外，外国文学研究与教学还注重把不同国家的文学同它们的社会历史、哲学思潮、文学流派、文化传统等联系在一起，因此，比较文学的策略与方法都经常出现在外国文学中。例如，对于某个国际运动或流派（如现实主义、浪漫主义）、关于某种文体（如长篇小说、民间故事）进行考察，实际上就是运用比较文学的策略与方法将数国文学联结在一起进行研究。

最后，外国文学与文化始终是中国文学发展的推动力之一。例如：自汉末开始的印度佛教文化传播，历时数百年，其文学性极强的佛经故事及其内容、形式和手法等，都从各种层面对中国文学产生了深远的影响，中国两汉之后的的诗歌、散文、元曲到明清的一些小说，无不显现出佛教文化的浸润。又如：就中国近现代文学史而言，伴随着近代西方文化的引入，外国文学对于中国文学与文化的发展也产生了巨大的影响。一些文学家在汲取外国文学精华的基础之上应时而生。不可回避的事实是，鲁迅与果戈理、契诃夫以及安德列耶夫，郭沫若与泰戈尔、歌德以及惠特曼，茅盾与左拉、托尔斯泰，曹禺与奥尼尔等，也都存在着不同层面与程度的关系。上述文学现象与事实，充分说明了外国文学与文化对中国文学具有重要意义的同时，无疑也为比较文学学科提供了广阔的研究空间。

三、世界文学(world literature)

比较文学作为一门学科，旨在探讨世界范围内的文学现象及其规律。学界一般公认，世界文学作为一种文学观念，是歌德于1827年1月31日同爱克曼谈话时率先提出的，并尊奉歌德为“世界文学”概念的首创者。

其后的比较文学学科被视为是“世界文学”以及相关理念的执行者。法国学者基亚在探讨比较文学的起源与历史等问题时曾指出：

> 原来，比较文学是由于世界主义文学的觉醒而产生的，它兼有历史地研究世界主义文学的意愿。①

由此，他基于欧洲的视野进行确证，认为：

> 中世纪的欧洲是属于世界主义的，它被基督教和拉丁文化统一起来；文艺复兴时期，共同的人文主义则把欧洲的作家们结合起来，到了18世纪，欧洲竟然法国化、哲学化了。②

由此可见，尽管不可否认法国学派的诸位学者的确洞见到了比较文学学科的世界性特征，但是，该派的诸位学者在对于世界文学观念进行阐释与运用等方面都体现出强烈的欧洲中心主义倾向或西方中心主义色彩。他们时常以一种强势文化的傲慢姿态将自己的本土文学称之为“世界文学”，并且认为自己才是见多识广的世界主义者(cosmopolitan)。客观而言，此种主张无疑是与比较文学学科的世界性意义格格不入的。有鉴于此，美国学者韦勒克在其《比较文学的危机》一文中，批评“法国学派”的研究当中一味追求价值高低的比较等做法是缺乏世界性胸怀的表现，并在该文结尾展望了文学的世界化时代的前景。同时，韦勒克还在其《文学理论》一书中题为“总体文学、比较文学与民族文学”的部分，对于“世界文学”这一观念进行了分层梳理，厘定了该术语的数种含义。此外，克劳迪

①② 马·法·基亚. 比较文学[M]. 颜保译. 北京：北京大学出版社，1983：1.

奥·纪延的《世界文学》之中，曾对欧美比较文学界关于世界文学的研究进行了较为详尽的综合性阐释。

综合学者们有关“世界文学”观念的各种理解与阐述，这一术语大致有以下几个层面的含义：

一是指具有世界声誉的大师级作家的各种经典著作，例如：荷马、但丁、塞万提斯、莎士比亚以及歌德等人的经久不衰且历久弥新的文本。此外，人类文学史上业已获得世界声誉与永恒价值的优秀文学文本也被列为“世界文学”的范畴之内。由此，世界文学之林俨然成为了种种经典与名著的伟大宝库。例如：古希腊荷马的《伊利亚特》与《奥德赛》，意大利但丁的《神曲》，法国巴尔扎克的《人间喜剧》，俄国列夫·托尔斯泰的《战争与和平》，日本紫式部的《源氏物语》，印度泰戈尔的《吉檀迦利》以及中国曹雪芹的《红楼梦》等，都属于全世界共同的文学资源。

二是指理想化的文学创作与研究。例如：歌德由于感受到中国才子佳人小说等文学形式中所呈现出的文化特色，曾凭借其诗人气质赋予了世界文学理想化的表述，倡导对民族文学的综合体予以探究。毋庸讳言，歌德的确在完全不同的文化体系中发现了人性的相通之处。这一发现启发了他的“世界文学”意识，进而对其发展前景进行了预设。他于 1827 年 1 月 31 日与其秘书爱克曼交谈时，将中国的传奇与贝朗瑞的诗歌进行对比，作为与“民族文学”相对应的范畴而提出“世界文学”的构想及其倡导。这一断言早已成为被学界广为引证、且耳熟能详的经典性表述。

三是指一种超越民族和国家界限的国际性、世界性精神生活方式。歌德说过“世界是我们扩大了的家园，它给予我们的，同自己的祖国所给予的同样多”，人类的精神产品尤其如此，他说：“每一种文学如果自己固步自封，如果缺乏外国文学在趣味和题材上的补充和提供活力，其生命力将会枯竭。”而事实上，“每一个民族都感受到对方的吸引力，这种吸引力就像磁石一样，把一方吸引到另一方，人类是由所有民族构成的，并最后在一种普遍性的同情心上统一起来”。歌德还在评英国刊物《爱丁堡评论》时明确提出：“问题并不在于各民族都应按照一个方式去思想，而在于他们应该互相认识，互相了解；假如他们不肯互相喜爱，至少也要学会互相宽容。”[①]很清楚，歌德所提出的“世界文学”，是明显包含一种加强

① H. J. Schulz & P. H. Rhein, Comparative Literature: The Early years, The University of North Carolina Press. p. 8.

各民族间相互了解，并顺应时代发展需要的一种理性的精神生活样式。

而马克思与恩格斯所提出的“世界的文学”，则是从历史唯物主义与辩证唯物主义出发，要求人类文学及其研究，应当如同资本主义经济的发展和世界市场的形成一样，使各民族的物质产品与精神产品都不可避免地成为人类共同的财富，从而成为世界范围内的全人类文学与文学研究。

就世界文学与比较文学的关联性而言，两者在研究目的、研究对象与涉及领域等方面都具有紧密的联系。可以说，世界文学是比较文学的学术追求，并将成为比较文学学科的理论建构与实践操作的理念指导。

第二章 比较文学的研究对象、种类和任务

提示

比较文学的种类和任务，是由比较文学研究的对象及其方法目的决定的。作为一门独立的学科，比较文学必然有其相对稳定的特定研究对象和方法目的。作为一门发展中的新兴学科，随着其研究的不断深入和研究领域的不断拓展，学界对其研究对象、方法目的和分类标准的认识也不断发生着变化。因此，本章主要讲研究对象、种类和任务，同时学习分类的逻辑规则与对象的认定方法，以利于初学者的逻辑思维训练。

第一节 对象与范围

比较文学的研究对象，可以从两个方面去认识：一是研究对象的认定；二是研究范围，也即跨越性界限的区分。

一、研究对象的认定

对研究对象的认定，是任何学术研究首先要明确的问题。比较文学是一门独立的学科，也有其特定的研究对象。同时比较文学又是一门新兴的处在发展变动过程中的开放性的学科，学界对其研究对象的认识，自然也经历了不同的阶段。

（一）法国学派的认定

在1931年出版的《比较文学论》里，梵·第根明确指出，比较文学的对象“是本质地研究各国文学作品的相互关系”①，这种关系限于两个因子之间：“地道的比较

① 马·法·基亚.比较文学[M].颜保译.北京：北京大学出版社，1983：55.

文学最通常研究着那些只在两个因子间的二元的关系；这些因子或是作品，或是作家，或是作品或人的集团。”①可见，这里“相互关系”，是指两个不同国家的文学作品之间、作家之间或文学团体之间存在的一种影响与接受的事实联系。

1951 年，基亚在他的论著《比较文学》中，将比较文学对象认定为“比较文学工作者站在语言的或民族的边缘，注视着两种或多种文学之间在题材、思想、书籍或感情方面的彼此渗透”②，更明确了比较文学跨国界、跨族限和跨语言界限的性质，强调了文学在国际间的关系，并进一步指明比较文学的研究对象首先就是文学的传播者，也就是产生影响的媒介因素，如：书籍（包括译著、期刊报纸、游记、旅游故事等）、人物（包括译者、有文学活动能量的人、移居者、旅游者等）；其次是各国文学交往的本身：文学的类型（包括戏剧、诗歌、小说等）、题材与传说（包括民间传说、文坛传说、典故以及历史人物等）。基亚对研究对象的认定，可以说正是梵·第根所云各国文学的影响与接受的事实联系的具体化。

可见，从梵·第根到基亚，法国学派对比较文学研究对象的认定，指的是不同国家、不同民族、不同语言的作家之间的因果关系，一个作家在国外被接受的情况，他对另一国文学的态度或影响，他的创作的国外来源，他的国外旅行，不同国家与民族的作家之间或作家与国外记者之间的交流活动等。这些研究对象所强调的基本要求，一是它的跨越国界、族界和语言界的国际性质，二即文学现象之间的相互交流的因果事实联系。

（二）美国学派的认定

1958 年，美国学者韦勒克在国际比较文学协会第二届年会上提交《比较文学的危机》一文，公开向法国学派发难。此后，美国学派异军突起。雷马克重新界定比较文学，认为比较文学是一国文学与另一国或多国文学的比较，是文学与人类其他表现领域的比较，“比较文学不仅把各国各民族文学互相联系起来，而且把文学与人类知识与活动的其他领域联系起来，……也就是说，不仅从地理方面，而且从不同领域的方面扩大文学研究的范围”③。

很显然，雷马克所界定的比较文学的研究对象，较之法国学派明显扩大了：一是由两个因子之间的二元关系，拓展到了多个因子的多元关系，不仅是两个国家之间文学关系的研究，还可以是一国文学与多国文学的研究；而且不仅是文学

① 梵·第根.比较文学论[M].戴望舒译.北京：商务印书馆，1937：174.

② 基亚.比较文学[M].颜保译.北京：北京大学出版社，1983：4.

③ 亨利·雷马克.比较文学的定义与功能[C]//张隆溪.比较文学译文集.北京：北京大学出版社，1982：7.

本学科范围内的关系的研究，还可以是文学与其他学科或信仰等“表现领域”之间的关系研究。二是由有事实联系的文学现象，拓展到了并无相互交流影响或事实联系的各国各民族文学之间的平行研究。这一平行研究，所注重的应是作品的“艺术理解和评价的问题”①，是“文学艺术的本质这个美学中心问题”②，也即注重考察文学作品的审美价值与实质。后来，美国学者厄尔·迈纳（Earl Miner）将之描述为在不同的文学传统和社会形态中，寻找某种特定的功能性的规律。因为，“从表面上看，一种文化与另一种文化之间似乎并没有明显的相似之处；然而，你只要深入探究，就会发现，不管相互间有多大差异，最后总能找到某种可供比较的共同功能”③。因此这一所谓平行关系，其实也就是在审美认识、表现方法、社会作用等各个方面寻求文学之内在规律的功能价值关系。而文学与其他学科之间的关系，实际上是不同学科之间相互借鉴、相互影响、相互阐发的交叉互动关系。

1976年，在布达佩斯第八届国际比较文学大会的讲演中，对于比较文学的研究对象和目的，雷马克说得更为清楚详细：

> 首先，它通过对属于两个或两个以上文化体系和语言体系的具体作家、作品、文类、潮流、运动、时期的比较分析与综合，将文学结构的一般原理明确展现或作批评；其次，比较文学通过类比、对照和因果关系的研究，对两个或两个以上文化体系中的历史时期、文学运动、文学潮流、流派、主体和文化特征作归纳性的综合；第三，通过对两个或两个以上不一定有因果关系的作品和论著所进行的精心的平行研究，以加深人们对这些作品的语言和文化方面的理解；第四，比较文学要研究被韦勒克称之为某些作品的“外贸关系”……这类工作基本上是历史性的、独立的一部分；第五，比较文学旨在对上述四方面内的一切进行跨学科研究。④

① 亨利·雷马克. 比较文学的定义与功能[C]//张隆溪. 比较文学译文集. 北京：北京大学出版社，1982：2.

② 勒内·韦勒克. 比较文学的危机[C]//张隆溪. 比较文学译文集. 北京：北京大学出版社，1982：30.

③ 厄尔·迈纳. 比较诗学：比较文学理论和方法论上的几个课题[J]. 鲁效阳译. 中国比较文学，创刊号. 杭州：浙江文艺出版社，1984：271.

④ 亨利·雷马克. 比较文学的前景[C]//孙景尧. 新概念、新方法、新探索. 桂林：漓江出版社，1987：109—110.

进入21世纪以后，美国的比较文学家更为重视比较文学的研究对象跨越时空、文化和学科界限的特点。斯皮瓦克就强调比较文学必须跨越学科、跨越欧美中心主义①。而2002年，毕生从事研究比较文学的雷马克教授又再次著文将跨越"文化视野"定格为"比较文学的关键"②。到了2003年，在每十年一度的美国比较文学协会的新报告里，该报告的撰写者、斯坦福大学的苏源熙（Haun Saussy）教授在强调比较文学研究要重新考察"文学性"的同时，也重申了对于跨越文化界限的认识，认为比较文学需要时时记住，它要抛弃的民族、国家界限并不仅仅是在一片相连的土地上随意划出的线条。③ 可以说，对跨越性视野，尤其是跨文化视野的关注与强调，是20世纪末21世纪初这一阶段比较文学研究的一个特点。而这一跨越性视野的认识，所秉承的学理正是法国学派和美国学派的传统。

因此，对比较文学研究对象的认定，尽管各个发展阶段都有其不同的认识和侧重点，但学者们一直遵循并坚守的，仍然是法国学派和美国学派所奠定的学科理论，也就是既包括不同国家不同民族不同语言体系和不同文化体系的文学现象之间相互交流影响的因果事实联系，也包括两个或多个国家或民族、不同语言体系和文化体系的文学现象之间，虽无交流影响的事实联系却存在着的相同相异的功能价值关系，还包括文学与其他学科之间的相互影响、相互借鉴、相互渗透与相互阐发的交会互动关系。显然，这一研究对象的认定，其共同的特性和基本要求就是其文学关系的跨越性视野，也就是在跨越国界、族界、语言界、文化界与跨学科界的要求中，必居其一。

二、研究对象跨越性界限的认定

对于比较文学研究对象跨越性界限的认定，可分为两大类：一是跨国界、族界、语言界和文化界的界定；二是跨学科界限的界定。

（一）跨国界、族界、语言界和文化界的认定

一般来说，一个民族隶属一个国家，一个国家或一个民族都用一种语言，也必然属于一定的文化。然而，事实上并非如此单一，一个国家可能有多个民族、多种语言、多种文化，如我国就属于这种情况；一个民族在一个特定的历史阶段

---

① 参见第一章第二节。

② Henry H. H. Remak, *Origins and Evolution of Comparative Literature and Its Interdisciplinary Studies*, Neohelicon XXIX(2002)1.

③ （美）苏源熙. 关于比较文学的对象与方法（上）[J]. 中国比较文学，2004(3)：17.

中也许跨越两个或多个国家，如日耳曼民族、蒙古族；一种语言会在不同的国家不同的民族中使用，如英语、德语；而一种文化也会涵盖多个不同的国家和民族，如欧洲各国各民族便具有相同的文化渊源，皆同属于基督教文化体系，阿拉伯各国各民族则具有共同的伊斯兰文化。就作家个人的归属而言，同样也并非人人处处都是这样壁垒分明，一个作家的创作活动是具有流动性的，或许会与他的国籍不一致，或许会与他的母语、文化的归属地相左。例如 20 世纪非常有影响的文学理论家和批评家韦勒克，他的祖籍是捷克，出生地是奥地利的维也纳，中学以后回到布拉格，之后在捷克、英国、美国等国家都有他的学术活动。他应该归属于哪个国家？再如欧洲 18 世纪的启蒙家卢梭是瑞士日内瓦人，但他的影响极大的小说《爱弥儿》、《新爱洛绮丝》却都是用法语撰写并在法国出版的。那么他又算哪国作家？为什么归属于哪个国家？还有唐代时期的诗人晁衡，是公元 717 年来中国的日本人，原名阿倍仲麻吕，官至秘书监。那么他属于中国诗人还是日本诗人？他的诗作属于中国文学还是日本文学？为什么？诸如此类种种情形，都涉及如何区分跨国界、族界、语言界与文化界的文学界限问题，自然也就关系到如何准确把握比较文学的研究对象的问题。

不可否认，国界、族界、文化界与文学的关系均离不开语言。因为文学是语言的艺术，文学就是用语言来创造形象、典型和性格，用语言来反映现实事件、自然景象和思维过程。通常人们都把语言看作是文学的“第一要素”。不仅如此，语言也是区分不同国家、不同民族、不同文化体系的文学的“第一要素”。因此在如何区分跨国界、族界、语言界与文化界的文学界限问题时，语言这一要素是不可忽视的。然而这并不是说就可以简单地以语言作为区分比较文学跨越性界限的标志。考虑其中的复杂性，我们应当首先厘清这类界限的关系。这类关系大致可分为如下三类：

一是语言界大于或小于国界、族界和文化界的关系

1. 语言界大于国界、族界

如英语超出英国本土，美国、澳大利亚都使用英语，加拿大与印度也有使用英语进行创作的作家与作品。使用德语的除德国外，还有奥地利与瑞士等。汉语言文字也不限于中国本土创作，历史上，日本、朝鲜、越南都有用汉语进行创作的作家与诗人。日本便有《汉文学史》，朝鲜的李齐贤（1288—1367）也著有汉字的《按翁稗说》，越南的阮绵审（1819—1870，又叫白毫子）曾写过汉字的《鼓枻词》。直至今日，新加坡、马来西亚都仍有“华语作家”等。

2. 语言界小于国界、族界，即在同一国家内存在着多种语言文学

如加拿大有英语文学又有法语文学，二者都为官方语言。印度既有属于印

欧语系的英语文学、梵语文学等，又有不属于印欧语系并用达罗毗荼语写的卡那哈文学。我国也是既有用汉语创作的文学，也有用蒙古语、维吾尔语和藏语等少数民族语言创作的文学作品。美国除了英语文学以外，还有用希伯来语创作的“犹太文学”、以及用汉语写作的“华人文学”等种类。

对以上这两种情况，在认定其界限时就应当采用文学史上传统的定论，并以作家的主要活动地点及其作用的所在地来确定其归属。如韦勒克，虽然他的母语是捷克语，他的学术活动也涉及多个国家，但他主要的学术活动是在美国，他的主要著作《文学理论》和《近代文学批评史》都是用英语写成、在美国出版，而且他最后也加入了美国籍，因此他应该归属美国。卢梭，尽管他是瑞士日内瓦人，但传统上都把他定为“法国启蒙思想家、哲学家、文学家、教育学家”，因为他的作品都是用法语撰写并在法国出版，他的主要活动中心地也都在法国，死后也被安葬在象征法国民族骄傲的“伟人祠”中，因此通常将之归属法国。同样，晁衡虽是日本人，但他的主要活动地点在中国，自公元 717 年来华后从未返回日本，死后也葬在中国，传统上都把他列入中国唐代诗人行列，他的作品也收入《全唐诗》中，因此应该划入中国文学。连日本学界也称他为“入唐人”。

反之，公元 793 年生于日本枥木县的园仁，他于 838 年来华居住十年之久，用汉字记下旅行中的见闻，写成四卷本的《入唐求法巡礼行记》一书，可与马可·波罗的《东方见闻录》媲美。虽然用汉语写，记的又是中国的事，但此书是他回日本后出版的，他的主要活动地点及其影响都在日本国，日本也一直视他为“留唐返日”的“慈觉大师”。因此，他的著作属于日本文学。

对于第二种情况，除了采用文学史上传统的定论以及其作用的所在地来确定以外，还可参照后面的“两栖作家”、“族界小于国界”的情况综合作出判断。

二是语言界与国界、文化界相矛盾的关系

此类“矛盾”，主要指用甲国的语言创作出来的文学作品，表现的却是乙国的思想文化。如中国明末清初的朱舜水，曾多次东渡日本，及至明朝灭亡，他仿效鲁仲连义不帝秦的古例，不愿做清朝顺民，并于 1659 年入日本籍，在日本著书立说，开创修史之风，对日本精神文化的影响极大。日本现代史学家木宫泰彦说：“凡当代的学者无不直接间接接受到他的感化。”尽管朱舜水被日本列入他们的儒学史中，但其思想依然是中国传统且又正统的儒家文化。而比朱舜水略迟近半世纪的沈铨，字南苹，于 1731 年到日本，逗留约三年。他是明末清初受西洋画影响而发展出自己特色的写生画大家，在日本影响很大，以致产生了号称“南苹派”的日本写生画。虽然他的一生主要都在中国，被视为中国清代画家，但他的文艺思想却明显已有西方绘画理念成分。这类情况，在当今全球化时代则更多。如通常所说的北美“华人文学”就很可观，仅以上了美国畅销书榜的作品为例，20世纪30年代就有林语堂的《吾国与吾民》和《生活的艺术》。50年代黎锦扬的《花鼓歌》，不仅上了畅销书榜，而且还被改编为歌舞剧和电影。80年代黎锦扬又出版了《中国传奇》，包柏漪出版了《春月》，郑念出版了《上海生死劫》等，也都上了畅销书榜。而祖籍在中国广东的美籍华人作家汤婷婷（即马克辛洪金斯敦 Maxine Hong Kingston），70年代和80年代写的两部小说《女勇士》（The Woman Warrior，1976）和《中国男人》（China Men，1980），将中国的神话、传说和戏剧故事与她的祖先漂洋过海、希望实现美国梦的经历巧妙地糅合在一起，生动地表现了华裔母女两代人在文化和生活道路上的差别和冲突，在美国和欧洲皆引起了很大的反响。两部小说皆源自于中国人“讲故事”的形式——一种主要由妇女保存下来的广东人口头叙述的传统，因此小说引起了中国文化传统以外的读者的极大兴趣。类似这些“华人文学”，其作者都是生长于中国，后移民到国外，或虽生长在国外，但从小便从祖辈那里受到中国传统文化的熏陶，因此都具有中西文化“两栖性”的特点。

对此，可以将之归为“两栖文化作家”并用多元文化理论作专门研究。上述这类作家作品，不管是用哪种语言写成，因其本身都具有双文化或多文化的内涵特性，所以对其研究本身就是跨文化的比较研究，并成为当今比较文学的专门领域。涌现了如“移民文学”、“流散文学”（diaspora writing），对漂泊离散者的文化游弋居间状态，归化人的自我与他者的文化寻根和过渡等文学文化现象作专题研究。荷兰学者伊布什，就专门比较研究过移民后代，研究同一主题的欧洲小说和移民小说的接受反应情况，及其接受反应与受教育程度关系的问题。同样，中国近现代文学史上的苏曼殊，其生母若子、义母河合仙均为日本人。苏曼殊5岁回国，他从小习文于私塾，同时又师从西班牙人学西文，其学养和文化基础就具“两栖性”或“三栖性”，也是很有代表性的“两栖文化作家”。

因此，对于语言界与国界、文化界发生矛盾时，我们不妨像上述那样，一方面采用文学史上传统的定论，并以作家主要的活动地点及其作用来认定其国界与族界；另一方面又以其文化底蕴是否具“两栖性”来作专题处理。

三是族界与国界、文化界的不一致

国家和民族都同属政治学或社会学的概念，然而国家是一种政体，“国界”主要是一个政治的、地理的概念。“族界”更主要的是一个社会学、人类学的概念。文化界则是属于文化学、宗教学和社会学的范畴。国家、民族、文化三者是既有联系又有区别的。国家的构成离不开民族,而文化的划分也以民族为基础。这就是说,国家、民族、文化,皆以民族为基本要素。然而这并不等于说族界就一定与国界、文化界相一致。

1. 就族界与国界的不一致而言,主要存在两种状况:或是族界小于国界,或是族界大于国界

所谓族界小于国界,也就是指多民族的国家,其文学可以由多个民族文学组成。一个国家范围内的多种民族文学,其跨越性该如何确认?这种状况以我国最为典型。我国少数民族文学和汉族文学,以及少数民族文学之间的比较研究,它们属不属于比较文学研究的范围?中国是一个有五十多个民族组成的历史悠久的统一国家。中国与西方多民族国家相同的是,各民族都有自己的语言、历史、传统、心理素质与风俗习惯等。但中国与西方多民族国家不同的是,西方的各个民族大多属于同一文化体系,即都在基督教文化体系内,因此它们之间除有国家与民族的差异外,在文化上仍认同于古希伯来文化与古希腊文化。但中国的各少数民族则是既有属伊斯兰教文化体系的维吾尔族、回族,又有主要属佛教文化体系的傣族、藏族、蒙古族,还有主要属儒教文化体系的满族、壮族,而且历史地形成了中华民族的认同归一。这就使中国各少数民族的文学,既呈现出五彩缤纷的特点,又使之历史地共同组成了丰富灿烂的中国文学。

从民族文学的整体来说,众所周知,汉民族文学中缺乏长篇史诗,但蒙古族有英雄史诗《江格尔》,藏族也有长达一百五十多万行、一千五百多万字的世界上最长的史诗《格萨尔王传》,这就共同组成了丰富多样的中国文学文类。再以个别民族文学作品为例,中国各民族文学皆表现出鲜明的民族特性与民族风格。如以下两首表现男女爱慕之情的回族民歌和壮族民歌就各有特色:

香子吃草满山转,牛吃了路边的马莲,
多人的伙里我把你看,活像才开的牡丹。(回族)

男:今早出门去耙田,耙田耙到田中间;见妹打伞田边过,黄牛挨打几多鞭?

女:今早哥过妹门前,妹织壮锦在房间;只因闻到哥声气,不知断了几根线?(壮族)

这两首情歌都是男女之爱的真情流露，而且都表现了少数民族直率的性格特点。但在前一首回族的情歌里，小伙子对姑娘的钟爱之情全集中在一个“看”字上，既直率又大胆，没半点拐弯，表现的是北方回族民歌坦荡直率中见婉转含蓄的民族特色和风格特点；而后一首壮族的情歌里，男女爱慕的感情则较为委婉曲折，人物复杂而微妙的心态不是直接表达，而是通过“黄牛挨打几多鞭”和“不知断了几根线”的画外音表达出来，全诗的意脉含而不露，表现的是南方壮族民歌含蓄中见直率天真的民族特色和风格特点。

同样，描写汉民族和景颇族青年男女相爱过程的小说《丹凤眼》与《无字的情书》，都写出了孝顺父母和彼此忠贞的中华民族的共性。但前者写汉族食堂女工孟蓓内心充满了对采煤能手辛小亮的爱，外表却冷若冰霜，以致使辛小亮数次误会了孟蓓的一片真心，表现了汉族特有的“热水瓶式”的外冷内热的性格特点。而后者写一对景颇族恋人尽管都识字会写，但他们认为纸袋(即信)装不下真诚的心意，因此彼此交心相爱不用信纸，而改用实物来“捧”给对方：用盐擦刀表示“有缘(盐)”，用树根表示爱慕与思念之深，又用一根线拴着两只蚂蚁来告诉父母，一对小冤家被爱情之线相联并像一对飞蚂蚁去找自己的窝去了，写出了景颇族质朴豪放又细腻机智的性格特色。这两篇小说皆鲜明地表现了汉民族和景颇族不同的民族特性。

可见，中国各民族文学皆有其独特的个性特征，然而这些个性特征通常又以一种共同的语言文字来表达。以上无论是汉族的《丹凤眼》，或是景颇族的《无字的情书》，都用汉语言文字撰写。回族、东乡族和壮族的民歌也用汉文字记录。这也就是说，由于中华民族特殊的历史文化传统，各少数民族的文学作品，大多借助汉语言文字这一共同的符号载体，来承载各自的民族文化，表现各自的民族特性。这一独特的文学现象，也就使得中国各民族文学既有其独特的个性特征，又共同表现着中华民族文化的共同特征。因此，中国各少数民族文学之间及其与汉族文学、外国文学的比较研究，不仅可以促进具有中国特色的比较文学和中国文学的发展，而且对于增强中华民族的凝聚力，构建中华民族的和谐社会，也有着其特殊的意义。因此对于这一类族界小于国界的文学现象的比较研究，自然以跨民族为准则。

而所谓族界大于国界，指的则是一个民族跨越两个或多个国家，如日耳曼民族便跨越德国、奥地利、瑞士、荷兰、丹麦等国，蒙古族也跨越中国和蒙古国等国，阿拉伯民族则广泛分布于西亚和北非的许多国家，以及犹太人遍布各国等。这种同一民族分布于不同国度的状况，既是历史上发生的民族迁徙运动和移民造成的，也与国家的地理划分有关。这些民族居住在不同的国家，长期保留着自己民族的语言、习俗，拥有共同的民族文化，虽因其隶属于不同的国家，受到不同的政治和意识形态因素以及地理环境的影响，其文学的表现形式和内容皆有可能出现差异。当今的“流散文学”所做的就是这一情况的研究（见本书第九章第四节）。

总之，无论是族界小于国界，或是族界大于国界，其研究皆应以民族文学文化关系的异同作为考量的标准。

2. 就族界与文化界的不一致而言，其突出的表现便是民族界限小于文化界限

一般来说，“民族文学之间的差异以及它们之所以具有比较研究的价值，往往又由于它们文化背景的不同，因而跨民族的比较研究离不开跨文化研究。但是，我们不能以此来代替其他。如果说‘跨文化’指的是跨越不同的文化体系，那么跨民族就不一定是跨文化”①。如欧洲各个民族大多同属于同一文化体系，即都在基督教文化体系之内，因此它们国与国、民族与民族之间虽然有国家与民族的差异，以及语言的差异，但在文化认同上，仍然是古希腊文化与古希伯来文化这一共同的文化根底。因此它们的比较文学常常也就以跨语言、跨民族为标志。

20 世纪 90 年代以来，随着东西方比较文学研究的不断加强，无论是西方的学者还是东方的学者，都进一步认识到，比较文学应更注重跨越东西方异质文化的文学研究。但强调跨文化并不等于放弃对跨国界或族界的认可。

因为，国界或族界、语言界和文化界之间，既有其本质的区别，也有其内在的联系，存在着复杂的交会关系。因此对于比较文学研究对象的跨国界或族界、语言界和文化界的问题，不可简单地认定某一要素为标志，或简单地以某一界限为准则，而应根据实际的具体的文学现象，确立一个考量的标准：或是语言，或是民族、国家，或是文化。而且在这些跨越性的要素中，也不可能要求同时跨越多个界限，而是在跨国界或族界、语言界和文化界中必居其一。

（二）跨学科界限的认定

这类跨学科的关系，也存在两种状况：一是跨学科研究如何界定的问题，二是跨学科与跨国界或跨民族界限的认定。

1. 跨学科研究的界定

所谓跨学科研究的界定，也即“文学与文学之外的一个领域的比较”应如何

① 陈惇，孙景尧，谢天振. 比较文学[M]. 北京：高等教育出版社，1997：56.

认定？巴尔扎克的小说《高老头》写到了钱，《红楼梦》里也写到了钱，不少批评研究文章也都提到了其经济败落的过程；司汤达的《红与黑》剖析了人物的心理世界，亨利·詹姆斯的《一位女士的画像》刻画了女性的心理，陀思妥耶夫斯基的《罪与罚》、《卡拉马佐夫兄弟》，以及托尔斯泰的《战争与和平》、《安娜·卡列尼娜》和《复活》等等，还有现代的众多小说，都有着深刻细腻的心理剖析，像乔伊斯的《青年艺术家的肖像》就在多个层次上清晰地展现了画家发展着的内心世界，同样也有众多批评研究文章论及这些小说中人物心理发展的过程。如此的研究是不是就属于跨学科比较研究了？事实上又有哪一部文学作品不反映人类各个活动领域呢？又有哪一篇文学批评文章不谈到文学之外的人类活动领域呢？如此而言，岂不是都可以视之为跨学科的比较文学研究了吗？显然，这正是法国比较文学家基亚所担心之处，即“比较文学的研究原想包罗一切，结果却会什么价值也没有”①。

对于此类问题，提出这一定义的雷马克教授作过很好的解释，他说：“学术性研究不能仅仅因为它们讨论了必然反映在全部文学里的人生与艺术某些固有的方面，就划入‘比较文学’的范畴。……只有是**系统性**的时候，只有在把文学以外的领域作为确实**独立连贯的学科**来加以研究的时候，才能算是‘比较文学’。”②他还举例说明道，讨论金钱在巴尔扎克的《高老头》中的作用，只有当它主要（而非偶尔）探讨一种明确的金融系统或思想意识是如何渗进文学作品中时，才具有比较文学的可比性。描述亨利·詹姆斯小说中某个人物，只有在根据弗洛伊德（或阿德勒、荣格等）的心理学理论把这个人物的轮廓勾画得条理清晰之后，才能算属于比较文学的范畴。③也就是说，只有把文学和货币经济、或文学和心理学“作为研究的两极”，并对这两者都作了系统比较和评价，并合乎规律地作出了适合于文学和经济、或文学和心理学这两种领域的结论之后，才算是“比较文学”。显然，雷马克所指的文学与其他学科的比较研究，强调的是学科之间系统性的研究。这一系统性具有整体关照的性质，它们之间的联系不是片断的、偶然的，也不是浅层的，而是多层次、全方位的，双方互为主体的、交会互动的综合关系。依此而言，对爱尔兰小说家詹姆斯·乔伊斯的《青年艺术家的肖像》作文学与心理学的探讨，就应以弗洛伊德等的心理学理论，从感觉、感情、肉欲、宗教热情和理性的意识等多个心理层次上全面地阐释人物发展着的思想和意识。而类似研究

① 基亚.比较文学：第六版前言//干永昌等选编.比较文学研究译文集.上海译文出版社，1985：77.

②③ 亨利·雷马克.比较文学的定义和功用[C]//张隆溪.比较文学译文集.北京：北京大学出版社，1982：6.

司汤达的《红与黑》以及陀思妥耶夫斯基和托尔斯泰作品中文学与心理学的关系，也就并非只是研究作品中人物的心理结构、心理发展的描写等等，而必须将心理学作为一种系统的学科理论知识去阐释作品人物，并从发生学的角度研究人物心理结构的生成，系统地探讨作家的创作心理和读者的接受心理等等文学现象。

雷马克强调文学与其他学科间关系的系统研究，旨在把比较文学建成研究文学与其他学科关系的交会综合学科，这是不无道理的。因为文学作为"人学"，确实与哲学、政治、经济、宗教、历史、心理等密切相关，文学作为现实生活的反映，其自身描写反映的对象必然涉及生活中各门学科的内容。然而这些内容却是以一种生活的本来面貌、一种形象化的原生形态出现的，它带有文学的感性特征，虽与生活中的各门学科有着密切的联系，却又性质不尽相同。因此，文学与其他学科之间的深层联系，仅仅从文学自身出发是难以厘清的，只有通过文学与其他学科之间的交会探究才能揭示，而且也只有把文学和人类知识及其活动的各个方面连结起来加以研究，才可以帮助人们从各个角度来认识文学与探求其内在规律。毫无疑问，把人类其他知识作为学科来处理，研究者必须具有这门学科的系统学识，这是跨学科比较研究必备的知识条件之一。

2. 跨学科与跨国界或民族界限的关系

除了跨越学科界限之外，作为跨学科比较研究的另一极的文学，是否还要超越国界或族界？如果不超越国界或族界，那么这样的比较文学既可看成一国或一民族内的比较文化研究，也可看成一国一民族文化内的跨学科研究，我们应如何对待？

对于这一问题，我们应从各国的国情出发并作辩证的认识。就中国学术史而言，将佛教与中国文学作通盘比较研究，尽管语言与文字都是汉文，但佛教本是来自印度的他国文化，这中间就有跨学科和跨文化的成分在内，应当属于中印文化和中国文学与佛学的跨学科研究。据此，复旦大学的贾植芳教授认为，中国古今文学的比较研究，由于包含了上述这一内容，也应属比较文学范围。类似的研究，我国近人与今人的有关论著，可谓成绩斐然，随手拈来的就有：陈寅恪的《须达起精舍因缘曲跋》①、《〈西游记〉玄奘弟子故事之演变》②，皆考证了《西游

① 原载1928年《中央研究院历史语言研究所集刊》第1卷第4号，收入《金明馆丛稿二编》。
② 原载1930年《中央研究院历史语言研究所集刊》第2卷第2号，收入《金明馆丛稿二编》。

记》唐三藏及其弟子孙行者、猪八戒的故事与传入中国的印度佛经及其神话故事的渊源关系及其演变；梁启超的《翻译文学与佛典》，研究了最早的佛典翻译代表人物、译场组织情况、翻译技能的演进等，并认为它对中国文学的影响有“国语实质之扩大”、“语法及问题之变化”、“文学的情趣之发展”等作用。这都是典型的文学与宗教关系的研究。

而文学与其他学科领域的关系问题，如伍晓明的《文学与音乐》①，不仅从音乐的时间性存在、声音的构成材料及其“能指”的独特性方面阐述了音乐与文学的共同性，而且从音乐的起源、表现技巧、创作方法、形式结构等方面，论述了音乐对文学创作的启发和影响，以及文学对音乐主题思想的丰富。文中所述之文学与音乐的相关问题，不仅仅是某一国某一民族的问题，将其置于各民族都是相通的。而贾祖璋写于半个多世纪前的《鸟与文学》，书中以燕、黄莺、画眉、杜鹃、鹧鸪、鸳鸯等十一种鸟为十一章节，从各种鸟的名称、种类、习性及其在各代人们生活习俗中的寓意与习惯等方面，论述了它们出现在中国文学的诗词、小说、寓言、散文中的规律、特点与作用。很明显，这是以文学与生物学作为“两极”所进行的系统研究。

类似的研究，不管是将文学与佛学所作的文学同宗教的跨学科研究也好，还是将文学与音乐所作的文学与艺术的跨学科研究也好，还是将文学与鸟所作的文学同生物学的跨学科研究也好，尽管其认识仍然限于中国文学与其他学科的关系之中，纵然它还不足以解决整个人类文学同其他学科的关系及其规律的问题，但是，从现实和发展的关系看，或从部分与整体的联系看，它们都是广泛进行世界文学与其他学科间关系的比较文学研究一部分。

需要强调的是，在跨学科研究中，文学应是我们研究的起点与终点，这是须臾不能偏废的。比较文学是一种文学研究，即使是研究文学与其他学科的交会互动关系，其立足点也仍然是文学本身，而不是其他学科。法国学者艾琼伯说得好：“和我一样，雷内·韦勒克没有忘记，在‘比较文学’有‘比较’一词，但和我一样，他也相信，另一个词‘文学’是不应被忘记的。”②可见，比较文学的研究对象，无论是有事实联系的影响研究还是无影响的平行研究，文学作品和文学现象始终是研究的基础和依据。这点对于跨文化和跨学科的研究尤为重要。近些年来比较文学界出现的以比较文化或其他学科取代比

① 载于：乐黛云，王宁. 超学科比较文学研究[C]. 北京：中国社会科学出版社，1989.

② (法)艾金伯勒. 比较文学的目的、方法、规划[C]. 戴耘译//干永昌，廖鸿钧，倪蕊琴. 比较文学研究译文集. 上海：上海译文出版社，1985：107.

较文学、消解比较文学的现象，究其根源，即在于没有坚守文学的立足点。因此，对于跨学科研究的对象，在处理文学与其他学科的"两极"时，文学一极应当贯穿始终，并像钱锺书研究通感那样，尽量做到中外文学的参照互证，这样方能充分发挥跨学科研究的长处，也才能充分体现比较文学的世界性视野的学科特点。

综上所述，比较文学的研究对象，是跨越国界或族界、语言界和文化界的各种文学关系，包括相互交流影响的因果事实联系和无交流影响的相同相异的功能价值关系，同时也是文学与其他学科之间的相互影响、相互借鉴、相互渗透与相互阐发的交会互动关系。对于比较文学研究对象的认定，其文学性（此文学性，指的是比较文学研究的起点和终点都应落在文学本身。与韦勒克所说的文学内部研究的文学性并不相同）和跨越性视野是第一性的。

第二节　种类的划分

自从20世纪初比较文学学科确立以后，随着比较文学的发展，对比较文学的分类，因其分类标准各不相同，其分类可说是层出不穷。

一、早期法国学派的分类

早期梵·第根主要以研究对象与任务作为分类标准。根据研究的对象，即"比较文学的对象是本质地研究各国文学作品的相互关系"，首先划分为只研究两个因子间的"二元"关系的"比较文学"与探讨许多国文学所共有的事实的"一般文学"（或称总体文学，General Literature）两类。

对于比较文学这一大类，梵·第根又以研究对象的不同性质作为标准，将比较文学研究先划分为"物质"的与"形态"的两类。

所谓"物质"的，就是各国之间文学的共同的因子，即移植的、假借的因子。根据其研究的具体对象，再分为：文体或艺术形式、"作风"；题材、主题、典型或传说；思想或情感。——这后一类看似后来"美国学派"所倡导的平行研究的范畴，实则是以探究其事实联系为主旨的。对此，梵·第根曾解释说："各国的文学不仅互相假借着那确切的所谓实质的材料，而且还互相假借着思想和感觉的方式；这些思想和感觉的方式最通常是在接受国家中只有着一点萌芽，而在一些外国作家的影响之下发展起来”①。

所谓“形态”的，就是造成这些因子移植、假借的外部条件与环境，即产生这些共同的因子的原因：这些影响是如何发生的？或者说这些共同的因子是如何移植过去、假借过去的？也即考察其事实联系的出发点与到达点及其传递者。其具体对象分为三类：一是站在放送者的观点上考察一位作家、一件作品、一种文体在外国发生的“影响”；二是站在接受者的观点上探讨一位作家、一件作品之可以任意变化的“源流”；最后是促进影响转移的“媒介者”(传递者)。

对于比较文学研究之中心的“影响”的种类，梵·第根又分为：精神气质的影响，技术的影响，题材、主题的影响，思想的影响，风物、环境等的影响。

据此，梵·第根对比较文学研究种类的划分可如下图所示：

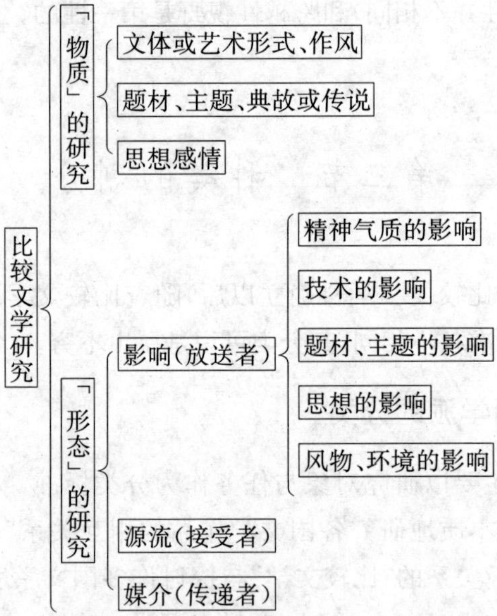

至于一般文学，梵·第根认为：“凡同时地属于许多国文学的文学性的事实，均属于一般文学的领域之中。”②

对此，后来的美国学者韦勒克认为这种分类是行不通的、不科学的。因为这无法解释为什么将研究历史小说家司各特在法国的影响划入“比较文学”，却又将研究包括司各特在内的浪漫主义时期历史小说归入“一般文学”；或者把研究拜伦对海涅的影响和研究拜伦主义在德国的影响区分成：前一个是比较文学，后

① (法)梵·第根.比较文学论[M].戴望舒译.北京：商务印书馆，1937年：99.

② (法)梵·第根.比较文学论[M].戴望舒译.北京：商务印书馆，1937年：177—178.

一个属“一般文学”。这种划分使比较文学变得“支离破碎”,无法对一部艺术作品作多方面的总体研究。但梵·第根以研究对象的不同性质作为标准,将比较文学研究中的影响交流划分为放送者、传递者和接受者三种类型的方法却普遍被后人所接受。因此,梵·第根的这一分类法,也就代表了法国影响研究的分类方法。

二、后期美国学派的分类

美国学派突破了法国学派囿于事实影响的局限,扩大了比较文学研究对象的范围,他们的分类较之法国学派也更为宽泛。

美国印地安纳大学教授韦斯坦因(Ulrich Weisstein)在其《比较文学与文学理论》①一书中,按照当时的研究重点,将比较文学研究划分为:影响和模仿,接受和效果,时代、时期、代和运动,主题学(包括题材),体裁(文学类型),各种艺术的相互阐发等六类。所谓时代(epoch)、时期(period)、代(generation)和运动(movement),指称的是某一时期的文学思潮、文学风格,如莎士比亚时代、歌德时代、启蒙时代、文艺复兴时期、浪漫主义运动等等,其分类的依据主要是文学史的概念,而其他各类则主要依研究对象的内容性质分类,可见其标准并不统一。因此这一类与其他各类的相互包容也就不可避免。

与韦斯坦因同时期,对比较文学的研究类别进行较为系统的划分与论述的,还有时任美国比较文学学会会长的美国伊利诺斯大学教授奥尔德里奇(A. O. Aldridge)。他在所编《比较文学:内容与方法》②一书之导论中,以美学的观点进行文学分析,将比较文学的研究类别分为五类:第一类是“文学批评与理论”,主要是运用美学观点对文学作品、文学创作、文学思潮、文学运动进行美学价值的分析,包括有关文艺的本质、特征、发展规律和社会作用的原理、原则的研究;第二类是“文学运动”,这一类所研究的是明显的心理学上、思想上或风格上在某一个时期的趋势,主要探讨“文学运动”的影响、渊源、文类、特性,及文化史和思想史等相关背景的研究;第三类是“文学主题”,包括人物及抽象的思想观念,它们在不同国家的文学作品里,经常以不同的观点、不同的手法表现出来;第四类是“文学形式”,又通称文体,主要研究依据传统形式所定的各种类型,如诗歌、戏剧、小说等,在不同国家文学中的不同发展;第五类是“文学关系”,这一类最重要的是追查资料的渊源与影响,也即探讨文类、主题、思想、作品或作家从一国文学

---

① 原书《比较文学导论》用德文写于 1968 年,1973 年重新修订出了英文版,并改名为《比较文学与文学理论》。

② A. O. Aldridge, *Comparative Literature: Matter and Method*, University of Illinois Press, 1969.

到另一国文学渊源的影响研究。奥尔德里奇的这一分类可如下图所示：

比较文学研究		
	文学批评与理论	本质、特征、发展规律、社会作用
	文学运动	影响、渊源、文类、特性、文化史、思想史
	文学主题	人物、思想观念
	文学形式	各种文学类型如诗歌、戏剧、小说
	文学关系	文类、主题、思想、作品或作家的渊源与影响

奥尔德里奇认为，由于比较文学处理的材料非常广泛而复杂，迄今仍然没有理想的研究方法或规范，因此他强调研究同一个问题可以交替采用不同的方法，并申明他之所以把研究的内容分为五类，并非依据了什么传统的标准。从以上的分类可看出，正因为奥尔德里奇并没有严格依据什么标准分类，其中也就多有重复交替的现象。

韦斯坦因、奥尔德里奇的理论，都比较完整地体现了美国比较文学学派的基本精神。他们的分类虽然都并非全面，但所涉及的比较诗学、主题学、文类学在美国学派中是具有代表性的。

三、国内外常见的分类方法

随后人们对比较文学研究种类的划分，虽然不尽一致，但基本上与法国学派和美国学派的分类大同小异，通常将比较文学划分为“影响研究”和“平行研究”两大块。“平行研究”之下又根据具体的研究对象划分为：主题学，包括文学作品中的题材、形象、情节、意象等因素；类型学，包括文学作品的体裁、种类和风格等；比较诗学，主要则是文学理论；再就是跨学科研究。因为“平行研究”本来就是以无影响交流的文学关系与“影响研究”相对的，但跨学科研究所探讨的却是文学与各学科之间的相互影响与渗透，显然这种划分方法也并非科学。因此，便又出现了“本学科范围研究”和“非本学科范围研究”的划分。所谓“本学科范围研究”，指的也就是文学现象之间有交流影响的事实联系和无交流影响的功能价值关系；“非本学科范围研究”，指的也就是文学与其他学科之间的交会互动关系。这是国外较为常见的二分法。

除此之外，国外常见的还有三分法：“希腊与拉丁文学间的关系”、“现代向古典文学借用”与“现代文学之间关系”；或“欧洲文学”、“东西方文学”和“国际文学”等。

到了80年代后，法国学者另辟蹊径，以学科动态发展的问题意识作为分类的标准。如布律内尔等人的《何谓比较文学》，除第一章介绍学科史外，其余六章分别探讨了“国际文学交流”、“总体文学史”、“思想史”、“关于文学的思考”、“主题研究和主题学”、“诗学”等，其中又以研究问题再作分类，正如著者自己所说：“在‘国际文学交流’的名义下，人们一方面可以将在民族之间传播文学思想和体裁、主题和意象、完整的或片断的作品的媒介归类，另一方面也能将民族间进行交流的内容本身分类。”[①]在介绍了有关的术语认识的辨析之后，他又说：“研究命运、成功、影响、来源尽管名目繁多，内容不一，但可以归结为一种类型：X和Y。”[②]再晚些的谢弗尔，其在1989年出版的《比较文学》则更为突出，早期比较文学的各类，他都放在“定义”、“外国作品”和“比较文学史编的得失”三章中去总结与探讨，而把文学与艺术、文学与其他学科关系，则又归为“文学神话”和“艺术形态”两章去评述，并提出了不少须深入研究的问题。

而我们国内学术界对比较文学的种类划分，大多采用二分法或三分法，即“影响研究”与“平行研究”或“影响研究”、“平行研究”与“跨学科研究”等；也有四分法，即“影响研究”、“平行研究”、“阐发研究”、“接受研究”，或者“影响研究”、“平行研究”、“跨学科研究”、“阐发研究与接受研究”等。北京大学的乐黛云先生则倾向多分法，即“接受和影响”、“主题学”、“文类学”、“比较诗学”、“文学运动”、“科际整合”和“翻译研究”等七种。

四、种类的划分

上述分类，有的依据地理标准，有的依据传统习惯，还有的依据实际研究范围或学科发展的问题思考等，各有长处，也各有不足。有的分类已明显落伍，固然不可取；但有的分类其学术研究个性相当突出，对我们初学者循序渐进的掌握也不容易。何况，文学是人类复杂的精神活动之一，对它的研究本来就是仁者见仁、智者见智。而比较文学又是跨国界、族界、文化界或学科界限的综合整体的文学研究，因此在其实际的研究中，也就常常因研究对象的不同与研究者本身学养的差异，而呈现为多种多样的认识，这也就是奥尔德里奇所说的，至今依然没有理想的研究方法与规范。

然而，没有理想的研究方法与规范，并不等于没有规则可循。从我们学习与

① (法)皮埃尔·布律内尔，克洛德·皮舒瓦，安德烈-米歇尔·卢梭.何谓比较文学[M].黄慧珍，王道男译.上海：上海社会科学院出版社，1991:19.

② 同上:51.

研究的实际需要出发，我们仍然可以用较为科学与简明的分类标准，对这门新兴学科的基本框架作一个比较清晰的描述。

种类划分的标准，应当遵循科学划分的逻辑规则，并又合乎学科的实际和初学者的方便掌握。就逻辑规则而言，一般应遵循概念划分的三项逻辑规则来进行：

1. 子项(划分后的概念)外延的总和应等于母项(划分前的概念)的外延。

2. 每次划分只能根据同一个标准，不能彼此不统一。在划分出“种概念”后再分更小的“类概念”时，在这种“种”的范畴内也应根据同一个标准来划分。

3. 子项应互相排斥，不能相容，也不应交叉。

从比较文学研究对象的认定可知，比较文学的研究对象主要有三类：一是不同民族或国家的文学之间彼此交流影响的比较研究，二是各民族或国家的文学之间无交流影响的比较研究，三是文学与其他学科关系的比较研究。而且不同民族或国家无论是文学还是文化之间以及文学与各学科之间，总是存在着三种关系：不是彼此有过交往影响的事实联系，就是存在着并无交往的平行的功能价值关系，或是相互渗透的学科交会互动关系。因此，首先就以这种文学关系的属性来作为首次划分的标准，将比较文学所研究的对象分为三大类：影响研究、平行研究和跨学科研究。这样，首次划分后的影响研究和平行研究和跨学科研究三大类的外延总和，与划分前的比较文学外延是相等无差；同时，影响研究与平行研究之间也不会交叉相容；而且文学与其他学科的跨学科研究，及其同文学现象范围内的影响研究与平行研究之间的界限也同样如此，因为一旦跨越文学界限，则就归于跨学科研究范围了。

其次，对影响研究内的再划分，就应依据影响联系的特殊性这一标准来进行。影响联系的特殊性，就是产生影响的整个“经过路线”必定存在着三个因子或三种情形：谁发出影响，也即“放送者”；谁接受影响，也即“接受者”；谁来作媒介或译介，也即“传播者”。故依此又可再分为流传学、渊源学、媒介学等分支研究，而媒介学中的语言文字的翻译媒介，又可延伸出译介学研究。

而对平行研究内的再划分，因其主要研究的是各民族或国家文学现象之间相同或相异的功能价值关系，因此可以文学理论自身的分类标准，再细分为专作文学理论比较研究的“比较诗学”，专作不同国家文学的内容与形式比较研究的“主题学”、“文类学”等。同样，划分后的研究种类的外延总和也相等于划分前的平行研究外延。

文学与其他学科关系的跨学科研究，则以学科知识的分类为标准再作细分。

有属于自然科学的，如数学、物理学、心理学等的关系研究；又有属于社会科学的，如经济学、政治学、哲学、历史学等的关系研究；还有属于宗教信仰的以及属于其他艺术的，如电影、绘画与建筑等的关系研究等。这样就可简化为："文学同自然科学的跨学科研究"、"文学同社会科学的跨学科研究"、"文学与宗教的跨学科研究"和"文学同其他艺术的跨学科研究"等等。

此外，还必须考虑到学科最新的发展实际，尤其是近年来诸如"形象学"、"接受发生学"、"生态文学批评"、"文学与副文学"等研究新领域，它们既有文学本学科影响联系和平行关系的研究成分，又有跨学科影响或关系的研究因素，或是文学与口头表演文学与文化背景的整体探究等，是一种交会综合性的专题研究，为学习方便，我们将其立为"新专题研究"一类。

依据以上种类划分的逻辑规则，可以将比较文学的种类划分如以下简表：

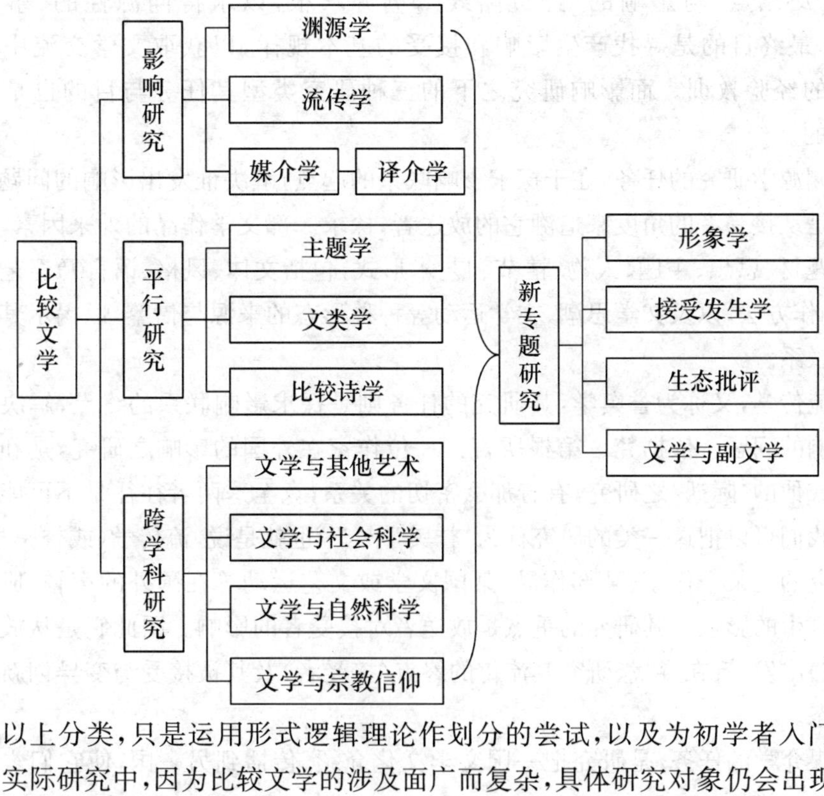

以上分类，只是运用形式逻辑理论作划分的尝试，以及为初学者入门的方便。实际研究中，因为比较文学的涉及面广而复杂，具体研究对象仍会出现类属交叉包容的情况。而且作为一个发展中的学科，随着新理论新学说新领域新课题的不断涌现，对其研究的种类的认识也在不断变化。因此，我们在研究实践中仍应实事求是，而非作茧自缚。

第三节　任务与目的

关于比较文学的研究任务与目的，雷马克曾明确指出："比较文学的使命是：通过与别的国家、民族(历史)现象的比较，来发现国家民族现象中的相对性。"① 具体而言，比较文学的各研究种类，它们皆有各自不同的使命。

传统的影响研究的任务，是研究一个作家、一部作品或一种文学现象在国外的流传和影响。它必须用充分的可靠的材料来阐明不同民族或国家的文学现象之间所发生的相互联系相互影响的事实，也就是研究影响的"出发点"、"终结点"与影响的"经过路线"，溯源求根，以求得同源性的"事实联系"。最终目的是寻找产生影响和接受的基本规律，以获取文学交流中可资借鉴的经验教训。而影响研究之下的三种研究类型其任务与目的也是各不相同的。

渊源学研究的任务，在于探求影响联系的起点，解决谁发出影响的问题。它主要是从接受者的角度来追溯它的放送者，探求一部文学作品的外来因素，研究它的题材、思想、主题、人物、情节和艺术形式，包括文体、风格、语言乃至艺术技巧、创作方法，以及文学思潮、文学运动等种种形态的来源与借鉴，以揭示其间的因果联系。

流传学，又称为誉舆学，其研究的任务则是探求影响联系的终点，解决谁接受影响的问题。依据梵·第根所言："一位作家在外国的影响之研究，是和他的评价或他的'际遇'之研究，有着那么密切的关系，竟至这两者往往是不可能分开的。我们可以把这一类的研究称为'誉舆学'。"②也就是说，流传学(或誉舆学)主要研究的是某个作家、某部作品、某国文学或文艺运动等在国外的声誉、成就及其所产生的影响。其研究的重点是放送者对接受者的影响。因此它是从放送者(起点)出发，旨在寻找、研究其流传的终点(接受者)及其被接受与变异创新的种种形态。

媒介学的任务，是研究把一国文学文化介绍、传播到另一国，使它们之间产

① (美)亨利·雷马克.比较文学的前景[C]//孙景尧.新概念、新方法、新探索.桂林：漓江出版社，1987：104.

② (法)梵·第根.比较文学论[M].戴望舒译.北京：商务印书馆，1937：136.

生文学交流及影响接受联系的途径、方法和手段，解决充当媒介作用的“第三者”问题，即产生影响的媒介因素、文学的传播者。因此它研究的重点并非是探溯“终点”和“起点”，而是中间的“经过路线”、媒介者或媒介物等。它们可能是游记、日记、报告、书信等文字文本，也可能是访问、演出、讲演、座谈、人员交流、国际会议等非文字方式。译介学也是研究媒介问题，然而它却是专门研究语言文字的翻译媒介，它不仅是影响媒介的主要途径，而且还涉及接受的具体方法手段等众多问题。

影响研究的对象是有交往联系的不同民族或国家文学的影响事实，其研究崇尚实证，重视考据与资料的发掘与整理，具有文学史研究的特点。因此这种重考证、求“事实联系”的方法，也就成为影响研究的基础。无论是流传学，还是渊源学，或是媒介学和译介学；也无论是由起点到终点的顺时方向研究，或从终点向起点的逆时方向研究，抑或是从中间向两端方向的研究，实际上都是在查一种文学现象的“家谱”，都在考证其谱系网络，并求得其共同的源头。因此影响研究所获得的“事实联系”，从逻辑上说是一种因果联系，从时间上看是前后的历时关系，并共同呈现为同源性的特点。

如朱炳荪的《〈灰阑记〉纵横谈》，是从起点向终点的顺时方向的流传学研究。《灰阑记》故事的基本情节是讲两个妇女为争夺一个孩子打官司，双方各自声称自己是孩子的生身母亲，智慧的或万能的“仲裁者”利用伟大的母爱真情，察言观色，终于判明是非，把孩子判给具有母爱的真正的母亲。这个故事来源古老，而且流传极广，上自印度《佛经》、希伯来的《圣经》，中经元代杂剧《包待制智赚灰阑记》，再到现代德国戏剧家布莱希特的《高加索灰阑记》，直到当代日本系列动画片《聪明的一休》，形成了纵横上下的《灰阑记》谱系，其考证事实联系与共源性谱系皆是十分明显的。

杨宪益的《译余偶拾》中的“板桥三娘子”，则是从终点追溯起点的逆时方向的渊源学研究。所谓“板桥三娘子”，是唐代孙颀《幻异志》里的故事，其基本情节是讲一个名叫三娘子的妇女，供给客人食物，让客人吃后马上变成驴。杨宪益经考证，认为此故事“源出西方”，最早的记载恐怕要算希腊的《奥德修记》第十卷里面巫女竭吉的故事：竭吉用食物待客，客人吃后变为猪。后来罗马的阿蒲流的《变形记》中也有这个故事，不过已换成人变驴了。杨宪益考证中国古籍后指出，这个故事是唐宋间“大食商人”传来的。这个逆时针方向考证求实后的同源性谱系也是清楚的。

而金荣华在其《从汉文资料看飞头传说之发展与流行区域》一文中，对“飞头传说”的发展与流行的研究，则是从中间向两端进行的媒介学研究。“飞头传说”在中国起自魏晋志怪作品中，直到明代的史籍都不断有新的记载并加以补充，但其基本情节都是说：“南方”有一种人，其头在夜里飞去，到天明再飞回接上。金荣华经上下溯源求证，终于考证出这个传说的源头是越南。

平行研究的任务，是对那些并无交往影响和事实联系的不同民族和国家的文学，在主题、文类、文艺理论、文学题材、人物形象、创作方法、风格特点、文学思潮和文学运动等方面进行同异关系和规律特点的比较研究。其研究的重点是发现并辨析这些文学现象之间的相同和相异，且通过异同比较来探讨各民族文学之间的内在联系及其共同规律，以期获得对各民族文学特性及其美学价值的正确认知。平行研究之下的各分支，也各有其不同的研究任务。

主题学研究的任务，是对文学内容中的同一主题、母题、题材、人物、意象、情境等在不同时代、不同文化体系、不同民族作家手中的不同处理及其演变进行比较研究。其研究的侧重点在于这些相同的主题、母题、题材、人物、意象、情境等在不同国家、不同民族的语言文学中的各种表现形态及其产生和发展的原因、过程、规律和特点，并通过研究最终揭示出不同民族的作家及其所属民族的心理特征及其审美特质，使之更好地认知他者和自我，更全面深入地把握文学发生和发展的规律。

文类学研究的任务，是对各种文学类型（或文学体裁）在不同语言、不同民族文学中的发展过程及其规律特点进行比较研究。例如，研究小说这种文类在东西方民族文学中的形成演变及其特点，研究某一种文类（或文体）为什么在某国文学中没有、其原因与特征是什么的“缺类研究”等，都在文类学的研究范围之内。

而比较诗学的研究任务，则是对各国各民族的各种文学理论进行比较研究，揭示各民族文学理论产生和发展的不同历史传统、不同文化背景以及文学实践的基础，辨析其中各种观念、概念、原则、思维方式和方法的异与同及其特征和价值，以促进各民族文学的对话交流与沟通。

与影响研究不同的平行研究，由于其研究的是并无事实联系的不同国家或民族文学之间的内在关系，强调寻求各国各民族文学关系的功能性规律，并上升为理论认识。因此，在研究方法上，它注重美学分析与各种理论方法的综合运用，更像文学理论和文学批评的研究。而因它主要是综合运用文学理论的方法，寻求其中同异的内在有机规律，这从逻辑上说是功能性关系，从时间上看是共时性关系，由此所共同形成的则是功能性美学认识。

例如小仲马的《茶花女》和冯梦龙的《杜十娘怒沉百宝箱》，虽然前者晚于后者两个世纪，但彼此并无直接接触也未发生过影响联系。然而，两部作品中两位女主人公的命运遭遇却是类似的。在研究中，无论是从文学作品的各个方面，还是从社会历史或经济发展来探究，实际上都是在功能作用上通过比较和分析来显示其同异的特点与认识：同是十三四岁就被“破瓜”，同是强颜欢笑违心地出卖肉体来谋生，同是想跳出火坑却又同是误托终生而一命归阴。她们即使有相异之处，如一个卖身给封建中国的鸨儿，另一个则卖身给整个资本时代的法国有产者与贵族；一个抱恨刚烈投江，另一个抱憾慢性自杀；然而却同受“资本——等级”，这一被马克思称为“死者抓住生者”的异化魔掌所残害。可见，是这一功能作用的内在规律，被作家形象地反映后，才产生了这两个脍炙人口的艺术形象。

至于对诗歌、戏剧或文学理论的比较诗学平行研究，也同样如此。唐代孔颖达指出：“诗是乐之心，乐为诗之声，故诗乐同其功也。”但他除了指出“文词与音调之一致”外，又进而发现情发于声与情见于词是不可等同的，不要以词害意，因为“言而非志，谓之矫情，情见于声，矫亦可识”，也就是说，言词可以作假违心，而声音不容易造作装假。这种同类同功能的认识，与德国浪漫主义文论家瓦根洛特(1773—1798)的论述也相当一致：“在人心深处，情思如潜在的巨流，澎湃流动不息。用语言来列举、描写与抒发它，不过寄寓于外面的他物，但音乐却是靠自己流露出来，不必寓于他物。”东方西方，可谓“文心相同”。而钱锺书的跨学科研究名篇《通感》，也是从功能上令人信服地论证了心理学上的通感说，即对文学创作中打通声、色、味、觉等不同感觉的现象及其规律进行了理论总结。

跨学科研究的任务，是对文学与其他学科的内在联系和相互影响的渗透关系进行研究。这是一种文学与其外部关系的研究。在这一类研究中比较文学充当的是“把人类创造活动本质上有关而表面分开的各个领域联结起来的桥梁”①，且在这种联结中，获得一种新的视野，从一个新的层面揭示文学的本质特性和功能。虽然这类跨学科研究涉及的范围较为宽广，包括自然科学、社会科学、人文科学与宗教等人类知识表现领域，但其研究始终以文学为本。

其中文学与艺术的研究，包括文学与绘画、音乐、雕塑、建筑、电影等关系的研究。文学与艺术自古以来便存在着最亲近的姊妹关系，因此这一种类的研究着重于文学与各种艺术之间相互借鉴、相互吸收、相互融合的内在关系的研究。

① (美)亨利·雷马克.比较文学的定义和功用[C]//张隆溪.比较文学译文集.北京：北京大学出版社，1982:7.

而文学与宗教的研究，所要揭示的则是两者相互影响彼此共生的关系。这是因为文学与宗教之间既有着相互的影响与联系，又有着互补与对立的共生关系。它们彼此融通，构成一定的文化文学传统，并提供同一文化的信仰精神和思想情感因素。鉴于跨学科研究应始终以文学为核心，文学与宗教关系的研究，主要着重于宗教对文学的题材、体裁、主题、思想、情感、情节、人物形象、创作手法以及语言、技巧等各种文学因素所产生的影响进行研究，同时也包括研究各种宗教形象和意象进入文学后的演变与发展。文学与其他社会科学、人文科学以及自然科学的研究，其着重点也应该在于研究文学创作、文学理论和批评如何从社会科学、人文科学和自然科学中吸取营养，从而获得新的发展的文学现象。这样才能将跨学科的比较文学研究始终落在文学这一基本点上。

形象学研究，是“对一部作品、一种文学中异国形象的研究”①。换句话说，也就是对“他者”形象的研究。它涉及的是在不同的国家或民族、不同的文化体系中，文学作品如何塑造异国或异族文化的形象问题。形象学研究从法国学派的影响研究中发展起来，与法国学派的影响联系有着密切的关系，即通过研究一国文学中的异国形象，探讨“自我”与“他者”、“本土”与“异域”的文学、文化关系。但因为这种“他者”形象往往融入的是创造此形象的作者本人及其所属社会或群体对“他者”的想象，形象学实际上研究的是想象的创造及创造者们，所以它又是在文化想象层面上进行的研究，研究者往往更注重研究创造出此异国形象的文化，分析并揭示其社会背景及深层的文化心理结构。因此形象学研究不仅要调动影响研究的方法，而且还要调动文艺学、接受美学、人类学、文化学、心理学、史学等平行研究和跨学科研究的方法进行研究。

接受发生学研究，是从文学发生学的立场，探究异族文学的接受过程及其接受效果。美国当代比较文学家韦斯坦因认为：接受研究“主要探讨文学的效果，文学原则如何形成、如何变化之类的问题”②。而所谓文学发生学的立场，主要是以瑞士心理学家皮亚杰(Jean Piaget)的发生认识论为基础，解释异族文学的接受是怎样在新的“文化语境”中形成的，探明异族文学文本之所以被接受，以及在接受过程中所发生的变异现象的内在成因。因此，接受发生学，同样既要调动影响研究的方法，而且也要调动文艺学、接受美学、人类学、文化学、心理学、史学等平行研究和跨学科研究的方法进行研究。

① (法)达尼埃尔-亨利·巴柔.从文化形象到集体想象物[C]//孟华.比较文学形象学.北京：北京大学出版社，2001：118.

② (美)韦斯坦因.比较文学与文学理论[M].刘象愚译.沈阳：辽宁人民出版社，1987：55.

生态批评的任务，是对文学与自然环境之间的关系进行研究和批评。它不是将生态学或其他自然科学的方法用于文学研究，而是将生态的哲学基本观念引入文学研究和批评①，通过文学重新审视人类文化，探索人类思想、社会文化如何影响生态环境，如何导致生态环境的灾难的问题。因而，生态批评家除了研究文学如何表现自然之外，还必须分析所有决定着人类对待自然的态度和生存于自然环境里的行为的社会文化因素，并将这种分析与文学研究结合起来，揭示人类文化对地球生态的影响。因此，生态批评既是涉及自然生态、哲学观念、环境保护、文化心态等多学科的研究，又是强调"国际性的透视"的比较文学和文化的专门研究。

文学与副文学的研究，是对学院教育和学者研究认可的"经典之作"以外的非"经典"文学的研究。这些非"经典"文学通常是不被各类机构和教育部门承认或接受的文本，然而却经过"大众路线"大量生产并广为流传，比如像口述文学（快书、评弹、相声等）、通俗文学、民间文学、儿童文学等就是如此。文学与副文学研究的任务，就是要通过研究这些非"经典"文学，揭示并正确评价它们的文化意蕴和美学价值。这一种类的研究不仅涉及文学学科的文学定性、作品价值、评判标准等重大问题，而且还关联到读者接受、发行路线等社会学研究的重要问题。因此，它同样需要调动影响研究、平行研究和跨学科研究的方法。

① Karl Kroeber, *Ecological Literary Criticism: Romantic Imagining and the Biology of Mind*, Columbia University Press, 1994: 25.

第三章 比较文学的学理逻辑

提示

当我们明确了比较文学的性质、对象和范围之后，随之而来的问题是，认知活动中普遍运用的“比较”与比较文学研究中的“比较”有何异同？决定比较文学研究全过程的条件是比较还是可比性？从一般的比较到具有学科自觉意识的比较文学研究，实际上是一个怎样才能合乎比较文学研究可比性学理假设的问题。本章以此为例，学习可比性的逻辑推理方法，同时也介绍比较文学研究的可比性要求。

第一节 “比较”和“可比性”

比较一词（英文中，动词形式为 compare，名词形式为 comparison，它们都共同来源于拉丁语 comparäe，其中 par 为“相等的”意思，而前缀 com 为“共同”的意思），在众多的词典中，都解释为：考察事物或现象以发现其相同与不同之处。因而作为科学研究中的比较方法，即是确定对象之间共同点和差异点的方法。

1930 年 3 月，美国天文学家汤仓把相隔几天拍摄的星空照片进行详细比较，发现后一张照片上有一个光点的位置有了较明显的改变，进而发现这个光点正是人们早就推论到，而又苦苦找寻几十年而不见的冥王星。

冥王星的发现，可以说是运用对象之间共同点和差异点的比较方法，在科学研究上有所发现的成功例子。通常所见的各种比较方法，如根据比较对象所具有的同一性与差异性而进行的同类比较法与异类比较法，根据比较对象历史发展与相互联系特点而进行的历时性纵向比较法与共时性横向比较法，根据比较对象的整体性与局部性而进行的宏观比较法与微观比较法等，也基本如此。

然而，这些还不是比较研究方法的全部及其精髓。德国哲学家黑格尔说：“假如一个人能见出当下显而易见之异，譬如能区别一支笔与一头骆驼，则我们不会说这个人有了不起的聪明。同样，另一方面，一个人能比较两个近似的东西，如橡树与槐树，或寺院与教堂，而知其相似，我们也不能说他有很高的比较能力。我们所要求的，是要看出异中之同或同中之异。”①列宁要求，“比较必须适当”。他认为：“任何比较只是拿所比较的事物或概念的一个方面或几个方面相比，而暂时有条件地撇开其他方面。我们提醒读者注意一下这个大家都知道的、但是常常被人忘掉的真理。”②而毛泽东将比较方法称为“古今中外法”并从视野上要求说：“所谓‘古今’就是历史的发展，所谓‘中外’就是中国和外国，就是己方和彼方。”③可见，出色的比较，即黑格尔要求的“很高的比较能力”，是“看出异中之同或同中之异”的辩证比较，是一个或几个方面“有条件”的“适当”比较，是历史发展和己方彼方的“古今中外法”的比较。

具有上述要求的比较法，其对包括比较文学在内的社会科学，具有相当于自然科学中的实验那样的重要作用和特殊意义，广有学术影响的《方塔娜现代思想辞典》给“比较方法”下定义说：“在社会科学中，这个名词就如同科学中实验的唯一替代关系那么至关重要。它是社会科学的系统阐述明确理论的典型方法，包括说明决定性的测试条件的那些假设。自然科学中的实验，相当于社会科学中的比较方法。”④

可见，上述的辩证比较、有条件的适当比较以及具古今中外视野的比较等要求，是对包括比较文学在内的社会科学研究“进行决定性的测试（研究）条件”，而且还是经由“系统阐述明确理论”的那些“假设”。也就是说，是有理论依据并决定了比较方法研究条件的可行性学理假设，我们简称其为可比性。

事实上，任何研究都需要学理假设。然而，应该看到，比较文学作为一门属于社会科学的文学研究学科，其同自然科学研究不同的普遍性是，研究者的学理假设或认识论述，是不能证伪、也不能作纯客观检验的。这是由其研究对象的特点以及研究者的主观学理假设的不同作用所决定的。

就其研究对象而言，文学的研究对象与自然科学的研究对象不同。因为文学研究与自然科学研究的对象存在两类主要差异，一是对象的时间与空间的相关性，另一个是客观与主观的相异性。自然科学的研究对象就是客观存在的客

① 黑格尔. 小逻辑[M]. 贺麟译. 北京：三联书店，1954：262.

② 列宁. 列宁全集：第八卷[M]. 北京：人民出版社，1986：423.

③ 毛泽东. 毛泽东文集：第2卷[M]. 北京：人民出版社，1993：400—408.

④ A. Bullock & S. Trombley, The Fontana Dictionary of Modern Thought [M], London, 1988: 150.

体，不随时间或人事的变化而变化。如自然科学所研究的水，无论是大江大河的水，还是山溪池塘的水，也无论是过去的水，还是今天的水，去掉杂质都是由两个氢原子和一个氧原子组成，其中既不包含人的过去或如今的主观意识，也不顾及科学家的好恶情感。但文学作品中所写的水，却是饱含着作者主观意识与情感，而且还要求独辟蹊径。李白《将进酒》的首句“君不见黄河之水天上来，奔流到海不复回”，可谓豪情满怀、汹涌澎湃。而换了另一时间与另一场合，他的《渡荆门送别》中的“仍怜故乡水，万里送行舟”，则又是“辞别远游”的恋怜之情了。凝聚在文学中的作者主观思想感情，甚至可以更改客观已知的科学认识，而为人的主观意识或传统认识所左右。中国传统文学描写男女相爱总比之以鸳鸯，因为雌雄鸳鸯一旦丧其伴侣，存活下来的要不了几天就随之死去，以此喻示情侣的难舍难分。但科学告诉我们，事实上生物界雌雄动物难舍难分到须臾不能分离的“冠军”是血吸虫而非鸳鸯。然而无论是作家的创作还是读者的接受，都仍然以鸳鸯作比，而绝不会去说两人相亲相爱得就像血吸虫一般。至于不同国家和民族，既有对同一事物的不同审美感受，如中国视孔雀为美，用来赞美女子是褒奖有加，但法国说某女子是孔雀，则有“淫荡女人”之嫌；又有对同一文学作品的不同接受与反应，如寒山诗在中、日、美三国的的不同流传即是。唐代诗人寒山，诗作三百余首，其在中国传统文学史上，几乎没有什么文学地位，朱东润教授主编的《中国历代文学作品选》、中国科学院文学研究所编写的《中国文学史》，以及游国恩等教授主编的《中国文学史》等著，都没有提到寒山及其诗作。但寒山诗在国外获得的肯定却出人意料，它经由日本流传到美国，在20世纪中期的美国风行一时。可见，文学不像自然对象那样“纯客观”，也不像自然科学那样，给人的是关于客体存在的客观知识，而文学给人的是思想情感的主观体悟和社会人生的内涵认知，如锡德尼所说：“在于教育和怡情悦性。”①

与此同时，就研究者的必备学理假设作用而言，自然科学与文学研究也是大不相同的。自然科学的假设和理论，是可以被检验、被证伪的。大家熟知的二次世界大战期间，美德两国研制原子弹一成一败就是一个例子。两国科学家的学理假设都一致，都用石墨做反应堆的试验材料，美国做成了，并进而制造出了原子弹；而德国未做成，当时不知其所用的石墨是被人掺杂做了“手脚”的，反倒因试验失败而放弃了其理论和假设，最终使原子弹研制流了产。

但文学研究其同自然科学研究不同的是，文学研究者不仅不排除其主观意

① 伍蠡甫. 西方文论选：上册[M]. 上海：上海译文出版社，1979：231.

识，而且，学者们总是依据已有的文学知识、理论认识和前人文献等，作为其研究文学的学理假设并要求“避免老生常谈”①，进而作言之有据、言之有理的分析论述，以证明自己的“一家之说”，给文学认识的王国增添“新的版图”。一部《诗经》，总共只有三百零五首诗，其中的“国风”才一百六十篇。可是两千多年来，研究它的论著可谓汗牛充栋，不可胜数。其开首的《关雎》一诗，是只有短短八十个字写男子追求女子的情歌。但历朝历代的研究者，从其封建教化的主观意识出发，将其与历史配合，寻求伦理认识。西汉时有说是王教之端，有说是刺时之作，较后的毛郑之学，则说它是“后妃之德也”。直到宋代的经学大师朱熹，尽管他认为《诗经》中的国风一百六十篇，是“男女相与咏歌，各言其情者也”。但他仍然说《关雎》是“此纲纪之首，王化之端也”。同样，欧洲对《圣经·雅歌》的研究认识也是如此。明明是一首热烈肉感的以色列情歌，但从犹太拉比们开始，从其宗教信仰的主观意识出发，将其说成是神圣的启示，是“圣中之圣”；后来神学家的研究阐释，更是将其说成是预表基督教徒对耶稣关系的认识，一次又一次地将其神圣化为最具奥秘隽永真理的说教。

比较文学研究也同样需要学理假设，从梵·第根到谢弗尔都强调：“正如在许多别的学问中一样，对于比较文学家的工作，假设往往是必要的。”②“比较文学乃是治学方法，是检验众多假设和研究文本之道。”③但与一般文学研究假设所不同的是，比较文学是将跨语言界、跨国界、跨文化界和跨学科界的文学关系作为自身的研究对象，随之也必须具世界文学和总体知识视野（作为个人未必能行，但作为学科理当如此）的预设理念和视角标准等，从而成为其研究的特定可比性学理假设，使之“自觉自由”地进行多种文学或多门学科及文化的相互参照和研究探索。

正因此，比较文学一个多世纪以来的发展历程，对比较文学特定可比性学理的探究，也就被比较文学家一提再提并一论再论。早在20世纪30年代，法国的梵·第根就论述道：“总之，‘比较’一词应该摆脱全部美学的涵义，而取得一个科学的涵义”以使比较文学具有“历史科学的特质”④。他要求去寻找各国文学间影响途径和“事实联系”，是一种基于文学现象同源性关系的可比性学理假设，因而侧重于历时性的影响研究。二战之后，美国比较文学家雷马克在其《比较文学的

① 中国比较文学[J].上海：2004年第3期，第14页。
② 梵·第根.比较文学论[M].戴望舒译.北京：商务印书馆，1937：60.
③ 谢弗尔.当今比较文学[M].托玛斯·杰弗逊大学出版社，1994：1.
④ 梵·第根.比较文学论[M].戴望舒译.北京：商务印书馆，1937：17.

定义和功用》中,也具体阐述了如何解决跨学科比较研究的"难以确定"的"比较性"[①]。不论是雷马克还是韦勒克,他们都十分强调"美学性"的"综合和想象、创新与解释"等,抓住"更重要的艺术理解和评价问题"[②],可见,其可比性是基于功能性规律理论认识的学理假设,因而侧重于采用共时性的平行研究和跨学科研究。

而苏联比较文学学者马尔科夫认为,"对文学进行对比确定特殊和普通的关系,文学的历史发展的规律性的确立,采用比较方法是必不可免的。并且明显地分离出两个研究的方面,相对地说,纵的和横的。这里说的是一种情况,对在历史纵向发展中的现象的彻底研究;另一种情况是在同一类型的历史条件下出现的相似现象的判明。这两个方面是相互交错的,也往往是并列的"[③]。的确,成功的比较文学研究很少孤立地采用一种方法的学理假设,而是采用多种方法并存的可比性学理假设。

总之,从"比较"的"科学涵义"和"特质",到"比较性"和"可比性"的阐释与论证,都充分反映了学者们长期以来对比较文学研究特有方法论的关注,同时也是基于比较文学学科一个多世纪发展和实践的理论总结和学术认识。"可比性是决定文学现象与文学问题能否成为比较文学对象的关键,也是关系到比较研究能否正常进行并取得科学价值的关键"[④]。因而,迈讷说:"今后,凡是从事跨文化比较研究的学者们必须掌握可比性的原则,这是基本的知识。"[⑤]

第二节 可比性与影响研究

对于"影响"一词,英文 influence 由中世纪拉丁语 influentia 衍化而来,这一名词又是由古典拉丁语的动词 influere 演变而成,本义为"流动、流向"的意思,转

---

① 北师大比较文学研究组.比较文学研究资料[M].北京:北师大出版社,1986:6.

② 雷马克.比较文学的定义和功用[M]//张隆溪选编.比较文学译文集.北京:北京大学出版社,1982:2.

③ 马尔科夫.比较文学研究的方法论和理论问题[M]//干永昌等编.比较文学研究译文集.上海:上海译文出版社,1985:362.

④ 陈惇,孙景尧,谢天振.比较文学[M].北京:高等教育出版社,1997:57.

⑤ 厄尔·迈纳.跨文化比较研究[M].//昂热诺,贝西埃,福克马,库什纳编.问题与观点——20世纪文学理论综述.史忠义,田庆生译.天津:百花文艺出版社,2000:222.

义为“主宰他者精神(理智)的力”。由此，我们可以看出，“影响”是流传的过程，有明确的方向性，或正面“影响他者”，或负面“受到影响”等，这就涉及施受的关系。因此，在比较文学中，影响不是一种机械的重复和摄影式的再现，更不是抄袭剽窃，在影响的实现过程中，接受者与输出者都具有各自的个性并体现出一定的创造性。正如约瑟夫·T.肖所说：“影响并不局限于具体的细节、意象、借用，甚或出源——当然，这些都包括在内，而是一种渗透在艺术作品之中，成为艺术品有机组成部分，并通过艺术作品再现出来的东西……一个作家所受的文学影响，最终将渗透到他的文学作品之中，成为作品的有机组成部分，从而决定他们的作品的基本灵感和艺术表现，如果没有这种影响、这种灵感和艺术表现，就不会以这样的形式出现，或者不会在作家的这个发展阶段出现。”①换句话说，“影响”是一种存在于本国文学或作品中属于自己特色的东西，如果没有接触阅读过他国文学或作品，也就没有这种联系，而且自己的特色也就不会出现。

但是，仅有主动影响还不足以完成文学交往的全部“事实联系”。韦斯坦因认为影响“在大多数情况下，无论如何，都没有直接的输出或借入，而文学摹仿的实例要比多少都有创造性转变的实例，稀少得多”②。前国际比较文学学会会长迈纳教授则援引了前捷克斯洛伐克比较文学家迪奥尼兹·杜利辛(D. Durisin, 1974)的观点，认为“通常所说的‘影响’意味着甲把某种东西送给乙，而实际上谈论接受更准确一些，乙选择来自甲的某种东西”③。荷兰自由大学教授，在比较文学界相当活跃的当代学者伊布什，也在《文学的接受》一文中充分肯定杜利辛的观点，指出应当“使接受主体，而不是影响主体变成确定影响类型的因素”④。可见，影响与接受是各国文学间联系不可分割的部分。因此，影响的类型、接受的方式和传播的途径——媒介，都是成为影响研究中的可比性条件。

一、影响的类型

(一) 正影响

就是外来的外国文学成就，使本国文学受益并与其发展方向一致的影响联

① 约瑟夫·T.肖.文学借鉴与比较文学研究[M].盛宁译//张隆溪选编.比较文学译文集.北京：北京大学出版社，1982：38.

② 韦斯坦因.比较文学与文学理论[M].印第安纳大学出版社.1973：311.

③ 厄尔·迈纳.跨文化比较研究[M].//昂热诺，贝西埃，福克马，库什纳编.问题与观点——20世纪文学理论综述.史忠义，田庆生译.天津：百花文艺出版社，2000：208.

④ 埃尔吕德·伊布什.文学的接受[M].//昂热诺，贝西埃，福克马，库什纳编.问题与观点——20世纪文学理论综述.史忠义，田庆生译.天津：百花文艺出版社，2000：327.

系。例如,中国的古典文学的“理性”,影响了18世纪法国启蒙运动泰斗伏尔泰,他所写的哲理小说《查弟格》和剧本《中国孤儿》,都直接采用了中国元杂剧《赵氏孤儿》的题材,从而成为他宣传理性精神的启蒙文学的内容之一。同样,在现代文学史上,引进高尔基、法捷耶夫、马雅可夫斯基等为代表的前苏联无产阶级文艺,影响与促进了中国现代无产阶级文艺的发展方向,就同属这类影响。

(二)超越影响

实际上是正影响的一种特殊类型,指在本国无大名声、可在外国却声名赫赫,并有助于他国文学发展的那类影响联系。这类影响联系,在中外文学史上时有发生。例如英国女作家伏尼契所写的《牛虻》,在英国不大被人知晓,可在前苏联和中国却几乎人人皆知,既影响了奥斯特洛夫斯基创作《钢铁是怎样炼成的》,也影响吴运铎创作《把一切献给党》。在中国小说史上,清初青心才人的通俗小说《金云翘传》在中国是默默无闻的“末流作品”,而在日本就有九个传本,最为有名的是,它被越南诗人阮攸改写成长诗《金云翘传》后,在越南、东方乃至世界文学史上大放异彩,被越南文学界誉为“越南诗歌艺术的高峰”,“使用民族语言的卓越范例”。更有甚者,中国古代的《花木类考》及陈扶摇的《花镜》等毫无文学价值的作品,在中国文学史上从不提及,可是在美国学者翟里斯所写的《中国文学史》中,却用相当多的篇幅去讨论介绍。

(三)负影响

是外来的外国文学成分,成为反对本国文学传统方向的影响联系。如鲁迅受尼采、果戈理等作品的影响,写出了彻底反封建的《狂人日记》与《药》等,从而开创了与中国封建传统背道而驰的新文学方向。又如郭沫若写的《凤凰涅槃》、《女神之再生》与《棠棣之花》等作品,其反封建的那种奔腾呼号的激情,如作者自己所说,是受了泰戈尔、惠特曼和歌德的影响。在中国现代文学史与中外文学史的转型时期,此类影响尤为明显。

(四)反影响

是指否定、批判外国文学,从其反面来支持本国文学传统方向的影响联系。众所周知,在“文革”时期,“四人帮”就大力批判所谓“封、资、修”,通过彻底否定外国文学等,来推行那套极“左”的“三突出”的文艺路线,这种“项庄舞剑,意在沛公”的情况,在文学史上也绝非仅有。英国莎士比亚的著名悲剧《奥赛罗》,最早传到法国时,在巴黎舞台演出中,将中心道具手帕有意换成了丝巾或项链,这显然是为了迎合法国古典主义“典雅”准则的一种需要。

（五）回返影响

是指本国文学先影响外国，再返回来促进本国文学发展方向的影响联系。例如德国戏剧家布莱希特，于1935年在莫斯科看了梅兰芳的京剧表演，写了《中国戏剧中的间离效果》一文，并将这一认识用到他的《高加索灰阑记》等剧作的演出之中。此后，这一"间离效果"的认识，又回返促进了中国的话剧表演与文学研究。又如20世纪初，美国意象派诗人由于日本诗歌的媒介，将兴趣转向中国，推崇李白、王维。而意象派的主张又影响了当时在美国留学的胡适，他的《文学改良刍议》中的几条建议几乎全来自意象派1915年的宣言。再如前苏联50年代，《解冻》与《伊凡·杰尼索维奇的一天》等小说，先在西方国家"打响"，再回头影响前苏联，先后出现了"解冻文学"和"持不同政见文学"。由于各国政治、社会制度不同，又由于现代各国文化交流的频繁与活跃，这种各取所需或"出口转内销"的次第影响，常常存在。

当然，在实际研究中还经常遇到直接、间接、个人、群体等以及交错混杂的影响情况，而在近现代，各国文学间还往往出现你中有我、我中有你的相互影响，使影响联系显得更为复杂与多样。所以，我们应细致处理，而不能画地为牢，从而影响了实际的比较文学研究，这在研究的过程中是需要清醒意识到的。

二、接受的方式

一个作家所受的文学影响，最终将渗透到他的文学作品之中，成为作品的有机部分，从而决定他的作品的基本灵感和艺术表现，如果没有这种灵感和艺术表现就不会以这样的形式出现，或者不会在作家的这个发展阶段出现。文学影响的种子必须落在待耕种的土地上。作家与文学文化传统就是这块土地，他们必须对此做出反应，选择和过滤，接受和转化，而每一颗影响的种子又将受到它所扎根的土壤和气候的影响，即接受的态度与方式，决定了影响的种子将生发出怎样的文学之苗。

文学研究中的"接受"一词，虽然早在1932年就出现在美国普林斯（L. M. Prince）的著作《英国文学在德国文学中的接受》的书名里，但该词广为人知并进入比较文学研究，则应归功于20世纪60年代末期的德国康斯坦茨大学教授姚斯和伊瑟尔等人的"接受美学"。尤其是他们的"接受"（德文：Rezeption）概念，指的是接受者的任何反应，不仅不是被动的，而且还是赋予作品以意义和生命的主动者和主要角色，这对比较文学影响研究的触动很大。20世纪70年代起，大家越来越认识到，一国文学在传入与影响他国文学时，无论是译者的翻译介绍还是改编摹仿，也无论是读者的阅读反应还是作家的借鉴吸收，都涉及远比“影响”类型更复杂的“接受”方式及其有关问题。

美国比较文学家韦斯坦因说：“‘影响’最好应用于指已经完成了的文学作品之间所存在的关系，而‘接受’则可以用于指有关主体的广泛范围，即这些作品与其周围的关系，包括作者、读者、评论者、出版者及其四周环境。因而文学接受的研究，应指向文学的心理学和社会学。”①也就是说，在两国文学交往的影响联系中，接受的问题涉及更为广泛与深入的接受者（包括译者、评论者、出版者、读者、作者等）的心理特性，及其与社会时代的关系。前者，如叙述平淡朴素、语言严谨规范的美国作家欧文，恰恰被叶圣陶所接受，欧文的《风闻杂记》成为叶圣陶创作的启蒙读本。之所以如此，就因为以创作文言小说起家的叶圣陶具有同欧文类似的个性特点，用他自己在《杂谈我的写作》中的话来说，就是“华盛顿·欧文的文趣（想来就是现在的‘风格’了）很打动我”。后者，如解放前的中国，她那落后、腐败与种种矛盾交织的国情，很类似于俄国 19 世纪的社会现实，因此俄苏文学被中国现代作家接受得最多，影响也最大。甚至连最先接受欧美文学影响为主的闻一多、老舍、巴金等人，在接触俄苏文学后，也转而“以俄为师”了。诚如鲁迅所说，在他接触俄国文学后，“才明白了世界上也有许多如我们劳苦大众同一命运的人，而有些作家正在为此而呼号，而战斗”②。鲁迅等人“拿来”之后“不断进取”，用他自己的话说：“不在拼凑，而在创造，几千百万的活人在创造。”③从而创建发展了中国现代新文学。

说得更具体点，在外来文学文化与本国文学文化“碰撞”或接触时，总有一个由时代社会的国情和民族心理个性需要而发生的选择扬弃、改造转型的推陈出新的过程。这使接受者把外来文学中不适应自身需要的部分予以选择扬弃，并改造转型为自己的创新特色。如鲁迅就扬弃了俄国作家的宗教伦理“说教”，而换之以彻底的反帝反封建思想；叶圣陶把欧文的“循规蹈矩”的弱点扬弃，形成自己的“谨严厚实”的个性风格；闻一多一方面借鉴了英国诗人与小说家吉卜林的诗歌形式，另一方面又摒弃了吉卜林认为统治世界应是“白种人的重任”的种族“优越感”等，就是明显的例证。同样，20 世纪英美“意象派”诗人对中国古典诗词的接受也是如此。美国诗人庞德，于 1915 年选译了 15 首李白与王维的短诗，出版了《汉诗译卷》。同时代的英国汉学家卫律（Arthur Waley），也选择编译了《中

① 韦斯坦因. 比较文学与文学理论[M]. 沈阳：辽宁人民出版社，1987：47.
② 鲁迅. 英译本《短篇小说选集》自序[M]. //鲁迅选集：卷四. 北京：人民文学出版社，1983：347.
③ 鲁迅. 难得糊涂[M]. //准风月谈. 北京：人民文学出版社，1980：182.

国诗170首》。此后又先后出版了十多种译作。与此同时,庞德等一批诗人创作了推陈出新的"意象派"诗作,形成了西方批评家所惊叹的中国诗简直"淹没了英美诗坛"的巨大热潮。而这一切,诚如西方现代评论家约瑟夫·华盛顿·霍尔所说的:"……许多功劳应归功于(中国)这个古老的文明大师,她正默默地教导我们如何写诗。"①凡此种种都说明,接受的方式,包括翻译与评介、模仿与仿效、改编与改写、借用和出源等等,都蕴含着接受者心理个性及社会时代的种种国情,如唐弢先生在《外来影响与民族风格》一文中所说的:"西方思潮和外来形式输入中国以后,为了开花结果,必须熟悉新的气候、新的土壤,植根于中国大地之中。……就是说,西方思潮和外来形式在同中国人民的欣赏习惯和艺术趣味相结合时,尤其是同中国人民的语言格调和生活方式相结合时,有一个自然淘汰的过程……"②因此,接受方式不仅是接受反应的数字汇总或现象罗列,而且更是对接受者文学发展变化内在规律的深入探究。

翻译与评介。翻译活动,是一项创造性的工作,即译者用另一种语言写成的,而且往往是不同时代、不同国家或民族以及不同文化背景的作品,用本国或本民族语言,并且常以本国或本民族读者所能接受的内容与表达形式,将它们引入本国文学传统里。文学翻译既是实现影响、又是接受反应的最主要方式,同时它还具有"再创造"的特点。钱锺书先生谈及翻译作品时说过:"它是个居间者或联络员,介绍大家去认识外国作品,引诱大家去爱好外国作品,仿佛做媒似的,使国与国之间缔结了'文学姻缘'。"③正是经过林纾将西方文学作品的大量迻译,才打开国人的眼界,知道了英国狄更斯、司各特的文学不下于太史公司马迁,知道了欧洲文学也不亚于中国文学,诱发了国人对西方文学的爱好与关注。林纾的《巴黎茶花女遗事》一出,据《福建通志·林纾传》中记载:"中国人逮所未见,不胫走万本。"从此外国文学大量译介进中国,产生了巨大影响。不仅外国文学,就连向来不列中国传统文学"大雅之堂"的小说,也开始身价百倍,从而促进了中国小说创作热潮的形成。

翻译的"再创造"特点,是由于翻译必须以本国语言来使原作"本国化",以适应本国传统与读者的阅读习惯与艺术趣味。意大利有句俗话,"译者是叛徒",是

① Joseph Washington Hall. *The Pacific Influence in American Poetry* [G]. //Anthology of Magazine Verse. William Stanley Braithwaite, ed. Boston: B. J. Brimmer Co, 1926:153.

② 唐弢. 西方影响与民族风格——中国现代文学发展的一个轮廓[M]. //西方影响与民族风格. 北京:人民文学出版社,1989:22.

③ 钱锺书. 林纾的翻译[M]. //钱锺书论学文选:卷六. 广州:花城出版社,1990:108.

有一定道理的。那么，一部外国作品从译者翻译到读者接受，必须经历两次“创造性叛逆”①。而且这种“叛逆”性的再创造，都受到本国国情与接受者特性需要的制约。如中国近代最早的一部汉译小说《昕夕闲谈》，分二十六期连载于1873年至1875年上海《申报》馆的文学月刊《瀛寰琐记》上，译者署名是“蠡勺居士”，文内注明系“英国小说”，实际是英国19世纪作家利顿的长篇小说《夜与晨》的前半部。这部译作的“叛逆”性再创造是十分明显的：全书采用中国的章回体，尽管不叫“回”而叫“节”，但各节的标题一律“中国化”，变成讲究对仗的上下联，如第一节是：

山桥村排士遇友　　礼拜堂非礼成亲

按中国传统，男女成亲，必须有“父母之命，媒妁之言”，否则就是“私奔”。但西方习惯倒是十分注重在礼拜堂由神职人员来主持婚礼。译作说他们“礼拜堂非礼成亲”，是为了照顾当时大多数读者的习见——误以为类似由和尚在寺庙张罗成亲的非礼之举，这显然是为了迎合中国传统习惯而作的“叛逆性”再创造了。这部译作的语言也用的是与今天普通话尚有距离的当时白话，如第七节中一段描写丧父之悲的文字是：“康吉是号啕大哭，抱着父亲的尸首，直要以身相扑的光景，其余僮仆婢妾，无不伤心垂泪。这桃源别境里头，只闻得一片哭声。”内中的“婢妾”、“桃源别境”等，全是中国才有，英国是一夫一妻制，哪来“妾”？西方向往“伊甸园”，又哪来“桃源别境”？这里的叛逆再创造，也是译者为迎合国情与读者需要而作的转型与重构。

可见，翻译是既涉及不同语言文本的转型重构再创造，又涉及时代国情和民族文化的信息转换接受的可比性内容。

评介，是评介者评述或介绍，以引进外国作家作品和文学潮流，这也同样具有既属接受又属再影响的双重可比性。评介者处于媒介中间人和批评家的地位，他们也同样会以自己的认识“模式”与社会国情的需要，对外国文学进行转型与重构的“再创造”。鲁迅、茅盾、傅斯年等，都是通过日文、英文等译著认识意大利“超人”观哲学家尼采的。鲁迅在日本留学时称尼采是“个人主义之至雄杰者”。茅盾在年轻时盛赞“尼采是大文豪”。而傅斯年则赞扬尼采是“极端破坏偶像”。可见各人都在其评介中，转型重构地“再创造”了一个各不相同的“尼采”。

① 源出法国文学社会学家埃斯卡庇（Ecarpit，R.）《文学社会学》一书，意指后世对一部作品的误解。

更有甚者，当《圣经》传入中国后，清代大学者黄遵宪在光绪二十八年《与严又陵书》中说："假视天如父，七日复苏之义为'耶稣'此假借之法也。"而差不多时候的另一学者王闿运，居然说："耶稣非夷言，乃隐语也。'耶'即'父'也，'稣'死而复生也，谓天父能生人也。"①那就完全是中国传统认识模式的评介了。

改编与改写。这是对原著的一种相当彻底的"创造性叛逆"，即将外国原著的内容或形式改变成完全适合本国国情与读者的接受习惯。如中国现代史上的洪琛，他的戏剧协社在1924年于上海首次公演英国作家王尔德的名作《温德米尔夫人的扇子》时，对原作还改动不大，但以此剧改编成沪剧的《少奶奶的扇子》，则为了适应中国及沪剧的要求，成了"西装旗袍"的"上海货"了。而在抗日战争时期处于沦陷中的上海，改编改写的剧本特多，如李健吾根据法国司克利希的原作而移植改编了《云彩霞》，又根据萨尔杜的原著移植改编了《风流债》、《花信风》。陈叙一将美国奥尼尔《榆树下的欲望》改写为《田园颂》，魏于潜将法国嘉乐的《卖糖少女》改写为《甜妞儿》等。这样的改编改写也在实施着影响的完成，通过对它的研究，可以发现时代、国情、风尚等对文学接受的作用，所以也是不容忽视的接受方式可比性。

模仿与仿效。模仿同通常文论中所见的"模仿说"不同，在比较文学中是指作家以外国的某作家或某作品为依据来从事创作活动，使自己的个性服从于所依据的某外国作家或作品，但又不像翻译那样处处忠实于原作，也不像改编那样完全"本国化"，而是居于二者之间，即在自己新作中有不少原作的痕迹，一般能让人看到原作中人物的性格、命运和故事情节等，这就叫模仿。有部分作品的模仿，也有整部作品的模仿，甚至"反其道以行之"的模仿。如唐代中国神怪小说传入朝鲜后，朝鲜金时习写的《金鳌新话》就是十足的模仿。我国现代女作家黄庐隐于1925年发表小说《或人的悲哀》，从名称到体裁，从内容到格调，都在整体上模仿歌德的《少年维特的烦恼》。而朝鲜在16世纪传入《三国演义》后，也出现了《梦泽慧汉淞》、《马武传》、《诸马武传》等三国模仿小说，内容大体与《三国演义》相似，其中人物与情节的模仿更是明显可见：同样写有"华容道"、"山阳大战"、"赤壁大战"、"刘忠烈传"、"姜维实传"、"玉人记"以及"魏王别传"等。对模仿的研究，既能从模仿者的选择模仿对象上去探求其个性，又能从中探讨当时接受影响的社会风尚的共性。因此，也是很有研究价值的可比性内容。

仿效是与模仿有关但略有区别的又一种接受影响的方式。仿效特指作家出

① 钱锺书. 管锥编：第五册[M]. 北京：中华书局，1986：114.

于某种艺术目的，在自己的作品中表现出他国作家或作品的风格特征。也就是说，是出于自己的艺术目的的一种风格的因袭。如我国现代著名诗人闻一多自己曾说过，他有一首《忘掉她》，是悼念女儿立瑛的，而且是一首明显追逐美国现代女诗人狄丝黛尔(Sara Teasdale)的诗《让它被忘掉》风格的仿效作品。

借用与出源。借用指作家在自己作品中取用他国文学或其他作品中一些现成的因素与材料，特别是格言、意象、主题、情节、比喻以及典故等，但一般含糊地表明其出处。在欧洲文学中借用《圣经》里的材料，仅 13 世纪以来就屡见不鲜，如自但丁的《神曲》起，中经弥尔顿的《失乐园》、《复乐园》，拜伦的剧本《该隐》，直到美国现代诗人弗洛斯特，可谓连绵不绝。

对借用的研究，不仅有助于发现新老作品间的联系，而且还有助于探讨如何被影响接受的微妙过程。

出源，通常是指这样两种情况，一种是指一部作品接受另一部作品的资料，尤其是情节，这称为来源，如古希腊文学中关于盗火给人类而自己忍受惩罚的普罗米修斯"母题"，成为后来欧洲经久不衰的全部普罗米修斯戏剧的材料来源。而另一种情况，则是指材料来源同使用这一材料的艺术手法或理论观点的来源不同，则称为出处。如郭沫若《凤凰涅槃》，诗里写凤凰涅槃而获新生，此材料明显借自佛典，但全诗的艺术手法，则有相当程度是出自惠特曼等欧美诗人。又如美国现代著名戏剧家奥尼尔，在欧洲之行以后，于 1931 年写了三部曲长剧《哀悼》，从情节来源看，显然源自古希腊悲剧家的《奥瑞斯忒亚》，并将古希腊英雄阿伽门农及其一家改成美国将军曼农及其一家。但剧本写一个新英格兰家庭中的矛盾冲突，即母亲同情人相爱而杀死了丈夫，而女儿又恨母亲从小夺走其父爱，如今又夺走她对情人的情爱，因此串通弟弟杀死她与母亲的共同情人，并逼死母亲。该剧的情节中古希腊的命运观念与复仇观念，被换成了个人情欲及其发泄失控的观念。这一被奥尼尔改变了的观念，其出处正是弗洛伊德性心理学的"恋父情结"。像这样情节材料来源于古希腊，而观念则肇源于心理学，后者就是出处了。在影响研究中对出处的这种接受方式的细致考证与辩证分析，无疑会有助于揭示复杂的接受影响的事实联系。

三、传播的途径——媒介

媒介，指的是使一国文学传播并影响到另一国文学的具体途径。它既可能是属于"输出者"，也可能是属于"输入者"，或者同时具备两者的特性。笼统来说，可简单化地分为文字媒介与非文字媒介两类。但具体而言，媒介按其所使用的符号系统、组织形式、承载体和技术手段等等可以作更细的分类。

从文学传播影响所使用的符号系统可分为口头传承、文字媒介和影像媒介；从组织形式又可分为个人传播、组织传播和国家传播；从承载体可分为纸媒介、微缩胶卷和磁带磁盘光盘等；从技术手段还可分为抄本刻本（私人藏本、规章典籍等）、印刷媒体（报纸、杂志、书刊）、电子媒介（电讯、广播、电影、电视、计算机网络等）。

就中外文学影响传播的媒介情况来看，上述现象都存在。比如，20年代比较有影响的《文学月报》与《学衡》杂志等，就大力“输入”过外国文学与外国文论，系统地介绍过法国文学、希腊文学与欧洲文艺理论。《新青年》杂志，则早在1915年开始，就一一介绍了屠格涅夫、王尔德、赫胥黎、叔本华、富兰克林、冈古兄弟、莫泊桑、陀斯妥耶夫斯基、伯格森、米尔、尼采、易卜生、斯特林保、显克微支、托尔斯泰、安徒生等等。而1935年到1936年，由鲁迅精选、胡风著文的中国作家作品选，选译介绍了肖军、欧阳山、邱东平、草明、艾芜、沙汀等左翼作家及其作品，连续刊登在当时的日本大型杂志《改造》上。这在解放前，算是我国文学最系统的“输出”媒介壮举了。

个人传播活动，是文学传播中非常活跃而极具特色的，如作家的旅游、“沙龙”集会、会晤谈话等等。虽然这些不像前者易于考据，然而也是绝不能忽视的可比性内容。欧洲大文豪歌德，于1786—1788年和1790年两次漫游意大利，他在罗马参观接触了古代和文艺复兴的艺术后，惊呼道：“今天，我终于获得新生了！”这成为他从原来的“狂飙突进运动”热情中解脱出来，并转向古典主义的原因之一。这可以算是通过旅游参观而受到影响的媒介途径了。

文艺沙龙，介于个人传播与组织传播之间，既是民间性质、个人色彩浓厚，却又是有组织的。欧洲19世纪初，法国最著名的文艺沙龙——史达尔夫人的客厅，就是这样的例子。在这个沙龙里，来自各地各国的文人们通过交谈，既使法国文学影响了德国与其他国家的文学，又使德国文学影响了法国文学。可以说，欧洲后来出现的各种浪漫主义、自然主义、现实主义等，都同这一沙龙有联系。我国的鲁迅先生在家中经常接待文学青年与木刻作者，将苏联革命文艺、日本木刻艺术与先进的文艺理论引进国内，影响了我国一大批文艺工作者的成长，同样属于这一情况。

此外，组织机构的体制性势力，也是令人重视的传播途径。如大学所开设的课程，财经机构资助的研究课题，政府机关或宗教组织等对作品引进和出版的干涉，以及国际笔会、国际学术会议、留学进修、访学讲学、合作研究、访问考察等，都会丰富外国文学文化转移的传播活动及其途径，促进或左右影响的效果。16至17世纪，明末清初天主教传入我国，以利玛窦为代表的天主教传教士们一方面带来了大量欧洲先进的科学技术与文化，另一方面也向欧洲译介了大量的中国文化典籍，既引发了欧洲的“中国热”，同时也引起了中西“礼仪之争”。“这一场争论不论是对中国还是对西方，在文学文化本身以及文化交往与相互认知方面都产生了深远的影响，在中西文化思想交流史上留下了浓墨重彩的一笔，可以说它是中外历史上空前规模的‘中西文化大讨论’。”①20世纪80年代，改革开放后的中国大学，是通过外国文学课和文学理论课，才向学生系统介绍外国作家作品和各种西方文论。20世纪90年代前后，是美国美中学术交流委员会的经费资助，才使白素贞、马克等博士，接踵来华研究苏州评弹，一方面著书立说评介评弹，另一方面又请著名演员金声伯和评弹学者吴宗锡等，去美国表演和讲学。

18世纪法国油画《天文学家》中的人都穿着中国服装

时至今日，电讯、通讯卫星和计算机网络等通讯新技术媒介不断产生，声音、图像与文字日趋走向数字化，使得文学传播途径更多同时也更复杂化。众多的影响研究可比性内容，不仅使影响研究丰富多彩，而且也使交往“事实联系”的探求富有魅力。深入了解和熟悉各种媒介的特殊属性，认识这些媒介特性对于媒介学研究的丰富、深化乃至创新作用，是电子化时代比较文学学者应该自觉承担的新任务。

第三节　可比性与平行研究和跨学科研究

平行研究比影响研究的范围更宽广。它不只扩展到并无影响联系的各国文学以及文学理论等文学关系，而且还拓展到同文学有关的艺术、宗教学、社会学、

① 李天纲. 中国礼仪之争：历史、文献和意义[M]. 上海：上海古籍出版社，1998：2.

经济学、历史学、心理学、民俗学和自然学科等领域。因此，平行研究就不同于影响研究，它在研究其同异与探求其原因规律时就更注重“关系”的可比性，也就是说，对平行研究的文学对象，要确立一定的标准，并在一定的范围研究其问题，以获得“人同此心，心同此理”的相似相应新识，或“同中求异与异中求同”的相存相衬新见。

孟子说：“口之于味也，有同嗜焉；耳之于声也，有同听焉；目之于色也，有同美焉。至于心，独无所同然乎？心之所同然者，何也？谓理也、义也。”①人有相同生理需要和心理趋向，但其体现为人文现象时，自然也会超越时空阻隔，蕴成类似的现象。文学现象亦然。据王国维的考证，中国的戏剧“当自巫优二者出”。巫主以歌舞乐神，优则主以调谑悦人；自汉以降，徘优间演故事，及北齐，始合歌舞以演一事。由此看来，中国戏剧虽受外族影响而肇始，若论其远祖，则不能与宗教仪式脱离干系。其他地区戏剧的起源，据布朗说：古希腊、印度、中古日本及欧洲等地的戏剧，也都由宗教仪式演化而来。② 中外文学上众多的相似与类同、区别与殊异，尽管纷繁多样，南辕北辙，却是有规律存在的。其可比性既可以从“文心相通”和各具特色的文艺学本身去研究，又可以从与文学有关的其他学科领域去探索；既可作形而上的对等同类比较，也可作辩证综合比较等。

对等同类比较，是建立在各国文学存在类同和差异对比的基本事实基础上的。

类同，是指没有任何关联的各国文学之间在内容与形式、风格与流派、结构与情节、情调和形象、观念与思潮、创作方法与文艺运动以至文学发展规律等等之间的相似与相仿。如人类初民阶段的神话传说，中国和欧洲都有开天辟地、洪水灾荒的神话；不仅汉族、藏族，就是印度、埃及，甚至北美印第安人的口头文学中，也都有关于解释月亮阴影形成的传说。到了阶级社会阶段，英国浪漫主义历史小说家司各特的《艾凡赫》，其主人公罗宾汉是一个反贪官、锄强暴、劫富济贫、效忠君王的侠盗，这同《水浒》中的梁山泊好汉十分相似。非但如此，在文学创作的观念上，中外也有同样认识。中国古代文论家刘勰在论到苦痛比快乐更能产生诗歌时，用了一个极妙的比喻，即“蚌病成珠”。他在《文心雕龙·才略》中论及冯衍时说：“敬通雅好辞说，而坎壈盛也；《显志》、《自序》亦蚌病成珠矣。”就是说，好的文章是“郁结”、“发愤”的结果。无独有偶，在欧洲也有类似的见解。如法国

① 孟子·告子上。

② 张静江. 比较文学中的类比研究[M]//智量主编. 比较文学三百篇. 上海：上海文艺出版社，1990：24.

的福楼拜认为,珍珠是牡蛎生病所结成,作者的风格则是更深沉的痛苦之流露。东西方文学家的这种类似认识,可谓异曲同工并客观存在。

对比,则强调不同文学之间的殊异。诚如英国学者柯登在《文学术语辞典》中所说,对比是"将根本不同的差异与对立的意象、思想观念这两者平行排列,去弄清或显示出其中的一个事件、一个主题或一个场景来"①。也就是说,通过差异对比去认识不同文学间的特点与相异。如上面所说的洪水灾荒神话,中国是大禹治水,欧洲是诺亚方舟避灾,在类同中又有殊异。同样,西方文学有发达的叙事诗传统;而中国汉文学则缺乏发达的叙事诗,却又有欧洲所欠缺的悠久抒情诗传统。然而中外诗歌都有格律,都讲究意象,也都曾是各类文学中的"桂冠",这又是殊异中有类同。鉴于各种互不相同的各族文学特色,才构成了世界文学的丰富与多彩,也才显示了文学创作与发展规律的奥妙。

对等同类比较,是形而上比较时用得最多、也最易于考虑的可比性。相同的文学史进程,相同成就的作家,相同的文学内容或形式,相同的文艺理论或见解,等等,都可以作为文学学科内的对等可比性标准。大的可以包括两国的文学、文论,两个不同国家的杰出作家,如将中西山水诗的美感意识同异的比较研究,中外古代美学思想的比较研究,将汤显祖与莎士比亚的比较研究等;小的可以限制到一个形象、一则细节,甚至一个文论概念的认识。如南朝王籍的《入若耶溪》中,写幽静的名句是"蝉噪林愈静,鸟鸣山更幽"。美国作家霍桑在《美国的笔记》中也有类似的描写:"群鸦飞噪高空中,不破沉静反添寂。"这种细致写景的同异,使我们更清楚地认识其包含的规律,是心理学中的"同时反衬现象"在描绘上的艺术运用。这些,是人们很感兴趣也正在大力进行的比较研究。

还有,由于文学是社会现实的反映,而人类的社会发展总有大致相同的规律,这就决定了反映它的文学也具有与之相应的类似性同步发展的趋势。因此,平行研究的同类可比性,除文学学科的同类标准外,还常常可以从社会现实各个领域的有关学科理论中去选取其同类标准。

运用社会经济发展规律的理论对神话的产生与消失的分析,推论是由于初民的低下经济水平,及其自身缺乏对自然的实际支配能力。如马克思在《政治经济学批判》导言中所指出"用想象和借助想象以征服自然力,支配自然力,把自然力加以形象化"②。这就成为各民族产生类同神话的原因。中外都同样有创世神

① Cuddon JA. A Dictionary of Literary Terms[M], London: Ardrn Deutsch, 1979:155.

② 马克思. 马克思恩格斯选集:第2卷[M]. 北京:人民出版社,1995:29.

话，又都有善恶征战神话，还都有与太阳、洪水搏斗的神话等。人类社会经济发展进步后，人们的知识水平提高了，对自然的实际支配能力也大大增强了，神话也就自然而然地随之消失，只是作为人类“童年”时的文学光辉代表而存在于文学史上了。事实上，对神话的研究，我们还可以在马克思主义指导下，吸收其他学科理论来丰富与发展这一研究的可比性标准。

发展至今，运用其他学科的理论来作平等研究的可比性标准，已扩展到社会学、语言学、哲学、生物学，甚至自然科学和社会科学均有的“生态批评学”、“系统信息论”等等，并且还出现了彼此交叉与综合运用的跨学科总体研究。这就要努力探求类同中的殊异与殊异中的类同、同异并存及其内在规律的辩证比较可比性了。这是同类标准往往无法满足其可比性要求的。为此，就需要我们把问题提到一定的范围，通过马克思和恩格斯所提出的“种的特性或族的特性”的标准，以辩证研究其功能性内在逻辑关系。马克思与恩格斯在《德意志思想体系》中，反对德国哲学家施谛纳的“不可比”理论说：“不可比较也是一种以比较活动为自己前提的反省的规定。”并指出：“这只是人和一般蛙的比较，而不是百灵鸟和一般蛙的比较。只是在前一种场合下才能谈到个体之间的比较，而在后一种场合下比较的只是它们的种的特性或族的特性。”而且还需要“抛掉了脑子里的‘固定观念’才能做到”①。

已故的美国斯坦福大学学者刘若愚的论文《中国诗中的时、空与我》，在这点上就作出了可贵的贡献。论文打通了不同文化和学科的“对话语境”，克服了概念困惑和“固定观念”的束缚，一方面使形而上的不可比变为辩证的可比，另一方面又能从更广更深的文学文化背景与知识层次上，去揭示其内在的逻辑规律。

李白的《宣州谢朓楼饯别校书叔云》一诗中，有“弃我去者，昨日之日不可留；乱我心者，今日之日多烦忧”的佳句。莎士比亚名剧《马克白》有“明天，又明天，以这种小步，一天又一天地爬行”的妙句。对此二者，用通常的主题、题材、情感、手法等同类标准，都难以觅到可比因素。同样，李商隐《夜雨寄北》的“君问归期未有期，巴山夜雨涨秋池。何当共剪西窗烛，却话巴山夜雨时”，同19世纪英国诗人克里斯蒂娜·罗塞蒂的“我不会看见日影，我不会觉得雨淋，也不会听见夜莺，在痛苦中的呻吟。日后长眠在无际的阴暗境地，我也许会记得或忘记这个光阴”，用通常的同类标准也一样难以发现其可比性所在。

① 马克思，恩格斯. 德意志意识形态[M]. //马克思恩格斯全集：3卷. 北京：人民出版社，1960：517—518.

然而，跨越了文学文化和学科的界限，那么上述诗篇中，都存在一个时间、空间与欣赏者“我”之间的三相关系，而把问题提到这个“一定的范围”，那么上面诗作的不可比也就能够可比了。如“我”静止、诗中所写的时间朝我动，李白的诗与莎士比亚的《马克白》的诗句都属于这一范围，都是时间在逝去，而我却未动一动。而李商隐与罗塞蒂的诗，则又属于时间静止、“我”向前动的情形，即这一巴山夜雨时刻或夜莺呻吟时刻，都不会延续前进了，只有“我”仍向前生活着、行动着，直到未来的那个光阴，再来“记得或忘却”这个时刻；或“共剪西窗烛”时再来“却话巴山夜雨时”。这就使这四首诗，两两都具可比性了。用这“时、空与我”的三相关系标准，我们还能发现陶渊明的“杂志之五”与当代英国诗人埃米莉·迪肯森的诗也有了可比性。陶诗是“壑舟无须臾，引我不得住，前途当几许，未知止泊处”。迪肯森的诗句是“顺时间的古流而下，一无舟楫，我们被迫航行”。两首诗中的时间都同“我”同时向前流动着。依此标准，就使一大批中外抒情诗都具有了可比性。

当然，找到了可比性标准能发现中外诗的同异，还不是真正的辩证比较研究，还只是做了这一研究的一半，而且还是不很重要的一半。因为，上述的认识并未超过前人。早在18世纪莱辛所写的《拉奥孔》中就已提到了，他将时空因素作为诗歌与雕刻的分水岭，提出“诗”是有动作的，并在时间中展开的认识。而到20世纪西方的语言学家如格罗戈森与英拉夫斯克等，又进一步发展为在时态中有“动着的自我”、“动着的时间”，使人在定方向时，不是面对时间，就是与时间同方向等见解。仅仅重复别人的发现，还不能算在比较文学上有学术创见。更何况，比较研究决不是寻找和罗列同异，而是通过对同异内在规律的辩证分析研究，去发现不同国家文学的特殊性与普遍性，同时又努力去探求人类总体文学中“文心相通”和同异现象的理论新识。刘若愚的论文进而又跨文化、跨学科去探究并指出，中国古诗中的字和词，由于无时态限制，因此就使中国古诗具有时间空间化与空间时间化的双重互动功能。在王维的《终南别业》的后两句“行到水穷处，坐看云起时”体现得最为典型。前一句随我沿流而行的时间，当我行到水尽头时，被一个“处”字空间化了。因此，前一句的“行”与“穷”，是因我“动”而造成时间、空间“静”的对比和转化；而后一句的“坐”与“起”，则又是我“静”而造成的时间、空间“动”的对比和转化。再者，前一句“行”与后一句“坐”，又成了我动与我静的转化与对比；而后一句的“起”，与前一句的“穷”，恰又成了时间、空间、静态同空间、时间、动态的转化和对比。因此，这种时间与空间复杂而又无限的互动功能意象，给读者提供了再创造的无限天地。这是中国诗人利用中国汉字特点，并认识到人与时空的微妙关系而掌握娴熟的一种高超的写作技巧；也是中国古典抒情诗的感人魅力所在，为读者“创造出一个超越了时间、空间的世界，而且能使无数读者在自己的时间与空间内再去创造的这么一个世界”。

可见，要掌握好平行研究中的辩证比较的可比性，是需要跨越学科的众多的文化知识，又要进行分析综合研究方能奏效的，而研究者不仅需要为之付出创造性的探索，有时还真要有点“发现新大陆”的精神才行。

然而，可比性的问题是复杂的，通常的影响研究可比性与平行研究可比性都存在一些“先天不足”，在具体运用中，应当如中医所强调的要作“辩证施治”。

就影响研究的可比性而言，其对文学创作规律的先天性失控，突出地表现在即便考证出了彼此的影响类型、媒介途径与接受方式等影响联系，也终究难以求证出这些“事实联系”是如何影响作者创作新作品的具体运思的。

就平行研究可比性而言，也同样存在着先天性的不足。类同和殊异，乃普天之下万事万物之间总是存在的，如黑格尔说的，世界上绝无两片完全相同的树叶，也无两片完全不同的树叶。而平行研究可比性，由于不是从影响联系的事实着手，而是通过对被比较对象间的类同与对比的认识开始，因此这种认识有过分依赖主观与印象的可能。为克服这一弊端，应当像王元化先生所说，要“进行历史的比较和考辨，探其渊源，明执脉络”①，以求得钱锺书借用佛学禅理所要求的“一切解即是一解，一解即是一切解故”②的理论新识。

总之，可比性是比较文学研究的基本学理假设，也是比较文学研究成败的关键之一。可比性的内容、标准及其运用，既是复杂的，又是在发展中的，是需要我们科学谨慎与实事求是地运用好它们的。

① 王元化. 文心雕龙创作论[M]. 上海：上海古籍出版社，1979：68.
② 华严经·初发心菩萨功德品. 见钱锺书. 管锥编：第一册[M]. 北京：中华书局，1979：172.

第四章 比较文学的历史及其“方法之道”

提示

回顾和审察比较文学的历史，对于我们学习与掌握比较文学研究的原理与方法，不仅必要，而且极具启迪。由于其在欧洲和中国各有其产生、形成及其规律和贡献，因此，本章分西方与中国为两极，予以分别介绍，并从梳理、总结前人成果的“方法之道”中，学习这一文献综述的具体方法。

第一节 西方比较文学的历史与贡献

比较文学学科诞生在欧洲，但是，从比较的方法或实践到学科的诞生是一个漫长的历史过程，大致可分为学科的史前阶段、早期阶段和形成阶段三个时期。

一、史前阶段

美国纽约大学比较文学教授勃洛克(H.B.Block)1969年在荷兰的一次演讲中说：“比较文学就其最广泛的意义而言跟文学本身同样古老。”①因为，只要出现了跨越语言、民族或文化等界限的文学文化交往，就有对之作比较的研究事实。而西方的文学文化，从最早的古希腊到古罗马，从古希伯来到中世纪，再到文艺复兴运动及其之后的各国文学，它们的每次更迭都与不同民族的语言文学和文化交流相随，因此，就此而言，西方文化从一开始就具备了跨民族语言的“比较”的特点。

首先，在希腊文明兴起之时，比较文学在地中海沿岸地区便已吐露嫩芽。巴比

① 勃洛克.比较文学的新动向//干永昌等编选.比较文学研究译文集[M].上海：上海译文出版社，1985：185.

伦-希腊学者贝罗索翁(Berosson)、用双语写作的腓尼基-希腊学者比伯罗斯的费龙(Philon of Byblos)等,其创作与研究,皆具有比较的性质。与此同时,一些神话学者,则忙于将不同地区的神话文本进行比较,编写众神谱系,他们这样做的目的是要说明自己民族的部落英雄是某个神的后裔。而"大洪水"(inundation)的故事,也在巴比伦、希腊、犹太的宗教或文化文本中不约而同地出现。[①] 毫无疑问,这些谱系的编撰和"不约而同"的故事,就包含着许多"比较研究"在内。

雅典神庙的女像柱

接着,在古罗马时期,史前阶段的西方比较文学更是呈现出一派"早春气息"。在罗马帝国之前,古希腊已经有了非常繁荣的文学和文化,罗马的历史就是在文化上学习希腊的历史,罗马文学也同样是学习古希腊的文学。维吉尔的史诗《埃涅阿斯纪》,从结构到细节都明显借鉴了荷马史诗。很多罗马学者,如贺拉斯、朗吉诺斯等,都注意到罗马作家和希腊作家之间的这种传承关系,并有意识地将罗马作家的创作与希腊作家的创作,作了异同比较。贺拉斯就要求罗马作家们夜以继日地、一页一页地翻阅希腊人的手稿,并敦促那些喜爱维吉尔的将之跟荷马比较,亦步亦趋学希腊,他因此被称为"希腊小猪崽"(the little Greek pig)[②]。罗马作家普卢塔克(Plutarch,约 46—119)于 105—115 年间撰写的《希腊、罗马名人比较列传记》(Parallel Lives)也是一部极富比较意味的传记作品。该书收入传记作品 50 篇,选择希腊人与罗马人品行或事业相似的人物配对记叙。当时推崇他的吉列斯(A. Gellius,公元 123—165 年)等作家,将之同阿里斯托芬比较,因而,被现代的西方比较文学家视为"堪称早期比较文学者"[③]。

而接下来的欧洲中世纪及其之后,由于源自古希伯来文化的基督教,在欧洲广泛传播,使得欧洲各国在古希腊、罗马文化基础上,又拥有了共同的基督教文化传统,并使欧洲各国之间的文化交往更加密切。在承认文化差异的同时,欧洲人开始有了文化上的整体观念;在考虑问题或进行学术研究时,不再囿于本民族

① R J Clements. *Origin and Definition of Comparative Literature*[M]. The Modern Language Association of America. 1978:2.

② Ibid. 3.

③ Ibid. 3.

的范围之内，而是能跨越民族地考虑问题。比如，作为“中世纪的最后一位诗人和新时代的第一位诗人”的但丁，在他的《论俗语》中就已经表现出全欧的胸襟和眼光。他按语言的不同将欧洲文学分为北、南、东三个部分，并加以对照比较。而中世纪流行西欧的浮士德故事，也成为西方不少作家创作的灵感来源。

尤其从文艺复兴起，欧洲各民族的文化交往更加频繁。此后在欧洲出现的各种文艺思潮几乎从不属于单一国家或民族。人文主义、古典主义、启蒙主义、感伤主义、浪漫主义、现实主义等，无一不是全欧性质的文艺思潮。自文艺复兴以来，几乎没有一个欧洲作家的创作不跟别的国家或民族发生关系。同时，几乎任何文学问题的讨论都具全欧洲性。以至在17、18世纪期间，英国和法国两个国家的思想家和文学家之间出现了轮流担当“先生”的有趣现象。当英国的资产阶级革命先行一步时，英国的资产阶级思想自然成为当时欧洲最先进的思想，并感召了像孟德斯鸠、伏尔泰、卢梭等法国启蒙作家和思想家；然后，当法国的革命震动了整个欧洲时，伏尔泰、卢梭等的思想又被英吉利海峡那边的作家们极力推崇。同样的情况也体现在浪漫主义流派在欧洲的发展，要谈浪漫主义，不可能只谈一国的浪漫主义，因为各国浪漫派之间形成了一个难以拆开的“因缘网”。

这期间的两次“古今之争”，其对欧洲比较文学学科形成和研究模式的影响，可谓非同凡响。意大利文艺复兴时期的“古今之争”主要是围绕诗学理论建设展开的。以维达为代表的保守派把亚里士多德的诗学体系看成是万古不变的真理，而新派批评家和作家钦提奥等则认为新时代的创作不应该再墨守古人的清规戒律；而17世纪法国新古典主义发展时期，也出现过一场“古今之争”，以布瓦洛等为代表的旧派和以佩罗等为代表的新派，争得不可开交。虽然前一次争论重点在理论上，后一次争论在文学创作上，但争论的焦点都是：究竟是古人高明还是今人高明，并都关系到语言和民族的不同。学术界对于两次“古今之争”已经有过非常丰富的研究，然而，当我们从比较文学的角度去审视这两次争论时，就会发现：一、从文艺复兴到17世纪新古典主义兴起，整个西方文学实际上是在一个传统的支配下发展的，他们的“古今”不是本民族文学史上的“古今”，而是跨越了国家民族和语言界限的“古今”，诚如钦提奥所说“他们想使……作者受亚里士多德和贺拉斯所规定的规则约束，毫不考虑到这两位古人既不懂我们的语言，也不懂我们的写作方式”[①]。二、两次“古今之争”的展开，实际上促进了欧洲文学“共同体”的形成，并使欧洲各民族的文学交往在其同源同文化中更加密切。如

① 伍蠡甫.《西方文论选》[M].上海：上海译文出版社.1979：186.

科修斯所说:“西方文学组成了其各民族文学的历史共同体,这个共同体本身则体现于其每一民族之中。……比较文学建立在这一西方文学观念之上。”①

总之,自古希腊、古罗马,经中世纪、文艺复兴、启蒙运动的欧洲文学,可以看成是一条纵向发展又环环相扣的文学链条,而且总是由不同语言和民族的“文学大国”在此消彼长、各领风骚。其史前的比较文学成分,也随之具有自然的纵向与横向的跨语言、跨民族等界限的明显特点。

二、早期阶段

在上述学科“史前”阶段同学科正式形成之间为“早期的比较文学”(the early years)阶段。韦斯坦因认为,比较文学由史前阶段进入到“早期阶段”,其标志有二,一是世界文学这一新观念的逐渐流行,二是受到生物学、社会学的影响,认为不同国家、不同时代、不同地区的艺术品具有同样意义的观念的兴起。② 欧洲早期阶段的比较文学,其时间大致是从18世纪晚期到19世纪中期。由于浪漫主义思潮的涌现,由于孔德的实证主义哲学及泰纳的“三要素”论等的影响,在法国、英国、德国等欧洲国家出现了大量的倡导比较文学研究方法的论文、论著和演说,以及反映比较文学研究实绩的著作;一时间,这种“新”的研究方法成为一种风尚,给传统的文学史和文学批评带来冲击。法国的斯达尔夫人、查斯勒、布吕纳介、泰克斯特,德国的歌德、施莱格尔、科赫,瑞士的贝茨,英国的波斯奈特等,是这一时期的关键人物。欧洲早期阶段的比较文学呈现出以下特点。

首先,是“世界文学”这一理念的提出和逐渐流行。歌德于1827年1月31日晚,在他对爱克曼谈话中所预见的:

> 我喜环视四周的外国民族情况,我也劝每个人都这么办。民族文学在现代算不了很大的一回事,世界文学(Weltliteratur)的时代已快来临了。③

其实,在歌德提出世界文学理念前后,言及类似“世界文学”的先觉者,有德

① R J Clements. Comparative Literature as Academic Discipline[M]. The Modern Language Association of America. 1978:5

② Ulrich Weisstein. *Comparative Literature and Literary Theory*[M]. Indiana University Press, 1973: 168.

③ 爱克曼.歌德谈话录[M]朱光潜译.北京:人民文学出版社,1980:113.

国狂飙突进运动的旗手赫尔德，他在1793年的《鼓励人道的书简》等文章中，倡导过包罗万象的世界性的文学史模式；也有俄国的别林斯基，他在《文学一词的一般意义》一文中，也涉及了世界文学问题。他秉承黑格尔的"正、反、合"辩证法，将世界文学的形成与演进历程归结为统一、分离、再高度统一的历史进程。基于此，他宣称：

> 由此可见：人类精神获得发展的一切领域，都是由互相有机地联系在一起、并且一个从另外一个里面陆续不断地产生出来的许多事实所构成，除了这一个或者那一个民族的文学之外，还有总的、人类的、全世界的文学，它也自有其历史。①

然而，马克思和恩格斯就从辩证唯物论与历史唯物论的高度，在1848年的《共产党宣言》中作了极为精湛的阐述与极有眼光的论断：

> 资产阶级，由于开拓了世界市场，使一切国家的生产和消费都成为世界性的了。……旧的、靠国产品来满足的需要，被新的、要靠极其遥远的国家和地带的产品来满足的需要所代替了。过去那种地方的和民族的自给自足和闭关自守状态，被各民族的各方面的互相往来和各方面的互相依赖所代替了。物质的生产是如此，精神的生产也是如此。各民族的精神产品成了公共的财产。民族的片面性日益成为不可能，于是由许多民族的和地方的文学形成了一种世界的文学。

"世界文学"这一前瞻性理念的提出与流行，使文学研究范式的转移，导向了有理想目的的比较文学研究方向。

其次，它已具备自觉的、跨语言界和国界的文学关系比较研究意识。

法国斯达尔夫人，早在19世纪初就出版了《论文学》和《论德国》。她对欧洲文学的南、北方之分及渊源关系，作了影响联系的诠释，她的渊源关系的划分，及其对法、德文学，对超越国界的浪漫主义题材等做的比较分析论述，都对时代风尚和文学联系的比较研究转向，起了推波助澜的作用。

19世纪后半期，研究英法德三国文学关系集大成者的勃兰兑斯，他于

① 满涛．别林斯基选集：第三卷[M]．上海：上海译文出版社．1980：120.

1873—1875 年在哥本哈根大学任讲师，主讲并出版了《十九世纪文学的主要潮流》。这部引起丹麦落后势力的非议和给作者带来厄运的学术巨著，是一部凝聚了作者二十年治学心血的功力雄浑的学术著作。他说："我们讨论了一群作家的成长和发展，他们给人的印象是一个互相交织的整体。无数线索把他们相互联系在一起，从一部作品伸向另一部作品。"①这直接影响了研究文学相互联系的早期比较文学的主张。对这部著作的重要学术参考价值，鲁迅曾说过："文学史我说不出什么来，其实是 G. Brandes（勃兰兑斯）的《十九世纪文学的主要潮流》虽是人道主义的立场，却还很可看的。"②

当时欧洲的学者普遍认为，只有通过比较才能真正认识文学。德国的科赫说："德国文学从一开始就是比较的。"③换言之，没有比较就没有德国文学。"整个近代德国文学是建立在研究莎士比亚的基础上的；歌德、席勒和维兰德，以及德国的新哲学家们把他当作他们的楷模，他们的主人，他们的上帝来信赖。"④"第一位坦率表示世界主义立场的法国批评家"⑤查斯勒（Philarète Euphémon Chasles，1798—1873）是早期比较文学最热衷的鼓吹者之一。他也认为，人类"所有的心灵都精确地、按照奇迹般的规律连接在一起"，"世间没有孤立存在着的事物，真正的孤立就是死亡"；所有的文学研究就是要研究"一个民族对另一个民族的作用与反作用（action and reaction）"；而且，这种"作用与反作用是永恒的"，人们"难以弄清这种影响会在什么地方停止"；所以，"优秀的思想既没有摇篮，也没有坟墓"，"所有那些与别的人民没有知识贸易的人民，就是一张大网上的破裂的网眼"⑥。布吕纳介与查斯勒一样，认为欧洲文学是一个整体，如果不用联系眼光去看文学，就不能把握实质："我们只有通过将我们与别人比较才能界定自己；当我们只了解我们自身时，我们就不能认识自己。"⑦如果要了解拉辛，只

① 勃兰兑斯著. 张道真译.《十九世纪文学主流》[M]第一分册. 北京：人民文学出版社. 1980：199.

② 福建师大中文系编选. 鲁迅论外国文学[M]. 北京：外国文学出版社. 1982：392.

③ Kock. Introduction[M]//*Comparative Literature in the Early Years*:*An Anthology of Assays*, Hans-Joachim schulz & Phillip H. Rhein (ed.). The University of North Carolina Press. 1973：67.

④ Chasles. *Foreign Literature Compared*[M]//*Comparative Literature in the Early Years*. The University of North Carolina Press,. 1973：19.

⑤ 韦勒克. 近代文学批评史[M]. 杨岂深，杨自伍译. 上海：上海译文出版社. 1997：16.

⑥ Chasles. Foreign Literature Compared[M]//Comparative Literature in the Early Years. The University of North Carolina Press. 1973：20. 35. 20. 34. 27.

⑦ Brunetiere. European Literature [M]//*Comparative Literature in the Early Years*. The University of North Carolina Press. 1973：181.

有一个办法，那就是“将他跟别人作比较，这样做的理由是，他并不真的是他自己”①。布吕纳介甚至很夸张地认为，在文学创作上不存在真正的原创，所有的创作都是继承；“没有人能‘创造’文学”，“没有人能凭空进行‘创造’”(one does not create from nothing)。② 意大利的马志尼(Mazzini, 1805－1872)则声称，没有一种文学能自我获得营养，没有一种文学可以逃避异国文学的影响。③ 这种用联系的眼光看文学的方式，这种敏感的、跨国界的比较意识，是比较文学学科得以形成的基础；贝茨(1896—1904)也充分认识到并总结说：“比较文学史矫治个人的和民族的偏狭性，这一现代文明危险的敌人。”④

再次，早期欧洲比较文学的研究对象几乎都是以欧洲的文学，尤其以欧洲五个文学大国的文学为主要对象，文学上的欧洲中心主义开始形成。换言之，上述这个时期欧洲学者的自觉的、跨国界的比较意识，是由欧洲各国文学与古希腊罗马文学的渊源关系，以及近代欧洲各国之间的亲缘关系所决定的。他们的比较方法最初也是为研究欧洲文学关系服务的，他们在著述中反复论及意大利、西班牙、法国、英国和德国，而且其“座次”都是一定的。意大利是古代的“近亲”，其余国家则是远近不等的“本家”。布吕纳介认为，在三四百年的历史中，欧洲这几个国家“以其最具民族特色和最独特的方面而各领风骚”⑤。他甚至将这几个国家在欧洲文坛上起主导作用的年限都作了具体的划分：意大利，1450—1600；西班牙，1600—1660；法国，1660—1720；英国，1720—1830；善于学习的“小弟弟”德国，其文学是在通过研究比较文学之后才形成的。不仅如此，在整个欧洲中心中，法国是中心的中心。“早期”的学者们认为，法国所以能成为“中心的中心”，是法国这个民族的特点所决定的。查斯勒这样看法国：它是“所有的国家当中最为敏感的国家。她有着接纳所有激情的激情；她有能力理解所有的思想……她喜欢诱惑别人，又乐于被别人诱惑”，并且是“一个不自觉的宣传家……欧洲能够奉献给世界的，法国也同样能奉献给欧洲”。也就是说，法国是一个接纳者，一个输出者，一个仲裁者，一个宣传者，“在所有的艺术当中，一切的声望都要等待它

---

① Brunetiere. European Literature [M]//*Comparative Literature in the Early Years*. The University of North Carolina Press. 1973:161.

② Ibid p. 180.

③ 孙景尧. 比较文学经典要著研读[M]. 上海：上海文艺出版社. 2006:8.

④ Bets. *Critical Observations on the Nature, Function and Meaning of Comparative Literary History*[M]//*Comparative Literature in the Early Years*. The University of North Carolina Press. 1973:150.

⑤ Ibid. 168.

的认证”[①]；一句话，法国是近代欧洲文化和文学的中心和枢纽。

与此同时，在欧洲和法国的文学在文学交流中的重要性得到过分强调的同时，东方或欧洲之外的各民族的文学则遭到了他们的忽视、误解，乃至卑视。他们认为，欧洲之外的一些民族，像秘鲁、墨西哥、中国等，是生活在一种自我封闭的状态中；他们曾经有过辉煌，但因不肯与别的民族交往，而使得其辉煌不再。查斯勒特别以中国为例说道：“它懂得思想对于思想的作用力，但它像躲避灾难似的对之加以防范。它也看到知识的蔓延性，但它像阻止瘟疫似的对之加以隔离。”其结果是不能培育出自由的观念和独立的思想，于是，中国人民是“最愚蠢，同时又是最有学问的人民”[②]。在谈到比较文学的范围时，布吕纳介虽也承认“不能将伟大的东方文学排除在外”，应尊重阿拉伯、希伯来、波斯和印度文学；但说到中国的李白和杜甫时，尽管他将他们与阿那克瑞翁和贺拉斯等相提并论，但由于他们遥远的文明是神秘的，“是在我们之外发展的，所以与我们的文明几乎毫无接触，其结果是几乎不能提供可供比较的可能性……几乎没有可比性”[③]。可见，这种强调事实联系，忽视东方或欧洲之外文学的陋习，在比较文学学科确立之前就已定型。

总之，欧洲早期的比较文学还处于草创阶段，还没有形成较系统的学科原理与方法体系，即便对这种独特全新的文学研究，各家也众说纷纭，没有一个统一的名称。查斯勒管他任教的课程叫 Littérature étrangere comparée（比较的外国文学）；泰克斯特则称它是 L'Histoire comparée des littérature（文学比较的历史）等等。然而，以法国为代表的欧洲早期比较文学对于这个学科的形成，是起了承上启下的作用并奠定了比较文学学科的基本特征。

三、学科的正式形成

比较文学学科是在 19 世纪末诞生的。通常认为，一个学科（discipline）的形成必须具备以下一些标志：1. 学科专业杂志的出版；2. 学科理论著作的问世；3. 学科作为一门正式课程进入大学课堂；4. 学科专业学位论文、学术专著与工具书的出现。就比较文学来说，我们可以将之概括为二：比较文学进入大学课堂；

---

① Chasles. *Foreign Literature Compared*[M]//*Comparative Literature in the Early Years*. The University of North Carolina Press. 1973：21－23.

② Ibid. 1973：27－28.

③ Brunetiere. *European Literature* [M]//*Comparative Literature in the Early Years*. The University of North Carolina Press. 1973：157－158.

比较文学学科著作、学刊、学位论文和专业目录的出版问世。

首先，比较文学的名称与实质，在 19 世纪中后期渐渐趋于一致，比较文学课程开始进入大学课堂。虽然 1816 年，法国教师诺埃尔（Noël）与人合作，并把他们所编选的拉丁文、英文、法文等作品选集命名为《比较文学教程》，其实它既没有比较文学研究，也没有传授比较文学知识，但它却是最早使用"比较文学"这一名称的。而 1827 至 1830 年，维尔曼（Albet-François Villemain，1790－1870）在巴黎大学开设的"18 世纪法国作家对外国文学和欧洲思想的影响"的讲座，则是具有比较文学性质的课程，他还出版了《比较文学研究》一书，由此，他被称为"比较文学之父"①。1832 年，圣勃夫接替维尔曼作《比较的文学史》的讲座。1861 年，意大利的那不勒斯大学正式设立了第一个比较文学的教职，但迟至 1871 年才由意大利桑克蒂斯（Francesco Santictis，1817－1883）主持讲授比较文学（letteratura comparata）②。

自此之后，欧美各国大学纷纷开设比较文学课程。1870 年，俄国学者维谢洛夫斯基（1838—1906）在彼得堡大学创立了总体文学讲座；1871 年，查理·谢克福德牧师在美国康奈尔大学创办了"总体文学与比较文学"讲座；而 1897 年，年轻的法国学者泰克斯特，在里昂大学担任第一个比较文学教授，讲授《文艺复兴以来日尔曼民族文学对法国文学的影响》，韦斯坦因将之称为"比较文学作为一门学科真正诞生的日子"③。

其次，是学科专业杂志、学科理论著作、专业学位论文和专业书目的出版问世。

1886 年，英国学者波斯奈特出版了世界上第一部比较文学理论专著《比较文学》，基亚称之为"标志了比较文学的时代已经正式开始"。

1895 年，泰克斯特完成了法国第一部比较文学专著，即其博士学位论文《让·雅克·卢梭与世界主义的起源》。他的同学贝茨也完成了博士论文《海涅在法国》，并接着又发表了《比较文学目录初稿》。

1887 年德国学者马克斯·科赫创办了《比较文学杂志》，1901 年又创办了《比较文学史研究》。这两份杂志无论是编辑思想还是编辑实践，都对比较文学

① Ulrich Weisstein. *Comparative Literature and Literary Theory*[M]. Indiana University Press. 1973:171.

② 约斯特. 比较文学导论[M]. 廖鸿钧等译. 湖南：湖南文艺出版社. 1988：12.

③ Ulrich Weisstein. *Comparative Literature and Literary Theory*[M]. Indiana University Press. 1973:172.

学科的确立具有开创性的意义。

比较文学学科在欧洲的正式确立是在19世纪末，并且是上述众多标志性事件的综合体现，是欧洲贡献给人类文学研究的一门新兴学科。不过，它是基于古希腊和基督教文化的西方各国语言文学关系的比较文学，也是带有欧洲中心胎记的欧美比较文学，其主要研究范式也随之是注重同一文化体系跨语言和民族界限的比较文学。

第二节 中国古代比较文学的独特方法：“格义”与“况义”

外来宗教的传入使中国文化渗入新质，也丰富了跨文化交流的对话方式。佛教东传所催生的“格义”之法，基督教传播所孕育出的“况义”之道，都为中外异质文学文化的融通研究提供了极具“中国特色”的范例。

一、佛教东来与“格义”之法

佛教的东来刺激了中国传统思想与外来思想的碰撞。就比较文学研究而言，佛教在中国的传播无疑丰富了它的方法论。“格义”之法的发现与使用，对今天的不同国家和民族间异质文化文学的互识、互补，有着十分重要的借鉴意义。

佛教的传播是从译经开始的。最早的佛经译家中最著名的有西域安息人安世高(约2世纪)和西域月支人支娄迦谶(约2世纪)。他们的译经活动开始于汉末。据道安(314？—385)录载，安世高所译凡三十五部，四十一卷，而支娄迦谶所译可确定者凡三部，十四卷。安世高所译主要是在小乘上座部的经文，重点在“禅数”上，支娄迦谶所译重点是在“般若”。“禅数”强调理论，强调“养气”，而“般若”既强调理论，又强调实践，即传习。作为一种外来的宗教，佛教般若经中当然有很多中国传统书籍中没有、为中国人所无法理解的概念(“事数”)；纯粹用佛家自己的解释，中国人很难理解。当时，魏晋玄学正盛。先是王弼、何晏等的玄学重老，用《老子》解《易经》、《论语》等儒书，其学说特点是主张“从无生有”；尔后，裴頠提出“崇有”，再后来，向秀、郭象则尚“自然”。玄学跟般若谈“空”的特点在学理上有相通之处，这就与初来乍到的佛教之间形成了一定的共鸣。何况，中国僧徒都是有相当深厚的“外学”功底的，于是，他们便借助“外典”(儒家经书)来阐释“内典”（佛经）中的种种概念，这就是所谓的“格义”。“格义”是佛教能在中土被接受包容的一个重要原因。关于“格义”较早的记载见于《高僧传》：“法雅，河南人，凝正有器度，少善外学，长通佛义，衣冠士子，咸附咨禀。时依（雅）门徒，并世典有功，未善佛理。雅乃与康法朗等，以经中事数，拟配外书，为生解之例，谓之格义。及毗浮、昙相等，亦辩格义，以训门徒……外典佛经，递互讲说。与道安、法汰每披释凑疑，共尽经要。”①吕澂对“格义”所下的“定义”是：“把佛书的名同中国书籍内的概念进行比较，把相同的固定下来，以后就作为理解佛学名相的规范。换句话说，就是把佛学的概念规定成为中国固有的类似的概念。”②汤用彤对“格义”的理解是：“格义者何？格，量也。盖以中国思想比拟配合，以使人了解佛书之方法也。”③汤先生在美国讲学时（1948）亦写过一篇关于“格义”的文章，那是写给外国人看的。其中他这样解释“格义”：“‘格义’是中国学者企图融合印度佛教和中国思想的第一种方法。”④又说：“‘格义’是一种用来对弟子们教学的方法……‘格义’是用原本中国的观念对比〔外来〕佛教的观念，让弟子们以熟悉的中国〔固有的〕概念去达到充分理解〔外来〕印度的学说〔的一种方法〕。”⑤讲到“格义”的含义，汤用彤先生说：“它不是简单地、宽泛地、一般的中国和印度思想的比较，而是一种很琐碎的处理，用不同地区的每一个观念或名词作分别的对比或等同。‘格’在这里，联系上下文来看，有‘比配’的或‘度量’的意思，‘义’的含义是‘名称’、‘项目’或‘概念’；‘格义’则是比配观念（或项目）的一种方法或方案，或者是〔不同〕观念〔之间〕的对等。”⑥

可见，“格义”是佛教进入中国初期时的一种交流“方法”，是其传习过程中的“教学方法”。按“格义”之法来讲解佛教的名相，实际上就是以本土文化的观念为中心，去理解外来文化中的概念，这符合异质文化交流的基本规律。因为，人们常常是以本土原有的文化作为理解异质文化的开端，在比较当中发现异同，在比较当中去认识他者；本土文化是人们理解异质文化的出发点。虽然“格义”一法专在文字上着眼，目的在借助于一些概念“贯通文义”⑦，但从另一角度看，这也

---

① [梁]释慧皎. 高僧传 · 卷第四. 晋高邑竺法雅传[M]//汤用彤校注. 高僧传. 北京：中华书局. 1997：152—153.

② 吕澂. 中国佛学源流略讲[M]. 北京：中华书局. 1995：45.

③ 汤用彤. 汉魏两晋南北朝佛教史[M]. 北京：北京大学出版社. 1997：167.

④ 汤用彤. 论“格义”——最早一种融合印度佛教和中国思想的方法[M]. 石峻译//汤用彤集. 北京：中国社会科学出版社. 1995：140.

⑤ 同上. 140—141.

⑥ 同上. 142.

⑦ 吕澂. 中国佛学源流略讲[M]. 北京：中华书局. 1995：44.

是在双方文化的关键词上做文章，而关键词有时正是人们认识异质文化的瓶颈。般若是讲空的，如龙树“三是偈”所说：“姻缘所生法，我说即是空，亦为是假名，亦是中道义。”具体地说，它一方面讲的是“非有”，但另一方面又是“非无”，双方合起来才是所谓“空义”。但中国人起初不能理解佛教的这一名相，他们只好按照中国原有的，如按老子的“无”来理解它。按中国原来的“无”的概念去理解般若的空，显然是不吻合的；因为般若的空实际上是“非有”、“非无”两个方面。“非有”不等于“无”，“非无”不等于有，而只是“假有”。不过，把老子的“无”作为进入佛说玄境的阶梯，也是不坏的一个“方便法门”。道安的学生慧远在庐山讲道时，就曾用过类似的方法：“远年二十四，便就讲说。尝有客听讲，难实相义，往复移时，弥增疑昧。远乃引《庄子》为连类，于是惑者晓然。是后安公特听慧远不废俗书。”①

尽管“格义”之法起于河北，但“用之者必不少”。② 西晋时，徘徊于儒家思想和佛家思想之间的颜之推，在其所著《颜氏家训》中说：“内外两教，本为一体，渐极为异，深浅不同。内典初门，设五种禁；外典仁义礼智信，皆与之符。仁者，不杀之禁也；义者，不盗之禁也；礼者，不邪之禁也；智者，不酒之禁也；信者，不妄之禁也。”又认为：“归周、孔而背释宗，何其迷也！”③陈寅恪认为，颜氏该处所用之法，“虽时代较晚，然亦‘格义’之遗风”④。《魏书》一百四十“释老志”云：“故其始修心则依佛、法、僧，谓之三归，若君子之三畏也。又有五戒，去杀、盗、淫、妄言、饮酒，大意与仁、义、礼、智、信同，名为异耳。”陈寅恪先生认为，此“亦‘格义’之说”⑤。后来，由于罗什广译大乘经，关于般若人们开始有了更深入的理解，可以不借助于“格义”了，于是，罗什弟子僧肇著《不真空论》、《般若无知论》等文，体现了中国对般若的理解上升到了一个新的高度。罗什的另一高足僧叡总结罗什之前的佛学研究情况时说：“自慧风东扇，法言流咏以来，虽曰讲肆，格义而乖本，六家偏而不即。”⑥僧叡等人这样说，颇有点过河拆桥的嫌疑。随着佛家经典翻译数量的增加，加之中国学者对佛法的理解程度加深，一般认为，“格义”之法不再盛行。实际上，“格义”作为人类认识新事物、表达新观念的方法，在“格义”的派别

① ［梁］释慧皎. 高僧传・卷第六. 晋庐山释慧远［M］//汤用彤校注. 高僧传. 北京：中华书局. 1997：212.

② 汤用彤. 汉魏两晋南北朝佛教史［M］. 北京：北京大学出版社. 1997：168.

③ 颜之推. 颜氏家训・归心篇［M］//颜氏家训集注. 上海：上海古籍出版社. 1999：241.

④ 陈寅恪. 支愍度学说考［M］//陈寅恪. 金明馆丛稿初编. 北京：三联书店. 2001：170.

⑤ 同上. 第170页.

⑥ 吕澂. 中国佛学源流略讲［M］. 北京：中华书局. 1995：45.

过去之后还在被人所用。上引颜之推文字便是实例,只是后人不是像魏晋之际的学者那样刻意用它来解释一个具体的概念或范畴。故陈寅恪先生认为,道安之后"格义"并没有寿终正寝,"自北宋以后援儒入佛之理学,皆'格义'之流也"。他进而得出结论:"'格义'之为物,其名虽罕见于旧籍,其实则盛行于后世。"①就是说,在陈先生看来,"格义"不仅仅为魏晋之际之一派,实则为中国佛学发展史上乃至学术史上所常用的手法。可以这么认为,"格义"虽是鸠摩罗什来华译经之前的事,但它却是"比较文学渊源的中国古代术语名称"②。

总之,"格义"在中国佛学发展史上乃至在中国学术史上,可作广、狭义之分。狭义的"格义"是一段公案,广义的"格义"贯穿中外文化交流史之全过程;更进一步地说,在佛教传入之后的中国文化与外来文化交往的过程中,"格义"之法成了一种以"自我"去融入"他者"的认知之道。

二、基督教入华与"况义"之法

尽管古代印度在中国人的心目中是西方,佛教传入中国叫"慧风东扇",但它已被中国化为中华传统文化的一部分。而从今天的视角看,不仅中国与西方异质文化的大规模接触是起自明清之际天主教的入华,而且这一中西异质文化的碰撞和砥砺,一直时断时续地绵延至今。唐代的景教虽也是从西方传入,虽也属西方文化范畴,但它在当时并未对中国文化产生多大影响。13 至 14 世纪初意大利人孟高维诺(John of Monte Corvino, 1247 - 1328)虽然在传教方面有过一点成绩,但在文化交流方面,也没有触到痛痒之处。元代之后,欧亚陆上交通遂告中断,明太祖时"不许片板入海,以致帆影绝迹"③。所以,中国与西方的大规模接触当是明清之际天主教耶稣会士的到来。以利玛窦为代表的天主教耶稣会士们,出于传教的目的,进行了大规模的"天"、"儒"沟通工作,使得中国人开始认识西方,同时也让西方开始了解中国。他们的努力虽是以传教为出发点,但也结出了一些文化和科学的果实。仔细审察这一过程,对于今天的跨文化比较文学研究,具有温故知新的借鉴意义。

天主教耶稣会(The Society of Jesus),是西班牙人罗耀拉于 1534 年在巴黎创立的,1540 年该会得到教皇保罗三世的确认,从此它很快在欧洲发展起来,并开始了"外方传教"活动。彼时欧洲正经历马丁·路德的宗教改革,教廷正面临

① 陈寅恪. 金明馆丛稿初编[M]. 北京:三联书店. 2001:173.
② 孙景尧. 沟通[M]. 广西:广西人民出版社. 1991:39.
③ 方豪. 方豪六十自定稿[M]. 台湾:台湾学生书局. 1969:185.

危机，它正想利用耶稣会来收复失去的利益。耶稣会亦称"耶稣连队"，是一支纪律严明的传教队伍；由于它要担当起为教皇效劳的职责，也由于其成员都经过严格的训练，这就使得它具有不凡的素质。事实证明，来华的耶稣会士绝大多数都是饱学之士，在文学、哲学、天文、地理等领域都有很深的造诣，实无愧于"西儒"之雅称。而他们来华之后，皆研习中文，钻研儒理，如马诺瑟"于十三经、二十一史、先儒传集、百家杂书，无所不购，废寝忘食，诵读不辍"；并对研究儒学独具见解："盖理学也，固由经学而立，而经学也，必由字学而通。舍经斯理缪，舍字斯经郁矣。"①尽管耶稣会士们热衷于汉学研究，目的在劝人信道入教，但其意义远已超出传教之目标，它对中国人的传统观念、中国的科学，甚至治学方法等，都产生了极其深刻的影响，比如，"元、明间人，犹未究心于地理，至利玛窦等来，而后知有五大洲，及地球居于天中之说"②。又如，至耶稣会士来，考据学兴，实是受西洋重探求世界之本原的心理的影响，这对清代学术影响匪浅。利玛窦与徐光启共同翻译的《几何原本》被梁启超称为"字字精金美玉，为千古不朽之作"的佳译③。梁启超认为，随着西学的东渐，"在这种新环境之下，学界空气，当然变换"④。总之，明清间传教士所传之西学，"在我国学术界上，其影响不限于局部，而为整体者也"⑤。且这种交流的范式，在今天的跨文化对话中仍远未过时。

由上述可知，西士之"传教术"主要是从文化方面着手的，其在文化层面上的努力，其特色可用"况义"二字概括之。"况义"之法始于金尼阁译伊索寓言。伊索寓言作为古希腊经典的一部分，在西方早已家喻户晓，而在中国迟至明万历戊申年（1608 年）在利玛窦的《畸人十篇》中才第一次译为中文，其为申明教理共译寓言三十四则，伊索被译为"厄琐伯"。此后，西班牙耶稣会士庞迪我，在其 1614 年的《七克》中，又译了五六则。然而，第一次较大规模地翻译伊索寓言的是由耶稣会士、法国人金尼阁口授，中国信徒张赓笔传之《况义》（1625 年，西安刻本）。⑥ 西士们的翻译不仅验证了文学与宗教互为载体的这一文化交往上的特点，同时它还给异质文化间的交往提供了一种至今可资借鉴的方法或模式。即是说，金尼阁译《况义》的意义已超出了翻译学的范围，而与文化

① 马诺瑟. 经学议论[M]//方豪. 六十自定稿（上）. 台湾学生书局. 1969：242.

② 柳诒徵. 中国文化史[M]. 东方出版中心. 1996：679—680.

③④ 梁启超. 中国近三百年学术史[M]. 北京：中国书店. 1985：9.

⑤ 徐宗泽. 明清间耶稣会士译著提要[M]. 北京：中华书局. 1989：5.

⑥ 戈宝权. 明代中译伊索寓言史话（1—4）[D]//中国比较文学. 1984 年 1—4 期. 浙江：浙江文艺出版社.

传播方式相“接壤”。

法国巴黎国家图书馆两种《况义》手抄本照片

1484 年英国出版的卡克斯顿版《伊索寓言》

中国人自己较为集中地翻译伊索寓言是在 19 世纪末，是林琴南第一次用“伊索寓言”这四个字。“寓言”是个中国词，见于《庄子·寓言》：“寓言十九，重言十七……寓言十九，藉外论之。”如果说林琴南译伊索的“作品”为“寓言”，是一种文体上的中西合璧，那么金尼阁的做法则就是从义理角度出发的比较重写了。这跟当时耶稣会士们追求“适应”的做法一脉相承。当然，金尼阁把伊索的寓言译做“况义”，其初衷倒不是要开创一种文化沟通方式，而是针对伊索寓言的内容特点而作。众所周知，伊索寓言往往由两个部分组成，一部分讲述故事，另一部分则根据故事的情节得出某种哲理，并以一句格言或警句收尾，给世人以启迪或警示。金尼阁将伊索寓言译做“况义”，其用意十分明确，伊索寓言的前半部分乃为“况”，格言或警句部分乃是“义”。《况义》译本末所附鹫山谢懋明之《跋〈况义〉后》很能说明这一点：“况之为况何取？先生曰：‘盖言比也。’……罕譬而喻，能使读者迁善远罪。”至于何谓“义”，答曰：“夫义者宜也。义者意也。师其意矣，复知其宜……触一物，皆可得悟。”①其实，现代汉语中的“况”就有“比方”的意思，金尼阁就是要通过伊索寓言的打比方方式，来教谕其道理。

① 戈宝权. 明代中译伊索寓言史话(1—4)[D]//中国比较文学. 浙江文艺出版社. 1984 年第 3 期：290.

这个道理就是“义”，故事是伊索讲的，其情节是不能轻易改动的。但对“义”的表述，则是可以做自己文章的。对此，“跋”中的“先生”说得十分坦白：即将自己心中的“义”，换成适宜之“意”，并要师从其意，更加知道其适宜之义，才可获得其义的领悟。伊索寓言也就不再是原原本本的伊索寓言了，而成了“暗渡陈仓”的传教士说教了。

如果不从当时文化交流的角度看，我们可能会觉得，金尼阁把伊索寓言译作《况义》纯属偶然。但只要回顾一下明清之际耶稣会士和中国信徒们为天主教在中国的传播所作的努力，我们就发现，金氏的做法，正是当时风尚的必然反映。

对于中国文化来说，来自西洋的天主教是一种异质文化；对于天主教耶稣会士来说，要中国人接受天主教，成为“天民”，就得使他们认同自己的基督教文化。然而传教士面对的不是还没有自己文字的美洲印第安人或拉瓜尼人，而是已有数千年自成体系和悠久传统的中国文化文明，因而传教士不得不选择“迎合”中国文化的策略，宣传基督教文化跟中国原先的文化在本质上是相通的，采用“合儒”、“补儒”、“超儒”，即离不开中国儒家文化的办法。用方豪先生的话说，“必须先吸收当地的文化，迎合当地人的思想、风俗、习惯……借重当地人最敬仰的一位或几位先哲的言论，以证实新传入的教义和他们先辈的遗训、固有的文化是可以融会贯通的、是可以接受的，甚至于还可以发扬光大他们原有的文化遗产”①。因此，明末清初来华的耶稣会士们做了大量的中西汇通工作，尽管他们目的是在“劝人信道入教”，但在中西文化交流史上却具有其重要的意义。并使其“合儒”至“超儒”的策略得以实现。金译伊索寓言二十二则均以“义曰”收尾，仔细揣摩这些话，就可看出他在其中所寓之义。

《北风与太阳》是伊索寓言中有名的一则，周作人译文的结尾为：“这故事说明，劝说常比强迫更为有效。”②这是一句不偏不倚的译文。金尼阁将这一则的结尾译为：“义曰：治人以刑，无如用德。”这句译文就有所偏倚了，具体地说是偏向于儒家一边；它使人想起《论语·为政》：“道之以政，齐之以刑，民免而无耻；道之以德，齐之以礼，有耻且格。”也使人想起《论语·为政》中“为政以德”等句。再如伊索的寓言《脚与胃》，它讲的是人身体上的各个器官无贵贱之分，各司其职；金尼阁的“义曰”是：“天下一体，君元首，臣为腹，其五司四肢，皆民也……物各相酬，不则两伤……”在这里，金尼阁给读者灌输的则是儒家的“君君，臣臣，父父，

① 方豪. 方豪六十自定稿[M]. 台湾：台湾学生书局. 1969：203.
② 周作人. 全译伊索寓言集[M]. 中国对外翻译出版公司. 1999：33.

子子”的思想，其意蕴也与《中庸》中“万物并育而不相害”的思想相契合。总之，金尼阁的二十二个“义曰”几乎都可以在儒家的经典中找到它们的“另一半”。这体现出传教士们的“合儒”心态。

然而，“合儒”决不是西方传教士的终极目标，“合儒”的真正目的是要“补儒”并“超儒”。所以，金尼阁在其翻译的“义”中，操纵原文处甚多。比如：“人者获罪于天，死侯迫之……永守尔神，祈天保佑。”“贫穷之善日生，富豢之人绝其德。”“主命所加于尔，尔安承之，尔必以诈脱，主还将尔诈绳尔。”从这些字句当中，我们虽能看到儒家思想的痕迹，但基督教的色彩尤为明显，至于伊索的原意则被操纵得难见原貌。从中我们可以看到，这里所用的“天”决不是孔子或孔子之前的天，而是具有浓郁的天主教教条意味的天。因为《圣经》上反复宣扬，人应该积财富在天上，人间的财富会遭虫蛀；又认为，富人要进天国，要比大象经过针孔还要难。总之，金尼阁是将基督教的德行观、财富观等信仰教义，悄悄地融入了《况义》的行文中，用伊索寓言的旧瓶子装基督教义的新酒。

唐代的景教由于过分依附于中国宫廷及中国文化，其本身的文化身份和文化特征便萎缩得非常可怜；元代的孟高维诺只是单向性地向中国人灌输他的教义，叫中国幼童学唱拉丁文和希腊文的赞美诗，结果总是不得要领；只有到了利玛窦来华才真正注意到传教的策略。在利玛窦的影响下，明末清初兴起了大规模的“迎合儒家”的运动。这种适应是全方位的，而不是局部的。

因为，除了耶酥会的传教士外，天主教其他修会的传教士也都做了具有比较研究性质的“况义”。利安当(Antonius Cabarella vel de Sancta Maria，1602－1669)的《天儒印》(又作《天儒印正》、《天儒印证》)就是具代表性的一书。[①]《天儒印》现藏罗马教廷图书馆，其拉丁文译名为 Concordantia legris divinae cum quatuor libris Sinicis，把它再译回汉语则是“天主教义与中国四书之对照”。无论从该著的汉语书名，还是从其拉丁译文，它的主旨是十分明了的。《天儒印》是一部“纯粹‘适应儒家’之作”，其写作风格也颇为别致：每段都以儒家经书中的章句开头，接着便是用天主教的教理来印证，或肯定之，或附会之，或补充之。正如尚祜卿于“序”中所说：“谓四子之书即原印之印迹也可，于是名其帙曰天儒印。”[②]《天儒印》引章句皆出自《四书》，所引《大学》五处，《中庸》十四处，《论语》十四处，《孟子》四处，计三十六处，利安当都尽力用天主教教义来附会儒家思想的倾向，

① 利安当.天儒印[M]//明末清初耶稣会思想文献资料汇编.北京大学宗教研究所.2003年.第2卷(第15册).

② 尚祜卿.天儒印说[M]，天主教东传文献续编(二)：学生书局，1966：992.

并用神学的超性之理来“补”“超”儒家的实用理性。

非但传教士这么做，就是一批受洗信教的中国士大夫也这么做。明末有徐光启、李之藻、杨廷筠、严谟等，清初有朱宗元、张星曜、尚祜卿、张能信等。严谟说：“以今考之，中古之上帝，即太西之称天主也。”①朱宗元也说：“天主者何？上帝也，中华谓之上帝，西译谓之天主。”并且，否认中国的“天”是形天的说法，认为“惟认天以苍苍者是，谬矣”！② 有的信教学者甚至觉得，如果没有西士来，弘扬了儒家精神，儒理将会失传。对此，刘二至感叹说：“此道不明久矣！非有泰西儒者，航海远来，极力阐发，则尧、舜、禹、汤、文、武、周公、孔、孟之真传，几乎熄矣！”③

甚至高居中国传统文学殿堂之首的格律诗，也有这么做的诗篇，写诗的既有朝廷首辅的叶向高，其在诗中说：“……圣化破九埏，殊方表同轨。拘儒徒管窥，达观自一视。我亦与之游，冷然得深旨。”也有一般文人的陈圳，写诗求问道：“自是西方一伟儒……因君壹意尊天主，未卜凡胎可度无。”④

可见，明清之际的“况义”与滥觞于西晋之时的“格义”之法，有同又有异。二者都是因为外来宗教的缘故而发生的，这一点是一致的。但不同的是：魏晋间采用“格义”的是中国人，明清间首先做“况义”的是外国人；魏晋间中国人这样做的目的是中国人想更透彻地了解外来的宗教，要在中国传习它，明清间西方传教士这样做是要将他们自身宗教灌输给中国人；魏晋间僧徒是以边缘者的身份参照中心，明清间西方传教士是以普世真理在握的神学中心者的身份面对边缘；魏晋间之“格义”作为一派虽很快过去，但作为一法却贯穿中国佛教发展之始终，明清间的“况义”却因“礼仪之争”而告终止。尤其是，“格义”是使外来佛学中国化；而“况义”是让西方基督教文化“合儒”、“补儒”并最终“超儒”。因此，格义与况义，是中西异质文化碰撞砥砺的两种比较之道，用今天的诠释学来说，前者是以本土文化话语诠释外来异质文学文化观念，以最终达到本土化；而后者则是以外来异质文化话语诠释本土文学文化观念，以图达到异质化。在今天多元文化语境中的中西文学文化对话，是可以通过重温历史，尤其是格义与况义，来发现可供参考镜鉴的方法之道的。

---

① 严谟. 天帝考[M]//明末清初耶稣会思想文献资料汇编. 北京大学宗教研究所. 2003 年. 第 4 卷（第 38 册）：16.

② 朱宗元. 天主圣教豁疑论[M]//引自方豪. 六十自定稿（上）. 台湾学生书局. 1969：242.

③ 刘二至. 觉斯录[M]//明末清初耶稣会思想文献资料汇编. 北京大学宗教研究所. 2003 年. 第 3 卷（第 33 册）：425.

④ 熙朝崇正集. 抄本[M]，巴黎国家图书馆，中文 7066 号。

第三节　中西比较文学历史及其方法之道的启示

前一节通过追溯西方比较文学历史及其贡献可知，它是基于古希腊和基督教文化的西方各国语言文学关系的比较文学，也是带有欧洲中心胎记的欧美比较文学，其主要研究范式也随之是注重同一文化体系跨语言和民族界限的比较文学。

后一节又通过梳理中国历史上中印、中西异质文化相会获知，格义与况义是中国古代的比较文学文化研究的“方法之道”。

那么，为什么中西历史上的方法之道会有差异？它给我们一些什么启示？

就中西比较文学方法之道的差异而言，与各自文学文化史的不同发展历程有关。我们不妨先看下面的简表：

甲，欧洲文学史主线

古希腊的史诗，悲、喜剧和《诗学》等
古希伯来的《圣经》
古罗马的《变形记》、《埃涅阿斯记》和《诗艺》等以及中世纪文学
意大利的《神曲》、卜伽丘《十日谈》等
英国的《坎特伯雷故事集》、莎士比亚戏剧等
法国的《巨人传》、《伪君子》等
西班牙的《羊泉村》、《堂吉诃德》等
德国的瓦尔特诗作、《阴谋与爱情》等
俄国、美国 ……

乙，中国古代文学史主线

《诗经》—《楚辞》—《史记》、汉赋—《乐府诗》—唐诗—宋词—元曲—明清小说

（印度佛教文化传入）
（祆、景、摩尼、伊斯兰等教传入）
（天主教和欧洲文化传入）

这是一张十分简略的中、欧文学发展史的主线表，从中不难发现：处于甲表

中的欧洲文学，其起源是古希腊语与古希伯来语的文学，接着的罗马和中世纪是拉丁语的文学，而到了近现代则是欧洲各国的语言文学。因此欧洲文学的历史纵向继承发展中，就已不仅包含着跨越国界族界而且还包含了跨越语言界的特点在内。因此它们的比较文学历史，往往是在同一欧洲文学文化体系内，历史纵向上的跨国界和语言界的文学比较研究，或者是同一文化体系中的不同民族语言文学的比较研究。欧洲的“古今之争”就充分说明了这一特点。

而处于乙表中的中国汉语文学就不同了，自先秦的《诗经》、《楚辞》直到明清小说，都是同一语言的文学。然而自两汉之际起，就先后传入了印度佛教、中亚的祆教、摩尼教和欧洲的基督教等多种异质文化，这就使中国文学文化就历史纵向而言，虽然都是同一语言，但却不乏跨文化体系的外来文学文化成分，而从横向空间来看，则是典型的跨文化与跨学科的文学文化交会。因此，不像欧洲那样仅以跨语言与跨民族为准，而是纵向横向都必然具有跨文化体系和跨学科的因素在内。

而就其启示而言，至少可给我们三点思考：

其一，西方的比较文学历史及其方法之道，是在同一“两希文化”（希腊、希伯来）体系内的跨语言、跨民族文学的比较研究，因此它们将跨越民族语言界限视为其各国文学关系比较文学研究的首要条件。这无疑是比较文学研究的共性特点，不仅对同一文化体系内的各国文学比较研究，而且对不同文化的各国文学比较研究，都同样是首要条件之一。

然而，限于西方文化体系、尤其是基督教文化的普世扩张性，随着欧洲地理大发现的成功，它们自以为福音在手就真理在握，也就开始了“在基督教史上，我们可以把这个年代称为‘全球扩张时代’”①。于是，其比较文学也随之形成韦斯坦因所反思的“根深蒂固的欧洲中心主义”②，以至其早期法国比较文学理论依据之一的进化论，也能变成其西方中心扩张宣言，法国比较文学史家洛里哀就堂而皇之地说：“近世，则西方知识上、道德上及实业上的实力遍及全球，东部亚细亚，除少数荒僻山区外，业已无不开放。即使那极端守旧的地方，也已渐渐容纳欧洲的风气。如是，欧亚两洲文化已渐趋一致，已属意中之事。”③可见，其不仅犯了“无知而掉以轻心，发为高论，又老师巨子之常态惯技”④的毛病，而且也违背了

① 布鲁斯·雪莱.基督教会史[M].刘平译.北京：北京大学出版社.2004：317.

② 孙景尧.新概念、新方法、新探索[M].漓江出版社.1987：30.

③ 洛里哀.比较文学史[M].傅东华.商务印书馆.1931：351—352.

④ 钱锺书.管锥编[M]第1册.北京：中华书局.1979：2.

其比较文学不是比高低优劣而是认识各国文学关系的学科初衷。

其二，中国古代具有比较文学研究性质的格义与况义，是同中国传统又正统的汉语言文学文化的特点有关。由于其历史上的古今演变，都是在同一文化和同一语言中发展，因此并不存在如西方那样的跨民族语言界限的问题。然而，由于先后两次传入异质文化，这就使中国文学文化就历史纵向看，虽然都是同一语言，但却不乏跨文化体系的外来文学文化成分，而从横向空间看，则是典型的跨文化与跨学科的文学文化交往。所以中国古代的格义与况义，既有跨文化体系、又有跨学科的比较研究特点。

古代的中国和西方，都曾把哲学、历史、文学等书面著述统称为"文学"。我国魏晋南北朝时，虽然刘勰等人初步意识到文学的特征，提出了"文笔说"，但也仅仅将"文学"分成"韵文"和"散文"两大类。一直到清代，也仍然将有些哲学、伦理、历史、地理等方面的议论、杂感、札记等包括在文学之内。清末学者章炳麟就说过："文学者，以有文字著于竹帛，故谓之文，论其法式，谓之文学。""凡文理、文字、文辞皆称文。"①而西方也大抵如此。韦勒克就论述过，欧洲直到18世纪，文学"仍然指的是'博学'或'一切诉诸于文字的知识'"，"用'文学'一词来指所有的文学创作作品，在18世纪得到迅速的民族化"②。可见无论中外，在古代浩瀚的文献中，文学常常与其他学科的内容夹杂在一起。既然如今的比较文学是指跨越国界、语言界限和学科界限的文学研究，那么，其地理范围自应包括世界众多的国家与民族；其研究对象，也应包括彼此有影响联系的各国文学关系研究，还应包括彼此并无接触影响的不同国家与民族文学之间的比较研究；以及包括从文学与其他学科的关系着手而进行的跨学科研究。也就是说，比较文学研究，不只囿于欧洲、也不只限于影响研究，而应拓展跨文化和跨学科界限的众多方面。就此而言，中国古代的格义与况义，其突出的贡献就是，为今天多元文化时代的比较文学提供了跨文化体系和跨学科综合研究的历史性启示。

其三，我们将中西比较文学历史的方法之道一起探讨，可以发现，宗教在中西异质文化交往中所起的重要范式作用。这是因为，宗教涉及文学、哲学、历史、文化等方方面面，同时又深入到人生观、道德观、宇宙观等精神信仰的深层思想。因此，历史上中西异质思想文化的交往，就既是多方面的，又是深层次的精神思想碰撞和砥砺，也就最能体现西方基督教文化同含有佛教文化在内的中国文化

① 郭绍虞. 中国历代文论选[M]: 第四册. 上海: 上海古籍出版社: 302.

② René Wellek. Discriminations: Further Concepts of Criticism[M]. New Haven and London: Yale University Press. 1970: 5.

之间——世界历史上并不多见的多元异质文化交会的范式作用。而范式(Paradigm),是由科学哲学引入文学批评的一个术语,其原先的含义是,在科学实际活动中某些被公认的范例,为某一种科学研究传统的出现提供了模型。接受美学理论家姚斯将其引入文学科学时提出:"每一种范式不仅解释批评家探讨文学——学院派内部'正统的'文学科学——的既定的方法论程序,还对既定的文学原则加以解释。换言之,一个特定的范式既创造了阐释的技巧,也创造了被阐释的客体。"[①]循此,我们可以总结其下面三个范式作用:

首先,明清之际天主教入华及其本土回应,提供了中西异质文化交往最佳选择的范例。

正如波洛那大学哲学系教授艾柯所认为,两种不同的文化相遇,由于互相间的差异,必然会产生碰撞,其结果有三种可能性,一是征服,或教化之,或毁灭之;二是文化掠夺;三是交流。并认为欧洲和中国的最初接触就属于这后一种情况,认为"中国人从耶稣会士那里接受了欧洲的科学的许多方面,同时,传教士们又将中国文明的方方面面带回欧洲"[②]。

但在清代因"中国礼仪之争"而告中断。这是由于欧洲其他修会中的一些修士及罗马教廷,抓住祀孔祭祖和Deus(天主)在中国的译名不放,在二元对立中置这次大规模的文化交流于僵局:一方面是自以为普世真理在握,一心要征服教化中国的罗马教廷的《禁约》;另一方面是唯我独尊的中国皇帝康熙,以"西洋小人何言得中国之大理"而禁教,[③]最终使交流归于失败。

可见,异质文化相遇的最佳选择是交流。交流是彼此交往得以开始与继续的条件,也是认知自我与他者得以实现的途径。而征服、教化不可取,非此即彼的二分对立不可取,唯我独尊的心态也不可取,因为历史启示我们,这些都是与交流背道而驰的。

其次,明清之际天主教入华及其本土回应,提供了中西异质文化交往认同辨异的沟通范例。

认同与辨异,是异质文化交流双方得以沟通的开始与基础。明清间来华的传教士当中,很多人对中国文化是持认同的态度的。如罗明坚、利玛窦等初入中国时所表现出来的就是认同。利玛窦到中国,初以"西僧"自居,后以"西儒"自称,"僧"和"儒"都是中国的"国货",其目的就是要证明,"我"跟"你"是同类。如

① 王先霈.文学批评术语词典[M].上海:上海文艺出版社.1999:148—149.

② [意大利]翁贝尔托·艾柯.他们寻找独角兽[M]//独角兽与龙.北京大学出版社.1997:1.

③ [韩国]李宽淑.中国基督教史略[M].北京:社会科学文献出版社.1998:117.

果他们当初不采取入乡随俗的认同姿态，那就谈不上后来长达两个世纪的中西交往，而只能如耶稣会东方领袖瓦里纳尼，于1579年在澳门朝中国海岸大声喊："噢，磐石，磐石，你何时才能打开？"①

同理，中国的"西学派"人士也作出了认同和辩异的回应。徐光启在《辩学章疏》中说，他多年与他们来往，故知道得"最真、最确、不止踪迹心事一无可疑，实皆圣贤之徒也。且其道甚正，其守甚严，其学甚博，其识甚精，其心甚真，其见甚定，在彼国中亦皆千人之英，万人之杰"②。并进而认同和辨异其思想精神，如王徵所说："夫西儒所传天主之教，理超义实，大旨总是一仁，仁之用爱有二：一爱天主万物之上，一爱人如己。"所谓"不事亲，不可为子；不识正统，不可为臣；不事天主，不可为人。"③

我们今天所探讨的文心相同、文心有异等命题，其实早在明清之际就出现了沟通范例。冯应京早在明代万历辛丑年（1601年）就说："益信东海西海，此心此理，同也。"④同时的李之藻也说："西贤之道，拟之释老则大异，质之尧舜周孔之训则略同。"⑤

最后，宗教对中西文化的发展，还提供了成功融合与反思认知的比较研究范例。

在人类文化交流史上，最典型的、最成功的文化融合范例是，印度佛教与中国文化的融合，以及基督教与古希腊罗马文化的融合，并且使中西文学文化不断发展也不断完善，以至于不懂得基督教及其《圣经》，就无法认识西方文学文化。正如杨周翰教授所说："《圣经》的影响真可以说像水银泻地，无孔不入……甚至影响到人们的思维和语言。"⑥

同样，印度佛教已经中国化到"中国佛学的根子在中国而不在印度"⑦的地步。佛教跟中国文化之间的结合，不仅是在哲学、伦理、艺术等层面，甚至汉语中如赵朴初先生所说："如果真要彻底摒弃佛教的话，恐怕他们连话都说不周全了。"而"语言是一种最普遍最直接的文化"⑧。

---

① 布鲁斯·雪莱著.基督教会史[M].刘平译.北京:北京大学出版社.2004:326.
② 天主教东传文献续编(一)[M].学生书局印行:22.
③ 徐宗泽.明清间耶稣会译注提要[M].北京:中华书局,1989:74.147.
④ 同上:344.
⑤ 同上:172.
⑥ 杨周翰.十七世纪的英国文学[M].北京:北京大学出版社.1985:14—15.
⑦ 吕澂.中国佛学源流略讲[M].北京:中华书局.1995:4.
⑧ 中国佛教文化研究所编.俗语佛源[M].上海:上海人民出版社.1997:1.

事实证明，异质文化交往常常是通过彼此的借鉴而使双方获益，这种获益，就是作自我与他者比较研究的反思认知。明末清初传教士的使命是传教，但经他们西学东渐和中学西传，使中西两边的一批文人学者，能在比较研究中开始了尽管是初步、却能超越前人的自我与他者的反思与认知。

西方输入的文化学识，拓宽了中国文人的视野，也改变了部分文人的传统世界观和知识观。从利玛窦带来的《山海舆地全图》和《东西两半球图》，到冯应京、赵可怀、郭子章、王圻、程百二、章潢、潘光祖及熊人霖父子的各版《坤舆万国全图》与《舆地全图》；从徐光启、李之藻等人写的各种译著的序跋起，直到清代还重印翻刊的各类书籍的再序再跋，我们可以清楚地发现，这批"西学派"文人已确切认识到了"彼西洋邻近三十余国"、"欧罗巴数十国暨其他国土以千计"的一个实在的西方世界，遂突破了"天圆地方"的传统空间观而代之以"东西两半球"的"天地圆体"世界目光。进而又知道了除中国孔孟之道外，尚有"彼三千年增修渐进之业"的"勒铎理（文科）"、"理科，谓之斐录所费亚（哲学）"，"默弟济纳（医科）"、"勒义斯（法科）"、"加诺搦斯（教科）"与"陡录亚（道科）"等西学"六科"知识。而且如徐光启所说，传教士带来的"显自法象名理，微以性命宗根"的"西学"，"较我中国往籍，多所未闻"。又说："格物穷理之中，又复旁出一种象数之学。象数之学，大者为历法，为律吕，至其他有形有质之物，有度有数之事，无不赖以为用，用之无不尽巧极妙者。"①同时还认识到了传统眼界的局限，即："抑思宇宙大矣，睹记几何？于瀛海中有中国，于中国中有我一身，以吾一身所偶及之见闻，概千百世无穷尽之见闻，不啻蛙之一窥、萤光之一昭也。乃沾沾守其师说，而谓六合内外，尽可不说不议，此岂通论乎？"②

同样，法国启蒙运动的先驱、17世纪的法国哲学家和科学家笛卡儿的名著《方法论》中，他就认为中国人也是与他们一样的聪明人，而他心目中的"聪明"中国人所讲的"理性"，就是他着力教人的"Reason"（思考）。德国启蒙运动先驱莱布尼茨，在他的《致德雷蒙先生的信：论中国哲学》中谈及中国的《易经》与他本人发现的二位数进位制算术原理在思维结构上的相同。③ 他所发现并接受的《易经》影响，如费尔巴哈所说："他用智慧、理性来限制神的恩惠和万能……因此他

① 徐宗泽. 明清间耶稣会译注提要[M]. 北京：中华书局，1989：308
② 同上：300.
③ 卫茂平. 中国对德国文学影响史述著[M]. 上海：上海外语教育出版社. 1996：21.

用自然主义来限制自己的有神论。”①在《中国新论》中，他认为在道德伦理方面，“中国民族实较我们为优”，“因为中国民族为公众安全与人类秩序，在可能的范围内成立了许多组织，较之他国法律真不知优越许多。确实，人类最大的害恶，即从人类而来，又复归于人类本身……要是理性对于这种恶还有救药的话，那末中国民族就是首先得到这良好规范的民族了”②。又在《中国新论》序文中说：“我几乎认为有必要请中国遣派人员来教导我们……因为我相信，如果任用哲人担任裁判，不是裁判女神的美，而是裁判人民的善，他一定会把金苹果奖与中国人。”③

可惜的是，这些“先知”既不能动摇闭关自守的中国千年封建制度，也不能抗衡欧洲中心的陈见陋习。但其早就作过的比较研究范式，是可以给我们温故知新的诸多启示的。

---

① 费尔巴哈. 对莱布尼茨哲学的叙述、分析和批判//费尔巴哈全集（第二版）[M]：第四卷. 北京：商务印书馆 1997.

② 夏瑞雪. 德国思想家论中国[M]. 陈爱政等译. 江苏人民出版社. 1995：5.

③ 同上：9.

第五章 比较文学研究的“知识装备”和研究步骤

提示

上面四章主要介绍了比较文学的基本概念、基本知识、种类范围及其历史发展等。接下来各章，就将专门讲解比较文学的研究实践和方法特点了。为此，我们先要知道比较文学研究有何要求和条件？从哪里着手，又有哪些大致步骤？这一章就介绍比较文学研究的必要准备和研究步骤。其中学习研读论著的分析摘记，是同学应当练习与实践的。

第一节 “知识装备”

比较文学研究的准备，国外比较文学界长期流行一句名言——“知识装备”，而且常提到“欧洲汉学第一人”、法国著名比较文学家艾琼伯生前说的话：“是的，我希望我们的比较学者尽可能博学多闻；我甚至希望他具有百科全书编纂者那样的雄心。”又说：“在不久的将来，处于最理想状态的比较学者会是这样的人：具有极为广泛的爱好，通晓几种将在 2000 年前后用来写作的最重要的语言，并且具有对文学的美的深切体会。”[①]艾琼伯说的“博学多闻”、“百科全书”与“广泛的爱好”，是指尽可能多的中外文化文明知识；“通晓几种”语言，是指外语知识；而“具有对文学的美的深切体会”，则是指解读文学的深厚功底，既要“读万卷书”又要“行万里路”，有书本的和现实生活的知识与积累，方能对文学有深切的和独到的体会。这是“理想”的比较文学研究知识准备，也是每位有志学子的学识追求。然而，若叫初学者一下子就能达到理想的“知识装备”，那是过分的苛求，因为仅

① R. Etiemble. The Crisis in Comparative Literature. [M] Tra. Weinsinger H. & Joyaux, Michigan State University Press, 1966:46.

语言这一项"装备",也无人能掌握世界各国多达二千七百九十六种的各族语言(据法国科学院的推定数)。况且,对绝大多数人来说,也都是在具备了基本的装备之后,经过学中干和干中学的过程,才渐渐从知之不多到知之甚多并成熟完善起来。所以,我们可以从自己的实际出发,从基本的向"理想"的知识装备努力,学海无涯的道理也同样适用于此。

按照比较文学的性质与特点,就中国的比较文学研究而言,其研究须具备的基本知识装备,可分为依次递进的三个层面:

法国比较文学家艾琼伯

首先是文学本学科的基础知识,包括中外文学、中外文论以及必须通晓的一到几门外语。

其次,是与文学关系十分密切的历史、哲学、艺术、宗教等文化知识,尤其是跨学科研究所需的那一门训练有素的知识。

再次,是尽可能多的文明文化背景的知识,如心理学、民俗学、天文学、医学、物理学、生物学等广泛的知识与爱好。

在这些知识装备中,中外文学文化和包括外语在内的基础知识,是最重要和最基本的部分。比较文学研究者要在视野、目标、任务、方法和对象等方面作自觉的"跨界"探究,也就意味着其知识装备必然要具有"跨界"的特性。换言之,理解以其他语言所表达的其他文化和文学的能力是比较文学研究者必备的素养。下面,我们从跨语言、跨文化和跨学科两个方面来阐述比较文学研究在知识装备上的基本要求。

一、跨语言、跨文化

掌握一门或数门外语并且熟知其相应的文化文学是比较文学知识装备中的特定要求。需要强调的是,掌握一门或数门外语的意义,远远不止于可以直接查阅外国作品和论著,从而有可能更及时地了解本学科的新动向或更大范围地掌握与研究课题相关的资料;掌握相关外语的意义,还在于其有助于研究者更直接地理解和体会另一种文化和文学,从而促进有意义的"跨界"。当然,初学者在一定时间内难免要拄着翻译这根拐杖起步,但真正有意思有意义的跨越之旅,只能在扔开这根拐杖以后。如果仅仅通过翻译来学习与研究另一种文化和文学,我们对该文化和文学的感知其实是通过特定译者的阐释和自己母语的词汇、语法和表述方式来达到的,也就是说我们对"他者"的那点知识要受制于某一译者的特定视角和自己母文化的有色眼镜的二次过滤。基于这类知识的研究,就很容易落入“想当然”,往往不是忽略了一些细微然而重要的差异而过于匆忙地画等号,就是沉迷于一些明显而又表面的差异而将其认定为是根本上的异质。不管是哪一种情况,研究者仍旧囿于自己原有的视野,都没有做到有意义的跨越,因此也没有实现比较文学研究的初衷。①

学界关于“Milky Way = 牛奶路?”的一些讨论在这方面可以给我们一些很好的启示。“牛奶路”是赵景深 1922 年从英文译本翻译俄国作家契科夫的小说《樊凯》(俄文原名 Ванька,英文译名 Vanka,中文通译《万卡》或《凡卡》)时对 Milky Way 一词的翻译。鲁迅 1931 年在其《风马牛》一文里把“牛奶路”挑出作为“乱译”的例子,并以此批评“与其信而不顺,不如顺而不信”的翻译理念。② 尽管赵景深本人也认识到不应该采用“牛奶路”这一译法,③但半个多世纪后还是有不少人重提此事,借此探讨翻译学、比较文学和比较文化研究中的一些基本问题。④ 在这里我们关心的不是某篇具体作品里某个具体词汇应该如何翻译,而是要通过对一些关于“牛奶路”的讨论的辨析,探讨本节的要点——掌握外语和熟悉外国文化,是进行比较文学研究的突出“知识装备”要求和条件之一。

英文 Milky Way 作为对拉丁文 via lactea 的翻译最早出现在英国中世纪诗人乔叟(Geoffrey Chaucer, 1343 - 1400)的长诗《声誉之宫》(House of Fame)。而拉丁文 via lactea 本身又是源于从希腊文 γάλα (gala,奶汁)演化而来的另一个希腊文 Γαλαξίας (galaxias,奶汁般的)。⑤ 古希腊人以 Galaxias 来称呼他们头顶上那条由万千群星组成的微微泛白的光带,既是基于视觉感受的描述,也与他

① 有关翻译作为一个研究领域的论述,请参阅本书第九章第二节。

② 鲁迅. 风马牛[M]//鲁迅全集:第四卷,北京:人民文学出版社,1996:346—348.

③ 刘麟曾指出赵景深在 1930 年重译这本书时已把 Milky Way 改译为“天河”。参看刘麟. 七十四年“牛奶路”[N]//中华读书报:2005 年 10 月 19 日. 另外,赵景深在回应“牛奶路”没有译错这一说法时曾说“不能那样说,因为我实在是不懂,我当时的外文水平不过那样。”见枕书. 关于“牛奶路”[J]//读书:第 12 期, 1984:146.

④ 关于这方面的讨论,参阅曹惇. 比较研究和翻译[J]//翻译通讯:第 2 期,1984:2—7;董乐山. 文化断层与错位[J]//读书:第 9 期,1984:87—89;冷子兴.“无可厚非”的“牛奶路”[J]//鲁迅研究月刊:第 3 期,1995:69—70;谢天振. 赵译“牛奶路”及其他——顺致冷子兴先生[J]//鲁迅研究月刊:第 8 期,1995:78—80;周楠本,谈 Milky Way 与银河的互译[J]//鲁迅研究月刊:第 7 期,1996:63—68;张钊贻. 鲁迅的“硬译”与赵景深的“牛奶路”[J]//鲁迅研究月刊:第 7 期,1996:68—69;谢天振. 译介学[M]. 上海:上海外语教育出版社,1999:174—180;张过,大卫. 论“牛奶路”乃 the Milky Way 之乱译——与曹惇、赵易林等先生商榷[J]//鲁迅研究月刊:第七期,2005:42—57;谢天振. 牛奶路、银河及其他——关于文化意象的翻译[J]//文景:第 9 期,2005 年. 本节的有些观点均出自上述文章,不一一注出。

⑤ 参看“Milky Way”和“Galaxy”词条,Online Etymology Dictionary, http://www.etymonline.com/index.php? search=milky+way&searchmode=phrase 以及 The House of Fame by Geoffrey Chaucer, The Online Medieval and Classical Library, http://omacl.org/Houseoffame/.

们的神话故事相互印证。虽然关于 Galaxias 的来由，不同版本的神话在具体过程上有所区别，但在“奶”从何而来这点上倒是众口一词的：众神之王宙斯（Zeus，罗马名 Jupiter 朱庇特）与凡界妇女阿尔克墨涅（Alcmene）所生的儿子赫拉克勒斯（Heracles，罗马名 Hercules 赫克力斯），在宙斯的妻子天后赫拉（Hera，罗马名 Juno 朱诺）不知情的情况下吸吮其奶汁，赫拉克勒斯藉此而获得了神之永生，赫拉却因赫拉克勒斯吸吮过猛而惊动，用力将其推开，她的乳汁因此喷涌而出，飘洒开来，形成了所谓的 Galaxias。① 在这里我们要注意两点：一是如果把 Galaxias 看作一个“文化意象”，它的核心应是如鲁迅所点明的“神奶”而不是牛奶或别的什么奶；（董乐山曾有“仙奶”一说。但正如张钊贻敏锐地指出，“神”与“仙”乃是大不一样的“文化意象”②）二是 Galaxias 作为一个“文化意象”在古希腊神话里不明确带有“路”的意蕴。事实上古希腊人把他们头上这条群星组成的光带称为“kyklos galaxias”或“galaxias kuklos”（circle of milk，milky circle，奶环）。③ 把这条群星组成的光带与“路”的概念明确联系起来的是后来的拉丁文称谓 via lactea。在希腊神话产生几百年以后，罗马诗人奥维德（Ovid，公元前 43—公元 17）在其 15 卷长诗《变形记》（Metamorphoses）里有几行诗句用“via”（way，路）来形容凡人们所谓的“lactea”（milk，奶汁），并提到这条“奶路”四周是众神的居所，而众神则通过它去赶赴宙斯召开的一个紧急会议。④

由此可以清楚地看到：一、无论因为“牛奶路”是直译而欣赏它，还是因为“牛奶路”是直译而讥讽它，都不得要领。直译应该是在目的语的接受限度之内尽可能地接近源语的语言形式，以期尽可能准确地反映出源语的意思、意义、风格、品味等等。可是无论是从形式意义还是从内在蕴含来看，“牛奶路”都不能说是 Milky Way 的直译，因为它无中生有地贴上了一个似是而非的“牛奶”，冲淡甚至屏蔽了“神奶”这一核心概念，从而消解了 Milky Way 所可能有的作为一个“文

① 参阅 William Smith，ed. A Dictionary of Greek and Roman Biography and Mythology：Vol. 3 [M]，London：John Murray，1876：394. Gustav Schwab（English translation by Olga Marx and Ernst Morwitz），Schoönsten Sagen des klassischen Altertums [M]（Gods and heroes of Ancient Greece），New York：Pantheon Books，2001：156.

② 董乐山. 文化断层与错位[J]//读书：第 9 期，1984：88；张钊贻. 鲁迅的“硬译”与赵景深的“牛奶路”[J]//鲁迅研究月刊：第 7 期，1996：69.

③ 参看 James Adam，ed. The Republic of Plato，10：616B，Cambridge：Cambridge University Press，1902. Rob Schleifer. Alchemical Calques or the Transmutation of Language[J]//Vertbatim：The Language Quarterly，Vol. XXIX，No. 2：1.

④ Ovid. Metamorphoses[M]，1：168 - 176，The Ovid Collection at the University of Virginia Electronic Text Center.

化意象”的功能。二、一些比较文学和比较文化研究者在非常敏锐地注意到直译可能有助于最大限度地保留源语中一些词汇(概念)所蕴含的“文化意象”,以及有助于展开不同文化之间的平等的对话的同时,非常可惜地起用了并非直译的“牛奶路”作为重要论据,过分跨大了“路”在 Milky Way 里面的象征意义,把“银河”与 Milky Way 之间的差异绝对化,从而使他们关于中西文化的“异质”的论断显得多少有点单薄和勉强。在这方面影响比较大的看法认为,赵景深把 Milky Way 翻译成“牛奶路”基本上是正确的,赵景深把 Milky Way 翻译成“牛奶路”比较目前通行的译成“天河”或“银河”要确切得多。持此见解的学者曾一再指出,把 Milky Way 翻译为“天河”或“银河”非常“荒唐可笑”,因为那样做无异于把“祝您圣诞节好,求上帝保佑您万事如意”翻译成“祝您春节好,求菩萨保佑您万事如意”。在他们看来,Milky Way 所蕴含的文化意象不是“神奶”而是“路”,而这条“路”之所以事关重大,是因为“古希腊人认为它是众神聚居的奥林帕斯山通往大地的‘路’”,因此如果把“路”译成“河”就会产生“文化意象错位”。另有学者在一篇讨论“异质文化”的文章里使用同样的语言重述了这个论断,并作了进一步的发挥:在西方,“Milky Way”与希腊神话有着非常密切的关系。古希腊人认为它就是众神聚居的奥林帕斯山通往大地的“路”。……如果我们以“银河”来译“Milky Way”,这就意味着我们以中国文化替换了西方文化,“Milky Way”所能产生的关于古希腊神话的联想及其他话语意义就消失殆尽了。如果我们按照赵景深的思路继续保持“Milky Way”的“路”的义素(可按鲁迅译法译为“神奶路”)的话,那么,西方文化的内容就可以用汉语得到较好的保存和传达。这样,西方神话和中国神话的话语系统就都可以平等地存在于同一语言体系中。上述学者注意到语言形式与文化意义的必然的互动关系以及探寻通过直译来最大限度地传递源语的文化意象无疑是非常敏锐、非常深刻的,可是试图通过论证“Milky Way/牛奶路”译法的优越性来论证“文化意象错位”的危险,并进一步论证中西文化为“异质文化”,则是不加详察地给这两个词汇赋予了过重的使命,实在有点勉为其难。

如上所述,古希腊人并没有把他们头上那条群星组成的光带看成是“路”,而是将其称为 Galaxias(“奶汁”的形容词)或者 kyklos galaxias(奶环);把这条光带与“路”联系起来始于希腊神话产生几百年后的罗马诗人奥维德;而 Milky Way 这个英语词汇则迟至约两千年后才出现在英国诗人乔叟的诗作里。也就是说,如果看到现代英语 Milky Way 里的“way”,就想当然认为古希腊人早已把他们夜空中那条光带看成是“路”,并据此推断这个“路”的意象有着从“文化意象”上或“质”上区分中西文化的意义，这就有点操之过急了。更重要的是，虽然有不少人用“Milky Way/牛奶路/银河”来阐论文化意象的重要性或中西文化的“异质性”，却不见有人论证 Milky Way 在西方文化实践中是如何发挥“路”或“众神之路”这样的“文化意象”的。比如，Milky Way 这个单词的使用在哪些作品里如何与希腊神话产生了不可忽略的呼应，“众神往返天上人间之路”这样的意象在这些作品里又是如何因这个单词的使用而被引发出来并发挥了关联文化本质的作用，等等。没有这些分析，关于 Milky Way 的核心意象是“路”，关于这个“路”是希腊众神之路因而象征着西方文化的本质等等宏论，至多只是根据一个英文单词的字面意思而进行的大胆臆测。具体到契科夫这篇《凡卡》，也不见有人论证 Milky Way 这个单词的使用在这里到底是如何暗示了西方文化的本质。事实是，作品里所写的在莫斯科打工的男孩凡卡，在圣诞节前夜想象起乡下祖父的“快乐”生活和故乡的“温馨”景色——给地主当守夜人的祖父在主人的厨房里与厨娘们打情骂俏，逗弄着身边的两条狗，屋外空气清新，群星闪烁，披着冬霜的树林一片银亮，白雪覆盖的村屋炊烟缭绕。“Milky Way” 就出现在其中对夜空的描写里，清晰明亮，显示出空气的干净和新鲜。[①] 契科夫在这里更多的是通过一个孩子的“想象”描述了一种理想化了的乡村生活，借以反衬城市生活的龌龊和在城里打工的小凡卡的身心之痛。从中实在读不出多少“众神往返天地之路”的文化隐喻。也许，在西方文化里 Milky Way 并不总是带有沟通天地的“文化意象”？其实，读上几篇希腊神话我们就会发觉诸神在赫拉喷奶而成“神奶路”之前早就在天地之间来来往往了，在此之后也无数次地不循其路而上天下凡，看来这条“路”在古希腊人眼里似乎并不是那么唯一、那么绝对、那么不可替代、那么关乎文化 “本质”。

一些关于当代瑞典诗人特朗斯特罗默（Tomas Transtromer）诗作的中文翻译的争论也从另一个侧面说明了这一点。特朗斯特罗默的成名作是一首题为《果戈里》(Gogol)的短诗，二十行的诗句，尖锐而又深刻地揭示了果戈里作为一个文化象征的意义。北岛和李笠曾为这首诗的中文翻译进行过几乎是逐字逐句的争论。尤其是对最后两行点睛之句，争论尤为尖刻。我们先来看李笠根据原

---

① 赵景深是根据 Constance Garnett 的英译本来翻译的，在这个译本里，“Milky Way”出现在这段话里：“And the weather is glorious. The air is still, fresh, and transparent. The night is dark, but one can see the whole village with its white roofs and coils of smoke coming from the chimneys, the trees silvered with hoar frost, the snowdrifts. The whole sky spangled with gay twinkling stars, and the Milky Way is as distinct as though it had been washed and rubbed with snow for a holiday...”Vanka, 201 Stories by Anton Chekhov, ibiblio: The Public's Library and Digital Archive. (University of North Carolina-Chapel Hill).

诗瑞典文的翻译："看，外面，黑暗正烙着一条灵魂的银河/登上你的火马车吧，离开这国家！"再来看北岛的根据英译本的翻译："看外边，黑暗怎样焊住灵魂的银河/快乘上你的火焰马车离开这国度！"在争论中，北岛认为用"焊"还是用"烙"，"一字之差，差之千里！"李笠则认为用"烙"既是原诗中所用单词的原意，也符合整首诗的总体意象，他还指出北岛额外所加的"快"字以及把"火马车"改为"火焰马车"造成了"节奏拖沓"。有意思的是，这两位对遣词造句高度敏感的诗人兼译者，都把原诗中瑞典文的"molkewei"（英译本"Milky Way"）翻译为"银河"！① 考虑到据北岛所称，他的译文得到了特朗斯特罗默本人以及著名瑞典汉学家马悦然（Coran Malmqvist）的首肯，是不是可以说即使是来自西方文化的人对 Milky Way 中的"路"也不那么敏感，也不觉得这个"路"是一个关乎西方文化本质的"文化意象"？看来，如果把"Milky Way"这一单词的字面意思绝对化而不将其具体使用的具体语境考虑进来，事实上无助于有关"文化意象"和"异质文化"的主张。这也说明，掌握外语（源文），周详考察源文文化，对于比较文学研究而言，确是不应该绕过的先决条件之一。

仅凭译文进行比较文学研究的危险还在于以我国目前的翻译出版现状，有不少翻译，甚至包括一些重要经典的翻译，都存在着或轻或重、或有意或无意的误译、错译和所谓的"编译"。比如，德国社会学家马克斯·韦伯（Marx Weber，1864－1920）出版于 1905 年的《新教伦理与资本主义精神》（Die protestantische Ethik und der 'Geist' des Kapitalismus，英译 The Protestant Ethic and the Spirit of Capitalism），对于研究西方现当代文化而言是不可或缺的经典，但其影响很大的三联书店 1987 出版的中译本，就有为数不少的误译和错译。阎克文在《〈新教伦理与资本主义精神〉误译举隅》一文里列举了其中的一些并作了评注。② 有些翻译错误可能只会造成一时的阅读障碍，可是有些翻译错误却会导致"显性或隐性的破坏性影响"（阎克文语）。在阎克文所举的例子中，中译本第 189 页有这么一段非常费解的话："这种罪恶只在一种非个人的权威形式中才可能，圣经，以及对甚至是最圣洁和完美的人的过度忠诚，因为这可能影响对上帝的顺从。"查阅中译本所据的帕森斯（Talcott Parsons，1902－1979）英译本，得知这个翻译

① 北岛.特朗斯特罗默：黑暗怎样焊住灵魂的银河[N]//中国艺术批评：2005 年 4 月 17 日；李笠.是北岛的'焊'？还是特朗斯特罗姆的'烙'？——对北岛《黑暗怎样焊着灵魂的银河》的回答[N]//诗歌报：2005 年 5 月 19 日.

② 阎克文.《新教伦理与资本主义精神》误译举隅[N]//南方周末，2005 年 9 月 29 日.据作者统计，这本 252 页的中译本共有 132 处翻译错误，平均不到两页就有一错。

不仅费解，而且曲解甚至反解了原文。我们先来比较一下。英文本是这样的："[T]he sinfulness of the belief in authority, which is only permissible in the form of an impersonal authority, the Scriptures, as well as of an excessive devotion to even the most holy and virtuous of men, since that might interfere with obedience to God ..."[①]韦伯在这篇长文和其他地方都多次探讨对政治权威不迷信不盲从这种态度的宗教渊源，指出强调上帝与《圣经》为唯一且至高无上的权威的这样一种宗教传统，奠定了上帝面前人人（包括政治机构和人物）平等的思想基础与逻辑预设。这段话的意思应该是这样的："信仰权威是有罪的，除非这个权威是以非人格形式出现的《圣经》；过度忠诚于那些即使是最圣洁、最完美的人物也同样是有罪的，因为那将妨害对上帝的顺从。"[②]由此可见，三联版的中译本在这个问题上不但没有翻译出韦伯考察这些问题的分析视角，反而出现了"这种罪恶只在一种非个人的权威形式中才可能"这样相反意思的句子。这样的译文，无助于通过阅读韦伯去把握现当代西方文化的渊源与走向，自然也无助于据此而进行比较文学和文化的研究。

出于善意而对原文进行修编的译文，即使是很"合理"很"成功"的修编，对于切实了解和研究"他者"而言，也会造成不同程度的障碍。对杨绛翻译的塞万提斯《唐吉诃德》的讨论就很说明问题。在回应关于她的译文比其他人的译文少了十一万字的批评时，杨绛解释说："《文史通义》中讲到刘知几主张对文章要进行'点烦'，翻译涉及两种文字的不同表述，更应该注意'点烦'。《堂吉诃德》的译文，起初我也译有八十多万字，后经我认真的'点烦'，才减到七十多万字，这样文字'明净'多了，但原义一点没有'点掉'。"[③]有"资深学者"对此作了进一步阐述，称"杨绛绝非任意'点烦'，只点掉累赘的叙述"，因为"塞万提斯讲故事和用词，常常十分冗长啰嗦，适当'点烦'，确实会使语意更加突出，情节更加紧凑"[④]。经过如此"点烦"的译文，无疑会减少一般欣赏阅读的障碍，但对于文学研究而言，则有"误导"的危险。试想如果有论者根据杨译《唐吉诃德》而去讨论塞万提斯作品

① Max Webber. The Protestant Ethic and the Spirit of Capitalism[M], English translation by Talcott Parsons, London and New York: Routledge, 2002: 182.

② 参考阎克文所译："信仰权威是有罪的，过度忠诚于那些即使最圣洁、最完美的人物也同样是有罪的，因为那将妨害对上帝的顺从，惟一可以容许的权威信仰就是对一种非人格权威形式——《圣经》——的信仰。"见阎克文.《新教伦理与资本主义精神》误译举偶[N]//南方周末:2005 年 9 月 29 日.

③ 见李景端.杨绛译的《唐吉诃德》[N]//国学资讯:http://news.guoxue.com/print.php?articleid=3019,2007 年 1 月 7 日查阅。

④ 同上。

的语言"明净"和情节"紧凑",那可真是差之毫厘,失之千里!

所以,依赖翻译去了解和研究"他者"的文学和文化有很大的隐患。这一方面是因为目前国内在翻译出版外国学术和文学作品方面普遍存在着严重的质量问题,①另一方面是多年来国内翻译实践的主流一直是"与其信而不顺,不如顺而不信"。(即便是那些众口一词的好译本,也主要是以其"达"或"雅",而不是对研究"他者"来说最重要的"信"而著称)试看看这几句对几位翻译大家的褒扬:"朱生豪的译笔浑厚畅达,汪洋恣肆;傅雷的文风圆熟老辣,干净利落;巴金的译文明白晓畅,近乎口语;杨绛的译述一如其散文,简洁自如,不事雕饰;杨必的文字活泼灵动,不乏中国古典小说的神韵。"②果真如此,读这几位大师的译文,也许真会是一次愉快的阅读体验,只是很难说清读者感受到的是译者的文采还是原著的风格?这里我们关注的不是这些褒扬本身是否准确或者这些译本本身的优劣问题,因为这还牵涉到译者的初衷、预设读者、出版时代的阅读习惯、实际的接受效果等等因素;这些"误译"、"错译"、"编译"或"创造性翻译"也都可以是比较文学的研究课题。我们在这里所要强调的是在这种以译文中的中文表达的"达、雅"为主要批评标准的翻译观念和实践里,即便是好的译本,也难以作为了解"他者"的依据。下面这段对杨必译萨柯雷(W. M. Thackeray, 1811 - 1863)《名利场》(Vanity Fair)的高度评价也许说得有点过头,但是却很生动地从反面证明了我们的观点:"这样纯粹的译语,这样纯粹的中华文化,若不看原文,即便是懂英语的读者,哪里想得到英语表达原来如此!译文简直不受原文表达的羁绊,短词长译,长词短译,而且不拘泥于词语的前后,随意调动……正是她深厚的民族文化底蕴,那些具有历史意义、地方色彩和江湖气息的语汇在她笔下呼之欲出,也正是她的文化文学造诣决定了她的行为倾向:用译入语文化替代异质文化,用汉语特色词汇替代英语特色词汇。"③注意:这段话是在盛赞一个普遍认可的好译本。我们不得不要问的是,如果读一本英国小说却经验了"中国古典小说的神韵",如果译文可以"不受原文表达的羁绊,短词长译,长词短译,而且不拘泥于词语的前后,随意调动",如果翻译英国小说却表达了"纯粹的中华文化",译著与原著的距离到底有多远?这个问题,对于一般欣赏阅读而言,也许可以置之不理;从了解与研究"他者"的文学文化这个角度来看,却不能不心存疑虑。基于这样"创造性

① 参看综合报道"劣质译著:我们遭遇另一种学术腐败"[N]//中国教育报:2003年3月20日;李景端. 把脉劣质翻译图书"症状"[N]//中华读书报:2005年12月28日.

② 黄源深. 翻译观应该是多元的——兼谈翻译中的'点烦'[N]//文汇读书周报:2005年12月1日.

③ 胥瑾,彭萍. 关于译者的移情活动[J]//美中外语:第四期,2006:55—61.

翻译”(更不用提大量“错译”“乱译”的本子了)所做的比较研究,离真知识越走越近还是越走越远?也可以这样说,要实现比较文学的初衷,做出言之有据、言之有物的有意义的比较研究,就一定要做到“跨文化”;要做到“跨文化”,就不能依赖翻译这一拐杖,就要努力学好外语,切实做到“跨语言”。

二、跨学科

虽然跨学科研究在大部分的大学里仍然是一个受到鼓励但却无家可归的“野孩子”,跨学科研究对比较文学而言却早已是亲如一家了。北美一些大学比较文学系的自我介绍就很突出地表明了这一点。比如,耶鲁大学比较文学系就申明他们主要是从“跨界”(across boundary)的角度来研究文学,而这里的“跨界”就是指跨越民族/国别文学之界与跨越学科之界①。普林斯顿大学比较文学系也把跨越民族/国别文学之界与跨越学科之界表达为比较文学的基本条件(across national, and often across disciplinary borders)②。加拿大阿尔伯特大学比较文学系用了“跨语言、跨文化、跨学科”(interlingual, intercultural, and interdisciplinary)这三大属性来界定他们所从事的事业③。美国圣地亚哥加州州立大学比较文学系的专业介绍也申明比较文学已从传统的专攻流派、主题、体裁、时期、影响等等发展到包括对文学与人类经验的其他领域的比较研究④。

其实,从古代的“文史哲不分”到19、20世纪的“文学独立”,再到近几十年来的文学、宗教、政治、人类学、心理学、社会学等共冶一炉,学科的分类与跨越反映了人们要更贴切更有意义地把握自己的经验和知识的愿望和努力。如果说以前的学科分类折射了人们当时要更深入更精细地认识自己认识世界的愿望,那么

① “We have long been a leading graduate program for the study of literature across the boundaries of national literatures and of other disciplines: law, history, the visual arts, and film.” http://yale.edu/complit/, retrieved 06-30-2007.

② “Through the wider perspective offered by an inquiry into literatures across national, and often across disciplinary borders, a fuller understanding of literature and literary criticism-their forms and traditions as well as their larger cultural implications-may be obtained.” http://complit.princeton.edu/index.php/, retrieved 06-30-2007.

③ “Comparative Literature is dedicated to the study of literature in the broadest possible framework — interlingual, intercultural, and interdisciplinary.” http://www.uofaweb.ualberta.ca/complit/, retrieved 06-30-2007.

④ “Traditionally, comparative study has been based on literary movements, periods, and lines of influence, as well as on genres, themes, myths, and legends. In recent years, comparative literature has come to include the comparison of literature with other areas of human experience, as well.” http://arweb.sdsu.edu/es/admissions/ab/comparativelit.htm, retrieved 06-30-2007.

现在的学科跨越也呼应了人们要超越分类分工过细的制约而对自己与世界有更为总体更为本质的把握的努力。在这里,我们一方面要不迷信现有的学科分类,不认为它们是毋庸置疑或不能质疑的,从跨学科的层面大胆探索新的问题、视角与方法;另一方面也要警惕不要让"跨学科"表面化、庸俗化、变成了不深入、不扎实、不专业的托词,或者像布鲁姆(Harold Bloom)所嘲笑的那样,成为一个"半吊子"政治家、哲学家、社会学家、人类学家和文化研究者的混合体。①

最常见的跨学科研究通常体现在所谓的"地区研究"或"时期研究"这两方面,比如,东亚研究、北美研究、丝绸之路研究、中世纪研究、后工业时代研究等等。这类研究的性质决定了其必须综合各学科的研究才有可能提出有分量的见解。在比较文学里,不管是作影响研究还是作平行研究,都必须关照到研究对象的总体语境(社会、政治、宗教、文化、经济的"上下文"),才有可能做出有意义的分析与论证。比如有关叙事结构的比较研究,只有把中国传统叙事结构与中国的历史写作传统、佛教在中国的传播、元明时期市民社会的兴起、说唱表演艺术的流行等研究联系在一起考察,才能对中国传统叙事结构有比较贴切的把握。如果只是把中国的"小说"与欧洲于18、19世纪发展起来的"novel" 简单相比,就很容易得出一些似是而非的结论与评判。

不过,除了这种因为研究课题本身的高度概括性而必然要求的跨学科研究以外,更值得我们关注的是跨学科知识结构以及跨学科研究有可能使我们提出新问题、发现新视角、尝试新方法,进而得以探讨单一学科知识结构和研究方法无法应对或者毫不觉察的问题。比如都市研究(urban/city studies)、(社会)空间研究(space studies)、性别研究(gender studies)、身份研究(identity studies)、身体研究(body studies)、殖民/后殖民研究(colonial/post-colonial studies) 等跨学科研究,不仅给一些为人所熟知的研究课题带来了新的分析,更重要的是它们还揭示了一系列新问题和新的研究方向和方法,为更好地把握人类的经验与知识提供了新的可能。美国亚洲研究协会2007年年会上,有两个讨论清代民国时期西方宗教在中国的传播及其作用的分组会,就是很好的例子。这两个分组会,其中一个的中心议题是"跨文化女性与男性——清代与民国时期的中西文化碰撞"(Cross-Cultural Femininities and Masculinities: Sino-Western Cultural Interaction in the Qing and Republican Eras),另一个的中心议题是"共同生产

① Harold Bloom. The Western Canon: The Books and School of the Ages[M], New York: Riverhead Books, 1994: 487.

现代文化——1850—1920 间的传教士术语与中文词汇”(Co-production of Modern Culture: Missionary Terms and Chinese Words, 1850s－1920s)。这两个分组会讨论了这样一些论文:一篇是《文化和性别的混合物?在中国的欧洲宗教独身者》(Cultural and Gender Hybrids? European Religious Celibates in China),通过检验清代中国以朝廷宦官和佛教出家人为参照物,而对天主教神职人员的贞节观与独身生活的理解,讨论了一种新的观念(在这里,对“性别”特别是“男性”的不同理解)是如何在不同文化的碰撞中演变成为一个“文化杂种”的;一篇是《来自中国的信——中国女性皈依者与她们的外国传教士》(Letters from China: Chinese Female Converts and their Foreign Missionary),通过检验由三位来自中国东北农村的女性皈依者于 1870 年间写给一位已返回法国的天主教传教士的信,讨论外国传教士在中国乡村社区的地位以及性别关系、及其在传教士与皈依者之间的特殊作用;一篇是《给中国在世界定位——清末新教传教文本中的空间与时间》(Locating China in the World: Space and Time in late Qing Protestant Missionary Texts),通过检验清末新教传教机构的一系列有关地理和历史的出版物,讨论传教活动如何在介绍地理知识和历史知识的同时,界定了他们想象中的“中国”及其在以西方文明为中心的“世界”上的位置,以及这种界定又如何影响了中国知识分子在民族身份、国家建构、现代性等问题上的设想;还有一篇是《清末民初的医学与现代性文化》(Medicine and the Cultures of Modernity in Late Qing and Early Republican China),通过检验传教机构在 19 世纪与在 20 世纪初这两个时期,向中国传进现代医学时两种截然不同的做法(19 世纪着意使用接近中医的术语与医疗过程,20 世纪初则刻意强调与中医的不同),讨论现代医学如何体现了国际间权利关系变动的神话与现实①。

再来看一个更为极端的例子。在美国比较文学协会 2007 年的年会上,时任协会主席、加州大学洛杉矶分校的凯瑟琳·柯玛教授(Kathleen Komar)所作的长篇主席致辞。这篇题为《贡第德在电脑空间——电子文本与比较文学的未来》(Candide in Cyberspace: Electronic Texts and the Future of Comparative Literature)的发言,讨论了从“超文本”(hypertext)到“超媒体”(hypermedia)到“规则算法创造的文本”(algorithmically created text)的各种特性,比较了电子游戏的叙事结构与“经典文学”的叙事结构,比较了电子文本读者与印刷文本读

① CF. http://www.aasianst.org/absts/2007abst/China/C－61.htm and http://www.aasianst.org/absts/2007abst/China/C－205.htm, retrieved 06－30－2007.

者在整个文学经验产生过程中不同的参与程度与角度，指出了这类日益流行的文本与游戏，其对写作、阅读、作者、读者、创造性、文学性、虚构与现实的关系、文学与历史的关系、文学与个人的关系等一系列基本概念的冲击与重构，探讨了21世纪比较文学研究的可能走向。柯玛声称如果比较文学学科不想沦为无关痛痒、孤芳自赏的私人沙龙，就必须面对急剧变化中的“文学”，因此发展跨学科知识结构与跨学科研究就不可避免——不仅是各个人文学科内的跨学科，而且是人文学科与其他社会科学学科之间、人文学科与其他自然科学学科之间的跨学科。①

这对当今的比较文学研究，提出了更高也更“与时俱进”的知识装备要求。

第二节　科研案头准备

比较文学的研究步骤大致可分为：科研案头准备和研究撰写论文。本节专讲科研案头准备，这是任何文学研究必不可少的首要步骤。这一步骤包括四个紧密相连的环节：研究对象的确定即选题；研究对象的资料汇集与选择；熟悉与消化前人的有关成果；编订和处理案头材料。

一、研究对象的确定：选题

研究对象的确定，即选题，是比较文学研究的首要问题，也是一篇论文的成败关键之一。在具备了比较文学研究的必要知识装备后，应选择自己有基础、有体会、有发现，并对学科发展、文学研究、文学创作、精神文明建设和中外文化交流等，都有学术价值和认识意义的课题来进行研究。根据我们多年的教学实践，我们建议初学者注意选题的八要和八不要：

（一）选题要小而集中，能做深做透，不要大而不当。以生平经历和创作特点的表面类似为据，如李贺与济慈同属短命天才，劳伦斯与王小波都长于摹写性意识等，就作中外作家或创作的全盘比较，倒不如抓住两位作家何以短命、如何摹

① Kathleen Komar, “Candide in Cyberspace: Electronic Texts and the Future of Comparative Literature,” Presidential Address, American Comparative Literature Association 2007 Annual Meeting, April 20, 2007, Puebla, Mexico. http://acla2007.complit.ucla.edu/komar_acla_forum.pdf, retrieved 06-30-2007.

写来作深入开掘。

（二）要了解行情，不要自以为是。以自己闭门造车的井蛙之见，就设题孙悟空为“国货”，却不见学界前辈陈寅恪、季羡林等早就论述过，并学界也早就有了中印“混血儿”的共识；还自以为是“长民族志气”，殊不知比较文学界也早就明白“输出影响并不光荣，就如同接受影响并不可耻一样”。因此，选题须了解学术信息，应是“千斤加一两”。

（三）要客观公允，不要比高下优劣。以中国山水诗的情景交融和传统悠久，去比英国的自然山水诗之迟，得出中优西劣的结论；或以西方小说的模式为准，而得出中国小说，即便是《红楼梦》也只是“准小说”的武断，倒不如就此去探究双方的文学文体等特点，以更好地认知自我和他者的文学。

（四）要中外古今到位，不要随意剪裁。仅仅凭借称谓、时段等表面的相似性，就将西方玄言诗与中国寓意诗，猪八戒与福斯塔夫，西方骑士小说与中国武侠小说作比较，明显缺乏学理依据和两种文学的共通之处，变成“风马牛不相及”的机械论题。

（五）要门当户对，不要张冠李戴。以创作风格或方法的表面相似，就套用西方或文论的概念，如浪漫主义诗人华滋华斯和王维的比较，殊不知浪漫主义是19世纪欧洲的文学思潮，并自有其特定的指称与内涵，若张冠李戴到王维头上，徒增说不清道不明的概念困惑，倒不如彼此参照去探讨其想象或用词等的某些特点为好。

（六）选题要有问题意识，不要为比较而比较的“X加Y”叙说。以中外文学中人物性格、细节、命运的某种类似来做比较，如唐吉诃德与阿Q的滑稽，王熙凤与郝思佳的精明，罗列他们的类似而得出“何其相似乃尔”的套话，倒不如就自己的点滴见解为题，提出、发现或解释某个问题。

（七）要有立论之依、立据之实，不要好高骛远不切实际。选择某个研究对象或问题，还应当考虑运用什么理论，论据坚实与否？不要就问题谈体会、谈意见，也不要用似是而非的论据或违背逻辑的资料，如后世的材料去论证先前的命题等。无立论之依，则流于漫谈；无立据之实，则难以信服。

（八）选题要有坚实的可比性基础，不要只见树木不见森林，也不要只见森林不见树木。研究者应充分注意到研究对象，在中外文化文学之间的“貌同心异”现象，对中外文化之间概念与命题的非对应性应有充分的认识与研究，需要指出的是，选题是与研究者的知识素养密切相关的。只有当研究者立足于对某一“类似”或“对比”的整体文化语境的深入了解之后，选题方能避免基础不稳、大而不当等的毛病。

二、资料的汇集与选择应力求详尽准确

关于作品的创作或出版年代，著作者的基本情况，各种版本的真伪与善劣等，都必须做到详尽与准确。在搜集材料时，不要满足于第二手材料，应尽量查检第一手材料和原始的资料（包括外国的），同时要有所考证与选择。有些版本或译本出于各种原因，常有残缺、增删、篡改等情况，因此要选用可信的版本，有的还需要借助版本目录学的知识予以淘选。因此比较文学与一般的文学研究不同的是：

一要对原著的版本汇集齐全。如劳伦斯的名作《查特莱夫人的情人》，劳伦斯前后写有三个本子，而且都不一样。我们要研究就需要三个本子都研究，而不能只据一个本子下判断。

二要对译本也作考究，要运用中外语言文化知识，将原著与译本作一比较，以发现翻译中的偏差与错讹。如林纾是我国近代第一大翻译家，他于 1897 年开始共译了外国文学作品一百八十四种，尤其是他翻译的小仲马的作品《巴黎茶花女遗事》，更是被人赞扬为“可怜一卷《茶花女》，断尽支那荡子肠”。然而他的译本既有删节又有添补，还有不少修改、润色与错讹之处。如雨果的《九三年》，厚厚的一本小说被译成薄薄的一本《双雄义死录》。莎士比亚与易卜生的剧本《查理三世》和《群鬼》，在译本中不仅删减了对半，而且添进了叙事文字，成了既无原来风格特点也缺原作之美的小说，甚至把易卜生的国籍从挪威改成德国。当然，在此不是否定林纾翻译的成绩，而是为了说明：搞比较文学研究，应挑选那些可信性强的译本。

三还要对同一原著的不同译本进行比较与考订。如英国桂冠诗人丁尼生悼念好友哈拉姆的名诗《冲击、冲击、冲击》，既有直译传意的，也有巧传诗感的，试举第四节即最后一节为例，前一种译成：

> 冲击，冲击，冲击。
> 在你岩石的脚下，哦大海！
> 但那已消逝的最后的欢乐之日，
> 将永远不会为我归来。

后一种则译为：

冲击，冲击，冲击，
大海呀，在岩石脚下崩裂！
温柔美好的日子死了，
与我已从此永诀。

前者直译，也能传意，但诗感不足，似乎不如后者更准确与传神。因为此节原文是：

Break, break, break,
At the foot of thy crags, O sea !
But the tender grace of a clay that is dead,
Will never come back to me. ①

英文的"Break"一词，直译当是"冲击"，但此词用于描写海浪时，还有巨浪击岸而碎裂的形象与轰响的韵味。丁尼生在突然获悉平生知音已死的噩耗时，其心情恰如惊涛裂岸般的震动，故全诗各节的开头都连用三个"Break"来加以表达，既有层层递进的悲恸震撼，又有阵阵加重的伤心欲碎，因此，后一首译诗在第二行添上了"崩裂"一词，显然补足了原作的诗感。而诗的第三行，前一首译诗落脚在"欢乐之日"，既同原义不太吻合，又减弱了悼念亡友的沉重感。所以比较下来，也是后一首落脚在"死了"这个词上更好，更利于比较研究与探讨其表情达意的特点。这些都要求做到准确可信，就可比较稳当的收集与选择了。

三、在资料汇集的基础上，应熟悉与消化前人有关成果

这同一般的学术研究并无区别，即对正确的予以继承和吸收，对错误与研究中的弯路则经辨别后避免重蹈覆辙。《荀子·劝学篇》说过："吾尝终日而思矣，不如须臾之所学也；吾尝跻而望矣，不如登高之博见也。"关门苦思苦想一天，不如用片刻时间学习阅读前人著作，因为后者是积多年或多人心血的结晶。科学的发展宛若一条永不停息的长河，总是一浪接一浪、后浪推前浪，在前辈的终点

① The Norton Anthology of English Literature[M], New York, W. W. Norton & Company, 1975: 1991 - 1992

上再接着前进，用业内人的话说“千斤加一两”，这就需要我们做好科研案头摘记，把前人的论点、论据、论证角度、论证方法，动用的知识和开拓的新意，暴露的不足和存在的疑点等逐一明确，摘其要点，做到心中有数。为此，先检索各类索引是必不可少的，然后方能按图索骥去一一阅读，也才方能熟悉和消化前人的成果。

但有时候也会遇到索引中检索不到或遗漏未列的情形，对比较文学这门新兴学科来说，尤为突出。例如《诗经·国风》与《圣经·雅歌》的比较研究课题，一方面研究者少，其专门的著作和论文也少；另一方面，由于多种原因，未能列入比较文学研究的专门索引中。就是李达三、刘介民编的多达八千三百八十一条的中英文《20世纪中外比较文学研究索引》，也只列了四条：即黄龙的《莎剧、〈圣经〉与〈诗经〉》、裴溥言的《诗经比较研究——旧约雅歌篇》、林寒生的《〈诗经·国风〉与〈旧约·雅歌〉之比较研究》和朱徽的《〈圣经·雅歌〉与〈诗经·国风〉爱情篇章的艺术特色》。而裴溥言用其字裴普贤出版的专著《诗经比较研究与欣赏》则被遗漏了，虽说其中的一篇《诗经比较研究——旧约雅歌篇》已被收进，但书中另有一些章节也与该课题有关，并很有参考价值，倘若不读此书，则就欠缺了。为避免这种可能出现的不足，我们一方面应尽量扩大检索的范围，在中国文学、外国文学、哲学、神学、历史学等领域检索其有关索引；但另一方面，则可向专家、学者请教，并在自己治学的路上，多读多记多积累。

四、在熟悉与消化前人成果的同时，应对科研案头材料作编订和分类

可以根据各人的习惯与需要，采用做卡片、做摘记、列表、搞编年史等等方法，并按照时代、作者、作品修订与出版、流传与接受、类同与相异、模式与关系、结果与意义、文学内部各成分与文学外部各结构的关系等，逐一整理编订和归属分类。整理编订与归属分类，是科研案头工作中十分重要的环节。韦勒克在《文学理论》一书中指出，整理编订“经常是一连串极端复杂的工作，包括阐释和历史研究”。并举了一位学者研究英国著名诗人乔叟的资料编订例子说：“被用作一个知识的贮存库和一个作家所有知识的手册。”①

而归属分类，不仅如韦勒克所说的能“建立一种谱系而使人一目了然”。而且也能使自己论述的逻辑层次具有有机的框架雏形。旅美学者梁启昌教授的论

① Rene Wellek & Austin Warren, Theory of Literature,[M]. Harcourt, Brace & World, Inc., 1956:. 59

文《人与兽》[1]，是将清代李玉的《清忠谱》，同莎士比亚的《李尔王》和17世纪英国剧作家韦伯斯特的《马尔菲公爵夫人》所作的比较文学研究。其对各剧中都有二三十次借代动物的骂人话，作了浅层词句修辞和深层文化涵义的归属分类，组成其论文的层次结构，从而成功地由浅入深并理据结合地展开其逻辑论述。如《清忠谱》中忠奸双方都互骂为"狗头"、"狗弟子"、"猛虎"、"恶狼"等；《李尔王》中也有"犬狼之心"、"雌狐"等骂人的话，《马尔菲公爵夫人》中也同样有骂人为"狼"、"猛犬"等词句。论文在进行比较研究时，经分析后认为："当名实不符时就会产生混乱，使人轻易地就越过人与兽的界限"，从而组成了一种"伟大艺术的重要成分"——"讽刺"与"引喻"。接着，论文就从中英文学及其与各自文化历史传统的联系中，即在英国的"近代科学文化意识"的背景上，再深一层作"比较和考辨"。例如同样提到杜鹃鸟，在李尔王中的引喻乃是基于对杜鹃习性的动物学认识，即其母鸟不尽"母亲"责任，竟将自己的后代让别的鸟儿来抚养。于是用作骂人话的杜鹃，就被赋予了"当人不能完全履行他应尽的职责"的贬义所指；而中国则是与其典故有关，即四川古国国王"望齐"壮志未遂而死，后化成哀鸣不止的"杜鹃啼血"。《清忠谱》中主人公周顺昌的壮烈就义，"从儒家的立场来看"，就含有"抱负未遂"而为之哀鸣的引喻褒义。论文有创见并有逻辑性地论证了中英骂人话的同异及其内在规律，正是基于上述成功的归属分类。

最后，凡所引用的材料，最好在案头工作时，就按通行的《中华人民共和国国家标准(GB/T7714T2005)》的要求实施，既避免日后成文时再费时费力去补查，又养成符合学术规范严谨学风。

第三节　研究撰写论文

研究和撰写论文，实际上是着眼于论文提纲和论文撰写而不断研读、思考、探究和完善的过程。

一、研读和思考

这是研究中非常重要的关键环节。孔子说："学而不思则罔，思而不学则

① 梁启昌. 人与兽[M]. 文贝.（英文版），桂林：漓江出版社，1988：第6辑.

殆。”倘若只学而不思考，那么充其量也只是知道前人所说，而无从得到自己的新见，正确的应该是“学而思之”。学习尚且要思，而研究则更是如此。学问学问就是又学又问，问就是思考，就是发现，就有可能是新见解。这是一切文学研究都共同要求的，但比较文学研究与一般的文学研究所不同的是，在研究中将其研读与思考延伸到同别国文学和别的学科的相互参照范围中去。因此，比较文学研究也就有了其他文学研究所不强调的地方：

首先应思考研究对象的关系和性质，以区分影响研究还是平行研究，或是二者都有的综合研究。倘若研究的对象是彼此有过影响联系的，然而我们却作平行研究的处理，那么就会事倍功半，甚至前功尽弃。反之，研究对象并无影响联系，我们却硬要搞流传学、渊源学或媒介学的研究，也很难见效。同样，还应思考区分是本学科范围还是非学本科范围的研究。文学学科范围的研究，则应更多地思考主题、题材、人物、文类、风格、流派、语言、技巧、创作方法、文学运动、文学时代、文学理论、口头文学、文学翻译、文学史、作家等问题；而非本学科范围则应着力思考社会、经济、历史、哲学、宗教、民俗、风尚、读者心理、绘画、雕塑、建筑、电视电影、出版发行、数学、物理、生物、刑法等同文学的关系问题。

其次，应对研究对象的材料，作跨国界、语言界，跨文化和学科界的参照研读分析和多重关系思索，还特别要对中外文学都获得“文学的美的深切体会”，这既是比较文学属于美学性文学研究学科的共性所决定，也是其跨界视野的比较文学研究特性所规定。通过“读万卷书、行万里路”，将现实生话的体认、美学理论同文学知识结合，去获得自己深切独到的体会和发现，这是其突出的特点。众所周知，数字是最抽象的符号，但在作家和诗人笔下却会产生情感魅力。英国17世纪的桂冠诗人和剧作家约翰·德莱顿（1631—1700）写过一首短诗，总共6行，就用一、二、三这三个数字，赞颂同时代的著名诗人、思想家和政治家弥尔顿的非同凡响：

三位诗人降生于三个久远时代，
为希腊、意大利和英格兰各自添彩。
第一位于高雅取胜，
第二位于雄伟见长，第三位于二者兼备：
是自然造化之力而非别的：

使第三位糅合前二位的优点。①

同样,中国诗人也有将干巴巴数字化为千古佳句的功力。古代杜甫《绝句》中的"两个黄鹂鸣翠柳,一行白鹭上青天",李白的《宣城见杜鹃花》中的"一叫一回肠一断,三春三月忆三巴",都是大家耳熟能详的。现代诗人冀访发表在1983年3月号《长安》上的诗作,就每行都有数字"25"和两个"1",用数字写出一位被错划"右派"亲人的25年的牺牲和坚强:

二十五年,街头杨柳,一道又一道年轮,
二十五年,岸边堤岩,一道又一道波痕,
二十五年,少年额头,一道又一道皱纹,
二十五年,次等公民足迹,一道又一道血痕,
二十五年,你取消了九千一百二十五个工作日的发言权。

体会到这些数字所富有的情感撞击力,及其所体现的中国伟大传统美德,那么就有所发现、有所见解,构成自己观点的重要依据。

同样,对跨学科研究和比较诗学课题研究来说,还应当通过学科之间互动生发的深切体认,以获得独到的见解。例如,在中国文学史上,对陶渊明《闲情赋》的评价,一直是仁者见仁、智者见智,众说不一。钱锺书先生在《管锥篇》第一四五则"悖论可成好词"中,运用佛学的"上转"与"下转"的术语,对《闲情赋》的创作手法做出了有创见的发现和阐释。陶渊明在《闲情赋》里写道,愿做美女穿的衣领,为的是能亲近她的芳容,但即使此愿能够兑现,仍然还有悲的担忧,即美女夜间脱下衣服,这衣领非但不得亲近美人,还要自守一旁去熬那难眠秋夜。陶渊明从一愿生一悲开始写起,直写到第十愿愿做木琴,为的是能搁在美人膝上让她抚奏,但仍会接踵生出第十悲,即乐极哀来,美女停止操琴,自己仍会被搁置一旁,终究不得亲近佳人。诗人所写的十愿十悲,层层递进,可谓情真意切,娓娓动人:

愿在衣而为领,承华首之余芳;悲罗襟之宵离,怨秋夜之未央。

---

① 德莱顿的原诗:*Epigram on Milton*,"Three poets, in three distant ages born,/Greece, Italy, and England did Adorn,/The first in loftiness of thought surpassed,/The next in majesty; in both the last:/The force of Nature could no farther go;/To make a third she joined the former two." ***The Norton Anthology of English Literature*[*M*]**, New York: W. W. Norton & Company, 1975:. 898.

愿在裳而为带，束窈窕之纤身；嗟温凉之异气，或脱故而服新。

愿在发而为泽，刷玄鬓于颓肩；悲佳人之屡沐，从白水以枯煎。

愿在眉而为黛，随瞻视以闲扬；悲脂粉之尚鲜，或取毁于华妆。

愿在莞而为席，安弱体于三秋；悲文茵之代御，方经年而见求。

愿在丝而为履，附素足以周旋；悲行止之有节，空委弃于床前。

愿在昼而为影，常依形而西东；悲高树之多荫，慨有时而不同。

愿在夜而为烛，照玉容于两楹；悲扶桑之舒光，奄灭景而藏明。

愿在竹而为扇，含凄飚于柔握；悲白露之晨零，顾襟袖以缅邈。

愿在木而为桐，作膝上之鸣琴；悲乐极以哀来，终推我而辍音。

钱先生在列举了古今中外各家相似写法的实例后，比较分析指出："无论少只一愿或多至六变"，不是"尚不足为陶潜继响"，就是"稍逊一筹"。其原因是中外各家的写法，都只写了"愿"，如中国的只是"愿化芳瓷供茗饮，将身一印口边脂"，或"愿作乐中筝，得近佳人纤手子，研罗裙上放娇声，便死也为荣"；而西方的也只是"甘愿做蚤虱或溷器"等，都不如《闲情赋》的"十'愿'适成十'悲'；更透一层，禅家所谓'下转语'也"。下转，是佛学禅理中的术语，说的是人最初于面对之物境记忆不忘、朝思暮想，以致达到愚痴成性，以致背离不妄不变的本来心态，并就此陷入生者死、死者生，即"生生死死、死死生生，如旋火轮"（见佛藏《楞严经》）的下转境况。这当然是唯心主义的说教，但《闲情赋》中的"十愿十悲"，其超出其他作品类似写法的感人魅力所在，就"妙"在愿生悲、悲生愿、愿愿悲悲、悲悲愿愿，如旋火轮的下转"境界"。通过这样文学与宗教的深层次参照比较，所得出的"下转"创见，不仅丰富与发展了中外文论和修辞学理论与术语，而且也为文学创作与文学批评增添了新的借鉴技巧和批评依据。

所以，应当如钱锺书先生所说的，研读思考要"积小以明大，而又举大以贯小；推末以至本，而又探本以穷末；交互往复，庶几乎义解圆足而免于偏枯，所谓'阐释之循环'者是矣"①。这样才能真正获得"解会赏析之道"。

再次，在研读与思考时，不妨动笔写下科研分析摘记。科研分析摘记可以这样来做：按照我们所掌握的文学与其他学科的正确知识，把含有同类成分与特征的外界因素与内在成分构成一个个单元，予以分类排列。如外界因素指文学之外的社会条件，诸如经济基础、心理、民俗、宗教、传统、艺术、科学等等。而内在

① 钱锺书. 管锥编[M]. 北京：中华书局，1979：171.

成分则指作品内容部分的主题、题材、人物形象、情节等，和作品形式部分的语言、结构、体裁、韵律、技巧以及创作方法等等。将上述各种因素与成分中，细致研读并见之于文字的“显性”材料，以及思考探索并蕴藏于文本资料中的“隐性”体会认识，都依次写上，为下一步的编写提纲和撰写论文提供足够的文字依据。

二、编写提纲

这是关系到上述研究材料的提炼与论文质量高低的必不可少的工作，也是一项严肃的理性活动，“脚踩西瓜皮，滑到哪里算那里”是学术研究的大忌。事实上，编写提纲的过程既是对前阶段研究材料的提炼加工过程，又是进一步综合、归纳、演绎的升华过程。这些都需要遵循学术研究的基本逻辑规律和要求，把握好理论的运用、资料的分类、选用的标准和论断的分寸等，为论文的研究撰写编织蓝图。为此，论文提纲的编写，就应清晰地反映出即将完成的论文面貌雏形，尤其是它的结构框架、逻辑层次，这一决定论文成败及其价值意义的关键，应基本设定。阅读钱锺书《管锥编》的第一篇“论易之三名——一字多义之同时合用”①，就不难发现其结构框架和逻辑层次，十分合理又精当严密。论文的结构由四大段和中间的过渡小段组成。从“易”字含有三义：简易、变易与不易开始，正面例举儒家、佛家的论述，和反面例举欧洲哲学家黑格尔的论述，论证了一字多义和多意“一言”，是东西方三大思想文化体系共同都有的“名理”同识。接着一大段辨析了文字使用时，只取一义和含有数意的区别，提出“同时合训，虚涵二意”的义理规律。中间一小段的过渡，是将之转入文学创作规律的探讨。后两大段，则以中西三大文化的经典实例，步步深入地论证了一字两义、一字三义等的同时合用的“诗艺”规律。伴随这一结构，其逻辑层次则依次为，先从中西哲学思想上提出与认定命题，辨析并论述义理；过渡到文学后，再从前面已论证的义理上，使用中西文学文论来论证“一字多义之同时合用”的诗艺规律。认真阅读钱锺书先生的论著，对我们学习掌握论文提纲及其逻辑结构的设定，是很有启迪的。

规范的学术论文提纲，少不了下面一些主要内容。首先交代论题的由来和论题的意义，这需要将有关论题的已有成果作一评述，评述应公正客观、合乎别人论著得失，从而引出对所论问题的看法和自己的论旨及其意义；其次应简要介绍论旨内容和论文所用的理论、方法与切入的视角；再次就是论文的结构和论证

① 钱锺书. 管锥编[M]. 北京：中华书局，1979：1—8.

的层次，各部分的论点与论据，使用的方法与手段；接着应交代完成论文的具体安排和进程时间，以及还打算继续阅读研究的有关资料；最后还应对论文有一简要评价，成功和不足、难点与重点及其原因，以及论文解决了什么问题，还留下哪些问题或有待解决哪些问题等，以对自己的论文有一正确定位和利于论文撰写的总体把握。

论文提纲是论文的蓝图，对保证论文的如愿完成有举足轻重的作用。但提纲毕竟只是一个纲目性的计划，离开成熟的论文还有一段相当的距离。而且在写作时还会出现各种问题，如：提纲的设想有不完整的地方，则要调整与修正；主次详略不均的，要重新安排；某些论点、例证和论证理由不妥或不确切的，要重新补充、思考、推敲；方法与角度也许不理想的，就要再选择与再提炼等等。对这些问题不能姑息，都应当认真对待。

三、研究撰写论文

这是按照论文提纲和课题材料，并提炼加工和撰写修改成学术论文的研究过程和结果。提炼加工的主要对象是材料与观点。对材料的提炼，应该根据研究目的需要，有所取舍，即对大量的材料进行由此及彼、由表及里、去伪存真和去粗存精的选择与运用。这中间依然需要中外文学文化的参照比较，尤其是对"显性"材料和"隐性"因素的处理，既要发现同中之异和异中之同，又要利于揭示其客观存在的内在关系，从而提炼为富有逻辑说服力的论据资料。

把研究过程中所参考过的材料或所思考过的的问题全部塞进论文，并非是明智之举。有效的做法是，尽量精选最重要、最精彩、最有说服力、最有新意、最有价值并最能体现论旨的材料与认识，来作为论点与论据。例如钱锺书在《管锥编》中对男尊女卑的研究论述，就是成功的范作。这方面的论文和材料多如牛毛。钱锺书独具慧眼，选择了中外文学中妇女宁肯抛儿弃子再恢复野兽原型，也不愿做女人的故事；中外诗歌诗论关于剥夺女子创作权力的戒规原话；中外经典中压制女性的"女诫闺训"；历史上女性作品与地位，同"垢迹"妓女和僧侣作品编为一类的羞辱；甚至古波斯人将妇女比做母鸡并用暴力处置的叫嚣："牝鸡而长鸣，当断其吭。"从而有力地论证了"制礼者为周公而非周姥"的男性中心社会的规律和原因。①

由于比较文学在西方被视之为"精英学科"，其"精英"之义也体现在它要求

① 钱锺书. 管锥编[M]，北京：中华书局，1979：809—813.

研究者至少对两种语言文化具有较为透彻的了解，从而确保其能对相关领域的知识背景和前期成果做出深入的探讨，同时，也使其有自己具体的问题意识和独特的研究领域，而不至于仅仅流于玄疏虚空，宏阔有余而信实不足。因此要求能达到对所研究的文化整体作细致精审并有准确到位的体认，并强调：

第一，材料的原典性。所谓材料的原典性，是指用来阐发某种民族文化与文学在思维方式、审美品格、道德意识、情感倾向等方面之基本特征或具体内涵的材料应该来自于该民族的原典著作，这些著作对于本民族文学文化的基本性质与发展方向具有决定性的影响。

第二，材料的可靠性。所谓材料的可靠性，是指在论证过程中所使用的材料应该是第一手的原材料，对作家思想的阐发所运用的材料应该具有作家创作所使用语言的支撑。

总之，十分忌讳材料使用的粗率与失误。

提炼观点是为了得出正确的论点，一般有三种方法：同意前人的论点，但自己又有所发展；否定前人的结论，从而提出自己的见解；在新的领域、新的认识层次上提出自己的创见。通俗点讲就是：接着说，对着说和重新说。比较文学研究，由于其打破国界、语言界、学科界和文化体系界的特点，因此它的研究既能打破陈见、有所发展，又能在比较文学研究新领域和新层次上，有所突破、有所新识。陈寅恪先生的《三国志曹冲华佗传与佛教故事》①一文，虽只有短短的三千字，但却是这一研究的出色范作。对曹冲称象和神医华佗的历史故事，前人的观点大致两种：一种是相信“以为事实”，如宋代的叶适；另一种是怀疑“其事为妄饰”，如清代的何焯和后来的邵晋涵等。陈寅恪则一方面否定了前一个论点，另一方面又发展了后一个论点，同时又如他自己所说，在新的“比较民俗文学”领域和层次上作了考证、辨析和论述，有理有据地论证了其来自印度佛教故事影响的新识；并进而提出，不仅“三国志曹冲华佗二传，皆有佛教故事”，而且“印度神话传播已若是之广，社会所受之影响已若是之深”，所以“则又治史者所当注意之事”。陈寅恪的这一研究及其忠告，虽然是上一世纪前半叶的事，但对我们今天的后学来说，依然是极有启迪意义的至理名言和治学楷模。

写好一篇论文，应该讲究结构严谨、行文流畅、文采华美等。但学术性论文更要求论证富有逻辑力，言之成理，论之有据。对初学者来说，把论题的范围缩小些，从小处着眼，向深处开掘，把问题集中地说透说深，对锻炼与提高自己的研

① 陈寅烙.寒柳堂集[M]，上海：上海古籍出版社，1980：157—161.

究能力，当不失为一种良好的开端。在撰写时，应当把握好“分寸”，问题的提出，论据的使用，论述的展开，结论的判断，都要环绕论题进行并下笔适切，遵循论文提纲的逻辑结构层次，步步深入论旨。不说过头话，不说未经论证的话，也不扯入其他与论旨无关的话。

至于论文的具体写法，则可根据论题的需要、各人的实际水平与写作习惯来加以考虑。西方论文常常一开始就交代题旨，所谓“主题段”、“主题句”，这当然不失为一种写法。但也可以论点在后，或在其他位置，这就不能强求一律了。同样，论文字数的长短也是如此。关键是是否发现了问题，是否解释了问题，是否阐述清楚了对问题的认识或发现，而这一切都须逻辑论证而非说明。

而要真正做到这一点，需要坚持不懈的努力，反复修改并精益求精才行。在这方面，许多前辈学者是我们很好的学习楷模，像钱锺书先生积数十年治学心血写成的鸿篇巨著《管锥篇》，就是他“瞥观疏记，识小积多，学焉未能，老之已矣”①！短短的十六个字，却道出了钱先生数十年如一日辛勤治学的甘苦。

① 钱锺书. 管锥编[M]，北京：中华书局，1979：1.

第六章 传统的影响研究

提示

本章在简要评述学科独立所遇到的首次论战后，主要介绍传统的比较文学影响研究的三个领域及其研究方法，同时具体研读分析三篇范文，希望藉此能对学习掌握影响研究的基本方法技能有所启示。

第一节 “片甲不留”之战和法国影响研究的盛行

一、“片甲不留”之战

20世纪初，比较文学学科刚刚诞生不久，就遭到了一些学者的质疑、批评和攻击，其中主要有意大利的克罗齐(B. Croce)，德国的狄尔泰(W. Dilthey)和英国的史密斯等人。而意大利美学家、文论家克罗齐的态度最激烈，攻击也最犀利，诚如韦斯坦因所说，“带着与比较文学公然为敌的观念，在各种场合用种种不同的沉重打击来对付我们这门学科，并将它打得几乎片甲不留”①。在这场论战中，克罗齐从其艺术“表现说”出发，对比较文学存在的必要性与合理性提出了强烈的怀疑、驳斥和否定。其否定理由为五点：

其一，克罗齐认为，大家名作表现了独一的灵魂，它是不能与其他的灵魂沟通的，因为天才是唯一的，不能和任何别的灵魂有共同之点。因此，想用这一些

① Ulrich Weisstein. Comparative Literature and Literary Theory[M], Bloomington: Indiana University Press, 1973:236.

作品去解释另一些作品,纯属妄想。[1] 这是从创作主体的独特性入手来否定比较文学的可能性。

其二,克罗齐的"艺术即表现"的美学观认为,文学艺术的本质即直觉和"形式",它们是不能作跨语言的移植的,能够移植的只有"思想"。可是当"思想"一旦同它的形式——"诗"——分离之后,它就不再是艺术,而属于"情感或理念"了,也即他所谓的"哲学历史"了。换言之,由一种文化对另一种文化产生影响者,只是属于哲学的思想,而非作为形式的诗歌。由此,他否决了比较文学(传统的影响研究)中"主题学"、"渊源学"乃至文学翻译的价值。这是从文学艺术的本质观入手来否定不同民族、不同语言、不同文化之间文学交流和影响的存在根据。

其三,克罗齐认为,文学作品是一个有机整体,蕴含着作者丰富的生命与活力,有其感人的审美意蕴和深广的社会内容,而比较文学一味探讨思想、题材的流传变异,只做简单而外在的实证分类。这样的研究,不能引导我们完整地、有机地理解一部文学作品。这是在文学外面兜圈子,抓不住艺术创作的要害与关键。这是从研究的价值上来否定比较文学的存在合理性。

其四,克罗齐指出,比较文学史囊括了与文学史有关的一切领域,与文学史没有任何区别。既然二者之间没有任何区别,比较文学也就失去了其单独存在的意义。这是通过否定比较文学具有独特的研究对象和范围来否定其存在的合理性。

其五,克罗齐认为,比较只是一种通常使用的方法,是各个学科都要采用的,不能因为文学运用了这个方法就称其为一门学科。这从方法上否定比较文学的存在合理性。[2]

针对克罗齐等人的质疑、驳难和挑战,梵·第根在其《比较文学论》(1931 年)一书中,对比较文学做了系统的理论阐述和辩解答复:

第一,针对克罗齐认为独一的灵魂不可沟通,进而否定文学作品无法交流、影响的观点,梵·第根反驳道:"回答这种原则上的反对是容易的。比较文学家把深切贯通作家和作品的独有之处和不可沟通之点这任务交给了传记和心理学的与美学的批评。"[3]即,比较文学者只研究一部作品在哪一方面和别一些作品有连带关系,如在情感上、内容上的移植和影响。一本书中的思想,一部戏曲或一

① [法]梵·第根. 比较文学论[M]. 戴望舒译. 台湾商务印书馆,1995:40.

② 上述观点均出自:Hans-Joachim Schulz and Phillip H. Rhein. *Comparative Literature: the Early Years, An anthology of essays*[M], the University of North Carolina Press, 1973: p. 222-223.

③ [法]梵·第根. 比较文学论[M]. 戴望舒译. 台湾商务印书馆,1995:41 页. 本节以下引文未注明者,均出自此著。

部小说中的主题和动作，乃至情感是可以假借和模仿的。换言之，比较文学的重点不在研究思想、观念本身，而在研究思想、观念在不同文学中的实际交流和影响。比较文学考察和研究的对象之一，就是不同国家、不同民族的语言文学之间"题材"、主题、典型、传说、思想、情感的互相假借；其目的之一就是，刻画出这些内容发生影响的"经过路线"。

第二，针对克罗齐认为文学由于语言的障碍而无法沟通而否定比较文学的观点，梵·第根回答道："这一点也不错；而我们所研究的也不是这些；我们对于这方面也没有奢望。如果这些不能转移的因子是一点也不发生影响的，那么我们也就用不到去管它们了。可是我们却否认在文学中它们是唯一重要的。"况且，一部作品的形式和文体，与其思想、主题和情感一样，也是可以假借或模仿的。不同国家、不同民族的语言文学之间"文体"、"作风"等艺术形式或表现方法的互相假借及其影响"经过路线"同样是比较文学的研究对象和目标。

第三，梵·第根在界定比较文学中"比较"二字时，首先承认和肯定了文学的美学含义和审美意义：比较各国文学在书籍、典型人物、场面文章等方面的不同之处和相似之处，可以得到"美学上的满足"。但随即却将文学的美学含义、审美活动拒之于比较文学大门之外。因为，梵·第根强调的是精确、翔实的考证，而非自由、随意的审美分析。否则，比较文学极易坠入虚无、空泛。不过，在梵·第根看来，比较文学对不同国家、不同民族、不同语言文学间的事实联系、相互影响、因果关系的搜罗、考察和发掘，并不影响对文学作品本身美的欣赏，他不认为文学史影响的研究会破坏、损害对作品的欣赏，因此，文学史的研究与作品的欣赏不仅并行不悖，而且相得益彰。

第四，阐述了比较文学不同于国别文学的独特之处。梵·第根从研究对象和研究人员两方面来阐述这个问题。他指出，比较文学有别于国别文学史的研究，它有自己独立的研究领域。一国范围内作家们之间的模仿、影响既不丰富，也少有创新。这是国别文学史家力所胜任，易于掌握的。而一国之外作家们之间的影响，尤其是近代作家和近代外国作家的接触，问题就格外复杂，远非原来国别文学史家所能胜任、驾驭，"那么就让这种探讨自立门户，具有它的确切的目标，它的专家，它的方法，这想来也并无不合吧。它可以在各方面延长一个国家的文学史家所获得的结果，将这些结果和别的诸国家的文学史家们所获得的结果联在一起，于是这各种影响的复杂的网线，便组成了一个独立的领域。……它名为'比较文学'"。同时，梵·第根从研究者角度出发，指出比较文学自有其专门对象和任务，其他文学史家无法取代："一个国家的文学史学家要把他的研究延长并推广到其他各国文学中，去发现或追求他所研究的作品底连续和归结，那是绝对不可能的事。他不得不去求教于那些学识超于他所知以外的专家们。……那些专家就是比较文学史家，因为他们的任务就是追求那从这一终点到那一终点的过程：如果一个人并不是这一类探讨的专门者，那么他是决不能胜任愉快的。”总之，探讨不同国家、民族文学之间的事实联系、因果关系，或理清一种文学现象在不同国家、不同民族之间的发展脉络或演变轨迹，既非本国文学研究所能胜任，也非外国文学研究所能完成。这从对象和范围上指出了比较文学不同于国别文学、民族文学和外国文学研究的独特之处。

第五，对比较文学之名称做了辩解。梵·第根先交待了采用“比较文学”这个名称的原因：这个名称在法兰西已沿用一个世纪，并且十分普遍，再换个名称，已属徒然。为从众起见，就继续采用了这个名称，至于名称本身是否确切适当，也就不好追究了。他说：“‘比较’是只在于把那些从各国不同的文学中取得的类似的书籍、典型人物、场面文章等并列起来，从而证明它们的不同之处和相似之处，而除了得到一种好奇心的兴味、美学上的满足以及有时得到一种爱好上的批判以至于高下等级的分别之外，是没有其他目标的。”这是作为一种方法运用于文学研究中的“比较”。而比较文学的比较是“一个科学的涵义”，通过对不同语言文学同点与异点的考察，以发现一种影响、一种假借，并由一部作品解释另一部作品的“必然的出发点”。

梵·第根的《比较文学论》是第一本有理论、有方法的学科理论专著，不仅有力回击了克罗齐等人的各种攻击和非难，而且对比较文学的定义、性质、任务、历史、方法与前景等各个方面，都作了系统的总结与理论阐述。它阐述了比较文学之目的在于刻画出文学影响的“经过路线”：放送者经由传递者到达接受者，确立了比较文学“三足鼎立”——渊源学、流传学、媒介学——的局面。这不单使它成为第一部有影响的学科奠基著作，而且也使它成了至今仍有影响的比较文学入门书。

就在不少学者对比较文学群起而攻之的时候，比较文学在欧美却依然迅速发展。经过这次论战，比较文学所争得的一席独立学科之地终于得以巩固。同时，在法国学者的大力倡导和不懈努力下，传统的影响研究盛行开来，取得了丰硕成果。

二、法国影响研究的盛行

法国的传统影响研究之盛行和累累硕果，表现在以下四个方面。

首先是，产生了一批有分量的研究论著。在泰克斯特和贝茨的博士学位论文《让·雅克·卢梭与世界主义的起源》及《海涅在法国》之后，巴尔登斯贝格、梵·第根、卡雷等人又推出了有关法德、法英以及法国与其他国家文学关系的研究力作，这些论著以绵密的考证见长，在跨国跨语言的文学资料搜集方面，显示了国别文学史家无法比拟的视野和实绩。

其次是，出现了专门的比较文学出版物。如1912年巴尔登斯贝格和阿扎尔(P. Hazard)主办了《比较文学杂志》季刊，提供了显示法国和欧美国家比较文学研究的实绩。他们二人主编的"比较文学杂志丛书"，专门出版以比较文学为选题的国家博士或大学博士论文以及其他著作。在最初十年中就出版了七十二部，巴尔登斯贝格的《歌德在法国》(1904,1920)，特朗松(H. Tronchon)的《赫尔达在法国的精神命运》(1920)，艾格里(E. Eggli)的《席勒与法国浪漫主义》(1927)，斑克斯(G. Bianquis)的《尼采在法国》(1929)，巴尔东(M. Bardon)《堂吉诃德在法国》(1931)，摩洛(Marcel Moraud)的《法国浪漫主义在英国》(1933)，贝勒(Beal)的《塔索在法国》(1942)，等等，都在这套丛书之中。而当时由来自十八个国家的六十二位学者共同合编、献给巴尔登斯贝格的《一般文学史与比较文学史杂著》，具有双重的历史意义：它既是第一个比较文学的集子，又证明了早期比较文学研究的中心在法国。

再次是，比较文学的讲座、教师和学生增加了。在法国，以前只有里昂一处，后来巴黎大学(1910)、斯特拉斯堡大学(1919)和法兰西学院(1925)均开设了比较文学讲座。从1930年起，里尔大学开设了研究法英和法波(兰)文学关系的讲座。1930年，巴黎大学又增加了一个补充讲席，同时"近代比较文学研究院"还招聘讲师招收学生，巴尔登斯贝格在巴黎大学(即索邦，今天的巴黎第三大学)成立了"现代文学和比较文学所"，这一研究所在20世纪的相当一段时间中，一直是比较学者的"圣地"。

此外，比较文学在法国之外也取得了喜人的成就。其中，美国比较文学发展势头较为迅猛：一是不少大学先后开设比较文学系和讲座，并有专任教师负责、授课；二是成立了全国性的组织。1942年，由于阿瑟·E.克里斯蒂的努力，"全国英语教师协会"(the National Council of Teachers of English)创立了"比较文学委员会"，负责促进美国学院和大学中的世界文学和比较文学研究；三是比较文学杂志创刊：1903年，第一本英文专刊《比较文学学报》(Journal of Comparative Literature)问世。1942年，克里斯蒂创办了《比较文学通讯》(1942—1946)，作为比较文学委员会的会刊。1949年，《比较文学》第一期在俄勒冈大学创刊。1952年，《比较文学和总体文学年鉴》(Yearbook of Comparative and General Literature，简称YCGL)创刊；四是发表和出版了不少比较文学论著。而德国、英国、意大利、荷兰等国，比较文学也都得到了不同程度的认可和发展。

基于比较文学发展的良好态势，梵·第根曾断言：比较文学已然"变成一种介于各国本国文学史之间的独立的学问了"，并感慨道，比较文学可以为在短短几年内取得不小的进步而自豪，并可以有把握地希望后来的种种发展。① 可以看出，人们对文学研究的眼光已自觉地、并有理论指导地拓宽到了一国文学之外的他国文学，对比较文学是研究跨国界、跨语言界的各国文学影响联系的独立学科，终于普遍认同并接受了。经半个世纪的发展，渐渐形成了渊源学、流传学和媒介学等三个传统的比较文学影响研究分支学科。

第二节　渊源学及其研究举隅

一、渊源学概述

渊源学是影响研究的三大重镇之一。其研究任务是：研究文学作品的主题、题材、文体、人物、情节、风格、语言、技巧和创作方法等的来源，以及文学思潮、文学运动等的源头。其特点是：从各国语言文学有因果联系的终点或接受者出发，去探求放送者或起点的研究；它可以从本国立场出发，也可以从他国立场出发，但目的是在考察一个作家或一种文学所曾吸取或改造过的外来因素之源头。在研究过程中，把本国文学中所受外国文学影响的成分找出，据此追溯它们的出处，考据本国文学是如何具体接触到外国文学，并努力证实这种外国文学正是本国文学所受影响的源头。当这些基本的渊源事实研究清楚之后，还应进而探讨其中的原因和规律。它所常用的研究手段是：严密和审慎的考证，有时还必须从语言、宗教、历史、哲学、地理游记、日记、笔记等众多领域来获取证据；因此其渊源除笔述的材料之外，还有口传的、印象的、沙龙的、集会的、旅游的、孤立的、集团的等各个方面。

在中外文学关系史上，这种你来我往的文学交流也并不罕见，有的源头在中国，有的在外国；有的从本国出发，有的从外国出发，但最终都是探求到渊源所在。严绍璗教授的论文《日本古代小说的产生与中国文学的关联》，是自接受者日本古代小说出发，以《古事记》、《浦岛子传》和《竹取物语》为例，具体探讨了日

① 梵·第根.比较文学论[M].戴望舒译，台北：商务印书馆，1995：51.

本古代小说在产生的准备时期、过渡时期和形成时期与中国文学的种种关联，指出了这种实际存在的联系及其对日本古代小说产生的影响。

而季羡林教授的《印度文学在中国》，就是对源头在外国所作的渊源学研究的一篇范作。作者站在接受者立场，并从本国出发，对影响了中国古代文学发展与变化的外来的印度文学，做了比较广泛的渊源考证及其接受变化的规律的探讨。作者在论文中自古而今，追溯、探讨、梳理中国文学中印度文学渊源时，往往先指出每个时代中国文学中出现的新的因素，如先秦时期的月亮兔子、狐假虎威故事，三国时代的曹冲秤象故事，六朝时代的鬼神志怪故事及其阴司地狱和因果报应观念，唐代的传奇和变文、龙王龙女故事，元代的戏曲，明代《西游记》里的孙悟空，然后辨明其印度出处，这是站在接受者的角度而回溯其文学中的外国来源，体现了渊源学自接受者出发而探寻其放送者的特点。同时，季羡林为了探清中国文学中的印度渊源，动用了大量文献材料，古今中外，旁征博引，体现了传统的影响研究重事实、重考据的历史实证法的优势和特色。

二、渊源学研究举隅

不同于季羡林教授的《印度文学在中国》，站在本国立场，追溯中国文学中的印度文学渊源，杨周翰先生的《弥尔顿的〈失乐园〉中的加帆车》，则是从英国文学出发追溯源头在中国的一篇渊源学研究论文①。由于其论旨是探讨弥尔顿《失乐园》中加帆车的中国渊源，以及17世纪英国作家创作与知识的关系，因此其论述分为两大部分：先追溯、考证加帆车的中国渊源及其影响路线，而后再据此探讨阐述17世纪英国作家创作与异域知识装备之间的关系。

论文的前半部分，典型地体现了渊源学的研究方法和特点。

文章一开始先交待，弥尔顿的《失乐园》第二章写到，撒旦听说上帝创造了世界，想去一探虚实。第三章，他来到了地球。诗人比之为一只雕，从喜马拉雅山飞下，欲飞向印度猎取食物：

> 途中，它降落在塞利卡那，那是
> 一片荒原，那里的中国人推着
> 轻便的竹车，靠帆和风力前进。

① 杨周翰．弥尔顿《失乐园》中的加帆车[M]//杨周翰．攻玉集．北京：北京大学出版社，1983：82—100．本节下文所引均出自此著，不再一一注明。

塞利卡那即丝绸之国，中国。也就是说，弥尔顿的《失乐园》中出现了源自中国的机械发明——加帆车，这就提出了加帆车与其渊源产地——中国的关系，接着就分三个层次予以论证。

首先，杨先生从西方文献追溯了加帆车西传欧洲的三个渠道：文字记载、舆地图和仿造。最早的文字记载是西班牙人门多萨的《中华帝国风物史》(1585年)，以及1588年英国人帕克将之译成英文的史实；而舆地图则有十六七世纪西欧舆地学家沃尔提留斯的《舆地图》(1570)、麦卡托的《舆地图》(1613)，之后英国人斯比德的《中华帝国》中，也都有加帆车的插图；以及在弥尔顿之前，最为轰动的是比利时数学家、工程师斯特文于1 600年前后仿造的大小两架加帆车——陆地舟，并据说其一再为欧洲人所仿造，历二百年而不衰。

其次，杨周翰梳理了中国的文献中加帆车的三种资料：神话传说、图画和实物。

神话传说，中国最早的记载见于《博物志》和《帝王世纪》；而对传说中的飞车图画，则最早见于中国著作《异域图志》(1489)，以及后来王崇庆(1547)、吴任臣(1786)、郝懿行(1809)、汪绂(1895)等为《山海经》绘制的插图。至于实物，“中国文献记载极少，不知始于何时”。但据李约瑟著述，实物图形最早见于麟庆的《鸿雪因缘图记》(1849)，后来还有刘仙洲的《中国机械工程史料》(1835)等，这些都是加帆车的近代写实图形，在“现在山东河南还能看到”。

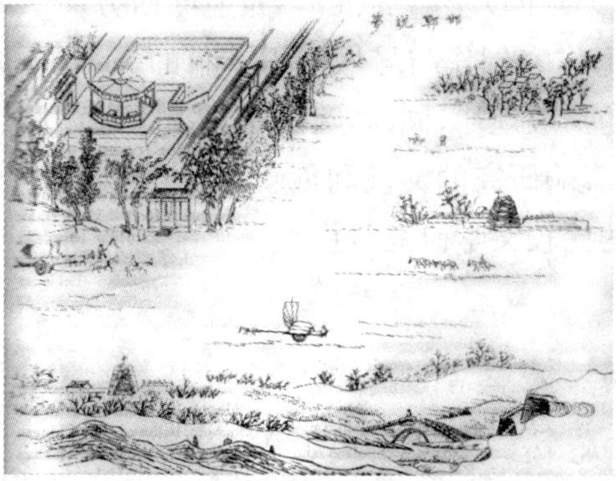

左：《鸿雪姻缘图记》(麟庆 1791—1846)中的加帆车
右：Mathematical Magick (John Wilkins)中的加帆车

在分别追溯和梳理了加帆车在西方文献和中国文献中的记载后，作者着力考证了中西文化交流中双方发生影响联系的事实交接点：当时正是“西方商人航海冒险家和传教士涌向东方的时候，接触到中国社会和中国学者，中国的文物制度直接间接得以传播欧洲”。弥尔顿就很可能是由当时流行的黑林著的《小宇宙志》(1621)得知的。不仅书中讲到：“中国地势平坦，货车和车乘张帆而行。”而且弥尔顿诗篇中一些地名多采用黑林的拼法。这就找到了加帆车西传欧洲的交接点，从而完成了事实联系的考证论述。

论文的后半部分，在上面坚实渊源考证论证基础上，进一步深入探讨了作家接受影响对其大脑“汪洋无际的学识”及其创作关系的巨大作用。密尔顿是生活在一个“追求知识的热潮”和“涌现出一大批饱学之士”的时代，密尔顿的地理与历史知识，是“他的宇宙观和人生观的一部分”，也是他的《失乐园》具有“无限的宏伟的空间感”、“宏伟的历史感、时间感”等“高致”境界的价值所在。所以，论文理据结合地分析论述认为，密尔顿及其同时代的作家们，“他们追求知识都是为满足各自的需要，也是时代的需要”。同时他们的“学识从根本上说是提高思想境界的一种手段”，也是“产生伟大作品”的“具体体现”。

在论述中，不仅引用了与弥尔顿同时代的众多作家，如写了《忧郁症的解剖》的勃吞(1577—1640)，写了假面剧《新大陆新闻》(1620)的本·琼生等的事据，而且还动用了我国王国维、林纾，英国阿诺德、艾略特、福斯特、华兹华斯等的理据，加强了对其论点的逻辑论证力度，令人信服地论述了广博知识对17世纪英国作家思想、创作的重要性。

总之，杨周翰的《弥尔顿的〈失乐园〉中的加帆车》先追溯西方文学中加帆车的中国渊源，后揭示17世纪英国作家创作与异域知识涉猎的关系，既体现了渊源学着力于论证影响事实联系的一般规律；同时，又从理论上论述和阐释知识与创作的内在规律，显示了对传统影响研究的突破和创新，是一篇既有学术价值又有理论认识并能指导现实创作的比较文学研究范作。

第三节　流传学及其研究举隅

一、流传学概述

流传学研究的是某个作家、作品、某国文学或文艺运动等在国外的声誉、成就和影响，是从放送者或起点出发，旨在寻找其流传终点或接受者及其接受影响与变化的研究。其特点是:从各国语言文学有因果联系的放送者或起点出发,去探求终点或接受者的研究;它可以从本国立场出发,也可以从他国立场出发,但目的是在考察一个作家或一种文学所曾影响或流传过的外国路线及其结果。在研究过程中,应把一国文学对另外国家文学所产生影响的成分析出,据此探求它们的流传路线,探讨是如何具体影响的,并努力证实之。当这些基本的事实弄清楚之后,还应进而探讨其中的原因和规律。它所常用的研究手段与渊源学相同:严密和审慎的考证,有时还必须从语言、宗教、历史、哲学、地理游记、日记、笔记等众多领域来获取证据;因此除笔述的材料之外,还有口传的、印象的、沙龙的、集会的、旅游的、孤立的、集团的等各种方式。

在中外文学交流史上,既有我国文学影响外国文学的事例,也有外国文学影响我国文学的事例。盛宁的文章《爱伦·坡与中国现代文学》,自放送者美国作家爱伦·坡出发,先探讨了爱伦·坡在中国现代文学的译介和评价,然后分别阐述了其短篇小说在体裁、意象和写作方法上,以及唯美主义诗论对中国现代小说和诗歌创作的影响。李沅的论文《从印度的〈罗摩衍那〉到泰国的〈拉玛坚〉和傣族的〈拉戛西贺〉》,自放送者印度史诗《罗摩衍那》出发,具体考察和探讨了其对泰国的《拉玛坚》和我国云南傣族的《拉戛西贺》的影响。刘守华的论文《民间童话之谜——一组民间童话的比较研究》也是自放送者我国关于寻找三根金头发的童话故事的角度,尝试着探讨了其对俄国阿法那西耶夫的《富玛耳科和倒运的华西利的故事》和德国格林童话中的《有三根金头发的鬼》可能产生的影响。

二、流传学研究举隅

中西文学交往中一个影响研究的"宠儿",就是中国元杂剧《赵氏孤儿》西去欧洲的课题。卫礼贤等的《歌德与中国文化》,陈受颐的《中德文学关系研究》,方重的《十八世纪的英国文学与中国》,陈诠的《中国纯文学对德国文学影响》,朱谦之的《中国思想对于欧洲文化之影响》和卫茂平的《中国对德国文学影响史述》等,都对此作过研究。由于是从放送者出发,专门探索中国文学是如何西传欧洲的,因此,都可以视为流传学的研究。

范存忠教授早在1940年就对此作过研究,并发表论文《十七八世纪英国流行的中国戏》。1957年,范先生又发表了论文《〈赵氏孤儿〉杂剧在启蒙时期的英国》,将这一研究推向深入。

《〈赵氏孤儿〉杂剧在启蒙时期的英国》是自元杂剧《赵氏孤儿》出发,站在中国立场,探讨《赵氏孤儿》在启蒙时期英国的传播和影响及其变异过程与规律的论文。[1] 全文有九个部分：第一部分指出，《赵氏孤儿》先传入法国，而后通过法国再传入英国；第二部分介绍马若瑟的《赵氏孤儿》译稿在当时欧洲，尤其是在法国引起的批评；第三部分主要介绍当时英国批评家理查德·赫德对《赵氏孤儿》的评价；第四部分主要介绍英国哈切特（William Hatchett）的改编本《中国孤儿》；第五部分揭示哈切特改编本的政治意义；第六部分介绍伏尔泰的改编本《中国孤儿》；第七部分较详细地介绍英国谋飞的改编本《中国孤儿》；第八部分阐述谋飞的《中国孤儿》获得成功的情形和原因；第九部分是对全文的一个小结。论文成功地体现了流传学的一般规律和特点，堪称流传学论文的范作之一。

1755 年时伏尔泰的《中国孤儿》剧照
（勒甘饰成吉思汗，克莱朗饰伊达梅）

京剧《赵氏孤儿》剧照
马连良饰程婴（右）

论文的论旨和论点，如同西方学术论著的通例一样，一开始就交代论旨："本文拟就《赵氏孤儿》怎样传入英国，传入英国后引起怎样的批评，经过了怎样的改编，改编本子怎样上演，以及上演后取得怎样效果等问题，提供一些事例，并结合当时历史条件和思想倾向，指出这些事例的意义，从而具体说明这本中国戏剧在启蒙时期英国的影响。"

接着是论题综述。首先，范存忠简略地评述了至谋飞为止英国与中国的文学关系，并指出《赵氏孤儿》是第一部传到西方的文学作品及其在中英文学关系

① 范存忠.《赵氏孤儿》杂剧在启蒙时期的英国[M]//范存忠. 英国文学论集. 北京：外国文学出版社，1981：201—248. 以下引文均出自本书，不再一一注明。

史上的地位和意义。其次,《赵氏孤儿》在英国得到比较广泛的流传,以及批评概况,既刺激了西方人的中国趣味热,又获得其基于古典主义戒规的正、负两面的批评。再次,指出了《赵氏孤儿》在英国影响的具体内容不在其艺术形式,而在其题材。元剧的说唱传统、剧本结构、表演方式,都不易理解,更难以移植。而弄权、作难、搜孤、救孤、除奸、报恩等题材内容,以及残酷惊人、凄惋动人的场面和喜闻乐见的"诗的正义"等,使"这个题材,到了欧洲剧作家手里,不是一个历史故事,而是一个传说、一个寓言,可以采摘,也可以增删"。

而论文的主体部分和主要层次是作者逐一论述了《赵氏孤儿》的西传与翻译、批评、改编、上演的意义和价值。

作者梳理了《赵氏孤儿》传播的途径和翻译:《赵氏孤儿》先传入法国,再经法国而辗转输入英国。《赵氏孤儿》传入法国,是在1732年至1733年间,是耶稣会士马若瑟把《赵氏孤儿》译成了法语。马若瑟的《赵氏孤儿》译稿主要通过巴黎耶稣会的教士杜赫德编辑的《中国通志》在欧洲得以流传。《中国通志》最早译为英语,是瓦茨于1736年出版的删节本和凯夫在1738年至1741年之间分期出版的全译本。这两个《中国通志》的英译本,都包括了马若瑟的《赵氏孤儿》。《赵氏孤儿》的第三个英译本是汤姆斯·帕西的《赵氏孤儿》,收在其合编的《中国诗文杂著》(1762年)中,由于其更适合18世纪中叶英国读者的口味,故有助于《赵氏孤儿》在英国的流传。

作者介绍了《赵氏孤儿》引起的批评。先介绍法国杜赫德和阿尔央斯对《赵氏孤儿》的批评,后介绍英国理查德·赫德对《赵氏孤儿》的评价。之所以先介绍法国对《赵氏孤儿》的批评,尤其是阿尔央斯对《赵氏孤儿》的批评,是因为他的《中国人信札》(1739)可能最早对《赵氏孤儿》进行详细分析批评,而且在英国流传广、影响大。

作者介绍评述了《赵氏孤儿》的改编。先介绍评述英国最早的改编本——哈切特的《中国孤儿》,并揭示其在当时的政治意义,再简介法国伏尔泰的改编本《中国孤儿》,后详细介绍英国谋飞的改编本《中国孤儿》的编写过程、种种考虑及剧情大意。之所以谈及伏尔泰的《中国孤儿》,是因为伏尔泰的改编本对当时的英国发生了广泛影响,直接激发了英国戏剧家对于《赵氏孤儿》的兴趣。谋飞的改编本就同伏尔泰的《中国孤儿》有很大关系。论文还将谋飞的《中国孤儿》和伏尔泰的《中国孤儿》作了比较评述,指出二者既相似又相异。

最后,论述了《赵氏孤儿》的演出情况。作者认为,谋飞的《中国孤儿》在舞台演出的大获成功,其原因三点:其一,既得益于舞台演出时的布景、道具,以及演员们的服饰都采用了中国的样式，具有“东方色彩”，引起了观众们的兴趣；又因为演员阵营一流，真孤儿（爱顿）由莫索伯扮演，假孤儿（哈默特）由霍伦德扮演，成吉思汗由哈佛德扮演，最重要的角色遗臣盛缔和盛缔妻满氏分别由当年鼎鼎大名的剧院经理、剧作家和演员加力克，以及后来主演莎士比亚戏剧里的女角的叶兹夫人扮演。他们的表演，都很成功。其二，得益于批评家们对谋飞《中国孤儿》剧本的好评。如《每周评论》的评价，尤其是哥尔斯密在《评论杂志》上发表的文章，在指出剧本的一些缺点之际，更多地肯定和盛赞了剧本的优点。其三，得益于戏剧在18世纪50年代末具有的现实政治意义。谋飞的《中国孤儿》适应了当时英国人的爱国心理，表达了英国人民的爱国情怀，从而更有利于其上演。

论文的撰写还有两个突出的研究特点：一是体现流传学的实证方法，由元杂剧《赵氏孤儿》出发，探讨其在启蒙时期英国的传播和影响及其变异规律，作者以中国的《赵氏孤儿》为出发点，或者以之为参照，作了有理有据的比较论析。如，在谈到马若瑟的译稿时，作者评论道，它并非《赵氏孤儿》的全部，而是经过了删节。译本以宾白为主，元剧中“诗云”之类去掉大半，曲子一概不译，即便宾白，也有不少地方脱离了曲子。元剧中曲白相生的妙处，也就难以领略。因此，马若瑟的译本只是大体保存了原剧的轮廓，不是一个完整的本子。而比较完整的本子，是法国人汝利安1834年出版的散文韵文译本。又如，在介绍哈切特的《中国孤儿》的剧情时，作者比较道：在哈切特的改编本里，原剧的人名改得面目全非，但剧情基本符合原作，前三幕与原作完全或大致相当，后两幕改动较多，建立在坚实可靠的事实材料之上，事事有来源，句句有出处。

二是论文还体现了与时代背景联系的史料衔接、史论结合的论述特点。如，作者谈到欧洲对《赵氏孤儿》的批评时，指出，法国往往从当时盛行的古典主义清规戒律来衡量与评论，因而指责多；而英国在大体遵循其规律和惯例时，时有反抗，甚而违背，得出与法国批评界有别的结论。法国杜赫德和阿尔央斯的负面指责，英国赫德的正面肯定就是其突出的例证。又如，在谈到哈切特改编本时，作者认为那是一本采取戏剧形式的政治讽刺作品。通过对哈切特改编本的封面、献词、剧情改动、结尾处歌声等的论述，最后得出结论：剧本“通过一个东方故事，历举首相专权的恶果，同时也设想首相下台后的情况”。其政治意义胜过戏剧意义，是当时社会政治斗争的产物。这些都体现了观点与材料相统一的论证特色。

这是一篇值得我们学习与借鉴的论文佳作。

第四节 媒介学及其研究举隅

一、媒介学概述

在学习了渊源学及流传学两种影响研究的具体方法之后，如法国比较文学家梵·第根早就指出的那样，“我们应该让一个地位——而且是一个重要的地位——给促进一种外国文学所有的著作、思想和形式在一个国家中的传播，以及它们被一国文学所采纳的那些‘媒介者’”①。那么，什么是比较文学的媒介学呢？

“媒介学(mesologie)”一词出自于法文，其词源来自希腊文的“meoos”，意思是“居间者”、“中介者”。在这里“媒介”是一个拟人的说法，实际上就是指居于各国文学之间，起到中介作用，并促成它们之间产生文学交流及影响接受联系的途径与方式。谢弗尔对“媒介”有一个很简要的归纳，他认为“媒介”就是指“所有促成文化转移之事物，包括物质上的支援以及相关人物的作为”②。因此，媒介学研究的重点不再是追溯文学传播的“起点”，和探究文学接受的“终点”，而是传播过程中的“经过路线”、“中介者”、“媒介物”等。它们可能是以文字文本形式出现的游记、日记、报告、书信、译著等等，也可能不是以文字形式出现的旅行者、演出、访问、演讲、国际会议等等，媒介学研究就是对这些媒介活动所进行的研究。概括来说，媒介学是主要研究不同国家文学之间产生影响联系的方法、途径与手段及其规律的影响研究。媒介学的研究对象，因其自然属性不同而主要集中于以下三个方面：个人媒介、团体或环境媒介和文字媒介。

（一）个人媒介

个人媒介是指将一国文学介绍、传播到另一国文学中去的译者、作家或其他人。依据个人媒介在文学传播过程中的特点与作用，他们大致可以分成三类：1. 属于文学“接受者”国家的个人媒介。他们的媒介作用主要是将外国的文学作品“拿来”，并将它们介绍和传播到自己的国家。2. 属于“放送者”国家的个人媒介。他们的媒介作用主要是主动把本国文学“送去”，他们致力于把本国文学介绍和传播到他国去。3. 属于第三国的个人媒介。他们既不属于“接受者”国家，

① 梵·第根.比较文学论[M].戴望舒译.台湾商务印书馆，1937：154.

② 谢弗尔.比较文学[M].冯玉贞译.台湾远流出版社，1991：77.

也不属于“放送者”国家，他们是严格意义上的“居间者”和“媒介者”，他们将某一他国文学传播介绍到另外一个他国，成为他者与他者之间联系的桥梁与纽带。

首先，属于文学“接受者”国家的个人媒介，可以说这是个人媒介中最常见的情况。这些媒介者他们有机会并有能力接触到外国文学与文化，并为其不同于本国文化的异域魅力所感染，于是将外国的文学作品“拿来”，并将它们介绍和传播到自己的国家。比如我们熟悉的唐玄奘就是一个典型。他在唐太宗贞观三年(629)自长安出发前往当时的“西方”——印度取经，往返共历十七载，返唐时他不仅获得了名震五印的巨大声望，更重要的是他带回了经论六百五十七部。不仅如此，回到长安后他致力于梵文经典的翻译工作，历时十九年，共译出经律论七十五部，总计一千三百三十五卷之多。玄奘所译的经典，不仅数量巨大令人惊叹，而且他的译文既信且达，其译本的质量超过了此前佛经翻译的各位译家水平，为中国佛学文化的发展做出了巨大的贡献①。由他口述完成的《大唐西域记》，也记载了包括当时的西域、印度、锡兰等一百三十八个国家的历史、地理、宗教、神话传说、风土人情等，这本书在佛教史学以及古代西域、印度、中亚、南亚的史地和社会风俗乃至于中西交通史、文化关系史上，均富有极高的学术价值，已被译成多种文字而成为闻名中外的世界名著。作为一个个人媒介，玄奘不仅完成了对外国文学文化的搬运工作，而且他的翻译和介绍也成为促进印度、西域文学文化在中国得以接受的巨大动力。

像玄奘这样隶属于“接受者”国家的媒介者古今中外数不胜数。仅以近现代促进中西方文学文化交流的个人媒介为例，如我国伟大作家鲁迅先生就是一位伟大的翻译家，他一生翻译介绍了十四个国家和一百多位外国作家的两百多种著作，总字数超过二百五十万字，这同他本人的著作量大致相当。此外还有林纾、瞿秋白、郭沫若、茅盾、傅雷、朱生豪、杨周翰、赵瑞蕻、巴金、季羡林、杨绛、叶水夫、贾植芳、方平……等等一大批卓有成就的著名翻译家。同时，身处西方而致力于把中国文化译介到西方的学者也大有人在。比如花了整整二十年工夫把《世说新语》翻译成英文的美国教授马瑞志；主持出版了包括《红楼梦》、《全唐诗》等数十部中国古典文学名著翻译工作的法国比较文学家艾琼伯；1929 年就翻译出版了英译本《三国演义》的泰勒等等。

在这里有一点是值得我们注意的，那就是“接受者”国家个人媒介的贡献，不只是促进外国文学对“接受者”国家文学文化产生了影响。比如在奈良时期由日

① 吕澂. 中国佛学渊源略讲[M]. 中华书局，1979：185.

本使节带回日本的唐传奇小说《游仙窟》，在日本最早的和歌集《万叶集》的正文及注释中反复出现，可以说它对日本文学的发生发展都产生了巨大影响。而该书在中国却散佚已久，后来才由清末杨守敬始录于《日本访古志》。该书在中国文学史上的重要意义得到了鲁迅先生的认可，后来更有学者认为该小说开创了中国描写男女爱情小说之先河，它对于考察中国小说发展史具有极高的学术价值。可见当时的来自日本的奈良使者作为“接受者”国家的媒介者，一方面为把中国文学介绍到日本进而为发展日本文学做出了贡献，同时从客观结果上看他们也完成了替“放送者”国家保存文化遗产甚至进行回返影响的功绩。而这种现象在中外文学文化交流史上绝非少见，应给予一定的重视和深入挖掘。

其次，属于“放送者”国家的个人媒介，在中外文学文化发展史中也大有人在，他们致力于把本国文学文化介绍和传播到他国去。比如明万历年间来到中国的意大利耶稣会传教士利玛窦就是这样一位来自于“放送者”国家的媒介者，他不仅以中文编写了一套天主教神学著述，更重要的是他向中国乃至东亚地区传播了西方的几何学、地理学、心理学知识，以及人文主义的观点等，开启了中国晚明士大夫学习西学的风气。同样出生于明万历年间的“清初五大师”之一的朱舜水也是一位“放送”型的媒介者，在明亡清兴之际他孤身东渡日本，在那里收徒讲学，历经二十二个春秋，堪称日本教育史上的一位大教育家。他以自己毕生的心血哺育了满园桃李，被日本人民尊称为日本的孔夫子。可以说流传日本的朱子学、古学和水户学，都受到了朱舜水的影响。这三大学派此后又相互影响，形成了重实证、讲究经世致用、倡导改革致强的思想潮流，推动了日本社会的进步。尤其值得一提的是，朱舜水帮德川光国编纂了《大日本史》。在书中，朱舜水刻意突出了“尊周王、退诸侯、外夷狄”的“春秋”思想。这种思想后来演绎为尊王攘夷、倒幕维新的社会思潮，成为日本明治维新和近代化的重要动力之一。

在实际的研究中我们会发现，有很多媒介者是身兼以上“放送者”与“接受者”两种身份的。比如前面提到的玄奘就曾将《老子》翻译成梵文“放送”于印度；而利玛窦更是勤学汉学、广交儒士，并首次将《四书》译成拉丁文，促进了西方对中国古典文学文化的“接受”。

最后，与以上两种媒介者相对，既不属于“接受者”国家也不属于“放送者”国家，而是属于第三者国家的个人媒介。这种个人媒介往往属于那些介乎两大国之间或使用多种语言的国家，比如写了六大册《十九世纪文学主流》的丹麦文学史学家勃兰兑斯就是一位把英、法、德三国文学介绍给欧洲各国读者的杰出媒介者。同样在东方，有记载最初将中国儒家经典和汉字传入日本的就是来自朝鲜半岛的百济国人王仁。

（二）团体、环境媒介

这里我们所要研究的媒介不再是单独的个人，而是促进各国文学文化交流与传播的团体或环境，如由文学研究者组成的文学社团、文学流派以及同仁刊物等；而环境媒介则是指那些易于移植和接受外国思想及作品的更为广阔的环境，如“沙龙”、文学集会、官方（宫廷）、开放城市等等。尤其应该指出的是，那些一度成为国际间文学文化交流的枢纽或通道的地区，如著名的中西文化交流的丝绸之路，历史上的泉州和意大利的威尼斯，现代的上海等，也是环境媒介研究不可忽视的对象。

团体媒介中既包括有组织、有宣传、有刊物的文学团体，也包括因共同的兴趣和倾向而自然形成的集团或流派。在中国现代文学史上曾先后出现了文学研究会、创造社等一百五十多个文学社团和同仁杂志，他们几乎把西方现代的各个流派与主张都介绍进了中国，他们都是将西方文学传介到中国的团体媒介。

“沙龙”媒介更多地出现在西方国家，比如比较文学研究者熟悉的1795年至1811年间在法国高倍别墅的斯达尔夫人的“沙龙”，就被称为是一个融会欧洲各国文学的熔炉。当今欧美国家经常举行的一些“国际笔会”也起着这十分显著的各国文学间交流的媒介作用。同样，官方或学术团体举行的各种国际性、区域性的学术会议，或官方及民间派出的文学文化交流团体，它们都起着文化与文学交流的媒介作用。

在媒介学研究中，应注意研究媒介者在中外文学文化交流史上类似“信物”的重要作用。如在中国中古历史文籍中的“扶南”，就是一个古代海上“丝绸之路”的必经之地，凭借其独特的地理位置和历史跨度，不断吸收东西方许多异域的文明、文化，逐渐成为古代中国同海外他国交往的的双方中介者和可信者。《道藏》中《太清金液神丹经》（卷下）所记的一则史料就充分证明了这一点：古代中国商人乘船由扶南出发，因海上风暴而误到了大秦国。这个商人因大秦“本非所往处，甚惊恐，恐见执害，乃诈扶南王使诣大秦王”。这从反向证明，当时这位商人面对完全陌生的西方异国而感到“惊恐”，于是竟假称是扶南来的使节，以利用扶南在媒介中的“信物”作用，使自己容易被异己的他者所信赖而避免“恐见执害”的意外。在这一方面，很值得深入探讨。

（三）文字媒介

文字媒介就是指促进各国间文学交流与传播的文字记载与著述。从宗教徒的译介到旅行者的游记，甚至于信件与碑记，文字媒介的内容广泛、形式多样，它们最真实地保存了中外文学影响联系的事实，是我们进行比较文学研究最重要的材料，也是媒介研究重要的课题。梵·第根提出，文字媒介最常见的形式就是批评文字和译本，前者诸如那些研究外国文学的书籍、杂志、书评、论文以及译本前的序文；后者则是指翻译文学文本。对于译本的研究是比较文学大部分工作的不可缺少的前提，它包括译本完整性准确性的研究、翻译观念形成原因的研究、多译本间的比较研究、对译者的研究以及对译者"序文"的研究等等。作为比较文学研究新发展的译介学，如今已成比较文学研究中的新领域，本书将在第九章专立一节进行探讨。

在梵·第根的基础上，谢弗尔对文字媒介的研究对象作了更细致的补充。他认为对书籍及印刷品历史的研究、外国文学批评史的研究、外国戏剧在本国的编剧史研究等，也应是媒介学研究的重要内容。

作为中外文学交往的文字记载，无论是中文资料还是外文资料，都可谓汗牛充栋、卷帙浩繁，为我们的研究提供了得天独厚的有利条件。在中国方面，有《高僧传》、《续高僧传》、《大唐西域记》、《佛国志》等为我们提供了中印文学交往的研究史料；有从《史记》开始历代正史中的《西域记》到《明史》中的《佛朗机传》、《吕宋传》、《和兰传》、《意大利亚传》等为我们提供了中西交往的史料等等。明代天启五年(1625 年)出土的唐代石碑——大秦景教流行中国碑，其一千八百余字的碑文不仅交待了古代基督教入华的兴衰沿革，而且还提供了基督教观念与中国文化碰撞砥砺的珍贵史实。这些史料对我们深入探讨中国文学受外来文艺的影响、文体变化发展以及文学作品中域外形象的突起等均具有重要意义。从外国文字资料来看，从古希腊时代的地理学家斯脱拉波开始，到 13 世纪意大利商人马可波罗，以及明清之际携带大量中国古代文物章典回到欧洲的传教士等等，他们的地理记载、游记，给教皇的报告与译介图书等，都逐步加深了欧洲人心目中那具有东方色彩的中国印象。这些对欧洲文艺复兴、启蒙运动，包括乔叟、莎士比亚、弥尔顿、伏尔泰、歌德等作品中的东方"理性"及"异国情调"都起到了媒介与影响作用。因此，我们在进行比较文学研究时，中外文字文献为我们提供了丰富并值得深入挖掘的材料，是我们一笔宝贵的媒介学研究资源。

二、媒介学研究举隅

媒介学研究的内容如此丰富且意义重大，那么怎样才能写好一篇媒介学研究的论文呢？海外学者钟玲所写的论文《寒山诗的流传》、钱锺书写的《林纾的翻译》等，都以其严格细致的考证与辨析、深入全面的探究与分析，成为媒介学研究的范文力作。下面，我们就以《林纾的翻译》①一文为例，就其最能体现媒介学研究特点的部分进行学习。

该文开篇便引用《说文解字》中对“翻译”一词的古汉字“囮”的训诂，指出此字“虚涵”了“译”、“诱”、“媒”、“讹”、“化”等“数意”，这些含义不仅一脉相承，而且彼此呼应。论文开宗明义，仅用二百余字就分别对“化”、“讹”和“诱”进行了简要的解说，进而指出：“彻底和全部的‘化’是不可实现的理想，某些方面、某种程度的‘讹’又是不能避免的的毛病，于是‘媒’或‘诱’产生了新的意义。”由此提出了论文的论旨，即探讨文学翻译的媒介作用。

论文首先论述翻译所能发挥的“媒” 的作用。其有两种情况：一种是所谓好的译本，“它把读者向原作过渡”，而读者读了原作就抛弃了译者的辛苦之作，这好似译者失手“自杀”了自己的译作。另外一种，就是那些“拙劣晦涩”的坏翻译，不仅离间了读者与原作的关系，而且也破坏了原作的名誉。可是林纾的译作却打破以上两种常规。

林纾翻译所起的“媒”的作用，不仅“已经是文学史公认的事实”，而且钱锺书先生也有着深刻的亲身体会。可令他出乎意料的是林译虽然把他引向原作，却并未因此而失去译作本身的吸引力。与此同时，林译却又是“漏译误译触处皆是”。可是并没有因其错漏百出而“摧毁读者进一步和原作直接联系的可能性”，反而让读者读到“真心痒难搔，恨不能知道原文”的程度。如果说林译是很好发挥了译作之“媒”作用的话，它却又并未因此而“自杀”了译作，反而在读者看过原作之后依然觉得它魅力十足。可见林纾的译作，正因其对原作有意识地不“忠诚”的“讹”，才能够既出色地完成了“媒”的作用，又成功地保存了独特的自身价值。

接着的层次，是论述林译中这些“讹”到底是怎样产生的，论文对此进行了细致的考究和分析。首先他以《滑稽外史》中的两段人物描写为例，取林译与原文比对，发现他着实“加油加酱”了不少，原来这是林纾“在翻译时碰到他认为是原作的弱笔或败笔，不免手痒难熬，抢过作者的笔代他去写”。这种增补原作的情况在前期林译里，尤其是狄更斯和欧文的作品中出现很多。林纾不仅会润饰描写、添加对白，而且还加以比喻，甚或引申几句议论，这些林纾的“手痒”之作都体现了林译“放肆率真”的性格。

与此不同的是，林纾翻译时“下笔如飞”而造成的文字上“颠倒讹脱”的情况

① 钱锺书. 林纾的翻译[M]//七缀集. 生活读书新知三联书店. 2001 年 1 月. 以下引文均出自此文.

也相当普遍。而对于这些“讹”，林纾本人和读者都将责任推卸到他的助手身上。可钱先生经过认真研读指出，这些“‘讹’里最具特色的成分正出于林纾本人的明知故犯。也恰恰是这部分的‘讹’能起一些防腐作用，林译因此而可以免予全被淘汰”。而且，林纾的翻译可以分明地划分成前后两个时期，在《离恨天》之后林译“译笔逐渐退步，色彩枯暗，劲头松懈，读来使人厌倦”。而追其原因，后期的林纾已不再是那个“随时随地准备表演一下他的写作技巧”、“精神饱满而又集中”的林纾了，而只是为了博取稿费，机械地将外文作品转换为中文作品。可见，林纾翻译中的“讹”除却一部分属技巧问题造成的原因之外，真正赋予译作生命力的那些“讹”，均出自于译者对于原作“那样亲热、隆重地对待”的态度，以及其本身所具备的文学创作能力与自信。

从译本的“媒”到“讹”，再自然进入对译者兼“接受者”与“发送者”双重身份关系的又一论述层次。使用怎样的文体和语言来翻译，是发送者需要考虑的问题。而林纾是一位桐城派“古文家”，“古文”一方面是做文章的“义法”，林纾发现外国小说“处处均得古文文法”，所以在“义法”方面林纾无需作太多的改变。而在“古文”的另一个方面——语言，林纾的翻译却“违背和破坏了他亲手制定的‘古文’规律”，如果我们把这也算是林纾翻译过程中对自我否定的一种“讹”的话，那么这个“讹”从媒介学角度解释也有着非常重要的意义。据此，论文分析发现，林译使用的是比较通俗、比较随便和富于弹性的文言。不仅有白话口语中的词汇，还有当时流行的外来新词，甚至沾染了当时以译音代译意的习气，以至出现了“那种生硬的——毋宁说死硬的——翻译构成了双重‘反逆’，既损坏原作的表达效果，又违背了祖国语文习惯”的“狠翻蛮译”。这无疑是对外来文学接受国语言的一种“讹”，因此认为“林纾翻译时，不仅不理会‘古文’的约束，而且常常无视中国语文的习尚”。对于这种“讹”的形成原因，钱锺书先生也给予了细致的论证分析，指出林纾在翻译第一部小说《巴黎茶花女遗事》一书时曾经经历过尝试、摸索和摇摆的过程。林纾认识到“古文”关于语言的戒律要是不放松，小说就翻译不成，所以他借助了文言小说及笔记的传统文体和当时流行的报刊文体，从而实现了林纾的自我突破，采用“归宿语言”超过原作者“出发语言”的本领，造就了译作在文笔上优于原作的可贵效果。

通过上述层层递进的论证过程，论文认为，林纾的翻译无论是对外国小说的“接受”还是对国内的“发送”，都有创造性“讹”的存在，都是林纾以中国文化背景和读者的接受需要为准则来进行的翻译，在他的译作赢得大量的读者的同时，也使原著在中国延续了生命并得到了新生。尽管这是林纾无心插柳所得，但却印证了林纾翻译的“大胆放手”、“放肆率真”的创造性“讹”，对今日文学翻译的操作是有启示性作用的。

钱锺书先生这篇论文，旁征博引、举重若轻，学理严谨又风趣幽默，充分显示出一位学通古今中外的大家风范。通过对这篇论文的学习，我们发现媒介学方面的研究，同流传学、渊源学的研究一样，都需要艰巨细致的考证与辨析、深入全面的探究和分析。如此抽丝剥茧、层层深入的研究虽具有相当的难度，但它的乐趣与理趣也恰在其中。

第七章 后起的平行研究

提示

20世纪前半期的比较文学，多为注重历史性、实证性与外部性的影响研究。20世纪50年代，国际比较文学界发生了一场持续十年之久的比较文学“危机”之争，其论战的结果不仅拓展了新的研究领域，同时也引入了新理论、新方法、新视野。文类学、主题学和比较诗学就是在这个背景下受到重视并被得到新发展的三个主要领域。本章将对此逐一介绍，并研读分析其研究范文，以供同学学习其方法技能的参考。

第一节 “比较文学危机”和研究领域的拓展

一、“比较文学危机”与美国学派的兴起

美国现代意义上的比较文学研究兴起于19世纪末，哥伦比亚、哈佛、加利福尼亚等大学先后开设比较文学讲座，但进展较为缓慢。直到1942年，美国英语教师协会才成立“比较文学委员会”，同时创办《比较文学通讯》。“二战”以后，美国比较文学发展迅猛，不少大学相继成立比较文学专业或比较文学系；重要的比较文学书刊纷纷出版：1949年，俄勒冈大学创办《比较文学》杂志；1950年，《比较文学书目》（弗里德里希、巴登斯贝格编）出版；1952年，《比较文学和总体文学》创刊。就在接下来的五六十年代，发生了被学界称为比较文学的“危机之争”。然而，论争却伴随了美国比较文学学会于1960年的成立，这一事件意味着所谓“美国学派”的正式形成。

比较文学“美国学派”的产生有着独特的历史和理论渊源。就历史角度而言，美国是一个新兴的多民族国家，在接受世界各地多元文化，特别是在欧洲文

化的基础上，形成自己的民族特色。“二战”之后，美国的经济、政治、文化地位超越欧洲，上升至世界的中心地位。如果限于事实联系的影响研究，美国学者则完全处于学术和话语权的被动地位——只能研究美国文学是如何受欧洲文学影响的。与勃勃上升的民族自信心相适应，美国学者认为：“比较文学本来就是欧洲学者逃避‘极权’的结果”①，但却一直囿于欧洲中心主义的局限，这是与“比较文学必须总是跨越界限”②的学科性质相悖的。从理论渊源来看：20 世纪 40 年代以后，兴起于欧洲的“新批评”思潮在美国成为文学理论主流。该思潮反对 19 世纪传统的实证主义文学批评，认为关于作者创作意图和读者影响效应的研究，会产生“意图谬误”(Intentional Fallacy)和“效果谬误”(Affective Fallacy)；转而强调文学作品本身的独立价值，主张对文学文本进行细读和美学评价。美国比较文学家深受这一理论的影响，有的学者(如韦勒克)甚至就是该理论的主将之一。在这样的背景下，美国学派形成了自己的学术观点，建立了与“影响研究”相对的“平行研究”(Parallel Study)和跨学科研究(Interdisciplinary Study)。这也正如美国比较文学家亨利·雷马克(Henry H. Remark)所说：民族环境和教育环境的不同，使美国学者比法国的同行们“更倾向于接受文学批评为他们的研究领域所带来的目标和方法上的变化”，“较为自觉地察觉到了顺应时代潮流的需要”③。

1952 年，《比较文学与总体文学年鉴》问世，标志着美国学者开始在比较文学领域打出自己的旗帜。次年，时任耶鲁大学教授的韦勒克(René Wellek)在该刊发表《比较文学的概念》一文，文中着重指出：由法国学派所倡导的民族文学间的关系研究，仅仅注重文学的外部研究，排斥文学批评的方法，其研究不过是“拼凑实证主义的杂碎”，并“永远不允许我们分析艺术的个别作品，甚至不能探讨它的总的起源，因为这些东西永远不会仅在他的对外关系中发现”④。这是美国比较文学学者首次旗帜鲜明地质疑“法国学派”的研究范式。

美国比较文学学者和“法国学派”首次面对面的交锋发生在 1958 年。该年 9 月，国际比较文学协会在美国北卡罗来纳州教堂山举行第二届年会，中心议题是欧美文学关系。但是韦勒克向大会提交的论文《比较文学的危机》，矛头直指“法国学

① Gayatri C. Spivak. Death of a Discipline [M], New York: Columbia University Press, 2003:3.

② Gayatri C. Spivak. Death of a Discipline[M], New York: Columbia University Press, 2003:16.

③ 亨利·雷马克. 比较文学的法国学派和美国学派 [M].(《比较文学何去何从：诊断、治疗和预测》的节译)//北京师范大学中文系比较文学研究组编. 比较文学研究资料. 北京：北京师范大学出版社，1986:63.

④ René Wellek. The Concept of Comparative Literature[J]//Yearbook of Comparative and General Literature:2, 1953: 3.

派”，引起了极大反响。韦勒克的批判切中要害，认为比较文学“危机”的突出标志是“未能确定清晰的研究内容和专门的研究方法”①，主要表现为以下三个方面：

其一，研究对象和内容的人为限制。如梵·第根将比较文学的研究范围限定在两国文学间的相互联系，却把研究波及多个国家的文学思潮归入“一般文学”，譬如：历史小说家司各特在法国的影响属于比较文学研究范畴，而研究包括司各特在内的浪漫主义时期历史小说则归入一般文学研究领域。韦勒克认为这种强行划分是没有道理的。

美国比较文学家、文论家韦勒克

第二，研究方法上的机械主义（唯科学主义、唯事实主义）。韦勒克认为法国的比较文学家，如巴登斯贝格、梵·第根、卡雷、基亚所主张的比较文学研究是“把陈旧过时的方法论包袱强加于比较文学研究，并压上19世纪事实主义、唯科学主义和历史相对主义的重荷”②，使之最终成为一潭死水。韦勒克认为文学作品是差异性的有机体，有其自身的价值和美学意义，是人类最高价值的保存者和创造者；比较文学应强调对文学作品的内部细读，发掘“文学性”这一美学中心问题。

第三，民族中心主义、文化外贸账式的研究动机。韦勒克认为比较文学之所以产生于19世纪，是因为学者们要冲破狭隘民族主义的束缚，可是有些比较文学家却在研究实践中陷入新的沙文主义泥淖之中：仅仅注意到文学的外部情况，研究二流作家、翻译、游记和媒介物，使比较文学“只不过是研究国外渊源和作家声誉的附属学科而已”③。韦勒克批判“法国学派”把文学关系的研究简化为“贸易往来”，出于爱国主义的研究动机，力图证明“本国施与他国多方面的影响，或者用更加微妙的方法，论证本国对一个外国大师的吸收和‘理解’胜过其他任何国家”④，结果让比较文学成了“文化功劳簿”。

在批评“法国学派”的基础上，韦勒克提出了初步的改革设想：比较文学和一般文学之间人为的界限应当废除，比较文学是超越国别文学局限的文学研究，比较文学研究者应当摒弃毫无生气的事实，努力领悟文学作品的美学价值，使文学文本成为研究的中心。韦勒克虽然没有给出比较文学的准确定义，其批判也有着矫枉过正之嫌，但已为比较文学的研究打碎了原有的桎梏，为该学科在美国的

① 干永昌等.比较文学研究译文集[M].上海：上海译文出版社，1985：122.
② 同上：122—123.
③ 同上：124.
④ 同上：129.

新发展开辟了道路。

如果说韦勒克的功绩主要在于“破旧”，那么后来的雷马克、奥尔德里奇等人的功绩则在于“立新”，他们结合研究实践，努力建构更完善的比较文学理论框架和学科体系。

1961 年，印第安纳大学比较文学教授亨利·雷马克在《比较文学：定义与功能》一文中，给比较文学下了一个崭新的定义：“比较文学是超越一国范围之外的文学研究，并且研究文学与其他知识和信仰领域之间的关系，包括艺术（如绘画、雕刻、建筑、音乐）、哲学、历史、社会科学（如政治、经济、社会学）、自然科学、宗教等等。简言之，比较文学是一国文学与另一国文学或多国文学的比较，是文学与人类其他表现领域的比较。”①雷马克的这一定义代表着同时代大多数美国学者的观点，它突破了将比较文学囿于“文学史的一个分支”（梵·第根）或“国际文学关系史”（基亚）的定义。按照雷马克的分类，比较文学包括两个部分，其一是国别文学的比较，其二是文学与其他学科（知识或信仰领域）的比较。前一部分表面上看与“法国学派”的观点相似，但强调的重点却有着很大差别：“法国学派”注重实际的影响研究，排斥文学审美批评；“美国学派”则注重以艺术鉴赏为主要目标的“纯文学”比较，雷马克声称“如果影响研究在范围上仅关注于查找与证明一种影响的存在，那么这种影响研究可能遮蔽更重要的艺术理解和评价的问题”②。定义的后半部分可以说是美国学派与法国学派之间阵线分明的根本分歧：强调比较文学是一门边缘、交叉的新兴学科。在提出比较文学新定义的同时，雷马克还重点批判了“法国学派”过分强调资料梳理，忽视综合研究的弊端，呼吁“我们必须进行综合，除非我们要让文学研究永远处于支离破碎与孤立隔绝的状态。要是我们有志于加入世界的精神生活和情感生活”，就应“把有意义的结论呈献给其他学科、整个民族和整个世界”③。

随着论战的不断深入，比较文学“美国学派”的观点也日趋成熟。1969 年，时

① Henry Remak. Comparative Literature: Its Definition and Function [M]//Comparative Literature: Method and Perspective. Newton P. Stalknecht. Carbondale: Southern Illinois University Press, 1961:1. 汉译本见亨利·雷马克. 比较文学的定义和功用[M]//张隆溪选编. 比较文学译文集. 北京:北京大学出版社,1982:1.

② Henry Remak. Comparative Literature: Its Definition and Function [M]//Comparative Literature: Method and Perspective. Newton P. Stalknecht. Carbondale: Southern Illinois University Press, 1961:2.

③ Henry Remak. Comparative Literature: Its Definition and Function [M]//Comparative Literature: Method and Perspective. Newton P. Stalknecht. Carbondale: Southern Illinois University Press, 1961:4.

任美国比较文学学会主席的伊利诺斯大学教授欧文·奥尔德里奇(Alfred Owen Aldridge)在《比较文学:内容与方法》一书的绪论中进一步深化了雷马克的定义。奥尔德里奇认为:两部没有必然联系的作品之间,在风格、结构、语气及观念上所表现出的类同也是比较文学研究的对象;作为平行研究,可以对不同文学中的主题、文类、技巧、文学史等问题进行对照考察,还可以将文学与其他学科的相关问题进行跨学科研究,从而对文学的特性有更广泛、精确的了解。为此,奥尔德里奇列举了大量研究案例,如将俄国的《奥勃洛摩夫》与英国的《哈姆雷特》作比较,都是研究犹疑不决、优柔寡断的人物个性。需要特别指出的是,在奥尔德里奇看来,比较文学的重要性并不在于单纯地把不同的民族文学进行比较,而在于该学科给研究者提供了一种跨越性的视野和方法①,这样就彰显了比较文学的方法论和本体论特质。

二、法美学派之争与学科领域的新拓展

比较文学中的学派概念是历史的产物,也有其时代的局限性。所谓学派之争,一般是针对原有学科体系的不足进行的质疑和反驳,在学理的层面进行探讨和争辩。法国学派和美国学派也正是在论争中推动比较文学的发展。"危机"并不等同于灾难,而是孕育着新生的可能。在持久的论战过程中,法国和美国的比较文学学者最终打破学派之间的隔阂,各自检讨、修正自己的观点,出现了双方互相融合、取长补短的局面。

作为论战一方的法国比较文学者,还是积极接受美国同行提出的合理意见。早在教堂山会议期间,法国巴黎大学教授巴达庸(Marcel Bataillon)就表示,如果争论的双发都固执己见,双方都会走上绝路,比较文学研究应同时兼容历史主义观点和美学分析。1963 年,法国比较文学家艾琼伯(René Etiemble)发表论著《比较不是理由》,1966 年,其英文版(改名为《比较文学的危机》)在美国出版,被誉为"在一场学术争论的暴风雨过去后,象征学术界和平的彩虹"②。艾琼伯在"导言"部分批评了过去比较文学研究中的狭隘地方主义、沙文主义及政治干扰等倾向,提出了"比较文学是人文主义"的观点。在此基础上,艾琼伯提出了一项庞大的比较文学改革方案,致力于比较文体学、韵律学、翻译技巧、比较诗学等的

① Alfred Owen Aldridge, ed. Comparative Literature: Matter and Method [M], Urbana: University of Illinois Press, 1969: Ⅰ.

② René Etiemble. The Crisis in Comparative Literature[M] tr. H. Weisinger and G. Joyaux, Michigan Stat University Press, 1966:ix.

研究,认为比较文学是促进人类相互理解,有利于人类团结进步的事业。他既批评"美国学派"对美学研究的准确性注意不够,又批评了"法国学派"只注意文学作品的外部联系而忽视了文本的内在价值和规律,进而提出要发展一种新的比较文学,"它将历史方法和批评精神结合起来,将案卷研究与'文本阐释'结合起来,将社会学家的审慎与美学家的大胆结合起来,从而最终一举赋予我们的学科以一种有价值的课题和一些恰当的方法"①。

1969年,基亚在再版《比较文学》时,撤下了卡雷撰写的观点较为保守的序言,在新的序言中承认比较文学是一门发展中的学科,"不排除补充和更新"。1978年,法国出版的《拉鲁斯百科全书》,其中"比较文学"词条就采纳综合了"美国学派"的观点,认为"比较文学就是把人的智慧中的组合力发现出来,用以证实:文学乃是心灵方面特殊功能的结果,或是人类的各种处境和表现手法的历史的、象征的总体"②。1982年,勃吕纳介(Pierre Brunel)、毕修瓦(Claude Pichois)和卢梭(André Rousseau)三人合著的《何谓比较文学》一书出版。该书融合了多家观点,认为比较文学是"分析性描述,系统的和有差异的比较,通过历史、批评和哲学综合阐述语言间或文化间的文学现象,以便更好地理解作为人类精神的特殊功能的文学"③。至此,法国比较文学学者已"尽弃前嫌",不再囿于门户之见,基本认可了美国同行的新理论和新方法,并投入到新开拓的研究领域中。

与此同时,作为论战另一方的美国学者,也注意到了自身的不足,不断完善理论体系。最初的挑战者韦勒克首先反省自己的观点,相继发表《今日之比较文学》(1965年)和《比较文学的名称与性质》(1970年)两篇论文,回顾了在教堂山会议上对法国实证主义的批判。他认为自己当时的发言针对的是一种方法,不是针对一个国家或一个地区的学派;在检讨自身偏颇的基础上,对那次发言被学界同仁理解为"美国学派的宣言"甚为遗憾。韦勒克最后的结论是:应在"把文学作为艺术来研究与把文学放在历史与社会中去研究这两者之间保持平衡"④。

---

① 艾琼伯.比较文学的目的,方法,规则[M]//干永昌等选编.比较文学研究译文集.上海:上海译文出版社,1985:102—103.按:该文是《比较不是理由》一书的节译,可参见法文版:RenéEtiemble, Comparaison n'est pas raison: La Crise de la literature compare[M], Paris: Gallimard, 1963;英文版:The Crisis in Comparative Literature, tr. G. Joyaux and H. Weisinger, Michigan State University Press, 1966.

② 干永昌等.比较文学研究译文集[M].上海:上海译文出版社,1985:424

③ 勃吕纳介等.何谓比较文学?[M].黄惠珍译.上海:上海社会科学院出版社,1991:152.

④ René Wellek. Discrimination: Further Concepts of Criticism[M], New Haven and London: Yale University Press, 1970:22.

美国其他比较文学家也纷纷出版专著，融合法国学派的学术观点。1968年，美国印第安纳大学比较文学教授乌尔利希·韦斯坦因的《比较文学导论》（德文）在德国出版，后由作者与别人合作翻译成英文，略作改动，于1973年在美国出版，改名为《比较文学与文学理论》。正如作者在英文版前言中所说："这是用英文写的第一部系统的、从历史和理论两方面面对我们的研究领域作出全面论述的著作。"①该书既打破了狭隘的定义，又纠正了过于宽泛的主张，重视文学本身的研究，标志着平行研究理论的日臻成熟。1972年，哈佛大学比较文学系主任哈瑞·列文(Harry Levin)出版论著《比较的基点》。在该书中，列文努力突破欧洲中心主义，倡导文化上的相对主义，表现出一种开放的思想和宽容的态度。在批评方法上，他也主张博采众长，提倡多元的复式批评，追求的目标是"超越我们为文化所束缚的背景"②。

正如勃洛克所说："比较文学主要是一种前景，一种观点，一种坚定的从国际角度从事文学研究的设想。"③随着"平行研究"视域的不断拓展，东西方文学的比较研究也逐渐得到重视，刘若愚、欧阳桢、叶维廉、艾琼伯、奥尔德里奇等人取得了瞩目的成果。斯坦福大学教授刘若愚的《中国的文学理论》首次将中西诗学的问题纳入比较文学范畴；曾任美国比较文学学会会长的印第安纳大学教授欧阳桢，提倡采用"透明之眼"(transparent eyes)审视中西文学内在的异同；加州大学的叶维廉教授试图以"文化模子"为切入口，探究中西诗学的共同规律；艾琼伯在《"真正的"总体文学论文集》(1974)中呼吁扩大比较文学研究视野，从欧美文化中走出，关注中国、日本、阿拉伯等东方文学；奥尔德里奇的《再论世界文学》则提出了"寰宇文学"和"文化多元主义"的设想，呼吁比较文学研究者走出传统的欧美文学视域，采用各种途径来探讨东西方文学文化关系，寻求可以超越语言、文化和历史障碍的艺术和美学特征(1986)。

总之，20世纪70年代以后，在法国和美国学者融合交叉、博采众长的努力之下，比较文学的学派之争和门户之见已淡化退出，学科的理论体系更趋成熟，涌现出一批全新的研究领域，如文类学、主题学、比较诗学等。比较文学学者们不仅探索国际间的影响和联系，还研究它的内在价值；既有考证和比较，也有综合和评价；既重视科学性，又强调美学性；在开展文学范围内的比较研究同时，也进

① Ulrich Weisstein. Comparative Literature and Literary Theory[M], London: Indiana University Press, 1973: Ⅱ.

② Harry Levin. Grounds for Comparison[M], Harvard University Press, 1972: Ⅳ.

③ 干永昌等.比较文学研究译文集[M].上海:上海译文出版社,1985:196.

行文学与其他学科关系的比较研究。

第二节　文类学及其研究举隅

一、文类学概述

"文类"一词——"genre"——起自法语，而它又源自拉丁文的"genus"。从文学研究的层面而言，"genre"所包含的意思有：(文艺作品的)类型、流派、风格。不过由于文学研究术语的多样性和复杂性，人们在运用文类(genre)的概念时，又常常兼用其他一些与之意义相近或相似的词汇，如"form"(形式)、"kind"(种类)、"type"(类型)、"style"(风格)等。如梵·第根在他的《比较文学论》一书中以"文体和作风"(genres et styles)为标题，专辟一章予以探讨。韦勒克等的《文学理论》中，也在"风格和风格论"(Style and Stylistics)的专章中，探讨了风格与文类体裁的关系问题。

就此而言，其与中国的情况极为相似。当代中国许多学者已经习惯使用"文类"一词，但在相当长的时间和相当多的场合，人们较多使用的是与"文类"相对应的中国传统词汇"文体"。"文体"是文学的体裁、体制或样式，如褚斌杰先生所言："中国古代文论中所谓的'文体'，除指文章或文学体裁外，亦兼指文章或文学的文风、风格。……古代'文体'的含意，有广义、狭义之分，古代文体论往往兼而用之，这是因为风格与体裁本有密切关系。"①

什么是文类学呢？韦勒克与沃伦认为，文学类型应视为一种对文学作品的分类编组，在理论上，这种编组是建立在两个根据之上的：一个是外在形式(如特殊的格律或结构等)，一个是内在形式(如态度、情调、目的以及较为粗糙的题材和读者观众范围等)。外表上的根据可以是这一个也可以是另外一个(比如内在形式是"田园诗的"和"讽刺的"，外在形式是二音步的和品达体颂歌式的)；但关键性的问题是接着去找寻"另外一个"根据，以便从外在与内在两个方面确定文学类型②。

显然，韦勒克与沃伦提到的文类编组的根据——形式，比起我们通常与内容

---

① 褚斌杰. 中国古代文体概论[M]. 北京：北京大学出版社，1990：1.

② 勒内·韦勒克，奥斯汀·沃伦. 文学理论[M]. 刘象愚等译. 南京：江苏教育出版社，2005：274.

相对而言的那个外在形式，其内涵则更为丰富。随着形式主义、结构主义的滥觞，文类学不但包括文学种类、体裁样式的研究，它还涉及作品审美、风格趣味等其他要素。今天，作为比较文学的文类学，应当充分考虑和衡量比较文学的学科视野、学科特点，因此，文类学就应当是，从跨民族、跨语言、跨国界的角度对文学的类型、流派、风格的生成和演变过程以及相应的依据、规律、特点等所作的研究。

二、文类学研究的对象、范围和类别

文类学的研究对象主要包括文类的划分及其依据、文类的内涵与特点、体裁与风格之关系，等等。用不同的理念、方法和视角对其加以限制，便形成了文类学的研究范围和独特的研究类别。在此，我们选择以下四种研究类别来予以介绍。

（一）文类划分研究

文类学中最基本的课题就是文学类型的划分，正如迈纳所言："就连那些对文类研究持怀疑态度的人也不得不承认，将文学作品分为大于某一单部作品而小于'文学'这一整体的若干部分的各种想法是有益的，事实上也是必须的。"①以中国文学为例，古人最早对文学的划分是二分法，即韵文和散文，尽管后来的文体划分越来越精细，但万变不离其宗，"始终不出诗、文范围，而对于戏曲、小说以及其他俗文学则很少涉及"②。而今天的学者多倾向于将文学作品按"三分法"或"四分法"来分类，这显然是受到了西方文学分类的影响。

事实上西方传统的文类二分法和三分法，是奠基于柏拉图和亚里士多德的叙事说和摹仿说，但最早明确地将其作为理论问题探讨的则可"见于安东尼奥·赛·明图尔诺（Antonio Sebastiano Minturno）的力作《诗艺》（L'Arte poetica，1564）"③。此后诗人与批评家都纷纷将抒情诗当作独立的文学类型与戏剧、史诗相提并论。如弥尔顿、德莱顿最早在英国采用文类三分的概念，歌德也采用了三大文类的分法。小说与抒情诗以耀眼的光芒登上文学舞台后，"大多近现代文学理论都舍弃散文与诗的区别而将想象的文学区分为小说（长篇小说、短篇小说、史诗），戏剧（无论是散文的或韵文的），和诗（指那些相当于古代的'抒情诗'）"④。

文类划分除了牵涉到文类自身的形态、特征等内容之外，还牵涉到划分依据

① 厄尔·迈纳.比较诗学[M].王宇根、宋伟杰等译.北京：中央编译出版社，1998：9.
② 褚斌杰.中国古代文体概论[M].北京：北京大学出版社，1990：36.
③ 厄尔·迈纳.比较诗学[M].王宇根，宋伟杰等译.北京：中央编译出版社，1998：8.
④ Wellek R，Warren A. Theory of Literature.[M]，New York and London，HBJ book，1977：227.

和标准,因此,对文类划分进行发生学意义上的研究和阐释,就成为文学类型研究的主要任务。迈纳在他的《比较诗学》一书里曾做过一项很有价值的工作,他以"基础文类"为抓手,潜心研究其在东西方"原创诗学"体系构建、合成过程中的地位、作用和影响,尽管该书以"比较诗学"来命名,但谁都不会否认书中对文类的考量是其文类学研究富有成效的尝试。

(二)体裁的历时与共时研究

"文类"一词的内涵丰富,此处我们选择"体裁"是用以指称文学的各种样式。文类学从跨民族、跨语言、跨国界的角度进行比较研究,可以探求某种体裁的出现、发展、盛行、衰落或变异、流传的诸多现象,也可以分析区分一类体裁的各种标准或依据等。美国比较文学学者韦斯坦因在其力作《比较文学与文学理论》中指出:"从比较的角度研究文学的学者会发现,体裁(genre)的概念像时期、潮流、运动等概念一样,为文学研究提供了一个广阔而富有成果的领域。"①并说:"体裁研究在比较文学中的重要地位是无论怎么说也不过分的。"②针对文类学的现状,他还提出:"必须既采用批评的方法又采用历史的方法。"③对体裁所作的前后渊源关系方面的历时研究,我们可以将之纳入比较文学影响研究的范围,其余则归入没有事实联系的共时研究(平行研究)中,两类研究都为文类学赢得了较高的声誉。

前者,如季羡林所作的中印文学体裁关系研究。他认为到了唐代,印度文学对中国文学深而广的影响又到达一个新的阶段。唐代文学中的传奇和变文,都受到了印度文学的影响。从文体上来看,出现了像《古镜记》这样的体裁:以一个主要的故事作骨干,穿插上许多小故事。这和印度古代著名史诗《摩诃婆罗多》的结构相同。而韵文和散文互相交错的变文体裁也来自印度。

后者,如中西诗歌、小说、戏剧、散文等基础文类及其亚类作品体裁的平行研究,学者也多有涉猎。比如美国普林斯顿大学教授蒲安迪的两篇论文《中西长篇小说文类之初探》和《长篇小说比较研究的理论基础》,就从文化思想史的角度探讨了中西小说的各自渊源,通过对长篇小说的内在结构、人物、叙事特征等方面的比较研究,就中西小说的文类特性提出了令人信服的观点:"我们发现,即使将西方特有的因素去除,大家究竟还能在中西小说传统的某些重点上,看出两者之

① 乌尔利希·韦斯坦因.比较文学与文学理论[M].刘象愚译.沈阳:辽宁人民出版社,1987:97.
② 同上:100.
③ 同上:97.

间共通的地方，因而更有理由在中国文学里继续使用‘长篇小说’这个术语。”①

叶维廉的《中国古典诗和英美诗中山水美感意识的演变》、孙筑瑾的《汉英诗歌中作为感情表现的景物描写》也都对中西诗歌的异同提出了独到的见解。这些打破时空界限，对相互没有关联的文学体裁所作的比较研究，为我们发现各国、各族文学的独特性、差异性以及探索总体文学的基本规律和基本特征提供了有益的参考。

（三）风格研究

文学风格是作家的创作个性，在文学作品中所呈现的成熟并具审美价值的艺术独创性。它既涉及作家的创作个性，又与作品的表现对象和体式相关，并由言语形式展现出来，可以说它是文类学里较为综合的研究类别。比较文学的风格研究主要是对作品的文采、韵味、格调、气势等审美构成及其折射出的特定时空内的文化构成，作跨民族、跨语言、跨文化的探讨。

例如蓝开祥就对产生时代大致相当的先秦寓言和古希腊伊索寓言作过风格上的研究②。作为一种独立的文学样式，先秦寓言主要是以人物故事取胜，伊索寓言主要以动物取胜，两者都有富有风趣的寓言故事，并且都寄寓了一定的思想、哲理或经验教训。先秦寓言体现了百家争鸣时期独特而多样的风格，这与当时各派主张的人生态度与美学思想有关。那些原本在民间盛行的寓言经过文人加工，呈现出了多姿多彩的艺术特色。而伊索寓言虽然以伊索名字命名，但也非伊索一人所作，它是古希腊人集体智慧的结晶，其中包括了很多无名氏的作品。

文学风格虽然表征鲜明，易于察觉，但是要对之做科学的概括和严格的界定却存在着一定难度。因为感觉到的东西，我们并不一定能很好地认识它。针对某些忽视艺术整体，只从语言学体系中寻找孤立例证和显著特征的风格研究，韦勒克和沃伦提出：“较好的方法是根据语言的原则，全面地、系统地分析文体风格。”③并认为“假如我们能够描述一部作品或一个作家的文体风格，我们也就无疑能描述一组作品和一个文学类别的文体风格、歌特式小说、伊丽莎白时代的戏剧、玄学派诗歌，也能够分析像 17 世纪散文中的巴洛克风格的文体种类。我们甚至还能进一步总括和描述一个时代或文学运动的文体风格”④。

① 李达三，刘介民. 中外比较文学研究：第一册[M]. 台北：学生书局，1990：631—632.
② 兰州学刊[J]. 1985 年第 1 期.
③ Wellek R, Warren A. Theory of Literature[M], New York and London, HBJ book, 1977：181.
④ 同上：184.

（四）缺类研究

缺类研究是文类学研究中较为独特、学者也较感兴趣的课题，它主要研究某种文学类型在一个或某些国家、区域出现，但在其他地方却没有出现的现象。例如向来为大家关注的缺类情况有：为什么汉民族文学没有西方那样发达的史诗？而中国文学中放射着耀眼光芒的辞赋，在西方国家的文学中又为什么不见踪影？一定的文学类型是植根于特定的文学、文化土壤中的，研究特有的或缺失的文类，有助于我们很好地认识该民族或国家的文学、文化传统与特性。

比如中国古典戏曲中究竟有没有悲剧？这是一个争论了将近一个世纪的问题。对此，主要有两种观点：有悲剧和无悲剧。“无悲剧论”者主要从西方的悲剧理论来审视与衡量中国古典戏曲并得出结论。“有悲剧论”者则认为“中国古典戏曲中有悲剧”是一个不证自明的“悲剧”，并就此大谈中国古典悲剧的民族特征和中国特色，即“中国式的悲剧”。这样的结论，连“悲剧”的由来和内涵，其构成的成分与条件等，都不作中西传统戏剧的分析论述；连中国传统的称谓为“苦情戏”、“苦戏”、“苦难剧”或“惨剧”等，也置之不理，实在有点“不证自明”的“悲剧”的遗憾。

三、文类学研究举隅

下面我们以杨周翰先生的《弥尔顿的悼亡诗——兼论中国文学史里的悼亡诗》为例来阐述文类学的研究实践。悼亡诗是抒情诗的一个“亚种”，中外文学中不乏此类作品，然而专为怀念亡妻而写的悼亡诗在西方文坛并不多见，在中国却源远流长，其原因何在？有何规律和特点？这是该论文的论旨。

杨先生认为西方文学中充斥着爱情诗，但很少为妻子悼亡而作。他独具慧眼地挑选了弥尔顿的这首悼亡诗，通过弥尔顿创作该诗的缘由，探讨了诗歌情感基调形成的依据。杨先生首先比较了弥尔顿的两次婚姻。显然他的第二次婚姻要比第一次婚姻幸福和谐，但是第二次婚姻随着妻子卡特琳的死亡而终结。在与卡特琳成婚前，弥尔顿的双眼已经全盲，面对从未谋面的爱妻离去的这一残酷事实，同时又遭遇了政治理想的破灭，弥尔顿非常悲观绝望。这就不难理解这首诗基调为何如此低沉，为何在其诗歌中非常罕见。

其次，杨先生还从弥尔顿所处的时代及其清教徒的思想背景来挖掘。诗中出现的“圣徒”、“阿尔塞斯蒂斯”、“净身礼”这些字眼，为该诗蒙上了一层浓郁的宗教色彩，而诗中亡妻的外表与心灵都俨然与基督教圣者的身份相吻合。弥尔顿的思想一方面继承了人文主义，所以他并不排斥性爱，甚至还艳羡与基督教相悖的多妻制习俗，但是另一方面基督教的传统在他内心占着根本的、主导的地位，这使他与文艺复兴前期的诗人不一样。他强烈主张男女双方婚前婚后的贞洁，秉持着清教灵肉完满结合的婚姻观，同时还将上帝看成是一切爱的源泉。诗人一反西方爱情诗题材的惯例，将对亡妻的爱恋、思念之情诉诸笔端，从而描绘出一个温柔、善良、圣洁的妻子形象，并渴望能"毫无障碍地"与她在天堂相见。诚如杨先生所分析的，弥尔顿的这首悼亡诗于字里行间所渗透出来的情思，是与他融基督教学说、柏拉图哲学、实验精神科学为一体的爱情观、婚姻观是不可分割的。

论文接下来由三个层次，由表及里的论述了中国悼亡诗丰富而悠久的原因与特点。

首先是写悼亡诗的人多诗多。有名有姓的就有：六朝的孙楚、沈约、阴铿、薛德英等，唐代的杜审言、温庭筠、李商隐、韦庄等，宋代的苏轼、贺铸等和元代的虞集，而明清写悼亡诗的就更多，仅王士禛一人就写了二十六首。而且悼亡的种类也相当繁多，有怀念前妻与亡夫的，有悼念亡姬亡妾的，还有悼念子女的等等。用事据数据予以论证。

其次是分析论述中国众多悼亡诗的传统特点，即它们除了自身的个性之外，还拥有共通之处：睹物思人，哀情油然而生，悼亡诗也由此而作。自《诗经》中的《绿衣》起，就以"绿衣黄里"、"绿衣黄裳"中"衣"的基本意象，使诗由实物引起了思念——"我思故人"，由实物引出了哀悼——"心之忧矣"。西晋的潘岳和孙楚的悼亡诗中，较多使用闺阁中的实物形象以及代表死亡的坟墓形象，为以后的悼亡诗奠定了基调。而元稹所写的悼亡诗《梦井》，它和弥尔顿的悼亡诗一样，都通过叙述一个梦中故事来抒情，但元稹梦见的是井瓶，绠断了瓶不可得，由此象征诗人心中对亡妻无比的思念。而且该诗不仅有玄学派的巧思，将思念之情"哲学化"，如"寻环意无极"；"所伤梦觉间，便隔生死境"等，这就在仅限于补衣、梳妆一类的悼亡诗的基础上，进一步发展了这一传统。

再次是探究中国悼亡诗的规律。通过对诗作和人事的论析，论文揭示了其中的一个答案，那就是悼亡诗有一定的感情基础，而促使其成形的直接原因乃是诗人生活中坎坷的遭遇，"从悼亡中寻求同情与补偿，符合抒情诗的总规则，符合诗可以怨的原则"①。中西方的爱情观有很大差异，但就悼亡诗而言，在感情表达

① 杨周翰.弥尔顿的悼亡诗——兼论中国文学史里的悼亡诗[J]//北京大学学报：1984年第6期.

真挚这一点上是没有差别的。

同时，论文通过对中西方悼亡诗的比较发现，作为抒情诗的一个“亚种”的悼亡诗，很多诗篇都存在一种有秩序的叙述，它们其实是“叙事抒情诗”。但它们与叙事诗有别，因为叙事诗写发生在别人身上的事，而叙事抒情诗写发生在自己身上的事。在文类特性上叙事抒情诗与一般的抒情诗也有一定的差别，抒情诗可以自由选择安排意象，可以用赋、比、兴的手法，而叙事抒情诗则有时间的顺序，往往要达到“情事交融”的境界。所以作为一种文学样式，叙事抒情诗在悼亡主题中很显功效，悼亡诗也因此呈现出了其独特的风格。

虽然杨周翰先生的这篇论文不是很长，悼亡诗也还有继续研究的空间，但他在文类比较研究中独具匠心的发现、细致入微的剖析以及令人信服的论述，都为我们进行文类学研究提供了宝贵的经验。

第三节　主题学及其研究举隅

一、主题学概述

主题学(Thematology)发轫于19世纪德国学者格林兄弟等人对民俗学的研究，侧重于探索民间传说和神话故事的流传和演变。当时的德国民俗学家通常使用比较的方法，研究不同时代的不同作家笔下反复出现的相同神话传说的题材和主题。从民俗学中脱离出来之后，主题学逐渐发展为比较文学研究领域的一个分支，先是主题与题材的影响研究；后经“危机之争”，自20世纪五六十年代起，又拓展为新主题学研究，即专门研究文学作品中主题、母题、题材、情境、人物、意象、套语等在不同时代、不同国家、不同民族的不同作家手中的处理，及其形态演变的过程、原因、规律和特点，涵盖了影响研究和平行研究两个方面。

比较文学中的主题学研究与通常所说的主题研究不是一码事。一般的主题研究探讨的是某一作品的主题思想，重点在于研究作品的的内含认识意义；而主题学探讨的是不同时代、不同国家、不同民族的不同作家对同一主题、母题、题材、人物、意象、情境等的不同处理及它们的形态演变规律；此外，主题学“溯自19世纪德国民俗学的开拓”，而主题研究则“可溯自柏拉图的‘文以载道’观和儒家的诗教观”①，几乎与文学批评和文学研究同步。

二、主题学的重要概念与研究类别

主题学的重要概念包括：主题、母题、情境、题材、人物、意象、套语等。与之相应，研究类别可以划分为如下几种：

（一）主题和母题研究

主题（theme）和母题（motif）非常容易混淆。主题通常是指作家通过人物、情节、意象和情境等等的艺术处理所呈现出来的思想认识，是抽象概括的一种观念并含有价值判断，因此主题有一定的主观性。母题不具任何主观色彩，没有任何倾向性，相反，它含一定的客观属性，是作品中客观存在的最小成分，诚如西方学者托马谢夫斯基在《主题学》书中所说的那种“任何叙述中最小的而且不可再分割的单元”。约斯特也认为：“母题是一般话题，从这个话题而展开的故事是一种阐述，任何一个话题，每当它的意义带普遍性后必然倾向于抽象化，适当的名称也不复存在。这些就是母题的特征。”西方学者福尔克还这样区分了主题和母题：“主题可以指从诸如表现人物心态、感情、姿态的行为和言辞或寓意深刻的背景等作品成分的特别结构中出现的观点，作品的这种成分，称之为母题；而以抽象的途径从母题中产生的观点，可称之为主题。”②可见，母题是文学作品中具客观性的最小故事成分和基本单元，如“战争”、“复仇”、“美女”、“爱情”、“生死”、“离合”、“时间”、“空间”等，都是一种具有普遍意义的客观存在，在未经作家处理前，它们无所谓好坏美丑等价值判断；然而一旦进入作家的创作，便具有了主观倾向性。例如战争，它可以表现“不义”的一面，也可表现“正义”的一面。一旦母题有了主观倾向性，有了褒贬意义，有了价值判断，它就上升为主题：作家或是歌颂战争的正义，或是谴责战争的不义。而“美女是祸水”或“美女非祸水”，就是主题了，钱锺书先生在《管锥编》的《〈左传〉襄公二十一年》、《〈全梁文〉卷三三》、《〈史记·周本纪〉》③等处，曾详谈古今中外种种形式的“美女祸水论”。

一般说来，母题的数目虽然不少，却很有限。但它们表现为主题时，则数目无限。因为，同一个母题，可以有许多不同的主题。比如在《哈姆雷特》和《奥德赛》中都有复仇这个母题，但由此生发出来的主题却各有不同。在《哈姆雷特》

---

① 陈鹏翔. 主题学研究论文集[M]. 台北：东大图书公司，1983：15.

② 均转引自约斯特. 比较文学导论[M]. 廖鸿钧等译. 长沙：湖南文艺出版社，1988：235.

③ 见钱锺书. 管锥编[M]. 北京：中华书局出版社，1986：214—216，1410—1411，253—254.

中，莎翁使哈姆雷特的为父复仇带上了除恶扬善、扭转乾坤的重大意义，从而突现出主人公哈姆雷特的“人文主义者”思想主题。但在荷马史诗中，奥德修斯战后千里迢迢回归故里，乔装打扮试探妻子和众人的用心，发现妻子依然忠贞，而不少轻薄子弟却胡搅蛮缠，企图夺妻霸产，奥德修斯怒而杀死歹人，为自己报了大仇。荷马笔下的复仇只表现出奴隶主为保护自己的私有财产——包括家产和妻子——的主题。可见不同的文化、不同的民族、不同时代的不同作家表现的是各具特色的不同主题。当然，另一方面，同一个主题也可以用不同的母题或几个母题来展现。汤姆森认为，母题就是原料，世界各地的故事即根据母题来构成，如上文所举《奥德赛》中，母题就不只有复仇一个，还有冒险、流浪、智慧等。总之，母题和主题相互依存，主题是母题的具体体现，而母题则是潜在的主题，是主题赖以生长的基础，同时，它又在主题中获得再生。

（二）情境和题材研究

上述母题研究和主题研究，其实也都涉及情境（situation）的问题。母题和主题在文学作品中是潜隐的，而情境则是作品的外显部分。情境“就是人物在每个特定时刻的相互关系”①。每个特定的情境都展示出人物间的某种关系，同时又交织着作家以及作品中人物的观点和感情。譬如三角恋、父子争斗、爱情与责任的冲突等都是基本情境。主题学要研究的正是这些有限的基本情境，怎样从一个国家（民族）传入另一个国家（民族），从一个作家的笔下传到另一个作家的笔下，然后不断标新立异，成为无数具有鲜明时代色彩、民族特征和个人风格的创作过程和规律。例如，“色衰爱弛”这一特定情境，在各国文史典籍中均有表现和表述，钱锺书先生在《管锥编》②中对此有多处论述。他列举了《史记·外戚世家》、《战国策·齐策》、《韩非子·说难》、《汉书·外戚传》、《诗·卫风·氓》、李白《妾薄命》等诗文中提到的“色衰而爱弛”、“爱弛而恩绝”现象，指出，女子以“色”事男这样的“色交”就像“利交”，其结果是“色衰爱弛”的可悲结局，并进一步论证了后来的诗文对此的引申，如赵翼《瓯北诗钞》七言古之三中说：“病态恐使君王见”；女子因色衰而羞与情郎见面，不仅中国人如此，外国人也同样，“法国文家圣佩夫有腻友病革，渠数往省候，不得一见”，因为此妇“自知容貌衰敝，不愿落情人眼中耳”。不仅如此，《管锥编》中还举古今中外多个例子论述道，由于“色衰爱

① 托马舍夫斯基. 文学理论[M]. 莫斯科：莫斯科国家出版社，1928：134.

② 见《管锥编》中的《史记·吕不韦列传》、《史记·佞幸列传》、《全汉文》卷三一。钱锺书. 管锥编[M]. 北京：中华书局出版社，1986：325—326，377—378，942—946.

弛”，很多人都认为，美人长寿不如“不寿”，“寿则红颜渐衰丑”，“大美人最可怜；其寿太长，色已衰耗而身仍健在”。还由于“色衰爱弛”、女子又早衰于男子，因此在男女婚龄上，中外都有男大女小的默契。钱锺书先生在《管锥编》中还从社会批评的高度对此情境作了总结：“此类见解实缘男贵而女贱，倘女尊而男卑，又当别论。”因为“色之盛衰，固由于年之盛衰，亦或由于势之盛衰也”。

主题学研究文学母题、主题、情境，势必还要谈到题材(subject)，它们都互相依存。题材，用约斯特的话来说，“实际上是经过逻辑(并不限于一种逻辑体系)筛选，并按年代加工整理过的素材(Rohstoff)。素材是由一目了然的微粒成分组成的，而题材则是经理性推敲才可理解的一个个整体构成的。这些整体的可理解性建筑在‘缘由—效果’或‘昨日—今日’的关系之上的”。具有时间关系的就是福斯特在其《小说面面观》中所说的“情节”，具有因果关系的则就是“故事”。[①] 所以题材“构成一个完整的故事或情节，其中包括人物及相宜的姓名，摆在读者眼前的是生活或生活的一个侧面，就如实实在在的生活或想象中的生活一样”[②]。也就是说，题材是以某种逻辑方式——如作者按照某种先后顺序，或按意识的投射反应等主观认识——处理过的素材。由于素材是存在于现实或历史中未经处理、未经总结和未经提炼的原始材料，需要经过作家的文学化过程，才能成为文学作品的题材内容。

约斯特关于题材的主张其实已经肯定了“题材的演变”，假如研究者把眼光仅仅局限于某个题材在民族或国别文学中的演变，那么这种研究只能算是传统意义上的“题材史”研究，例如，在中国古典叙事文学中，一方面，由于文学传承、重视前代经典以及写作惯性等众多原因，情节模式化是非常普遍的现象，著名的如“落难公子中状元，私订终身后花园”情节模式，以及“夫妻离散——团圆”、“不相识的父子——交战”、“人与异类婚恋”、“难题求婚”、“负心婚变”、“黄粱梦”、“女扮男装”、“动物报恩”等，另一方面，在中国由于各个历史阶段的社会风俗、道德观念的不同，同一个情节题材在不同时期便发生了演变，对这样的题材演变进行研究，则是“题材史”研究。但是，假如题材研究者的眼光超越了民族文学或国别文学的界限，其研究便具有了比较文学的研究性质。

（三）人物、意象和套语研究

对带有典型意义、象征意义，具有母题性质并能体现主题的人物性格进行比

① 见福斯特. 小说面面观(Aspects of the Novel 英汉对照)[M]. 第二章和第五章. 朱乃长译. 中国对外翻译出版公司，2001：68—114，222—276.

② 转引自约斯特. 比较文学导论[M]. 廖鸿钧等译. 长沙：湖南文艺出版社. 1988：238.

较研究，也是主题学中非常重要的一个部分。在这些形象中间，既有大量直接从社会生活中提取，后来成为世界文学中常见的带有某种特殊标记的人物形象，如土耳其人、名妓、贵族等代表民族、职业、阶层的人物形象，或如查理大帝、拿破仑、岳飞、诸葛亮、薛仁贵等历史上确实存在过的各类特性人物形象；也有通过幻想创造出来的神话传说中的典型人物形象，如俄狄浦斯，他代表了人无力反抗命运这样的主题思想，实际上也成了象征人与命运这一主题的人物母题。在欧洲文学史上，古希腊悲剧家索福克勒斯、古罗马作家塞内加、法国古典主义剧作家高乃依、英国17世纪诗人德莱顿、法国启蒙运动泰斗伏尔泰等不同时代、不同民族和国家的作家诗人，都通过写俄狄浦斯来表现不同时代的人与命运的主题。而对浮士德、唐璜等人物形象，在不同民族、不同作家创作中的流传、演变所作的研究，则是欧洲传统的研究课题。德德扬的《欧洲文学中的浮士德主题》，就对浮士德在欧洲各国的演变作了勾勒，并探讨了不同作家所塑造的不同浮士德形象——有德国民间传说《浮士德博士》、马洛的《浮士德博士的悲剧》、歌德的《浮士德》、瓦莱里的《我的浮士德》、托马斯·曼的长篇小说《浮士德博士——由一位友人讲述的德国作曲家阿德里安·弗来金的一生》等，通过对这些作品所塑造的各种浮士德形象的分析，加深了对作家创作意图和时代特征的认识。而对中西文学中关于人物的主题学比较研究，台湾学者陈鹏翔的《中西文学里的火神》则是颇有新意的论文。它通过对中西文学中火神形象纵横比较的系统梳理与分析，揭示出中西火神形象主题的演变过程及其各自特点。

文学作品中主题的表达离不开语言形式，而语言模式在文学中常常表现为惯例化了的意象模式。“意象”是指某一民族文学或文化中积淀了丰厚的含义并有心理暗示作用、又经常出现的形象，它既可以是自然界中的客观存在，例如云、雨、月、梅、狼、虎等，也可以是人们想象中的事物，如天堂地狱、妖魔鬼怪等。“意象”也是主题学的重要研究对象，比较文学中的意象研究与传统意象研究的不同之处在于，传统意象研究多以国别文学中的单个意象为对象，对其纵向的影响、传承关系进行个案梳理，并涉及其中的文化、民俗意义。而比较文学主题学中的意象研究，则更注重意象彼此之间的横向关系。我们知道，在不同的民族文化里，同一意象有时有不同的含义，有时又有相近的含义；不同的意象在不同文化中也许反而具有相同的意义。对这些不同文化中的意象作横向平行研究，也是比较文学的主题学研究中很有价值的课题。

主题学研究中的“套语”，也称“惯用语”，像汉语中的很多成语典故，或像西方文学中常说的“诺亚方舟”、“原罪”、“伊甸园”等，都是“套语”，它们都有特定的文化内涵，作用远远超过字面上的意思，能充当类似主题的角色。对它们的跨文化传播和接受的研究，很有价值也很有意义。

三、主题学研究举隅

此以台湾大学教授颜元叔先生的《〈白蛇传〉与〈蕾米亚〉——一个比较文学的课题》①一文来演示主题学的研究实践。此文所探讨的是"人与异类婚恋"的题材，从跨民族的视野对中西"人蛇恋"题材作了专门的比较研究。

论文从现代神话文学理论切入，它指出，神话等民间文学是民族精神的表征和结晶，是"人对自己与人对自然的关系所持的构想。这些构想普遍而长久……形成所谓的'原始类型'……是现代人类表达思想情感必须依赖的格式"，当然，各民族的精神不同，其神话、文学和原始类型也不同，紧接此，论文笔锋一转，指出，"毕竟人性同然，各民族间的精神与文学，仍有本质上的雷同处……有些原始类型是互相类似的"。但是，颜先生并未把中国民间故事《白蛇传》与西方神话传说《蕾米亚》中所含的"原始类型"意义，肤浅地落在这两个"人蛇恋"故事表层对应关系之上，而是挖掘了题材的象征意义，指出它是中西民族对"情感与理智之对立"的共同苦恼所作的神话与文学的表达，也正由于它们在这一点上的相似性，中西"人蛇恋"题材才具有"原始类型"的意义。可见，颜先生把《白蛇传》与《蕾米亚》当作"一个比较文学的课题"来研究，确定两者具有可比性，是因为两者不仅在表层题材上都有"蛇女与青年男子恋爱，好事终为和尚或哲学家破坏"的情节，还因为两者在深层结构上都象征着理智与情感的冲突，以及理智压制情感的结果。

论文首先分析了《蕾米亚》的"人蛇恋"题材及其象征意义：英国 19 世纪诗人济慈根据欧洲古代神话和 17 世纪散文家布顿笔下的 "蕾米亚"故事，创作了叙事诗《蕾米亚》，写蛇女蕾米亚同青年李西亚斯相爱成婚，蕾米亚在婚宴上被李西亚斯的导师、"大智者"、哲学家阿波罗尼亚斯的尖利目光刺穿伪装，被迫隐身消逝，而李西亚斯也因极度悲伤而身亡。论文指出，这里，"蕾米亚和李西亚斯代表情感，阿波罗尼亚斯代表理智；情感要求作自我之伸张，为理智所不许"；阿波罗尼亚斯认为"李西亚斯为情感蒙蔽，丧失了理智……可是，他把蕾米亚赶走之后，李西亚斯也死了。理智固然想救情感，可是理智的力量作用于情感时，情感反而不

① 颜元叔.《白蛇传》与《蕾米亚》——一个比较文学的课题[M]//叶维廉等. 中国古典文学比较研究. 台北：黎明文化事业股份有限公司，1977：289—299.

能生存了”。论文进一步指出：“济慈的《蕾米亚》的象征结构与主题，使我们加深了对我国民间小说《白蛇传》的认识——我们不应只把它看成神奇鬼怪的小说；实际上，它可作深刻的象征解释。”《白蛇传》的内容虽然比济慈的《蕾米亚》要丰富得多，但它的象征结构几乎完全同于《蕾米亚》，人物可以一一对上号，“许仙和白素贞的姻缘是情感的结合，法海是冷酷的理智，不许情感存在而将之扼杀了”。论者还通过比较进而指出，法海和阿波罗尼亚斯所持的理由是类似的，即白素贞和蕾米亚是蛇，蛇不能与人婚配，理智使他们看清万物的等级，分清人蛇之别，而许仙与李西亚斯都愿意忽略这些界限，对他们来说，只要情之所钟，人蛇相恋婚配亦无不可。而且《白蛇传》的结尾也与《蕾米亚》相似，白素贞被法海施法压在雷峰塔下，可见，情感终于被理智压制了，控制了。颜先生的文章从论《蕾米亚》这一“他者”文本回到《白蛇传》这一“自我”文本，得出的结论是：“《蕾米亚》由于篇幅之简短，又由于济慈显然有意把它写成一首象征诗，当然不及《白蛇传》含义之丰富，影射之深度。但是……对《白蛇传》能有新看法，还不能不归功于济慈所赐的启示。”对中西这些类似的题材、主题、原始类型等作平行研究、以“自我”映照“他者”，或以“他者”参照“自我”，可以发现“人心之同然”，还可以帮我们重新认识既成作品之价值——论者最后提出：拿中国的《白蛇传》与西洋其他类似《蕾米亚》的故事作比较研究，无论怎样，都会让我们感到，“我们对于《白蛇传》这部一向被视为二三流的传统小说，似乎有重估价值之必要”。可以说，颜先生的这篇论文，不仅对“人蛇恋”题材在中西的具体表现及其类似的象征意义，作了普通的平行研究，而且通过这种置中西作品于同一平面的做法，“修正”了国别文学原有的参照体系，有利于读者更好地衡量一部作品的价值。

第四节　比较诗学及其研究举隅

一、“诗学”在中西文化语境中的基本含义

在今天的中文语境中，“诗学”一词，既是外来术语，又是传统用词，这二者之间既有相同又有相异的特指含义。

就其外来术语而言，该术语的文学理论含义在近现代受西学影响才渐渐流行开来。在西方，“诗学”的最早使用可追溯至亚里士多德的文论著作《诗

学》。《诗学》的原文为 Aristotelous peri Poiētikēs，即“亚里士多德的诗学”。尽管在古希腊语中的 Poiētikē 意为“创造的技艺”，但亚理士多德却用它来指称：“关于诗的本身、它的种类、各种类的特殊功能，各种类有多少成分，这些成分是什么性质，诗要写得好，情节应如何安排，以及这门研究所有的其他问题，我们都要讨论，现在就依自然的顺序，先从首要的原理开头。”①十分清楚，是研究诗的本身、种类、功能、成分、创作（古希腊语为“创造”即 poiein）等所有问题“原理”的专门用词。而且，他所研究的“诗”主要就是“史诗和悲剧、喜剧和酒神颂”等②。

尽管《诗学》和亚氏的其他著作一样，长时间被搁置在地窖里，后又辗转、流传于少数人中间，因此有很长时间，他的诗学理论对西方影响较小。然而，用“诗学”指称文学理论的含义，却被大家接受，流行至今，并成为文学理论的专门术语。

自古罗马时代贺拉斯的《诗艺》、朗吉努斯的《论崇高》等起，经中世纪、文艺复兴运动、古典主义、启蒙运动、浪漫主义直到 20 世纪，西方学者习惯将文学理论称为诗学，不过其具体所指，则随时代不同，其含义也有伸有缩、或增或减。

公元 1 世纪犹太人斐洛（Philo Judaeus，约 20B. C. - 50A. D.）通过隐喻解经所生发的“文论”见解，成为后来坚持以宗教主宰文学的奥古斯丁、波爱修、圣伯尔纳等著作中的独特“诗学”思想；而从 12 世纪开始，中世纪后期一方面由于世俗精神日益侵入了宗教领域，另一方面由于亚里士多德的影响，探讨作“诗”之“技艺”的“诗学”或“诗艺”著述，不断涌现并蔚然成风。③

按照一般的看法，欧洲近代意义上的“小说”在 15 世纪便已产生了，然而对于它的理论总结却一直没能纳入“诗学”之中，诗学则仍然是以“诗”，包括莎士比亚的喜剧、悲剧等的研究为正宗。同时，18 世纪在德国兴起的“美学”，标志着哲学向感性领域的“入侵”。“美学”把一向属于诗学之核心领地的“文学”本质、规律以及“形式”等要素攫为己有，有时甚至使“诗学”几乎沦为狭义的“诗歌”分类学。这一状况直到 20 世纪 20 年代“俄国形式主义”思潮出现后才算有了根本的转向。“形式主义者”雅克布森把索绪尔对语言纵向聚合（paradigmatic）和横向组合（syntagmatic）的划分，分别和两种基本的文学修辞手法——隐喻和转喻对

① 亚里士多德. 诗学[M]. 罗念生译. 北京：人民文学出版社，1962：3.
② 同上注。
③ 参见：陆扬. 欧洲中世纪诗学[M]. 上海：上海社会科学院出版社，2000：174.

应起来，从而促成了语言学向诗学的转化。① 这一新的转向，不仅对"诗"有效，而且还可应用于一切"文学"门类，所以"诗学"这个术语实为广义之文艺理论的代名词。正因如此，自五六十年代起，"小说诗学"、"戏剧诗学"、"电影诗学"、"口语诗学"等用法才大量地涌现出来。以致韦勒克甚至主张："我依然坚信'文学理论'与'文学批评'之间的差别，前一术语我宁可说成'诗学'，因为这旧的术语明确包含了散文形式而又舍弃了其暗含的惯例。"②

然而在古代中国，"诗学"一词的两个主要含义是：其一专指《诗经》研究，其二泛指一般诗歌的创作技巧和其他理论问题的研究。《诗经》早在先秦时期便被称为"五经"之一，西汉以来则成为官学，是"国家意识形态"的重要根基，所谓"半部论语治天下"，故《诗经》研究的"诗学"实属经学，与《易经》学、《尚书》学、《春秋》学的"三礼"学等并行于世。《诗经》学可上溯先秦时代，研究历史十分悠久，但是"诗学"一词的直接使用则与唐代开始的科举考试直接相关。唐宪宗元和三年，李行修著有《请置诗学博士书》的奏章，认为《诗经》具有"端本"、"垂化"、"兼听"、"兴古"之四重功用，故宜再置诗学博士以为当世立教。此后专指《诗经》研究的"诗学"一词，也就常常出现于文人笔下。

"诗学"的第二重含义则较为晚出。此重含义的"诗学"之最早记载出自晚唐诗人郑谷所著《中年》一诗，内有"衰迟自喜添诗学，更把前题改数联"一句。这里的"诗学"是指一般的诗歌创作技巧，与《诗经》学的内容全然不同。唐代开始以诗取士，诗歌创作的地位自然跟着提高了，故不唯"诗格"、"诗式"、"诗法"之类关于诗歌创作技巧和诗歌自身特征的著作大量出现，而且这一风气还直接催生了"诗学"一词。宋代之后，此词开始流行，并在使用频率上远远超过了第一重含义。检索《四库全书总目》等资料，可以发现元明时期还产生了不少题名"诗学"的著作，较早的有元代四大家之一范椁的《诗学禁脔》(一卷)，而同为四大家之一的杨载则在其《诗法家数》(一卷)中列有"诗学正源"一条。明代有黄溥的《诗学权舆》(二十二卷)，溥南金的《诗学正宗》(十六卷)，周鸣的《诗学梯航》(一卷)，等等。明人晁瑮所编的《宝文堂书目》、徐惟所编的《红雨楼书目》、赵用贤所编的《赵定宇书目》，都收录了不少题名"诗学"的著述。总括而言，第二重含义的"诗学"一词包含了下述几层意思：一是指一段时期内诗歌创作的总称，如毋逢辰于大德十年所撰《王荆公集序》说"诗学盛于唐，理学盛于宋"，大诗人元好问多次指

① 休斯(Robert Scholes). 文学结构主义[M]. 刘豫译. 北京：三联书店，1988：25，28—33.

② Wellek R. Concepts of Criticism[M], New Haven and London: Yale University Press. 1963：35.

出“贞祐南渡后，诗学大行”①、“贞祐南渡后，诗学为盛”②，等等；又，清代鲁九皋著《诗学源流考》一篇，所论自战国至晚明的诗学变迁，其实正是历代诗歌的源流变迁。上述的“诗学”一概都是此意。二是指诗歌的创作实践与技巧，如南宋蔡梦弼著《杜工部草堂诗笺》称杜甫诗为“五百年”之“诗学宗师”，清人毕沅《杜诗镜铨序》评价杜甫诗“集诗学之大成，其诗不可学，亦不可注”，指的便是这层意思。这也是历代文人所云“学诗”之“学”的主要内涵。三是指对诗歌自身的理论研究。“诗学”的这层含义，正如“诗格”、“诗式”、“诗法”之类的著述，其主旨本为探讨诗歌的创作问题，但在发掘主旨的同时也涉及了诗歌自身和形式体例的特点和规律，故这层含义只是附带的“一部分”。

20世纪以来，由于西学大量涌入，故尽管有些学者仍然是在传统的意义上使用“诗学”一词，(如黄节于1922年出版的《诗学》一书，其所指与鲁九皋《诗学源流考》一脉相承，也是叙述历代诗歌的创作演变)但是多数人在使用此词时已注入了新的内涵，如杨鸿烈之《中国诗学大纲》(商务印书馆1928年出版)，其内容包括中国诗的定义、起源、分类、结构要素、作法、功能、演进等方面。另如江恒源的《中国诗学大纲》(大东书局1928年出版)、范况的《中国诗学通论》(商务印书馆1930年出版)，其内容则包括了诗歌的体制、作法、基本理论等方面。这些著作均含有较自觉的理论意识。经过大约四十年的停顿，自20世纪70年代开始，“诗学”著作又陆续出现：先是台湾学者的著作，如黄永武的《中国诗学》(巨流出版社1976年出版)、程兆熊的《中国诗学》(台湾学生书局1980年出版)，接着是大陆学者更多的著作，如陈良运的《中国诗学体系论》(中国社会科学出版社1992年出版)、王先霈的《中国诗学通论》(安徽教育出版社1994年出版)、余荩的《中国诗学简史》(浙江古籍出版社1995年出版)，等等。与传统“诗学”著作主要强调诗歌的创作与技巧不同，上述著作所注重的都在诗歌的理论方面。有的学者提出，这一内涵只是“诗学”的一部分内容，“中国诗学”应包括诗学文献学、诗歌原理、诗歌史、诗学史和中外诗学比较五个方面的内容。③ 很显然，这里的“诗学”还是限于“诗”的体裁，而未曾包含小说、戏剧等，故仍然属于狭义的诗学范围。

在中国文化语境之中，用“诗学”来指称广义的文艺理论，是在比较文学学科

① 元好问.杨叔能小亨集引[M]//遗山集：第三十六卷//四库全书·集部一三〇·别集类：第1191册，上海：上海古籍出版社，1987：424.

② 元好问.陶然集序[M]//遗山集：第三十七卷//四库全书·集部一三〇·别集类：第1191册，上海：上海古籍出版社，1987：428.

③ 蒋寅.中国诗学的思路与实践[M].桂林：广西师范大学出版社，2001：1.

进入中国文化语境之后才发生的，在比较文学界，学者也都习惯这么使用它。

二、比较诗学的兴起及其意义

比较诗学作为比较文学中的一个研究类别，大致是从20世纪60年代开始形成的。它的兴起，直接的原因主要是20世纪中期美国学者对传统法国学派的质疑、挑战以及后来学者对法、美两种观念的调和尝试。

法国学派所诞生的19世纪，是一个以实证主义（一种基于科学主义和唯事实主义的哲学思想与方法论）和历史主义为其时代学术精神之特征的时代，这使早期比较文学带有明显实证主义和科学主义的痕迹。择要而言，在传统法国学派看来，可否"实证"是衡量一门学科是否"科学"的主要依据，而"历史"又是19世纪各学科的共同追求目的，故"比较文学"在早期只是通向"民族文学史"的一门辅助学科，是后者的"一个分支"①。在传统法国学派看来，"比较诗学"（文学理论的跨民族关联事实）一方面属于地理空间上共存的文学现象，缺乏历史演变的内涵，同时在方法论上又只能加以笼统"综合"的处理而无法予以"实证"，因而是不可靠的。

美国学派之所以向法国学派发难，其实正是为了在比较文学领域内替文学作品的文学性或美学特点赢得合法性，而后者是符合新的学术理念的。20世纪开始，一方面"唯科学主义"在人文知识领域的合法性地位不断受到反思性的质疑，另一方面注重外在事实演变的"历史研究"也日益被关注文学内部研究的"理论综合"所置换。如果说，19世纪可被称为"历史的世纪"的话，那么，20世纪便可被命名为"理论的世纪"。因此，新的时代就其本性而言便是和法国学派唱反调的，而韦勒克、雷马克等人不过是新时代挑选出来的新学术理念之代言人而已。韦勒克认为，艺术品是一个个整体，如果把它们分为来源和影响，赋予其生成过程以机械的因果论，就会使艺术品成为零散破碎、互不相关的片断，就会破坏它的完整性与意义。实际上，"艺术家从别处获得的原材料在艺术作品的整体中已不复僵死的外来物，而是被消化在一个新的结构之中"②。他要求打破比较文学研究中的人为限定，让它仅仅成为文学研究。而雷马克更是大声疾呼："我

① 梵·第根在《比较文学论》中已明确指出"比较文学是文学史的分支"，故"要对于比较文学有一个清楚的观念，那必先对于文学史有一个清楚的观念"。详见：第格亨. 比较文学论[M]. 戴望舒译. 上海：商务印书馆，1937：21.

② 雷纳·韦勒克. 比较文学的危机[M]（René Wellek. The Crisis of Comparative Literature）//雷纳·韦勒克. 批评的诸概念（René Wellek. Concepts of Criticism[M]，New Haven：Yale University Press. 1963：285.）

们必须综合，除非我们甘愿让文学研究永远处于可憎的支离破碎状态。如果我们有雄心参与世界的精神生活和情感生活，我们就必须随时地把文学研究中得出的洞见和成果集中起来，把有意义的结论贡献给别的学科，贡献给全民族和全世界。"①美国学派要求拓宽视野，将研究范围扩大到并无事实联系的多种文学现象之间，扩大到文学与其他知识领域之间，并以文学性为核心，这实际上便已开启了比较诗学的大门，所以，正当一般法、美学者还在热烈论争彼此的合法性之时，艾琼伯却已敏锐地预言了"比较诗学"的必将产生：

> 历史的探寻和批评的或美学的沉思，这两种方式自视为恰好相反，而事实上却应彼此补充——如此，比较文学便会不可抗拒地引向比较诗学。②

他认为，通过对全世界文学（或东西方文学）中思想和形式的平行研究，人们可能会发现全人类所共有的、在文学上的一致性、文学类型或原型；通过努力对"无数混乱的具体资料"进行"连贯的、明晰的分类"，可以满足人类从多样化中求取一致性的要求。不过，上述努力必须是通过按其本来面目重新组织材料进行"历史的"综合，而不是以象征和诸如"时代精神"、"西方世界"、"内在依据"之类抽象、思辨、主观的术语为基础进行直观的、充满成见的综合。一句话，美学上的比较研究必须基于审慎的历史探寻或细致的本质思索，方能避免武断的教条和泛泛空论。③

由以上论述可知，比较诗学主要含义是指跨民族视野下的文学理论研究，更具体地说，是指以跨文化、跨民族、跨语言或跨学科的视角来研究不同文论之间的异同关系及其具体表现，并在此基础上进一步加深认识、总结规律，推进本民族诗学传统的现代转化与重建。

---

① 亨利·雷马克. 比较文学的定义与功用[M]（Henry H. H. Remak. Comparative Literature: Its Definition and Function）//牛顿·P. 斯多克奈奇，霍斯特·弗伦茨合编. 比较文学：方法与视域（Newton P. Stallknecht and Horst Frenz. eds. Comparative Literature: Method and Perspective, Carbondale: Southern Illinois University Press. 1961: 5.）

② 雷纳·艾田朴. 比较文学的危机[M]（René Etiemble. The Crisis in Comparative Literature. Translated, and with a Forword, by Herbert Weisinger and Georges Joyaux. East Lansing: Michigan State University Press, 1966: 54.）

③ 雷纳·艾田朴. 比较文学的危机[M]（René Etiemble. The Crisis in Comparative Literature[M]. 1966: 54-55.）

三、比较诗学研究举隅

比较诗学的研究主要体现为"求同"和"别异"。

"求同"研究主要表现在:第一,寻求跨文化、跨语言、跨时空的共通规律,如钱锺书在《谈艺录》之"序"中指出"东海西海,心理犹同;南学北学,道术未裂",故申言《谈艺录》之所考论,"颇采二西之书,以供三隅之反"①;叶维廉在其所主编的"比较文学丛书"之总序中也声称比较文学(含比较诗学)的目标是"寻求跨越中西文化的共同文学规律"(即其所谓"共相")。

第二,寻求不同诗学之"同"的具体形态。这一方面,钱锺书的研究树立了杰出的典范。钱先生虽然主张不同文学之间有"放而成山河大地"的共同"文心"和"诗心"②,但是他勤勉以行的正是在"针锋粟颗"处的剔抉爬梳;叶维廉也没有在"共相"本身上过多滞留,而是孜孜于探求如何运用"模子"理论来解除单一"模子"对诗学思维的束缚。"求同"的具体内涵是探求中外诗学理论在内容和形式两方面所体现出的共通规律及其具体表现,以及"同"中"不同"的辨析。

"别异"的研究在我国学界十分丰富。究其缘由,这显然与百余年来所形成的中西落差(西强中弱)心态极为相关,而在改变这一落差方面,"异"的功用远胜于"同"。百余年来,中国文论界对西方诗学之"异"的价值和意义不仅有充分的认识,而且某些西方的诗学理念与方法在文学领域里还得到了全面的落实和应用,其结果是本土的诗学话语成了对前者的补充、佐证和辅助性的诠释。招致这一结果的原因,除了因经济、政体、军事等方面不如人家而造成民族整体的自信心不足、自我认同感下降等因素以外,自学理的层面而论,还有对西方诗学之了解远未深透的因素。对于西方诗学的精深了解,不仅有助于我们以其优长之"异"来弥补传统诗学之缺,从而发现自身传统文论之不足、之盲点,同时,亦可借此来彰显传统诗学的自身内涵和特征。牟宗三在谈到中西哲学汇通之价值时说:"对于西方哲学的全部,知道得愈多,愈通透,则对于中国哲学的层面、特性、意义与价值,也益容易照察得出,而了解其分际。"③这话也可适用于中西诗学之间的比较和汇通。

"别异"的诗学比较体现在诗学理论的各个环节之中,实际上,凡是在可以求同之处,也能辨异。以下仅举其大端略而述之:

---

① 钱锺书.谈艺录·序(补订本)[M]//谈艺录.北京:中华书局,1988:1.

② 钱锺书.管锥编:第二册[M].北京:中华书局,1979:496.

③ 牟宗三.中国哲学的特质[M].上海:上海古籍出版社,1997:8.

一是关于不同诗学之哲学依据的比较。在这个问题上,学界一般认为中国诗学的哲学依据是老庄的“道”,其内涵偏重于“虚”、“无”,这致使玄灵虚空之境是中国诗学所尊崇的最高境界。而西方诗学的哲学依据是“存在”(Being),其内涵偏重于“有”,故西方诗学的最高境界往往表现为对于文学之结构要素的明晰阐述。这些看法并非全无根底,但是它们绝非对此问题的全部概括。在我国,道家诗学的哲学依据自然可说是“道”,但是儒家诗学的哲学依据却并非道家之“道”,而是“仁”。儒家认为“仁”也是有“天”或“天命”作为终极依据的,但“仁”本身所指涉的是人事实践活动所依循、并在实践中呈显出来的道德内容。大致而言,道家之道是宇宙本体,而儒家之仁是伦理本体。宇宙本体尚处于善恶、爱憎、美丑浑然未分的混沌阶段,而伦理本体却具有强烈的价值倾向,故道家诗学追求超越于善恶美丑之上的空灵之境,而儒家诗学所津津乐道的恰恰是扬善祛恶的教化功用,只不过这种功用要采取“主文谲谏”或“温柔敦厚”的诗教方式,而不能像伦理或政治本身那样直白无余。同时,西方的“存在”概念(一般认为最早是由巴门尼德提出),其所指往往也是因人而异的,如巴门尼德的“存在”实际上是统摄于“一”范畴之下的一个概念,柏拉图的类似概念不是“存在”,而是“理式”(idea/eidos)。在亚里士多德这里,“存在”与“一”、“理式”一样,只是一个空洞的概念,他用来指称“实体”的概念是“本体”,即特定的、单个的“具体事物”及其“本质”(“形式”)。在后来不少哲学大家的体系里,“存在”只据有次要的位置(如黑格尔),或者几乎没有位置(如康德)。他们的诗学之哲学依据是各自不同的。

二是关于不同诗学范畴和命题之间的比较。这牵涉到诗学构成要素之各个层面,如“意境论”与“典型论”的比较则涉及诗学本质的不同内涵,“物感说”与“摹仿说”的比较则涉及艺术起源的不同内涵,“再现说”与“表现说”的比较又涉及抒情达意的不同方式,“意象思维”与“概念分析”的比较也涉及诗学运思的不同形态。这些研究不仅有助于观照中西诗学之特点及其意义和价值,而且对于传统诗学话语的现代转换和现代应用,均有现实意义和参考作用。

与此同时,随着对中西诗学内蕴之了解的日益加深,对于研究方法的反思亦不断深入。

以下,我们以钱锺书先生的《谈艺录》“长吉用啼泣字 · 附说九(心与境)”对古代文学中心物关系的研究[1]为例,来演绎比较诗学研究的具体做法:

一般谈心物关系,主要是用主观/客观、刺激/反应、主动/被动等视角来讨

① 详见钱锺书.谈艺录[M].北京:中华书局,1988:53—57.下引不另出注。

论，牵涉到哲学、宗教、美学、心理学等领域。钱先生则依情景内外之关联程度而把心物关系分析为三个层次：

一是所谓“设想”，即：“象物宜以拟衷曲，虽情景兼到，而内外仍判。只以山水来就我之性情，非于山水中见其性情；故仅言我心如山水境，而不知山水境亦自有其心，有待吾心为映发也。”如“幽泪欲干残菊露”、“蜡烛啼红怨天曙”（李商隐），“宫花有露如新泪”、“湖西山浅似相笑”（温庭筠），“山花向我笑”（李白），“山鸟山花吾友于”（杜甫），“雨余山态活”（杜牧），等等，皆是。这种“推性灵及乎无生命知觉之山水”的创作现象，实即德国美学家费肖尔（Robert Vischer）、立普斯（Theodor Lipps）等人所总结的“移情作用”，钱先生认为，这种现象所体现的心物关系，虽然“情景兼到”，但是“情”只是“心”对“物”的投射，“物”自身并无“性情”，故心是心，物是物，二者之间，仍然“判然有别”。

二是“同感”，即：“流连光景，即物见我，如我寓物，体异性通。物我之相未泯，而物我之情已契。相未泯，故物仍在我身外，可对而赏观；情已契，故物如同我衷怀，可与之融会。”

这种心物关连，如孔子论“知者动”，故“乐水”，“仁者静”，故“乐山”，于游山玩水之旨，最为直凑单微。仁者、知者于山静水动中，见仁见智，彼此有合，故乐。其境界之迥异于“设想”者在于，“乐山乐水，则物中见我，内既通连，无俟外人之捉置一处”。钱先生认为，《子华子·执中篇》所云“观流水者，与水俱流，其目运而心逝者欤”，“几微悟妙”，道出了此中真境：死物看作活，静物看成动，无生者如人忽有生，不是人强“移”情感，而是“物”自有情，“我”与“物”性情各具，双向契合。不过，对于此境，钱先生又指出，其内外、主客关联仍未达到物我俱忘、形相泯灭的地步，也就是说，内外、主客仍然相互对待、各有分际。

三是既“有我有物”，又“非我非物之境界”：李太白《赠横山周处士》诗，言其放浪山水，有曰：“当其得意时，心与天壤俱，闲云随舒卷，安识身有无。”苏东坡《书晁补之藏与可画竹》第一首曰：“与可画竹时，见竹不见人。岂独不见人，嗒然遗其身。其身与竹化，无穷出清新。庄周世无有，谁知此凝神。”董彦远《广川画跋》卷四《书李营丘山水图》曰：“为画而至相忘画者”；卷六《书时记室藏山水图》曰：“初若可见，忽然忘之”；又《书范宽山川图》曰：“神凝智解，无复山水之相”；又《书李成画后》曰：“积好在心，久而化之。举天机而见者山也，其画忘也。”罗大经《鹤林玉露》卷六记曾无疑论画草虫云：“不知我之为草虫耶，草虫之为我也。”曰“安识身有无”，曰“嗒然遗其身”，曰“相忘”，曰“不知”，最道得出有我有物、而非我非物之境界。

这种“有我有物”、又“非我非物之境界”，其实与王国维所言“无我之境，以物观物，故不知何者为我，何者为物”(《人间词话》)之说正可互相发明。此境一方面包含了物态万殊，因而具有无穷的生动鲜活性，同时“我”之心意无处不在，又丝毫不沾染执著斧凿痕迹，主客相泯于无形，物我超越了对峙，体现了艺术境界美的极致。

钱先生对中西文学中心物关系问题的思考，既自觉运用了西方的诗学和美学理论，同时，又在细细体会中国诗学之独特蕴涵的基础之上，以汉语古典文献为体式对心物关系的三重内涵做出了有根底、有创见的总结归纳，以少概多，言简意赅。这种研究，既显示了钱先生深厚的中西学养，又体现了他概括理论、总结规律的运思能力，因而堪称比较诗学的典范。

第八章 文学与其他学科关系的研究

提示

文学与其他学科的关系研究，也就是通常所说的跨学科研究。文学与其他学科本身都是存在在前、命名在后，因此它们之间的众多内在关系既是客观存在，又是古已有之。本章主要探讨文学与艺术、文学与科学、文学与宗教的跨学科研究，这是因为艺术、科学与宗教分别代表了与文学的亲近、疏远等不同关系的特点，又因为其跨学科研究的方法与要领，对我们学习跨学科研究的基本方法，能起到举一反三的启示作用。

第一节 文学与其他艺术的比较研究举隅

一、文学与其他艺术的关系

文学本身就归属于艺术，不过它是与音乐、舞蹈、绘画、雕塑、建筑、影视等其他艺术形式不同的语言文字艺术。因此其与其他艺术之间存在着密切的亲缘内在联系，这可从它们的起源和发展及其创作实践中看出。

就起源而言，文学与其他各门艺术之间早已存在同源混生的亲缘联系，并表现为文学与其他艺术之间，你中有我、我中有你的难解难分的情形。在古代，诗歌、音乐和舞蹈是紧密结合在一起的。古希腊抒情诗无论是双管歌（或称哀歌），还是琴歌或讽刺诗，均由双管或竖琴伴奏歌唱，其中的合唱琴歌则由歌舞队载歌载舞，对后来的悲剧影响不小。今天存在于澳洲一些原始部落中的“科罗波利”舞蹈，以及非洲“布须曼”原始部族的舞蹈，也莫不如此。《吕氏春秋·仲夏记·古乐篇》记载的我国上古时期初民歌舞的情形“昔葛天氏之乐，三人操牛尾，投足以歌八阕”，也是音乐（乐、歌）、舞蹈（操牛尾、投足）和诗歌（八阕）合而为一的。

我国最早的诗歌总集《诗经》也如墨子所言:“儒者诵诗三百,纭诗三百,歌诗三百,舞诗三百。”①

即便后来发展为自立门户的文学、音乐、舞蹈、绘画、雕塑、建筑、电影等,但在创作实践中,也往往仍是相互借鉴、相互渗透、相互影响、相互生发。

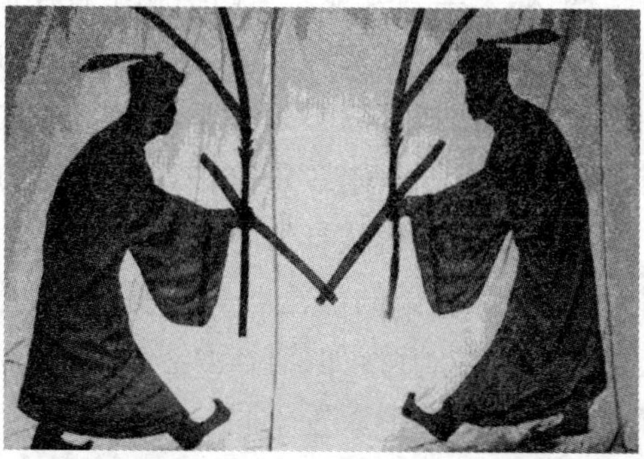
黄帝作《云门》舞蹈　礼乐原来是一体

首先,文学从其他艺术取经、借鉴,并受其他艺术影响者不乏其例。文学对音乐的借鉴,如白居易的《琵琶行》中的音乐性意境,罗曼·罗兰的《约翰·克利斯朵夫》的音乐性题材和结构。文学对舞蹈的借鉴,如杜甫的《观公孙大娘弟子舞剑器行》创作动机的借取。文学对绘画的借鉴,如马拉梅《牧神的午后》就受到了伦敦国家美术馆布歇(F. Boucher)画作的启发。除了在创作中受到其他艺术的影响外,文学还在文学批评中移植、引入其他艺术的概念。例如在西方,文学史家曾将艺术史中的风格概念哥特式、文艺复兴、巴洛克、洛可可、浪漫主义、比德迈尔式、现实主义、印象主义、表现主义,运用于文学史的分期中。瓦尔泽尔依据沃尔弗林在《艺术史的原则》中艺术分类(文艺复兴式与巴洛克式)的方法,对以前的戏剧做了考察、研究,认为莎士比亚的戏属于巴洛克式,而高乃依和拉辛的戏是文艺复兴式的。

其次,其他艺术于文学中也获益匪浅。音乐自文学中受益的,如贝多芬的《D小调第16钢琴奏鸣曲》受莎士比亚传奇剧《暴风雨》的启示写成。西方大量歌剧直接取材于文学,如莫扎特的《费加罗的婚礼》,是由博马舍的同名剧作改编而成。我国古代的一些名曲,也由文史作品中取意而成,如《春江花月夜》等。造型艺术由文学获益者有,西方绘画雕塑中大量作品取材于希腊罗马神话和圣经故事,如鲁本斯的雕塑《被缚的普罗米修斯》即取材于希腊神话,达·芬奇的绘画《最后的晚餐》取材于《圣经》。中国敦煌、云冈、龙门等石窟中的大量雕塑和壁画取材于佛教文学故事。同时,还有不少画家、雕刻家、书法家自纯文学作品中借取题材和意境,如顾恺之的《洛神赋图》取材于曹植的《洛神赋》,意大利15世纪画家乔万尼的《〈神曲〉即景》取材于但丁的《神曲》。还有,画家、雕塑家为文学家

① 刘大杰.中国文学发展史:上卷[M].上海:上海古籍出版社,1997:39.

画像或雕像也是其中一道景观，如罗丹为巴尔扎克所作的雕像，我国南宋梁楷的《李白行吟图》等。而由中外文学作品改编的电影，更是不胜枚举。

再次，文学与其他艺术门类相结合还形成了多种综合艺术形式，如西方的歌剧、标题交响乐、寓言诗配画、电影，中国的词曲、题画诗、连环画、京剧等。每一种综合艺术形式都离不开文学的参与。文学在其中占一席之位，发挥了一定的作用和优势。如法国音乐家柏辽兹首创的标题交响乐，就广泛采用了莎士比亚（戏剧交响乐《罗密欧与朱丽叶》）、拜伦（交响曲《哈罗尔德在意大利》）和歌德（戏剧康塔塔《浮士德的沉沦》）的题材，使大型音乐作品同文学更紧密地结合在一起。中国的题画诗，如苏轼题《惠崇〈春江晓景〉二首》等作品，则将绘画的造型形象和诗歌的语言形象置于同一平面，起到了诗与画珠联璧合、相得益彰的艺术效果。文学与其他艺术门类相结合还能集中于一个艺术家身上，这样就能使文学与其他艺术门类互相结合，互相补充和融会贯通。如德国的瓦格纳不仅是音乐家，也是文学家、诗人。他能把文学与音乐两种艺术完美地结合起来，对旧歌剧的革新做出了重大贡献。我国的苏轼也是一位多才多艺的作家，不仅工诗词，而且擅长绘画和书法，精通音律。他对词和音乐的关系也作了较大的调整和革新，并很好地体现于自己的创作中。

由上可见，文学和其他艺术在历史长河中彼此渗透，相互影响，有着密切而多样的联系。文学与其他艺术门类之间之所以存在着如此广泛而紧密的联系，原因似有三个：其一是洪荒时期原始初民诗、乐、舞等混而为一的原始思维，仍然有意无意、自觉不自觉地牵制着人类的艺术创作活动，导致了各门艺术之间仍保持着密切的血脉关系；其二是文学与其他艺术同是人类审美的表现方式，审美的无功利性、直觉性、情感性以及审美价值的趋同性使得文学与其他艺术联系起来；其三是文学和其他艺术都遵循着共同的创作原则，即形象思维、想象力、“外师造化，中得心源”以及师法古人和前辈，使得文学与其他艺术之间可以相互学习，相互借鉴，相互渗透，相互生发。

尽管文学和其他艺术之间有着种种联系，但毕竟又存在着明显的差异。一是使用的媒介不同，音乐采用声音、节奏、韵律，舞蹈采用动作、姿态、表情，绘画、雕塑采用色彩、光线、线条，而文学使用语言文字，因而它们分别又被称为音响艺术、动作艺术、造型艺术、语言艺术，戏剧和影视则被称为综合艺术。二是存在的形态有别，舞蹈、绘画、雕塑、建筑均属于空间艺术，音乐、文学则属于时间艺术。三是人们感知它们的方式不同，音乐作用于人的耳朵，绘画、雕塑、建筑作用于人的眼睛，舞蹈、戏剧、影视作用于人的眼睛与耳朵，文学作用于人的眼睛、耳朵和想象，因而它们又分别称为听觉艺术、视觉艺术、视听艺术、视听-想象艺术。四是给人的审美效果不同，舞蹈、绘画、雕塑具有直观性、直接性，音乐和文学则具有抽象性和间接性。五是文学和其他艺术的形成与发展并不同步、对等。一者，文学和其他艺术并没同举并进：文学有时似乎落后于其他艺术，如在英国最大的一批天主教堂竣工之际，尚谈不到文学；文学有时又先于音乐，如，在西方，1800年以前很久就有浪漫主义诗歌，却没有“浪漫主义”音乐。二者，在某些时代或某些民族中文学与其他艺术强弱不均。英国伊丽莎白时代，文学繁荣，而美术并不出色。

可以说，文学与其他艺术之间既有内在的联系，又有外显的差异。联系使文学与其他艺术组成了艺术之家，成为姊妹艺术；差异则使文学与其他艺术相互补充，相互配合。

二、从文学与其他艺术关系的比较到跨学科研究

文学与其他艺术之间的比较论述，自古就有。古希腊诗人西摩尼得斯就说：“画为不语诗，诗是能言画。”古罗马的西塞罗和贺拉斯也都说过：“正如诗是说话的画，画该是静默的诗。”“诗亦犹画。”达·芬奇则说，画是“嘴巴哑的诗”，诗是“眼睛瞎的画”①。屈莱顿也说：“绘画和诗歌是两姐妹，它们在哪个方面都如此相像，乃至互借名称和职能。”这说明，西方学者早已注意到了诗画相通的共性和联系。同时，西方学者也看到了诗与画的差别。达·芬奇就说：“凡是画出的东西都必须通过眼睛，它是更为高尚的感官。凡是诗歌都要通过一个略为逊色的感官，即耳朵，才能被人理解。”②达·芬奇在褒画贬诗之际，也道出了绘画和诗歌分别是视觉艺术和听觉艺术的差异。莱辛则在其名著《拉奥孔》里具体详尽地论述了绘画与诗歌的差别。我国宋代也有不少“诗画一律”、“诗原通画”的说法。冯应榴《苏轼合注》卷五〇《韩幹马》有言：“少陵翰墨无形画，韩幹丹青不语诗。”孔武仲《宗伯集》卷一《东坡居士画怪石赋》亦云：“文者无形之画，画者有形之文，二者异迹而同趣。”张舜民《画墁集》卷一《跋百之诗画》也说：“诗是无形画，画是有形诗。”苏轼《书鄢陵王主簿折枝》道：“诗画本一律。”③看来，我国古代文人也都注意到诗与画的相通的关系。不止于此，我国学者还注意到了文学与音乐、舞蹈等艺术的密切联系。《礼记·乐记》载：“诗言其志也，歌咏其声也，舞动其容也，三

① 钱锺书. 七缀集[M]. 上海：上海古籍出版社，1996：6.
② 孙景尧. 比较文学——“自我”和“他者”的认知之道[M]. 北京：中国青年出版社，2003：205—208.
③ 钱锺书. 七缀集[M]. 上海：上海古籍出版社，1996：5—7.

者本于心，然后乐器从之。"《诗大序》又载："诗者，志之所之也。在心为志，发言为诗。情动于中而形于言，言之不足，故嗟叹之，嗟叹之不足，故永歌之，永歌之不足，不知手之舞之，足之蹈之也。"这两段话既指出了诗、乐、舞"本于心"，是表达心声的产物和人类审美冲动的结果，又揭示了诗、乐、舞在表达心志时层层递进、逐级补充的关系。

对文学与其他艺术之间关系的跨学科研究，雷马克于1961年在《比较文学的定义与功用》一文中，将之归入比较文学研究的对象和范围之中。同时，比较文学界在文学与其他艺术关系的探讨和研究方面也取得了可喜的成绩。论文有美国学者盖塞(Mary Gaiser)的《文学与艺术》，斯车(Steven Paul Scher)的《文学与音乐》(Literature and Music)，韦斯坦因的《文学与视觉艺术》(Literature and the Visual Arts)，曼斯特(Gerald Mast)的《文学与电影》(Literature and Film)，布朗的《音乐与文学》，弗兰克尔的《诗歌与绘画：中西诗画艺术转换观》，德国学者哈兹菲尔特(Helmut Hatzfled)的《艺术中的文学》(Literature Through Arts, 1952)，我国著名学者钱锺书的《中国诗与中国画》等。专著则有美国学者哈格斯屈姆(Jean H Hagstrum)的《姊妹艺术》(The Sister Arts, 1958)，波兰学者英伽登(Roman Ingarden)的《文学的艺术作品》(The Literary Work of Arts, 1973)等等。

探究文学与其他艺术之间关系的途径可以多种多样，既可以从时代或文化影响的共性出发，也可以从作家和艺术家的相互影响来进行，还可以把艺术史原理应用于文学史研究，以艺术风格和艺术批评来描述和解释文学现象等。不管采取何种方法，都应该把文学作为我们的出发点和重点，弗兰克尔的《诗歌与绘画：中西诗画艺术转换观》就探讨了中西诗歌与绘画之间"互相取代、换位"的关系和认识，论述了诗歌绘画两种艺术形式之间相通、相连的一致性，并涉及了艺术通感等艺术心理学和艺术史的问题，而被称为"有开拓性意义"的比较诗学论文。①

三、文学与其他艺术关系研究举隅

与弗兰克尔的《诗歌与绘画：中西诗画艺术转换观》不同的是，钱锺书的《中国诗与中国画》阐述了中国诗歌绘画之间并不对等、并不一致的一面，恰好印证

① 弗兰克尔，汉斯. 诗歌与绘画：中西诗画艺术转换观. 中外北京文学的里程碑[M]. 北京：人民文学出版社，1997：140.

了文学与其他艺术之间相异、有别的关系。①

钱锺书的《中国诗与中国画》共分六部分，是一篇研究文学与其他艺术关系的论文范作。

其最显著的特点是，以严谨巧妙的行文，展现出提出问题、分析问题和解释问题的逻辑论述层次。大体上说来，文章的第一、第二部分相当于提出问题，第三、第四及第五部分相当于分析问题，第五部分的小结和第六部分相当于解释问题。

在第一、二部分，作者指出了旧传统批评与新传统批评的局限，特别是后者的局限："批评家对旧传统或风气不很认识，就可能'说行外话'，曲解附会。"并以"文以载道"和"诗以言志"为例，说明对传统不够理解，就会发生矛盾的错觉。由此导入问题："当然，相反地，也会发生统一的错觉，譬如我们常听说中国诗和中国画是融合一致的。"针对中西文艺批评史上众多诗画一律、诗画相通的说法，作者以莱辛的观点为依据，提出了其要论述的问题："我们常听人有声有势地说：中国旧诗和中国旧画有同样的风格，体现同样的艺术境界。那句话究竟是什么意思？这个意思能不能在文艺批评史里证实？"

第三、四、五部分，论文进一步明确问题和分析问题。论述从中国旧诗和中国旧画同属于所谓"南宗"开始，然后就梳理并分析"南宗"一说的由来和问题。画分南北二宗始于董其昌。董其昌由禅家在唐朝开始分为南北二宗谈起，认为画在当时也分为南北二宗。后来，南宗兴盛，北宗衰微。清朝沿袭了这种分类法，并认为词、书法也分南宗、北宗。对董其昌的说法，赞成者有，反对者也有。作者就此阐释了南宗画的原则"简约"——"以经济的笔墨获取丰富的艺术效果，以减削迹象来增加意境"。并据此发问："能不能说南宗画的作风也就相当于中国旧诗里正统的作风呢？"同时，又以西洋文评家谈论中国诗仿佛鉴赏中国画，误读中国五光十色的旧诗为"神韵派"、"灰黯的诗歌"等为据，分析其原因是"习惯于一种文艺传统或风气的人看另一种传统或风气里的作品，常常笼统概括"。论文在回应和印证新传统批评的局限同时，也指出了中国传统批评的问题，即一方面不会像西方批评家那样误读误评，而认为"中国旧诗不单纯是'灰黯诗歌'，不能由'神韵派'来代表"。但另一方面却又忽略了一个事实："神韵派在旧诗传统里公认的地位不同于南宗在旧画传统里公认的地位，传统文评否认神韵派是标准的诗风，而传统画评承认南宗是标准的画风。在'正宗'、'正统'这一点上，中

① 钱锺书. 七缀集[M]. 上海：上海古籍出版社，1996：1—32. 以下引文均出自此著，不再一一注明。

国旧‘诗、画’不是‘一律’的。”作者通过这样的分析与发问，亮明了自己的观点。

在第五、第六部分的解释问题行文中，作者采取了欲抑先扬的迂回论析，通过引用王维禅、诗、画三者合一说的历代评论，予以一一辨析，归纳为：“南宗画和神韵诗就是同一艺术原理在两门不同艺术里的体现了。”似乎画中有南宗，诗中有神韵，均体现了简约不繁的风格了。然后，钱先生正话反说：“既然‘诗家三昧’是‘略具笔墨’、‘不着一字’，那末，写景工密的诗、叙事流畅的诗、说理痛快的诗都算不得‘风骚流别’里的上乘了。”若此，谢灵运、柳宗元的写景诗，白居易的说理叙事诗，就既不入流，更无神韵了。这些诗人，在神韵派诗人看来，皆可轻视，皆可贬为“北宗一派”而心安理得。但是，并非任何诗人都可以轻易被贬抑、被排挤的，因为最使“神韵派左右为难的，当然是号称‘诗圣’的杜甫”。而且“中唐以后，众望所归的最大诗人一直是杜甫”。可见：“神韵派在旧诗史上算不得正统，不像南宗在旧画史上曾占有统治地位。”一方面，神韵派的倡导并未形成气候；另一方面，与杜甫相比，王维虽是大诗人，但在旧诗传统里，首席是轮不到他的。通过上述论析后，作者予以小结道：“中国传统文艺批评对诗和画有不同的标准：论画时重视王世贞所谓‘虚’以及相联系的风格，而论诗时却重视所谓‘实’以及相联系的风格。因此，旧诗的‘正宗’、‘正统’以杜甫为代表。”进而，举例阐述诗、画传统标准的分歧是，与杜甫诗风——最高诗风——相近的吴道子的画风并非最高的画风，而与画风最高的南宗相似的神韵派也并不代表最高诗风。最高画风与最高诗品之间并不存在对应关系。至此，钱锺书将中国文艺批评史上论诗与论画的标准问题予以清晰的解答，并澄清了这一谬种流传的错觉与误会。

研读这篇论文的显著感受是，论文的问题意识突出，论据详实，论证周密有力，充分显示了钱锺书先生中西古今会通的学术视野与丰厚学识功底，同时也从中获得了解决问题和认识问题的逻辑理趣。

第二节　文学与宗教关系研究举隅

宗教属人类信仰领域。人类最初无宗教而只有崇拜，这种崇拜是人对自然及其不可知威力的精神情绪反应。正如马克思所说：“自然界起初是作为一种完全异己的、有无限威力的和不可驯服的力量与人们对立的，人们同它的关系完全像动物同它的关系一样，人们像牲畜一样服从它的权力，因而，这是对自然界的一种纯粹动物式的意识。”[①]在此基础上，形成了最早的崇拜自然物的原始宗教。随着社会的发展以及社会分工和阶级的出现，原始宗教遂被以私有制和阶级社会为依托的人为宗教所取代，先是民族宗教，如印度的婆罗门教、古希伯来人的犹太教等，其中一部分逐渐发展为后来的世界宗教，如佛教、基督教、伊斯兰教等。

宗教与人的世界观紧密相联。马克思说：“宗教是这个世界的总的理论，是它的包罗万象的纲领。”[②]人类文明的各个方面都同宗教有着起初是浑然一体，而后又互相渗透的关系，文学也不例外。在构成世界各种文明的物质生产、组织制度和思想观念三个层面中，宗教和文学同属第三层面，因而二者之间具有密切的同一性：首先，宗教和文学都以人为中心。文学关注人的精神世界，表现人的价值和人生的意义，而宗教反映人对终极存在和宇宙本原的意识。“宗教是对无限的东西的意识；就是说，宗教是、而且只能是人对自己的本质——不是有限的、有止境的，而是无限的本质——的意识。”[③]这种终极关怀在宗教中是核心内容，在文学中则是其重要的内容之一。其次，宗教和文学都生成于人类主体意识的觉醒。文学生成于人对自身实践活动的观照，是人对自身价值的直接肯定，而宗教是人“间接的自我意识”[④]，“人使他自己的本质对象化，然后，又使自己成为这个对象化了的、转化成为主体人格的本质的对象”[⑤]。这意味着，宗教是以自我异化的形态扭曲地表现人类的自我意识，最终导致对人自身的否定。再次，宗教和文学都有情感性。文学的审美活动诉诸情感，人们通过对美的事物的感受获得愉悦，而宗教引起信仰者对崇拜对象的敬畏感、依赖感和惊异感。最后，文学和宗教都以想象为工具表达思想，不过，文学承认想象是艺术的虚构，宗教却将想象视为真实的存在本身。所以费尔巴哈（Ludwig Andreas Feuerbach，1804－1872）说：“艺术认识它的产物的本来面目，认识这些是艺术品而不是别的东西；宗教则不然，以为它所幻想出来的是实实在在的东西。”[⑥]因此，马克思对宗教的定义最为精当：“一切宗教都不过是支配着人们日常生活的外部力量在人们头脑中的幻想的反映，在这种反映中，人间的力量采取了超人间的力量的形式。”[⑦]

---

① 马克思. 马克思恩格斯选集：第3卷[M]. 北京：人民出版社，1972：35.
② 马克思. 黑格尔法哲学批判：导言[M]. 北京：人民出版社，1963.
③ 费尔巴哈. 基督教的本质[M]. 荣震华译. 北京：商务印书馆，1997：30.
④ 同上：43.
⑤ 同上：63.
⑥ 费尔巴哈. 费尔巴哈哲学著作选集：下卷[M]. 荣震华译. 北京：商务印书馆，1984：683—684.
⑦ 马克思. 马克思恩格斯选集：第3卷[M]. 北京：人民出版社，1972：354.

西方国家最盛行的是基督教,中国最重要的宗教是道教和佛教。文学与宗教,从起源到发展一直互为表里、互相交融,共同影响着人类生活的各个方面,左右着人们的思想和精神。

一、同一文化体系内的宗教与文学关系

在同一文化体系内,宗教和文学往往共同形成一个民族或地区的文化传统,并以各自的方式共享同一传统的符码体系和意义范畴。

(一)同源共生关系

从历史角度考察,氏族或部落的宗教信仰仪式与口头传说、神话不可分割,作为原始文学雏形的诗歌和戏剧往往与宗教同源共生,浑然一体。赫丽生(Jane Ellen Harrison,1850－1928)在《艺术与仪式》中提出:"仪式和艺术这两个分了道的产物本出一源,去掉一个,另一个便无法了解。"①古代戏剧演出和巫术仪式都源于同一种人性冲动,即通过模仿行为表达主体情感意愿:"艺术作为它动力和主臬的,……是一种艺术与仪式同享的冲动,是想通过再现,通过创造或丰富所希望的实物或行动来说出、表现出强烈的内心感情或愿望。"②

(二)互动关系

宗教经典常以文学形式宣传教义,一般都有很高的文学价值,如"《圣经》中出现的文学形式包括起源的故事、英雄叙事、史诗、滑稽性模仿作品、悲剧、抒情诗、赞美诗、颂词、智慧文学、箴言、比喻、田园诗、讽刺、预言、福音书、使徒书、演讲和启示录"③。佛经亦然。其说理如剥茧抽丝、层层推进,如《楞严经》卷三以"目"与"明暗"、"耳"与"动静"、"鼻"与"通塞"、"舌"与"甜苦淡"、"触"与"离合"、"意"与"寤寐生灭"之关系,说明"六入"虚妄。其间运用了重复(每一处都以"本非因缘,非自然性"结尾)、平列(内六处、外六处平行论说)、对称(三组对称)等手法,读来工整严谨。佛经叙事跌宕起伏,如《愣严经》卷一"阿难遇摩登伽女诱惑",先写起因(阿难循乞)、发生("摩登伽女,以娑毗迦罗先梵天咒,摄入淫席"),再写发展("将毁戒体")、高潮("有佛化身,结跏趺坐,宣说神咒"),后写结局("提奖阿难,及摩登伽,归来佛所"),既是精彩的短篇小说,又是抵制诱惑的"觉悟"故事。反之,文学常借助宗教丰富意义表达,深化对生命与存在的反思。其方式主

① 赫丽生.艺术与仪式[M]//叶舒宪.神话—原型批评.西安:陕西师范大学出版社,1987:68.
② 同上:79.
③ 勒兰德·莱肯.圣经文学[M].徐钟,刘振江,杨平译.沈阳:春风文艺出版社,1988:3.

要有二:宗教经典为文学提供丰富的素材,其情节或演化为习语、典故,或被重述、改写,或作为原型被续写和移植,间接表达宗教情感;宗教教义为文学提供宏富深湛的意义资源,文学或继承式地表达教义,或对立式的沿用教义,或对教义重新整合。所以,海伦·加德纳(Helen Gardner 1908 -)说:"在每个时代之中,诗人们都根据那个时代的力量和局限,在人生的众多形象之中,展示了人作为一种能进行宗教崇拜的动物的形象,从而找到了种种方式来丰富我们的想象。"①

(三)宗教经典化的过程往往伴随着对文学文本的神圣化改造和利用

如《雅歌》原是以色列民间流传的俗世情歌,但犹太拉比们一直视其为"启示"的"灵粮",针对《雅歌》的内容和形式逐渐形成很多解释,"就其内容而言,有人认为《雅歌》是一篇讽喻故事,既表现上帝过去对以色列人的爱,也表现上帝现在对教会和信徒的爱;有人认为《雅歌》是一篇神话,表现了太阳神和大地女神的姻缘。还有人认为《雅歌》是一篇描写男女恋人的爱情故事。……许多读者认为《雅歌》是戏剧,因为《雅歌》的某些版本里有详细的舞台说明。……但是许多人认为《雅歌》不是戏剧"②。历代学者大体形成了七种观点③,比较公认的是爱情诗集说。

(四)宗教与文学紧密结合直接产生了宗教文学

"所谓宗教文学,就是宗教和'想象文学'的重叠。……因为两者都大量地依赖形象化语言和神话。"④典型的宗教文学有基督教的赞美诗、灵修文学、布道文、圣剧,佛教的梵呗和变文等。

(五)宗教和文学在某些时期存在对立关系

如文艺复兴时期的基督教和文学。人文主义者主张以人权反神权,以人性反神性,以个性自由反禁欲主义,归根结底是要求以人性、人智取代神性、神智,从上帝那里找回人自己。文学主流亦张扬个性解放、推崇世俗生活、讽刺基督教会、反对基督教教义,表现出对基督教神学思想的怀疑和批评,如拉伯雷的《巨人传》、卜迦丘的《十日谈》、马基雅维里的《曼陀罗华》等。

西方国家最盛行的宗教是基督教,在各个发展阶段,基督教与西方文学以不

① 海伦·加德纳.宗教与文学[M].江先春,沈弘译,成都:四川人民出版社,2003:222.

② 勒兰德·莱肯.圣经文学[M].徐钟,刘振江,杨平译.沈阳:春风文艺出版社,1988:250.

③ 七种分别为寓意派、预表派、戏剧派、婚曲派、礼仪派、情歌派。参阅圣经[M].香港:环球圣经公会有限公司,2002:528—529.

④ N. Frye, S. Baker, G. Perkins, The Harper Handbook to Literature, New York, 1985:390-391.

同的方式发生关系，但总的倾向是互相补充。从古典时代到文艺复兴运动前，大部分西方文学对基督教呈现出继承性，并经常起互补与稳固二者关系的作用。尤其是中世纪文学，更是被直接用来表现宗教观念和情感，如圣徒传、宗教剧等，其神学基础正如托马斯·阿奎那(Thomas Aquinas，1225－1274)所说："艺术作品起源于人的心灵，后者又为上帝的形象和创造物，而上帝的心灵则是自然万物的源泉。……人的心灵在着手创造某种东西之前，也需受到神的心灵的启发。"①14至16世纪，基督教传统走向低谷，但其影响仍在持续。借助古希腊罗马的世俗人本意识，人文主义者将中世纪一度极端化了的人、神关系作了很好的调整，吸收了许多基督教思想为己所用，如将创世神学中"人是万物灵长"的思想发展为人性至上的观念，将耶稣"爱上帝""爱人如己"的思想与奥古斯丁对三位一体的描述——爱者、被爱者、爱——发展为人人平等、自由博爱的世俗思想。文学与宗教呈现出混生状态，乔叟的《坎特伯雷故事集》、塔索的《被解放的耶路撒冷》中都有基督教因素。人文主义者的辩护至多不过如卜迦丘所说："不仅诗是神学，而且神学也是诗"，"诗是一桩实践的艺术，它发源于上帝的胸怀"②。16世纪的宗教改革促进了神学的个性化进程，它试图将基督教从仪式化阶段引向心灵感悟阶段，从官办教会的桎梏下解放出来，植入平民社会的日常生活。17—19世纪西方文学与基督教的关系更为微妙，但总的倾向是注重个性化的宗教体验和信仰表达。既有约翰·弥尔顿的《失乐园》等表现出的对新教革命的反思，又有歌德《浮士德》借《约伯记》说明善恶辩证哲学的尝试。20世纪，"个体的内在性更多渗入信仰者的信仰对象的超验性之中，超验的神圣世界信码的普遍一致性削弱了。超验的意蕴由一种普遍的、客观的(非个体化的)语义转变为一种非普遍性的、单纯个人的语义"③。西方文学也顺承这一路径接受了《圣经》的润泽，乐园、原罪、末日审判等原型在乔伊斯的《尤利西斯》、贝克特的《等待戈多》、戈尔丁的《蝇王》等作品中时隐时现。

就中国文化体系内的中国文学同本土宗教——道教而言，其总的关系也是互相影响、水乳交融，但因其共同兼容并蓄、改造融合了外来的佛教思想，因而其同生共存关系更为复杂。

当中国文学处在发轫期时，道教也还只有它的渊源，而到先秦两汉中国文学的形成期，道教也有了自己的前身——道家。两汉之际印度佛教传入中国，道家

① 伍蠡甫.西方文论选上[M].上海：译文出版社，1979：152.
② 同上：176－178.
③ 卢曼.宗教教义与社会演化[M].刘锋，李秋零译.北京：中国人民大学出版社，2003：12.

和中国文学一起受益并发展丰富成道教，老子和庄子的著作以及《太平经》、《周易参同契》等，就定为道教最早的经典，但它们又是富有特色的文学作品。魏晋至唐宋，中国文学由自觉走向辉煌，道教也逐步发展完备并编纂修成其具有体系性和理论性的典籍《道藏》。《道藏》中的传记、诗词等得益于《史记》和六朝唐宋诗词。如《黄庭经》受七言诗影响，亦采用七言诗体，意象虚幻神秘。而《道藏》中的“游仙诗”、“步虚诗”、神仙传等也影响到中国文学，曹操的《秋胡行》、《气出倡》、《精列》等运用道教素材，描写仙境风光和仙人生活。嵇康的《游仙诗》、《幽愤诗》、《述志诗》等，表现出老庄玄义与道教养生的重叠。王勃《八仙径》、《忽梦游仙》感叹“流俗非我乡，何当释尘昧?”“终希脱尘网，连翼下芝田。”李白更是醉心求仙访道、采药炼丹，创作了大量慕仙主题的诗作，《古风》、《怀仙歌》、《玉真仙人洞》等，或表现物我合和、清逸飞扬的道家境界，或抒发兴衰流转、天道无为的自然之感，天马行空，悠闲空灵。神仙传记《汉武帝内传》和《神仙传》等直接影响到志怪的形成。张华《博物志》擅写仙化变形，富有想象；干宝《搜神记》多有仙凡婚配、感应复活故事，文笔简练、语言朴素。南宋至明清，中国文学进入封建社会末期，随着道教与儒教、佛教以及其他民间宗教的融合趋势增强，道教更加世俗化和芜杂化，道教文学也逐渐走向衰败，但在元“神仙道化剧”中仍然还会发现道教的影响。

对此，我们不难发现，中国文学所收入的道教文本与《道藏》中所含的文学作品是相同或相通的。《老子》、《庄子》既是先秦的美文，也是《道藏》经典。葛洪的《抱朴子》被鲁迅列为“中国文学十二部入门书之一”。《玉京集》、《广成集》也是比较优秀的诗歌和骈文，而葛洪的《列仙传》、杜光庭的《墉城集仙录》则可视为人物传记。反之，中国文学也受惠于道教，唐传奇、明清神魔小说、元代“神仙道化剧”等都从神仙思想汲取营养。道教对文论亦有深刻影响。道家认为，物各有其性，各得其所。人只是万象中之一体，不应自视为万物主宰和万象秩序的赋予者，而应从宰制位置退却。以物观物，世界才可回复自由无碍、物我物物、互认互显的圆融境界。基于这一思想并融合佛家思想形成的“境界”，就是冥合万有、自我虚位、万物归怀的朴素天真状态。

可见，同一文化体系中的文学与宗教关系，都是同生互惠、盛衰互动的传统构建关系。

二、不同文化体系中的文学与宗教关系

不同文化体系中的文学与宗教相交，既有经历碰撞、砥砺、转型和融会等的

过程，又有相互抵触、对抗、征服与反征服等的复杂历程。前者如印度佛教与中国文学文化的交会，后者如基督教与犹太教、伊斯兰教等的抗衡历史。尤其中国文学与佛教、基督教之间长达千年以上的两者都有的复合关系，实为世界罕有。

印度佛教传入中土时，中国已是思想文化高度发达的国家，因此对佛教的接受是积极的吸收和改造。魏晋玄学时期，南道北儒开始合流，佛教的大、小乘并存，其出世思想与道家的少思寡欲、清静无为沟通，佛学以老庄阐释佛典，采用"格义"之法宣说教义，这是中国传统文化"化入"外来佛学思想的开始。后来鸠摩罗什传播大乘空宗，带来佛学本体论，玄奘带回大乘有宗这一佛学的认识论，佛教的最高境界涅槃，以及通达它的途径禅定，最终被国人认识，因而自隋唐则已开始佛学的中国化。尤其是将大乘主张佛涅槃即死亡，也即"返朴归真"的说法，被禅宗转化为"我心即我佛"，可谓佛教"遂蜕化为国有"的重要标志。

在碰撞、砥砺过程中，佛教对中国文学产生了深远影响。佛典的著述和吟诵发展了"声明"，直接促进了中国古代汉语反切规律的总结，影响到中国诗歌对声律的运用，也间接促进了近体诗的成熟。韵散结合的佛经文本同中国口头文学结合产生了变文，促使了话本、拟话本和小说等新文体的出现。佛经以韵文开端，以散文为叙述主体，再以偈颂结尾，以及僧人宣讲佛经时的"俗讲"，被民间艺人效仿，产生了变文，宝卷、弹词、鼓词等都保存了变文的韵式。宋以后的话本小说、拟话本以及长篇章回小说等也均保留了变文痕迹。思想内容上，佛学的"空"、"法"、诸行无常等思想，使中国文学延展了空灵虚透的意韵境界，丰富了人世无常的感叹。王维的《鹿柴》营造出空寂、悠远的境界，苏轼的"人似秋鸿来有信，事如春梦了无痕"(《正月二十日与潘郭二生出郊寻春忽记去年是日同至女王城作诗乃和前韵》)，李公佐的《南柯太守传》、汤显祖的《邯郸记》、马致远的《黄粱梦》等也饱含着万般皆空的佛思。文学批评方面，中国传统文论中的神韵说、妙悟说、性灵说无不带有佛教思想的影子。宋代即以"悟"、"参"等禅语表达诗歌灵感，如戴复古："欲参诗律如参禅，妙趣不由文字传。个里稍关心有悟，发为言句自超然"(《论诗十首》之一)。禅宗主张的"不在文字，不离文字"也被严羽发展为"不涉理路，不落言筌"，纯粹的"兴"、"趣"可谓"空中之音，水中之月，相中之色，镜中之象"。

基督教同样传入了中国，而且历史也相当悠久，它在中国又经历了一个怎样的过程呢？在中国近代以前，基督教曾先后三次来华，前两次规模较小，影响不大；明清之际，大批耶稣会士来到中国，其间两种文化的砥砺与冲突，同样值得我们深思。

为传播天主教，耶稣会士积极寻找与中国传统文化的契合点，采取“合儒”、“补儒”并最终“超儒”的策略宣扬天主教思想，使中国能皈依天主教。所谓“合儒”，就是从中国先秦儒家经籍中找出与天主教相契合的成分，互相发明，如利玛窦（Matteo Ricci 1552～1610）将中国典籍中的“天”“道”与“上帝”比附为基督教中的“天主”；把儒家的“仁”等同于天主教的“爱”。在《天主实义》中称：“吾天主乃古经书所称上帝也”，“上帝与天主，特异以名也”。所谓“补儒”，就是把中国儒学划分为先儒后儒，认为先儒学说至宋代理学阶段未得到正确理解，因此要以天主教补益先儒之漏，补救后儒之弊。被称为“索隐派”的白晋、马约瑟、傅圣泽等法国籍耶稣会士，也努力借助《圣经》及希伯来、希腊的神秘哲学破解中国上古文献如《易经》和《老子》中的符号和言语。方济各会士利安当也以诠释四书来生发基督教义理。这样的“中国化”必然使基督教教义失真，中国知识分子也往往以儒学理解天主教，其实也是“格义”，如王家植在《题畸人十篇小引》中说：“木仲子（指自己）之心，利子（指利玛窦）之心也，人人之心也，亦天主之心也。”即是以王阳明的“心”与万物“一气流通”并与万物融合为一的观点，来理解天主教的上帝。传教士的中国化策略虽曾一度取得成效，但始终未能将基督教融入中国文化的有机整体之中，最终引发“礼仪之争”，明清之际基督教在中国的命运也随之终结。

从佛教和基督教入华的不同结局来看，外来文化要在一个具有自身悠久传统的文化体系中扎根，必然要经历碰撞、磨合过程，最终决定其能否融合的关键在于核心观念的转变。佛教首先对自身的核心观念进行修正，得以进入中国文化体系并反过来影响了中国传统文化；基督教在崇信上帝的根本观念上不肯让步，因为一旦让步就不成其为上帝万能并“唯信得救”的基督教了，因此很难从深层次上融合到中国文化体系中来，最终只能在中国文化体系之外徘徊。其间耶稣会士对儒家思想的诠释策略、基督教神学与儒家思想的适应与妥协、中国本土的接受与回应等，均可进一步深入研究。

文学与宗教存在着复杂的共生互动、碰撞融会关系。比较文学意义上的文学与宗教关系研究，必然要求研究者既要有广博的中外文学文化知识，宗教教义、教理、教史知识，又要有敏锐的学术眼光，善于在精细的文本研读基础上发现深层的精神联系。在研究工作中，须以文学事实（包括文学作品、作家、文学现象、文学思潮等）为对象，既要追溯其与宗教的影响关联，又要运用宗教学、文艺学和其他相关学科的理论，作跨学科、跨文化体系的美学性分析研究，梳理具体文学现象与特定宗教的复杂关系。

三、文学与宗教关系研究举隅

我国在这方面的研究，近现代不少学者都用功甚勤、成绩斐然，尤其在佛教与中国文学关系研究方面取得了不少成果。梁启超有关佛典与翻译文学关系的论述、郑振铎的《佛曲叙录》、钱仲联的《佛教与中国古代文学的关系》、季羡林的《〈西游记〉里面的印度成分》、陈寅恪的《支愍度学说考》、许地山的《梵剧体例及在汉剧上的点点滴滴》等，都有许多重要见解。其中陈寅恪先生的《西游记玄奘弟子故事之演变》一文①更是广征博引，考论结合，可谓文学与宗教跨学科研究的典范之作。

陈先生在深入研究佛典与印度故事的基础上，结合佛典在翻译传讲过程中的删节、合并等考证，并与《西游记》的描写相对比，认为玄奘弟子之故事乃是合并佛典加以演化的创造性结果。

陈先生先从背景着笔，步步接近论旨。开篇提出佛经传讲与中国文学演变之关系，作为全文的理据："自佛教流传中土后，印度神话故事亦随之输入。观近年发现之敦煌卷子中，如维摩诘经文殊问疾品演义诸书，益知宋代说经，与近世弹词章回体小说等，多出于一源，而佛教经典之体裁与后来小说文学，盖有直接关系。"接着又引僧佑《出三藏记集》提出，《贤愚经》乃是昙学等八位僧人听讲之笔记，可谓印度故事杂集，此处已将印度故事与佛经融合之意点出。

在此基础上进一步深入论述，提出："当日中央亚细亚说经，例引故事以阐经义。"具体到中国语境，则既有《法句经》、《譬喻经》等"印度人解释佛经之正宗"，又有发生了信息转移和变异的释经著作，"如天台诸祖之说，则已支那化，故与印度释经之著作有异也。夫说经多引故事，而故事一经演讲，不得不对其说者听者本身之程度与环境，而生变易，故有原为一故事，而歧为二者，亦有原为二故事，而混为一者。又在同一事之中，亦可以甲人代乙人，或在同一人之身，亦可易丙事为丁事"。此段是全文的论证要处。对此，陈先生对中心论旨"玄奘弟子故事之演变"与佛经的关系作了影响路径和接受表现的探析。

首先是孙悟空形象，文章引用鸠摩罗什（Kumārajīva，344－413）译《大庄严经论》卷三第十五故事中难陀王的一段偈为据，指出偈中包含两个故事，"一为顶生王升天因缘，见于康僧会译六度集经肆第肆拾故事、涅槃经圣行品、中阿含经壹壹王相应品四洲经、元魏吉迦夜昙曜共译之付法藏因缘传壹、鸠摩罗什译仁王

① 陈寅恪. 金明馆丛稿二编[M]. 上海：上海古籍出版社，1980：192—197.

般若波罗蜜经下卷、不空译仁王护国般若波罗蜜经护国品、法炬译顶生王故事经、昙无谶译文陀竭王经、施护译顶生王因缘经及贤愚经壹叁等”；二为“印度最著名之纪事诗罗摩延传第陆编，工巧猴名 Nala 者”。在结合前文有关说经中信息转移和变异的论述基础上，综合两故事提出：“盖此二故事本不相关涉，殆因讲说大庄严经论时，此二故事适相连接，讲说者有意或无意之间，并和闹天宫故事与猿猴故事为一，遂成猿猴闹天宫故事。”此处已将影响路径阐明。为补充论证，陈先生还指出，印度虽有许多猿猴故事，但猿猴闹天宫未之有也。中国虽亦有猿猴故事，但以中国伦常观念，闹天宫可信性较小。

印度的神猴

中国的孙悟空

其次，陈先生接着考証，猪八戒是从《根本说一切有部毗奈耶杂事》三的《佛制苾刍发不应长缘》中，天神变大猪救沙门之天神衍化而成，征引原文后，陈先生推论说：“观此上述故事，则知居坎窟中，须发蓬长，衣裙破垢，惊犯宫女者，牛卧苾刍也。变为大猪，从窟走出，代受伤害者，则窟旁旧住之天神也。牛卧苾刍虽非猪身，而居猪坎窟中，天神又变为猪以代之，出光王因持弓乘马以逐之，可知此故事中之出光王，即以牛我苾刍为猪。此故事复经后来之讲说，憍闪毗国之憍，以音相同之故，变为高家庄之高。惊犯宫女，以事相类似之故，变为招亲”，此即“高老庄招亲故事之起源也”。陈先生还引《慈恩法师传》论证沙僧之原型乃为沙河中之恶鬼。

通过上述的考证分析，陈先生将之总结为下面的转型重构规律：“一曰：仅就一故事之内容，而稍变易之，其事实成分殊简单，其演变程序为纵贯式。”“二曰：虽仅就一故事之内容变易之，而其事实成分不似前者之简单，但其演变过程尚为纵贯式。”“三曰：有二故事，其内容本绝无关涉，以偶然之机会，混合为一。其事实成分，因之而复杂。其演变程序，则为横通式。”

陈先生此文观点史料结合，精选佛典与文献，既有具体细致的来源考证，又有影响路径的理论分析，并最后总结概括为三种接受转型的重构规律，为文学与宗教跨学科研究提供了极有启迪的操作范例。

第三节 文学与自然科学研究举隅

汉语的“科学”一词译自英文或法文的 science，起初译为“格致”，意谓格物致知之学，后受日本影响，改为“科学”。1897 年，康有为在其《日本书目志》中引介了此词。在日语中，这一词汇用来表示与中国不分科的儒学相对应的西方分科的学问，这个理解被 20 世纪初的中国知识界所接受。1915 年，留美学生创办的科学刊物就取名为《科学》，并产生了广泛的影响，从此，“科学”一词成了 science 的定译，①而且专指关于自然现象的有条理的知识，是对于表达自然现象的各种概念之间关系的理性研究，所以在一般意义上它首先指的是近现代的自然科学(natural science)。

在西方历史上，科学最初处于爱智之学——哲学的统摄之下。在古希腊，哲学的合法成员主要是形而上学和物理学(自然哲学)；到了中世纪，二者又与神学合为一体；文艺复兴时期，自然科学还依然是哲学的一个分支，那时的人文主义者重新去研究希腊文，不但是为了语言和文学的缘故，而且也是因为在希腊哲学家的著作中可以找到关于自然界的最好知识；文艺复兴以后，学者们开始采用实验方法研究自然，从此哲学和科学才开始分道扬镳。自然哲学开始建立在牛顿动力学的基础上，而康德和黑格尔的追随者则引导唯心主义哲学离开了现代科学，同时，现代的科学也很快地就对形而上学不加理会了。

与科学的与哲学的分化并行不悖的是，西方的文学一词，经历了从神话、史诗、戏剧，到小说和抒情诗等新样式出现之后，也于 18 世纪同文献、学识、学问等意思分开，而专指今天所说的“想象性文学”②。比较思考科学、哲学和文学的异同点是饶有兴味的。事实上，哲学从某种角度而言是科学与文学艺术的“上级主

① 樊洪业. 从格致到科学//自然辩证法通讯[J]. 1988：第 3 期

② R. Wellek The Name and Nature of Comparative Literature：from//比较文学经典要著研读[M]. 上海：上海文艺出版社，2006：25—26.

管”，只不过有些哲学（如逻辑实证主义和科学哲学）更偏向科学这一端，有的（如庄子的哲学和法国存在主义）更靠近文学艺术另一端罢了。而就文学与科学的关系而言，从它们的形成、演变和发展过程来看，它们之间存在着种种的内在关连。

一、文学与自然科学的差异性

就思维模式而言，自然科学主要依靠的是形式逻辑方法、数学描述和具体实验，并以分类、概括、归纳、演绎为主的认知方式来思考。但文学的特质就在于它既不像自然科学那样纯理知，也不像其他艺术的纯感知，而是处于二者之间，具有模糊性。韦勒克在《文学理论》一书中认为：“文学是一种社会性的建构，它以语言这一社会创造物作为自己的媒介。”①文学作品依其语言特质所构筑的世界，本来就常是些“不可明言之理，不可施见之事，不可径达之情”②，其突出的想象性和形象性，与认知意义的指涉功能并无多大关系。因此，歧义与模棱、联想与想象、感情与夸饰等，都是文学作品中必要的元素。这些元素无一不与科学所导向的世界——那个准确、严谨、价值中立、无感情干扰、重视认知程度、向往客观真实、依赖数据仪器和实验的世界——相悖。

就科学和文学都使用语言载具而言，理想的科学语言是“直指式的”，要求语言符号与指称对象吻合，因此都有其“人为语言”（artifical language），即使其被另一种相当的符号所替换，其含义也不会有任何差别，指称上也绝不会产生混乱。与之不同的是，文学语言是人们都会的自然语言，虽然没有自己的专用符号，但却具诸多独有的特性，如历史文化性、诗情蕴藉性、音韵节律性等。具体来说，文学语言深植于民族语言土壤中，浸透了各民族的历史文化记忆，中国古典诗歌中的“山”、“水”、“云”、“月”、“花”、“草”、“松”、“柳”等词语，无不包含着悠远的历史记忆和深邃的文化意味，并使它们具有了仅仅作为地理的山峰、天文学的天体、无机物的水所不具有的丰富内涵。透过文学的语言艺术，我们还可以感受其表情达意的一面，捕捉到作者的语调与态度，且并不囿于意象的真实与否而切近诗意背后的蕴涵。与此同时，与科学语言相比，文学语言更强调其本身的意义，强调语词的声音特质，如音步、头韵、尾韵、格律等模式。这一特点在诗歌的表现上尤为显著，例如，王维在《过香积寺》中，大量的后鼻音字词的运用非常形

① R. Wellek and A. Warren. Theory of Literature[M]. New York: H. B. J. Inc., 1977:94.
② 叶燮. 原诗//清诗话[M]. 王夫之等撰. 上海：上海古籍出版社，1978：587.

象地营造出钟声在山谷间回响的意境。

在具体的文本中，文学语言的上述两点并非孤立存在，而是彼此混合，只是由于文类的不同使之互有消长。小说中也可能会有科学术语或与科学有关的片段，例如天文学方面的半人马星座、超新星、黑洞、超光速等人工语言，但它们是为作品的审美性艺术感化服务的。反之，一些科学文本，包括科普作品和科学专著，也会使用文学语言，但它是为认知科学知识服务的。可见，二者是貌合神离的。

在人类的文明史上，文学与科学的各类贡献和作品可谓是浩如烟海，可是它们的生命力及其表现形式却千差万别。众所周知，两千多年前中国的老聃写下的一部仅五千言的《道德经》和古希腊柏拉图的哲学著作，依然为各个时代的人广泛阅读。能与之媲美的文学艺术也同样如此，人们对不同历史时期的文学名著的学习与欣赏，经久不衰。然而，科学技术书籍似乎是另外一种命运。我们不妨举文艺复兴时期绝世天才达·芬奇的创作为例。达·芬奇既是一位艺术家和哲学家，同时又是工程师、物理学家和生物学家。他在上述每一个领域的成就，都达到了他那一时代的巅峰。现在，让我们来比较他的这些“成绩”的命运结局：在绘画方面，他的《最后的晚餐》和《蒙娜·丽莎》卓然立于美术史上之不朽境地；可是他在军事、水利、土木和机械工程等方面的重要论著，对今天的科学家来说，却是不屑一顾了，充其量也只具有科学技术史的有限价值罢了。可见，文学艺术经典作品的审美价值是具有超越时间、空间的生命力的。但自然科学的伟大成就，却有时间和空间的局限。

关于文学与科学的关系，梁实秋曾有一段评论认为：“科学先战胜宗教，再战胜哲学，最后和文学冲突”；文学也一样，“文学先战胜了哲学，再战胜了宗教，最后和科学冲突”①。英国历史上的阿诺德（M. Arnold）与赫胥黎（T. H. Huxley）之争，背后的动因就是文学与科学之争。阿诺德承认科学的重要，认为科学可以把物质现象一一加以分析，以探究真理，但是这些真理如何才能和人生问题发生联系，是科学家不应过问的，这是文学的领地。“如人性不变，文学的魔力是不可抵抗的”，因而在并非专门的领域而是面对大多数人的教育中，应该以文学为主导。赫胥黎认可文学的价值，但要求将科学的领地加以扩张，认为人生问题，也须提倡科学的方法，至少在教育上科学与文学同等重要。

正因如此，马克思在归纳人脑掌握世界的四种方式时指出，除自然科学外，

① 梁实秋. 文学与科学//梁实秋文集：第1卷. 厦门：鹭江出版社，2002：435.

还有“艺术的”、“宗教的”、“实践—精神的”三种，并认为它们可以互相阐发，但却不可互相代替①。

二、文学与自然科学的互渗性

18世纪英国大诗人蒲柏(Alexander Pope)，在为牛顿所写的墓志铭中有这样两行：“Nature and nature’s law lay hid in night：God said，let Newton be! And all was light.”翻译过来就是“自然与自然规律为黑暗所蔽，上帝说：‘让牛顿来。’一切遂成光明”。蒲柏以一颗诗人之心深味牛顿的成就在自然科学领域的划时代意义，在模仿《圣经·创世纪》笔调的诗句间充满了他所能体察到的科学家洞见宇宙秘密时的崇高与伟大，流露出一种逼近终极的沉静之美。

科学对文学的吸纳，按照英国学者詹姆斯·麦克法兰的说法：“科学的新观念愈来愈带有诗歌中奇喻的性质；科学的重大进步(不仅在较新的心理领域，也在较传统的自然科学方面)都利用了与诗歌创作相同的富有想象的、直觉的洞察力。……微生物学家的雕塑模型、理论物理学家的数学模型，都具有小说家虚构世界的某些特质。”②同样，从西方文学史的发展来看，文学对科学的吸纳也毫不逊色。无论是批判现实主义还是自然主义文学无不显示出强烈的科学精神，反映出了文学家们试图把科学规范作为他们创作规范的渴慕。

具体而言，文学与自然科学的结合，很大程度上体现在兼具科学头脑的文学家身上或者具有文学素养的科学工作者身上。科学工作者也是有着丰富感情的人，如巴尔扎克在《绝对的探求》中所表明的那样，他们在可能条件下，总想将他们的成果用文学形式介绍给大众，例如英费尔德的《科学在今日》和其他科普作家的作品；而且在可能条件下，他们也想把科学论文写成优美的文学作品，使读者在学习科学的同时获得艺术的享受。这样的例子在中外文化史上不乏其人，我国古代的一些科学家在这一方面显得十分突出。《徐霞客游记·前言》中说：“纯粹以考察自然为目的，毕生从事旅行事业的，徐霞客为亘古第一人。……而对地貌作系统考察，对岩石、水文、植物、气候等作多方面观察记述，开创了实地考察自然、系统地描述自然的新方向的，徐霞客也是第一个，这是他超越前人和同时代人的杰出之处，也是《徐霞客游记》突出的科学价值所在。”③《徐霞客游记》这部著作不仅科学价值不容置疑，而且文学价值在历代游记中也是第一流的。

---

① 马克思.《政治经济学批判》导言//马克思、恩格斯选集：第2卷.103—104.

② 现代主义[M].马·布雷德伯里，詹·麦克法兰编.上海：上海外语教育出版社，1992：6.

③ 徐霞客.徐霞客游记[M].上海：上海古籍出版社，1980：15.

同样，欧洲优秀的数学家和实验物理学家帕斯卡，在他的《思想录》(1657—1658成集)里，就人的意识与自然的张力，他将"数学之灵"和"精美之灵"结合地写道：大自然"一口气就足以杀死他。但是，如果宇宙要压碎他的话，人类不就更高尚吗……因为他知道自己死了，知道宇宙优越于他；而宇宙对此却一无所知"。①

文学艺术工作者，具有一定的自然科学素养是有益于其文学创作的。例如在鲁迅那里，我们看不到人文文化和科学文化对立的痕迹，相反，他一贯强调二者相互融合对于健全人性及推进文明的积极意义，强调艺术思维与科学思维的结合，故他能在《狂人日记》中以真实的狂人思维和语言说出对中国历史本质的精确判断。对此，他自己说过，其"仰仗的全在先前看过的百来篇外国作品和一点医学上的知识"②。又如莎士比亚，他在《麦克白》中所表现的主人公的"洗手"情节，从犯罪心理到艺术表现，就是科学思维和艺术思维相结合的典范。可见在文学大师们的创作过程中，艺术思维和科学思维常常是有机融合的，在鲁迅是他的全部作品，在作家则是所有的大师们。

文学与科学恰如人的左右眼一样，是同等重要的，它们都有各自的位置和作用，无须彼此替代。但应该看到，那些渗透着文学的美学之维的科学著作，在传播科学信息之际，也播洒着文学感性的魅力；反之，文学著作亦然。

三、文学与自然科学的交锋

自然科学的飞跃使我们从善和作恶的能力都有所增加，因此也增加了约束破坏性冲动的必要，亦即人文的重要性。文学从科学技术创造的物质文明中汲取养料和素材，对其进行讴歌和赞美；但是又对科学可能成为人类进步的异己力量保持着警惕。许多现代派作家在其作品中抗议科学"进步"的反人类特质：美国作家品钦的《万有引力之虹》流露出了对后工业社会的科学技术发展的一种怀疑和担忧；英国作家劳伦斯也对科学进步的机械文明使人丧失人性和美好天性表示出不满；同样，美国作家福克纳对现代机械文明破坏了南方传统道德中的美好成分的不安心境，从他的作品中不可遏止地流泻出来。

科学与文学的交锋甚至产生出了"科学文艺"这一边缘文体，二者的复杂关系突出地表现在这种文学类型上。它们既具有对科学材料作艺术概括，又具有以艺术方法来认识科学的特点，从文学中吸取了文艺性，从科学中获取了科学

① Barricelli & Gibaldi. Interrelations of Literature[M]. New York: The Modern Language Association of America. 1982:183.

② 鲁迅. 鲁迅全集[M]:第四册. 北京:人民文学出版社,1957:393.

性。具体的文学样式有科学幻想作品、某些推理小说等，其内容乃至形式都与自然科学直接有关，在主题的确立上也体现了对于科学技术这把双刃剑的理性思考。

当前，世界各国都卷入了一场技术革命的浪潮之中，这场革命使我们的生活方式、工作方法甚至思维方式都发生着戏剧性的变革，并且无可抗拒地进入了艺术创作领域。诺贝尔文学奖得主哥伦比亚作家加西亚·马尔克斯说："现在我用电脑写作，比过去更方便了。我写作《关于爱情和其他魔鬼》时拟就了一份精确的时间表和写作大纲，我已经把它们从电脑硬盘上删去了，现在我开始输入新的东西。"①文学史上书写与传播工具的变革对于文学创作的影响是巨大的，这一写作方式的转换究竟对文学和文学创作的冲击有多么深远，现还尚难断定，但在其开放性的进程中，它已显示了自身的无限潜力。

无疑，文学研究和科学两者在方法论上有许多交叉和重叠的地方。诸如归纳、演绎、分析、综合和比较等基本方法，这些对于所有系统性的知识来说，都是通用的。众所周知，文学与文学研究是截然不同的两种事情：文学是创造性的，是一种艺术；而文学研究，如果称为科学不太确切的话，也应该说是一门知识或学问。对于文学作理智性的探讨，可以将自然科学运用的那些方法移用到文学研究上。移用的方法可以是仿效一般科学的客观性、中立性和确定性等特点，也可以是因袭自然科学的方法等。但是，这种科学上的因果律的运用往往过于僵化，即将决定文学现象的原因简单归结于经济条件、社会背景和政治环境。此外，也有人把某些科学上通用的定量方法，如统计学、图表等引进文学研究的领域。科学的方法仅就十分有限的文学研究范围或者某些特殊的文学研究手段而言，有时是有价值的，如将统计学用于版本校勘或格律研究上便是颇为成功的做法。

这一研究方式可以使我们模糊感觉到的东西更加精细，更符合"科学"，但是这种统计学的方法并不能达到人生价值与人性深度的层面。诚如约翰逊博士(S. Johnson)曾断言的那样，诗人不应该去"计算郁金香花的瓣数"。不过，如果从文学的外部来讲，科学工作者如果具有广泛的文史知识，不但可以推动本身的科学研究，还能反过来影响文史研究。以王之涣的《凉州词》为例："黄沙远上白云间，一片孤城万仞山。羌笛何须怨杨柳，春风不度玉门关。"此诗经气象学家竺可桢考证后认为："这是很合乎凉州以西玉门关一带春天的情况的。玉门关是古

① 中国社科院外国文学研究所. 外国文学动态[J]：第5期. 199：43.

代通往西域丝绸之路的必经之地，唐朝开元年间，边塞诗人，对于玉门关一带春天几乎每天日中都要刮起黄沙、直冲云霄的情况是熟悉的。但后来不知何时，王之涣的《凉州词》第一句便被改成'黄河远上白云间'。到如今，书店流行的唐诗选本，统沿用改过的句子。实际上黄河和凉州、玉门关谈不上有什么关系。”①这是一则将自然科学引入文学的版本校勘学领域的很好案例。

总之，近代以降，每一时代的文化进程都深受自然科学的冲击，一些人习惯将科学与文学视若冰火。席勒曾悲叹科学使自然非神圣化，尼采也曾因人类文化逐渐丧失酒神精神而怅惘。在这个科学力图宰制世界的时代，文学与科学之间出现了史无前例的矛盾关系，然而，这种对立与紧张，却产生出一种互动的可能性，从而并不一定走向困境。当代人文学科科学化的同时，自然科学也经历着人文化。从某种意义上说，任何人类探索，都是对世界的人化，都是意义与价值的赋予，科学也是终极关怀的重要实践。惟其如此，正如马克思早就预言的：“自然科学往后将包括关于人的科学，正像关于人的科学包括自然科学一样：这将是一门科学。”②

四、文学与自然科学研究举隅

在此，我们举两个例子，作简要分析和介绍。

其一是法国科学家法布尔的《昆虫记》，该书以其在文学和科学上的非凡成就受到举世推崇。《昆虫记》是一本讲昆虫生活的书，涉及蜣螂、蚂蚁、西绪福斯虫等一百多种昆虫，共分为十卷。在这个世界上，人类现在已知的昆虫种类约一百万种，占所有已经知晓的动物种类的六分之五，并且仍有几百万种未知晓的昆虫仍待人类去发现和认知。法布尔在 19 世纪中期，于学校教课之余，和自己的孩子一起在田野间观察各类昆虫，为之定名，为之讴歌。作者将对昆虫的细心观察、潜心研究和人生体会熔于一炉，不仅使读者在阅读时获取相关的科学知识，而且睿智的思想哲理跃然纸上，让读者获得一次独特的审美过程。例如法布尔在描写西绪福斯虫时：“第一个例子是舒氏西绪福斯蜣螂。它在粪球推运工作中，体形最小，最勤勉热心。它动作迅速敏捷，它跌跤时形态笨拙，它忽然从崎岖难行的路上滚下，它那股顽强固执的劲儿又把它带回这条路上。凡此种种都无与伦比。拉特雷依为了纪念这种过分耗费体力的体操运动，给这种昆虫起名为

① 自学成才要有文史知识//大学语文[M]. 上海：华东师范大学出版社，1999：39.
② 马克思. 1944 年经济学哲学手稿[M]. 北京：人民出版社，1985：85.

西绪福斯。西绪福斯是古代阴间的著名人物。这个不幸的人为了把一块石头搬上一座山的顶峰，拼死拼活，艰苦劳动。这块石头每当到达山顶时就立刻滚回山坡下面。可怜的西绪福斯，你再开始搬吧，又再开始搬吧，永远再开始吧。当这块石头搬到山顶，稳固地立在那儿时，你遭受的折磨才告结束。……”①在中国，20世纪二三十年代就曾出版过《昆虫记》的节译本，鲁迅称之为“讲昆虫的故事”、“讲昆虫生活”的楷模，周作人更是说此书比看那些无聊的小说戏剧更有趣味，更有意义。这是一部为昆虫谱写的生命乐章，具有“哲学家一般的思、美术家一般的看、文学家一般的感受与抒写”②，作为自然科学家的法布尔也由此获得了“科学诗人”、“昆虫荷马”、“昆虫世界的维吉尔”等桂冠。

如同中国古代的文人，视古籍《尔雅》中的《释虫》、《释鱼》等，轻蔑地称之为“虫鱼之学”一样，法布尔在其学术生涯中，也始终面对两个方面的强大势力挑战，一是传统中蒙昧的俗见与陋闻，二是所谓“科学”的僵硬与专制。对于俗见陋闻来说，法布尔的“科学观察”与“系统研究”无疑是照亮蒙昧的一线光明。而对后者，他的贫穷一生和最终不被科学界认可，说明他的融文学与科学的跨学科论述，还未被其时代学界所认识。时至今日，“生态危机”已成全球性关注的话题，保护人类的生存环境的呼声日益高涨。昆虫也是地球生物链上不可或缺的一环，昆虫的生命也应当得到尊重。对照当下蓬勃开展的生态运动，法布尔称得上是一位“先知”。在这样的情势下，《昆虫记》的生态学科学意义自然就更加凸显出来。

其二是进一步能将文学与科学结合进行研究的贾祖璋的《鸟与文学》。《鸟与文学》是把自然科学中的鸟类学和文学结合起来比较研究的一本论著。

该著在其开篇的文献综述中指出，我国古代从孔子开始，就已谈到诗的功用之一是“多识于鸟兽草木之名”，而我国的诗歌文学向来有运用比兴手法的传统，所比、所兴之物常常是鸟类或草木。鸟在中国文学上作为被歌咏的对象是有着悠久历史的，从《诗经》的开篇第一首“关雎”起，一直绵延不绝。关于鸟的文献、典故、传说也极为丰富。

随后作者就挑选有代表性的燕、黄鸟、画眉、杜鹃、尸鸠、鸥、鹤、秧鸡、鹧鸪、雁、鸳鸯共十一种鸟，予以一一论述。在介绍每一种鸟时，既以大量的文献资料从文学的角度对该鸟进行各个方面的描述，又以科学的语言从生物学的角度来

① 法布尔. 昆虫记[M]：卷六. 吴模信，梁守锵译. 天津：花城出版社，2001：3.
② 周作人. 自己的园地·法布耳《昆虫记》[M]. 长沙：湖南文艺出版社，1998：102.

谈鸟的名称、种类、生活习性等。可谓广征博引，有理有据地论证了自己的发现和认识。

我们现以论述“燕”的一章，予以研读分析。该章首先列举了“燕”的种种别名，引用了《尔雅》、《广雅》、《说文》、《本草纲目》、《庄子》、《琅寰记》、《礼记》等文献，计有“乙、意而、元鸟、乌衣、天女”等十五个名称。接着介绍燕的种类时，同样搜罗了有关的文献，共有“社燕、土燕、越燕、紫燕”等十一种名称，在这些种类中，有些是不同时代、不同文献对同一种燕子的不同称呼。然后对十一个种类进行归纳，得到“社燕、胡燕、土燕、沙燕”四种。此后对这四种燕子分别作科学的介绍，包括它们的学名、形态、习性、分布区域等。社燕是最普通的一种燕，文章进行了详细的论述，对其筑巢、产卵、哺雏、迁徙等习性既引用了诗歌、神话等来说明，又与日本的燕作比较，并引用了一些外国研究者的成果来加以佐证。

该章在对燕本身作了介绍之后，还进一步论述了与燕有关的文学作品，如“赵飞燕”的传说，“燕子笺”的传奇，歌咏“燕子与杨柳”、“双燕”，有关燕子的神话，以及“白燕之瑞”、燕窝等。作者指出，文学上的描述比较生动形象，但往往不太准确，或语焉不详，应以科学认识进行补充说明或概括总结，以使读者在获得科学知识的同时，引发文学上的兴趣，对鸟有了感性的认识，又从中陶冶了性情。

该著对燕等鸟所作的科学说明简明而又扼要，提供与之相关的文学背景周全又丰富，并从学理上揭示出某种鸟所蕴含的特定的情趣和意味，而这些情趣又是与民族心理、文化传统相联系，使读者对鸟和本民族的文学文化关系，都获得了更深一层的认识。

该著的语言平实，篇幅较短，并融科学的知识性与文学的趣味性于一体，是一本不难读懂的学术论述，可供初学者参考。

第九章 比较文学研究的新发展

提示

本章逐一介绍比较文学研究新发展的几个主要领域，探讨其研究的专门对象、理论依据、基本方法、重要问题和代表论著等，以帮助同学了解学术发展信息和拓展研究视野，有益于提高和培养发现问题、提出问题和解释问题的“问题意识”。

第一节 比较文学视域中的形象学

一、形象学欧洲发展史

早在20世纪50年代，卡雷就已经意识到传统意义上影响研究的局限性，认为做起来是“十分困难的，而且经常是靠不住的”，“更可靠的则是由作品的成就、某位作家的境遇、某位大人物的命运、不同民族间的相互理解以及旅行和见闻等等所构成的历史”①。基亚也指出，“有关影响的研究往往是令人失望的”，他批评了那种“追求抽象的总括性影响”的倾向，而是要“设法深入了解一些伟大民族传说是如何在个人或群体的意识中形成和存在下去的”；这就是“近五十年来法国比较文学研究的真正更新，它开启了一个新的研究方向”②，即通过对影响研究的反思，主张对文学中的异国形象作专门研究的新方向。

经卡雷的倡导，一国文学中的异国形象被置于事实联系的中心，卡雷自然成

① 卡雷.基亚比较文学 初版序言//比较文学研究资料[M].北京：北京师范大学出版社，1986：43.

② Marius-Francois Guyard. *La Littérature Comparée*. 6e edition[M], Paris: Presses Universitaires de France. 1978: 109-110.

了形象学的奠基者。卡雷将形象学定义为“各民族间的、各种游记和幻想间的相互诠释”；莫哈评论说，卡雷的那本《法国作家与德国幻象，1800—1940》（Les Ecrivains française et le mirage allemand，1800 - 1940）将法国的比较文学引向了一种全新的研究视角。① 20世纪五六十年代，随着比较文学危机的产生，形象研究也遭到了不少人的责难，这其中包括韦勒克（Rene Wellek）和雷内·艾琼伯（René Etiemble）等学界名人。他们的批评主要是针对形象研究中表现出来的跨学科性和民族主义。面对批评，法国学者们一方面认真检讨存在的问题，以开放的心态接受挑战、更新传统，另一方面又不一味地迎合当时的时髦思潮，而是据理反驳批评中的不实之辞，坚持研究的基本方向。基亚在《比较文学》第六版（1978）中专有一章“人们所看到的外国”（L'étranger tel qu'on le voit）探讨形象学的问题②；勃吕纳介等人合著的《什么是比较文学》一书中，亦有一节“形象与人民心理学”（Images et psychologie des peuples）③。六七十年代以来，法国学者在形象学研究领域取得了丰硕的成果。如让-马克·莫哈（Jean-Marc MOURA）的《试论文学形象学的研究史及方法论》、《文学形象与神话批评》，米歇尔·卡多的《形象研究》，达尼埃尔-亨利·巴柔（D. - H. Pageaux）的《从文化形象到集体想象物》、《形象学研究：从文学史到诗学》；具体的实例方面如米丽耶·德特利的《19世纪西方文学作品中的中国形象》等④。

1989年，巴柔在为《比较文学概论》（Précis de Littérature Comparée）一书所撰写的《从文化形象到集体想象物》（De l'imagerie culturelle a l'imaginaire）一章中，明确提出了当代形象学的基本原则，其核心是对他者形象的定义⑤。之后，莫哈认为：在形象学研究领域，“按照社会需求重构异国现实的意义上，所有的形象都是幻象（mirage）”；比较文学之形象学的本质表现在以下事实中，“形象学自视为国际关系史和文学史，它研究文化和文学领域内同/异的辩证关系”，“形象学研究要靠总体文学和比较文学的支持”，因此我们有充足的理由将形象

① Jean-Marc MOURA. L'imagologie littéraire, essai de mise au point historique et critique, *Revue de littérature comparé*[M], 66:3 (1992:juil. /sept): 272.

② Marius-Francois Guyard. *La Littérature Comparée* [M]. 6e edition. Presses Universitaires de France. 1978:109 - 118.

③ Pierre Brunel. Cl. Pichois et A. M. Rousseau. *Qu'est-ce que La Littérature Comparée*[M]. Paris: Armand Colin. 1983:64 - 68.

④ 比较文学形象学[M]. 孟华主编. 北京：北京大学出版社，2001.

⑤ Pierre Brunel Yves Chevrel. *Precis de Littérature Comparée*[M]. Paris: Presses Universitaires de France, 1e edition. 1989:133 - 161;比较文学形象学[M]. 孟华主编. 北京：北京大学出版社，2001:118 - 152.

学视为“关于异国的幻象史”①。法国比较文学学者谢弗尔也认为，形象学有助于界定和描述一个给定文本中的“异”(foreign)②。

形象学理论虽由法国学者首先提出，但并非法国学者的专利。在欧洲，德国学者胡戈·迪塞林克(Hugo Dyserinck)、罗马尼亚学者亚历山德鲁·杜图(Alexandru Dutu)等也都曾发表了有关形象学理论方面的研究文章③。在美国，著名比较文学学者爱德华·萨义德(Edward Said)也对当代形象学的发展做出了很大贡献；故此，本节也将萨义德的东方主义理论纳入形象学。

二、形象学术语

下面将通过几个重要概念与术语，来介绍比较文学形象学的基本内涵。

(一) **异国形象**(l'image de l'étranger)

巴柔认为：“异国形象应被作为一个广泛且复杂的总体——想象物的一部分来研究。更确切地说，它是社会集体想象物(l'imaginaire social)的一种特殊表现形态：对他者的描述(la représentation de l'Autre)。”④他进一步指出，“所有的形象都源自一种自我意识，它是对一个与他者相比的我，一个与彼处相比的此在的意识。形象因而是一种文学的或非文学的表述，它表达了存在于两种不同的文化现实间能够说明符指关系的差距”⑤。在《总体与比较文学》(1994)一书中，巴柔这样给“形象”下定义：“一切形象都源于对自我与‘他者’、本土与‘异域’关系的自觉意识之中，即使这种意识是十分微弱的。因此，形象即为对两种类型文化现实间的差距所作文学的或非文学，且能说明符指关系的表述。”⑥

事实上在研究一个形象时，应该较为注重探讨形象在多大程度上符合注视者文化，而非被注视者文化的先存模式、文化图解，亦非一味探究形象的“真实”程度及其与现实的关系。巴柔坚持说，真正的关键在于揭示形象内在的“逻辑”、

① Jean-Marc MOURA, “L'imagologie littéraire, essai de mise au point historique et critique”, *Revue de littérature comparée*, 66:3 (1992:juil. /sept.) p. 286, 287.

② Yves Chevrel, *Comparative Literature Today*: *Methods & Perspectives*. Kirksville: The Thomas Jefferson U. Press. 1995:13.

③ 胡戈·迪塞林克. 有关形象和幻想的问题以及比较文学范畴内的研究. 亚历山德鲁·杜图. 模式·形象·比较//比较文学形象学[M]. 孟华主编. 74—88,89—97.

④ D.-H. Pageaux. De L'imagerie culturelle *à* l'imaginaire, *Précis de Littérature Comparée*[M], Paris: P. U. F. ,1989:135.

⑤ *Précis de Littérature Comparée*[M], Paris: P. U. F. ,1989:135.

⑥ 巴柔. 形象//比较文学形象学[M]. 孟华译. 155

“真实情况”，而非核实它是否与现实相符①。巴柔认为，他者就是能够使我们换个角度来思考问题的东西；异国形象也可以说出关于自身文化(注视者文化)有时很难设想、解释和承认的东西②。莫哈曾概括出在形象学研究中文学形象的三重意义：1.异国形象；2.来自某一民族社会文化的形象；3.作者特殊感受所创造的形象③。

游记文学是比较文学的传统研究领域。谢弗尔认为，“旅行日记这些原始资料”，“自古以来就是与异国接触的最好方法”④。对异国形象的研究，不同时期、各种语言的游记文学则为我们提供了大量的文本范例。

(二) **套话**(le stéréotype)

根据巴柔的定义，套话是“形象的一种特殊而又大量存在的形式”，是“单一形态和单一语义的具象”，“这个具象传播了一个基本的、第一和最后的、原始的‘形象’”⑤。不仅如此，套话常被视作形象的一种基本形态，甚至是漫画了的形态⑥。巴柔的一大发现就是：“作为他者定义的载体，套话是对在任何时期都希望有效的所谓集体知识的陈述。套话不是多语义的(polysémique)；相反，它却是多语境的(polycontextual)，可在每一时刻反复使用。”⑦巴柔曾举例说，法国人喜欢葡萄酒，德国人嗜好啤酒，而英国人爱喝茶，就是基于一种对世界和一切文化二分法基础上的套语表述。又如，19世纪早期英国人笔下的中国一个突出形象就是：中国政府、社会、科学技术，乃至中国的语言文字都停滞不前了！而这里“停滞的中国”成了他们描述中国的典型套话，对后世的欧洲人的中国印象也产生了深远的影响⑧。

---

① *Précis de Littérature Comparée*，[M]，Paris：P. U. F.，1989：136，137.

② *Précis de Littérature Comparée*，137.

③ MOURA，Jean-Marc，L'imagologie littéraire，essai de mise au point historique et critique，*Revue de littérature comparée*，66：3（1992：juil. /sept.）：277.

④ Yves Chevrel. *Comparative Literature Today：Methods & Perspectives*. Kirksville：The Thomas Jefferson U. Press，1995：13.

⑤ 巴柔.形象//比较文学形象学[M].孟华译.158、159.

⑥ *Precis de Littérature Comparée*，139.

⑦ [M]，Paris：P. U. F.，1989：140.

⑧ 这里比较有代表性的文本如：John Barrow，*Travels in China*（London：For T. Cadell and W. Davies，1804)、Robert Morrison，*View of China*，for Philological Purpose；containing a Sketch of Chinese Chronology，Geography，Government，Religion & Customs. Designed for the use of persons who study the Chinese Language（Macao：The East India Company's Press，1817)，以及 W. H. Medhurst，*China：its State and Prospects，with especial reference to the spread of the gospel：containing allusions to the antiquity，extent，population，civilization，literature，and religion of the Chinese*（London：John Snow，1838)等作品。

（三）意识形态和乌托邦(l'idéologie et l'utopie)

保·利科(Paul Ricœur)于1975年秋天在芝加哥大学作了题为"意识形态和乌托邦"的系列讲座。利科开篇就说:"我的目的是把经常分开研究的两个现象——意识形态和乌托邦,整合到一个概念框架之中;我整合的前提就是这处于相反两极的结合点或互补功能是社会与文化想象物的典型代表。"意识形态和乌托邦各有积极的一面与消极的一面,"意识形态和乌托邦的对立以及它们内部的对立归因于我所称的文化想象物的某些特征"①。

莫哈借用保·利科上述有关意识形态和乌托邦的两极概念,创造性地提出了异国形象塑造者的两种态度,即社会集体想象物的两极——意识形态和乌托邦。莫哈指出:"意识形态较少由内容来定义,而主要由它对一个特定群体所起的整合功能来定义";"乌托邦本质上是质疑现实的,而意识形态恰要维护和保存现实";"一个异国形象,当它偏向于相异性,并将相异性再现为一个替换的社会、富含被群体抑制的潜能时,就是乌托邦式的","乌托邦有将他者理想化的危险"②。

（四）"自我"与"他者"(moi-même et l'Autre)

巴柔指出,在许多情况下,人们所谈论的交流是单向的:它是某个人、某个集团的行为,他们面向异国而不要求任何相互的效果,不要求任何反馈,也不要求对方理解自己的感情。在所有的这些情况下,当然都会有他者的形象、对他者的描述,但"他者"不仅仅"被注视",而且必须缄口不语。因此巴柔认为,必须区分交流是单向的还是双向的,单义的还是相互的。这种区分就有了人们对交流的基本态度或象征模式,它们支配了对他者的描述。第一种基本态度:狂热(manie)——异国文化现实被一个作家或集团看作是绝对优越于本"民族"文化、本土文化,这种优越性全部或部分地影响到异国文化;其结果是本土文化、注视者文化被这个作家或集团视作低劣的。第二种基本态度:憎恶(phobie)——与本土文化相比,异国文化现实被视为低下和负面的,对它就有一种"憎恶"之情,而这种态度反过来又发展出一种正面的增值,一种对本土文化所做的全部或部分的"幻想"(mirage)。第三种基本态度:亲善(philie)——异国文化现实被认为是正面的,它来到了一个注视者文化中,在其中占有一席之地;而注视者文化是

① Paul Ricœur. *Lectures on ideology and utopia*, New York: Columbia University Press, 1986: 1-2.

② Jean-Marc MOURA. L'imagologie littéraire, essai de mise au point historique et critique, *Revue de littérature comparée*. 66:3 (1992: juil. /sept.): 281-283.

接受者文化，它自身也被认为是正面的。这种相互的尊重，这种为双方所认可的正面增值有一个名称："亲善"[1]。除此，巴柔还提到一种可能：异国文化整个被视作负面的，但注视者文化同样也被视作负面的；不过这种情况很少发生。在论述"自我"与"他者"之间的关系时，巴柔的所归纳的一句话就是："我想言说他者，但在言说他者时，我却否认了他，而言说了自我。"[2]当然巴柔这句话也非绝对的，事实上，在某种程度上，自我也表现了"他者"；在言说自我时，我们也能够听到"他者"的声音。以欧洲作品中所塑造的"中国"这一他者形象为例，从早期欧洲人游记中对中国形象的朦胧的认识，到明清之际利玛窦、李明等耶稣会传教士笔下的中国美好的形象，以及19世纪初期约翰·巴罗、马礼逊等对中国形象的颠覆与再创造，无不彰显出西方人本土文化的"自我"意识，以及对作为"他者"身份的中国形象的再塑造；与此同时"中国"这一他者形象也通过上述作品，逐渐为欧洲人所认识。

萨义德在其《东方主义》、《文化与帝国主义》以及访谈中，多次提到"他者"这一核心概念。尤其是在"他者"形象再现上，萨义德道出两个担忧："一是扭曲(distortion)，一是不准确(inaccuracy)。"[3]在《东方主义》中，萨义德认为，所谓的东方，"东方几乎是被欧洲人凭空创造出来的地方，自古以来就代表着浪漫、异国情调、美丽的风景、难忘的回忆和非凡的经历"[4]。他同时认为，"东方不仅与欧洲相毗邻；它也是欧洲最强大、最富裕、最古老的殖民地，是欧洲文明和语言之源，是欧洲文化的竞争者，是欧洲最深奥、最常出现的他者(the Other)形象之一。此外，东方也有助于欧洲(或西方)将自己界定为与东方相对照的形象、观念、人性和经验。……东方主义作为一种话语方式在文化甚至意识形态的层面对此组成部分进行表述和表达，其在学术机制、词汇、意象、正统信念甚至殖民体制和殖民风格等方面都有着深厚的基础"[5]。萨义德在其《东方主义》的"绪论"中说，"本书也力图表明，欧洲文化是如何从作为一种替代物甚至是一种潜在的自我东方获得其力量和自我身份的"[6]。

《东方主义》一书中，称其基本原则是讨论"欧洲的东方观"[7]；东方主义的一切都置身于东方之外：东方主义的意义更多地依赖于西方而不是东方，这一意义直接来源于西方的许多表述技巧，正是这些技巧使东方可见、可感，使东方在关

① *Précis de Littérature Comparée*，151，152－153.
② 同上，137.
③ Edward W. Said, *Orientalism*. New York: Vintage Books, 2003:8.
④ *Orientalism*，1.
⑤ 同上，1－2.
⑥ 同上，3.
⑦ 同上，16.

于东方的话语中“存在”。而这些表述依赖的是公共机构、传统、习俗、为了达到某种理解效果而普遍认同的理解代码，而不是一个遥远的、面目不清的东方；[①]而是一个“东方化”(Orientalized)的东方[②]。

萨义德对“他者”的理论并不仅仅停留在文学层面，他还重点考察了东方主义者之东方—西方、基督教文明与伊斯兰世界等政治、宗教领域里二元对立的范式。身为出生于中东地区的美籍学者，萨义德不愿成为西方文化中的一个沉默、被动的他者，而希望肩负起一个对话者的角色[③]；为被压迫的“他者”代言[④]。在《东方主义》一书的结尾，萨义德一再强调，研究他者等问题，要基于人类历史与经验；避免重蹈“东方化的东方”的覆辙[⑤]。

三、形象学发展之前景

形象学作为一种跨学科研究的方法，纵然是比较文学学者，其研究视域也并不局限于文学学科。这从早期法国学者的研究成果，以及当今东西方学者的研究成果中不难看出。如早期法国比较文学学者阿斯高利(Georges Ascoli)的《从百年战争到16世纪末在法国舆论面前的大不列颠》(La Grande Bretagne devant l'opinion française depuis la guerre de Cent ans jusqu' à la fin du XVIe siècle)、勒内·雷蒙(René Rémond)的《在法国舆论面前的美国》(Les Etats-Unis devant l'opinion française 1815 – 1852)，又如法国的《比较文学评论》(Revue de littérature comparée)曾于2001年第1期刊出了远东形象研究专辑[⑥]，内容涉及哲学、历史、宗教、文学等研究领域。与此同时，现有的形象学研究

---

① *Orientalism*, 22.

② *Orientalism*, 5.

③ James Paul and Edward W. Said, “Orientalism Revisited: An Interview with Edward W. Said”, in *Interviews with Edward W. Said*. (Amritjit Singh and Bruce G. Johnson ed.. Jackson: University Press of Mississippi, 2004), p. 46

④ Gayatri Spivak. *Thinking about Edward Said: Pages from a Memoir//Continuing the Conversation*. edited by Homi Bhabha and W. J. T. Mitchell. Chicago: University of Chicago Press, 2005: 161.

⑤ *Orientalism*, 327, 328.

⑥ *Revue de littérature comparée*, 74:1 (2001: janvier/mars) pp. 5 – 166. 所收的主要文章有：夏瑞春(Adrian Hsia)的 The Far East as the Philosophers'〈Other〉: Immanuel Kant and Johann Gottfried Herder、莫哈(Jaen-Marc MOURA)的 L'(Extréme)-Orient selon G. W. F. Hegel. Philosophie de l'histoire et imaginaire exotique、贝路思(Lucie Bernier)的 Fin de siècle et exotisme: le récit de voyage en Extrême-Orient、奥尔德里奇(A. Owen Aldridge)的 The Empress Dowager Ci-Xi in Western Fiction: A Stereotype of the Far East? 高利克(Marián Gálik)的 On the Character of the Intercultural Community of the Far East、张寅德(Yinde Zhang)的 Orient-Extrême: les reinterpretations en Chine de theories postcoloniales、戴慕容(Muriel Détrie)的 Où en est le dialogue entre l'Occident et l' Extrême-Orient 等。

成果除文学研究者积极参与外，宗教学界、历史学界也都自觉或不自觉地使用了形象学研究的方法，使得它们各自的研究领域大大拓宽了。有学者担心：形象学研究涉及历史、宗教、政治学、文学诸多学科，其考察对象也并非仅是传统意义上的文学经典，而多是二流、三流作家的日记、游记，甚至不能称得上作家的传教士、旅行者和外交官的作品，以及各种题材的新闻报导等，形象学研究的文学性何在？其实，形象学延伸到文学之外的学科领域，并非是一件坏事，恰恰说明作为一种研究方法论，形象学研究的跨学科性以及开放性的生命力。

当然任何理论倘若不能结合中国语境，最终只能是喧嚣过后流于空泛；形象学理论亦如此。对于形象学理论，中国学者并不是仅停留在翻译介绍层面；中国学者结合自己的语境，也发展和丰富了当代形象学理论。如孟华教授认为巴柔对套语时间性的考虑似乎有失偏颇。她说，任何套语“实际上都经历了一个产生、发展和消亡的过程，而这一过程往往与套语生产国对他者的认知变化曲线相吻，也与国与国之间在经济、军事、政治等关系方面的力量对比的曲线相吻”①。另外，我们不能只做形象史的研究，只做模式化的归纳总结。以异国形象研究为例，即使是同一时代同一国籍的作家，他们所展示的他者形象往往也有着相当大的差异。老一辈的学者范存忠、钱锺书在此方面的研究成果很值得我们借鉴②。因此我们主张要深入文本内部，充分运用形象学这一跨学科的研究方法，从多语言角度、多层面切入，结合具体语境进行分析评论，探讨异质文化或非同源文化间的交流规律。

形象学作为一种研究方法论，包括比较文学这一学科本身，理应成为“自我”和“他者”的认知之道，而非自我化的他者。

第二节　比较文学视域中的文学翻译研究

法国已故翻译家A.博尔曼（1942—1991）说：“谈翻译，就意味着谈作品，谈

① 比较文学形象学，12—13；试论他者‘套话’的时间性//比较文学形象学[M]，185—196.

② 如范存忠先生1931年在哈佛大学的博士学位论文《中国文化在启蒙时期的英国》，后由上海外语教育出版社于1991年出版；以及钱锺书先生1937年在牛津大学时的论文《十七、十八世纪英国文学中的中国》(China in the English Literature of the Seventeenth and Eighteenth Century)，收入 Adrian HSIA (ed.)，*The Vision of China in the English Literature of the Seventeenth and Eighteenth Centuries*. Hong Kong：The Chinese University Press，1998.

作品的生命、作品的命运与它的特性；谈作品如何照亮了我们的生活；谈翻译，就是谈交往、转换和传承，谈本己与他者的关系，谈母语与别种语言；就是谈人的语言存在；就是谈谎言与真相、背叛与忠实……”①这是谈翻译的至理名言。

在我们这个全球化速度不断加快的时代中，翻译变得日益日常化，语言间的转化需求变得比过去任何时代都更急迫，也更不可或缺。而全球一体化的各种制度建设中，如国际法的建设，对各种传统、文化更深入准确的了解也变得更为重要。翻译研究，也从过去学科内的分支角色转化成独立的研究领域，并成为对人文社会科学基础条件反思的对象：西方社会科学领域建立起来的概念与其他文化的社会科学研究之间的关系是什么？以往由西方建立起来的知识体系是否因为语言文化本身的限制应当重新反思？而各种非西方的社科主体是否可以完全绕开西方知识体系来反思自身，并加入到西方学界对整个社科基础的批判重建中来？

本节所涉及的译介学，即翻译学，既是比较文学学科赖以存在的传统基础，又是对其存在局限性的冲击乃至挑战。此说何来？以下证之。

一、作为比较文学学科基础的翻译问题

发生于欧洲的比较文学，从起源处就根植于欧洲文化的巨大翻译传统之中：古希腊语言是接受并改变了菲尼基语音系统而形成的，它与希伯来文化的相互关系至今还是欧洲学者研究的中心；拉丁语传统更是对古希腊与希伯来传统的一种翻译转化式传承，在现代民族国家诞生之前，欧洲知识界共享的是这种共同的知识与精神传统。文艺复兴在整个欧洲兴起的翻译热潮，从某种意义上说，为后来欧洲现代民族语言文学的形成起了积极的作用。但现代民族语言的发展，也在欧洲文明内部引入了新的知识环境：过去共享的精神传统，现在因民族语言的发展而出现了沟通壁垒，欧洲知识精英开始需要学习别国语言去了解别国文化。而比较文学就是在这种情况下产生的，特别是作为法国学派代表的影响研

① 《Parler de traduction, c'est parler des oeuvres, de la vie, du destin et de nature des oeuvres; de la manière don't elles éclairent nos vies; c'est parler de la communication, de la transmission, de la tradition; c'est parler du rapport du Propre et de l'Etranger; c'est parler de la langue maternelle, natale, et des autres langues; c'est parler de l'être-en-langues de l'homme; c'est parler de l'écriture et de l'oralité; c'est parler du mensonge et de la vérité, de la trahison et de la fidélité; c'est parler du mimétique, du double, du leurre, de la secondarité; c'est parler de la vie du sens et de la vie de la lettre; c'est être pris dans un enivrant tourbillon réflexif où le mot 'traduction' lui-même ne cesse de se métaphorise.》Antoine Berman，法国已故翻译研究家。La Traduction et *La lettre ou l'Auberge du Lointain*（翻译与文学或接纳远方的驿站）. Paris Seuil. 1999，封底。

究的问世。这就不难了解为什么影响研究往往与翻译密切相连。而且，在大多数现有的译介学与影响研究的论述中，二者常常重叠在一起，难舍难分。所以，从发生学的角度看，翻译是比较文学学科产生的基础条件之一。

再则，从比较文学研究者所必备的学科条件来看，掌握比较对象双方的语文，具备一定的翻译能力也是不可或缺的，否则的话，比较研究的成效与存在必要性就丧失了。

再次，既然翻译这么重要，为什么译介学的形成没有与比较文学学科诞生同步，而要等到20世纪30到50年代呢？其中的原因是多重的：一是与西方哲学中的语言学转向相关，现代语言学的发展特别重视作为思想文化媒介的语言本身的研究；二是对非欧洲语言文学现象的研究越来越依赖翻译，而翻译的特性，如它所传达的信息的真伪，在此基础上建立起来的知识有限性问题就日益变成比较文学关注的中心。由此，译介学作为比较文学新发展的一部分来加以介绍，也就有其不言自明的合理性了。

二、译介学的性质与对象

译介学的法文对应词是 la traductologie，词根由翻译与学问两部分构成；英文常见的说法是 Translation Studies，可直译为翻译研究或翻译学。总之，它是关于翻译的学问。译介学的主要研究对象包括文学翻译、翻译文学文本和翻译理论三个方面。由于它所关注之重心在于两种文化转换中的语言媒介，故被称做译介学，亦可称之为译介理论。

译介学涉及的这三个方面是彼此相互联系也相互区别的：1.对文学翻译的研究重在文学语言转换之技术与技巧的研究，是对翻译损益之技术评估，作为传统翻译研究的主要对象，它是翻译学研究必备的基础条件；2.对翻译文学文本的研究，重心则落在译本的价值评价之上，它所关心的重点是对不同译本间的比照与得失研究；3.翻译理论研究则涉及的是翻译理论范式的转换及其意义的史论性研究。译介学的这些研究对象决定了其性质：它是对语言转换现象所导致的文学关系乃至文化关系间的沟通、理解、误解及其意义的理论探讨。三者的侧重面所呈现的乃是翻译从实践到理论之整体问题轮廓，缺一不能成立。

第一个层面表面上似乎只涉及的是翻译的技术问题，因而常常被向往理论的人所低估。但翻译的技术性难题往往也是翻译理论中的难题，其中最典型的难点，可能就是诗歌翻译问题。在西方，从但丁到蒙田，从伏尔泰、狄德罗到里尔克(Rilke)、雅各布逊(Jakobson)都重复一句话：诗不可译，因为诗歌是“声音与意义之间不确定关系的一种延长”,不可译性就是诗歌的本质与价值所在。在汉语诗论传统中“只可意会,不可言传”、“言已尽,意无穷”也是评价诗歌价值高下的标准。诗歌在同一语言中就具有“技术上”不可转译的特征,更不用说移入外语语境所面临的“技术”难度了。同时这些理论上的结论,都是从具体实践操作中屡战屡败的经验中总结出来的:诗歌的节奏、语音与整体意象语境从技术上对抗翻译,因而也成为翻译理论中的难点和研究制高点。比如美国诗人庞德翻译中国古诗时,强调了汉字的表意象形特征,突破英文语音文字所特有的诗歌传统,因而在美国掀起了一场新诗运动。但这场运动反过来影响一些中国诗人也尝试开拓汉诗的外形特征,效果却渺渺。殊不知汉诗正因为它的外型表意不表音,诗歌传统才如此追求严格的韵律。这诚然既是技术问题,更是文化问题。第二个层面重在对原作之多种译本的比照研究,讨论其得失长短。比如,周兆祥对汉译《哈姆雷特》的诸种“文本”比较研究①,不仅盘点了这些译本艺术上的得失,也带出了20世纪中国接受西方戏剧的具体语境。而后者已介入接受研究领域,也就是说从文本(texte)研究进入了文化语境(contexte)研究。戏剧的接受语境超出了诗歌、小说的书面个体阅读接受范畴,既涉及舞台再现体系又涉及直接面对观众的“集体”阅读场域,因其二度转换,即舞台转换,要直接面对进入剧场的接受者,其方式与情境,更能立体勾勒出原作所遭遇到的文化转换难度,从而综合呈现接受语境中对该作品的文化理解的具体状况,如20世纪上半叶的中国戏剧舞台上所搬演的莎剧,基本上都将莎式的性格悲剧演义成中国式的伦理悲剧,显示出传统戏剧模式、社会心理模式在接受西洋剧中所发挥的强势解释力②。

如果说译本比较研究与原作的关系依然紧密,二度再现的文化语境研究已进入对原作与译作所承载的不同文化更深更广的信息差异的辨析的话,下述现象可以说更远离了原作及其文化语境:翻译文本本身成为接受语境中的一个新的创作契机,自备一种艺术价值,自成一种艺术风格。最为人熟知的例子是翻译家林纾的公案,严格的说林纾不能算翻译家,他只是一个优秀的作家,不但会听故事,而且更擅长转述故事。其“文笔”让钱锺书这样一个学贯中西的大家都为他所“诱”,而“宁可读林纾的译文,不乐意读哈葛德的原文”③。第二个例子是美

① 周兆祥.汉译哈姆雷特[M].香港:香港中文大学,1981.

② Zhang Ning. *L'appropriation par la Chine du théatre occidental: Un autre sens de l'Occident*(《中国对西方戏剧的转化:西方的另一个意义》). Paris: L'Harmattan, 1998.

③ 钱锺书.钱锺书散文[M].杭州:浙江文艺出版社,1997:269—311.

日不同文化语境中的“寒山热”：在中国本土默默无闻的寒山诗译成日文后在日本大受青睐，长期流传，倍受尊崇，其“俯拾皆是的佛教道教色彩”不仅“使他享誉东瀛”，而且经由日本，风行美国，于 1958 与 1965 年间在美国的文化运动中成为“垮掉的一代”的理想英雄，使它所承载的禅宗信息演化为一场美式的精神运动①。第三个例子也是大家熟知的庞德英译唐诗个案。他的译文被责充满误读，英文文法不通，已完全无法解释他所掀起的 20 世纪美国的那场新诗运动。他独特的解读视角与其说是对唐诗的误读，毋宁说是“悟”读，如果他关注的是唐诗严格的韵律要求，而非汉字意象所造成的视觉特点，情况又会如何？总之，上述三例已不属狭义上的翻译研究，而属于广义的文化转换工作，即进入了影响研究、接受研究的范畴。因为原文的价值已不是重点，译文如何不忠于原文也不那么重要，它开始了自身的文化历程。文学史家将之纳入历史时所关注的，也不再是原作及原作者，而是译者与译品本身的特有价值，前者常常只作为后者的语境而进入史家的视野。这种翻译观中“原著中心论”向“译文中心论”的转向，其实是从对翻译“信、达、雅”与“神似”的基本诉求，转向对译者与译品的“创造性背叛”及其“艺术个性”的要求。前者是翻译的标准，后者是创造的标准，不在同一个评价范畴内。后一个标准是可遇难求的。严格地说，它是对一般意义上的翻译评判标准的超越。

第三个层面是从哲学角度讨论翻译研究所涉及的各种理论性问题，包括对翻译性质的理论思考，对翻译研究的范式(paradigm)转换之意义的梳理，对翻译史论研究中的标准的研究与评价等。

翻译的性质为何？关于这个问题的提问、反思与论证，在翻译史上构成了各种不同的翻译理论范式的基础。如为圣经翻译定下原则的古罗马翻译理论家圣·杰罗姆(Saint Jerome)说：“翻译是对意义的兼并”也是“对意义的捕捉”②。对现代翻译理论有深刻影响的本雅明说：“由于它所携带的那样一种语言种子，翻译间于文学创作与理论之间。”③海德格尔说：“任何翻译本身都是一种解释。不需声名，它的存在就携带着解释原有的基础、开口与诸种层次。反过来，解释不过是

① 钟玲.寒山诗的流传//中国古典文学比较研究[M].台北：黎明文化事业公司，1977.

② Sed quasi captiuos sensus in suam linguam uictoris jure transposuit'. non uerbum e uerbo, sed sensum exprimere de sensu. *La Traduction et La lettre ou l'Auberge du Lointain*：32.

③ *La tâche du traducteur*，*Mythe et Violence trad*. Paris：Maurice de Gandillac, Denoël, 1971：270.

忍而未发的翻译之完成罢了。……本质上,解释与翻译不过是同一件事。”①

圣·杰罗姆在翻译活动中看到的是原文(经文)中的绝对意义,所以他要求绝对忠诚于原文,强调“逐字对译”与“因义对译”原则。本雅明在翻译中既看到了创造的“原创性”,也看到了它所具有的理论的“反思”特质;而海德格尔则在翻译现象中看到的是译者的“理解”与“解释”之主体活动。后两者的见解可以说是18、19世纪以来由德国哲人施莱尔马赫(1768—1834)为代表的对翻译的反思模式(强调保存原作中的“陌生性”,主张译本本身就具有某种“次语言”的价值)的延续。古典模式将原文神圣化,认为原文中有绝对的意义,翻译活动不过是解经活动的附属部分,译者应当是原文的忠实的役者;近代模式则强调译者的主体性,不认为原文只有一种绝对的原义,每一个译者都可能发掘出与原文不同的含义,而翻译活动也是一种创作活动,译本也有它特有的价值,是不同于原文语言,也不同于本土文学作品的“第三种语言”②。

关于翻译理论范式的思考,在西方一直伴随着翻译实践活动展开,一直是“经验”与“反身自省”的同步活动。中国有漫长的翻译历史,也形成了一些对翻译的论说:从西晋以来翻译佛法发展出来的“格物法”③,到近现代译家严复倡导的“信达雅”说、傅雷的“神似”说,及钱锺书的“诱,媒,讹,化”论④。不过,对这四种论说之间关系的研究还有待深入,比如各说之间有否发生范式的转化?如果有,其理论意义为何?这种理论探讨的意义还在于它关系到其他相关领域标准的建立。如翻译史怎么写?马祖毅的《中国翻译简史》(中国对外翻译出版社,1984),提供的标准是什么?有没有别的可行标准?谭载喜的《西方翻译简史》(商务印书馆,1991),其撰写又有什么标准上的不同,为什么?翻译文学史的材料选择标准是什么?实录法?对原作传播的贡献大小?译品本身的价值和影响?这几种写法各有不同的标准,所要达到的目的也不尽相同。而陈玉刚《中国翻译文学史稿》(北京师范大学出版社,1988),又是如何解决这些问题的?凡此,都值得深入研究。

---

① “Toute traduction est en elle-même une interprétation. Elle poete dans son être, sans leur donner voix, tous les fondements, les ouvertures et les niveaux de l'interprétation qui se sont trouvés *à* son origine. Et l'interprétation n'est, *à* son tour, que l'accomplissement de la traduction qui encore se tait... Conformément *à* leur essence, l'interprétation et la traduction ne sont qu'une et même chose.” Heidegger, *Heraklit*, G. A., Band 55:63-64; Martin Heidegger, Paris.. Les Cahiers de l'Herne, 1983:456.

② Antoine Berman. *La Traduction et La lettre ou l'Auberge du Lointain*[M]. 同前,112.

③ 陈寅恪. 金明馆丛稿初编[G]. 北京:三联书店,2001:167—173.

④ 钱锺书. 钱锺书散文[M]. 269—311.

三、译介学的发展与比较文学学科的理论自觉

翻译问题日益突破学科界限而成为对人文社会学科基础思考的综合理论性问题。这种趋势使得传统比较文学视域中的文学翻译身份定位受到冲击，或者说使它不再可能以固步自封的方式存在。否则，它很可能被吞没掉而不自觉。同样有“文化翻译”特征的文化人类学，尽管20世纪40年代以来也将“文化翻译”当作其方法论的特征①来界定，而且由于它“对其翻译工作中的‘化’的一面过于自信”，而自以为寻找到了一条放之四海而皆准的“文化语法”并成为“文化科学”，而受到非西方人类学者的批判，其“文化翻译之‘诱’”被认为“变相地强化了文化不平等的格局”②，成为人类学界反思“文化翻译”的权利关系、深究“讹”的方法论价值的焦点问题，但将翻译纳入学科的方法论基础，非但没有削弱人类文化学的学科基础，反而使之更具有自身反省的能力。这一点是否值得比较文学借鉴？答案是肯定的。因为人类学与比较文学的学科基础从一开始就具有跨语言、跨文化的“翻译”特征。区别在于人类学翻译的是广义的他者社会文化文本，人类学者以自身的认知模式直接介入对他者文化的理解与“解释”之中，并追求建立普适的知识体系；而文学翻译所面对的，则是一种间接的文本，是对原作者之自我文化理解的翻译与解释。二者不在同一知识谱系中，因此，同样一个“讹”与“化”，涉及问题的性质与效果全然两样。比较文学只有在这种开放性的自省中，不断思考自身的存在合法性及学科边界，才能保存与发展自身的阵地。

第三节　比较文学视域中的流散文学研究

一、流散文学溯源

流散文学(Diasporic Literature)研究，是近年比较文学研究中值得重视的

① Golfrey Lienhardt. Modes of Thought//in E. E. Evans-Pritchard et al[M]., ed. *The Institutions of Primitive Society*[M]. Oxford, Blackzell.. 1954: 95 - 107. John Beattie. *Other Cultures*. London, Cohen and West, 1974: 89 - 90.

② 王铭铭. 文化翻译中的诱’，‘讹’与‘化’//西方人类学思潮十讲[M]. 桂林：广西师范大学出版社，173—190.

动向。其实流散和流散文学的问题是一个由来已久的世界性学术命题，只是在当今全球化的语境下才愈来愈凸显其重要意义。

“流散”（Diaspora，原为希腊语，亦作 Dispersion）一词的原意为“分散”，该词最初是作为史学范畴或文化学范畴的一个概念出现的，特指两次犹太战争后犹太人被迫离开中东地区在世界各地的散居，抑或指散居世界的犹太人，或犹太人散居的国家。故在西文中出现 Diaspora 时，一般均用大写，以示专称。

其实，流散从犹太人的历史发端到其后世的历史沿革，几乎成为一种未曾改变的历史模式。根据希伯来圣经记载，早在公元前 3000 年左右，在美索不达米亚南部一个叫吾珥（Ur）的地方，生活着一个闪族部落，族长叫他拉（Tarah），他拉的儿子亚伯兰（Abran，希伯来文意为“尊贵之父”）即为希伯来人的先祖。在希伯来民族历史起始之初，上帝对亚伯兰讲述了一个著名的神谕：“你要离开本地、本族、父家，往我所要指示的地去。”（《圣经·创世记》第 12 章第 1 节）在上帝神谕的指引下，亚伯兰和他的后裔离开“本地”，下迦南，去埃及，迁徙于异族诸地。在亚伯兰九十九岁时，上帝将其易名为亚伯拉罕（Abraham），意为“多国的父”。上帝对希伯来先祖的这一重新“命名”，不仅显示了上帝的“跨文化视野”，更是进一步昭示和规范了亚伯拉罕及其族人生存于异族之间的现世状况，只不过“作多国的父”未尽实现，流散于多国之间成为不变的事实。在早期希伯来民族的历史中，希伯来人流散于迦南、埃及诸地，周旋于迦南人、埃及人、亚摩利人、非利士人、士剑人、巴比伦人等诸多异族之间，其间虽曾经历了扫罗、大卫、所罗门称王的王国鼎盛时期（前 1028—前 933 年），但更多的是经历了寄居、分国、被掳以及波斯、希腊、罗马诸强的强势统治，及至第一次犹太战争（公元 66 年—70 年）和第二次犹太战争（公元 132 年—135 年）结束，犹太人从在中东地区的流散转而进入了世界性的流散。单纯从时间的维度而言，以现代以色列国的建立为标识，犹太人的历史性流散有了一种历时性的“终结”；但从文化的整体存在、散布形貌、内在结构等本质特征上，犹太人流散世界的基本事实并未改变，而是呈现了一种典型的一以贯之的世界性流散，犹太人的这一流散奇观也为研究异质文化相互接触的世界性现象提供了最典型的样本范例。

流散文学作为伴随着流散这一历史文化现象而出现，并以文学的形式对流散的历史文化内涵进行了诗性表征的文学事实，有其悠远的历史传统，有其特定、丰富的文化与诗学内涵。以流散文学中最具典范意义的犹太流散文学传统为例，流散文学之滥觞似可追溯到希伯来圣经和圣经后典（Apocrypha）。

在《创世记》中，最初是以上帝对犹太人的先祖亚伯兰发出神谕来启动和表述犹太先祖的流散历史和流散情形的：

> （耶和华对亚伯兰说）你要离开本地、本族、父家，往我所要指示你的地去。我必叫你成为大国，我必赐福给你，叫你的名为大，你也要叫别人得福。为你祝福的，我必赐福与他；那咒诅你的，我必咒诅他。地上的万族都要因你得福。

亚伯兰就照着耶和华吩咐去了，后来亚伯兰又渐渐迁往南地去。

> 那地闹饥荒。因饥荒甚大，亚伯兰就下埃及去，要在那里暂居。（《圣经·创世记》第 12 章第 1—10 节）

这些文字描述了亚伯兰离开原地搬居异地的迁徙，文字不长，但蕴含了神学要素、民间传说要素、历史要素、流散要素和文学要素等等。这种文学要素与民间传说要素的相互结合及其对流散史实的叙事表现，[①]可以说是流散文学的一种滥觞形式。

到了后典（多写于公元前 2 世纪中叶至公元 90 年间）时代，犹太民族与异族之间的文化冲突更为直接、尖锐，犹太人的流散亦更具典型性。有关叙述较《圣经》而言，也更具文学色彩：

> 人生离不开水、粮食、衣服和一个遮风挡雨的家。穷人住在自家的茅屋里，也比到外人家里参加盛宴强得多。即使家境贫寒，也要知足常乐，不可听别人说你家的闲话。走家串户的生涯是凄惨的。无论到什么地方，你都不敢讲话。你迎客敬酒，谁也不感谢你。相反，人家会奚落你，说出这样的话："老外！上这儿来摆桌子！我要吃你放在那里的东西！拿到这儿来！滚开，老外！我要请一位贵客！我兄弟要来看我，我要用房子。"[②]

后典中诸如此类的诸多文字，反映了那个时代处于流散中的犹太人的思想情感，

---

① Alan Dundes. *Holy Writ as Oral Lit*, *The Bible as Folklore* [M]. Rowman and Littlefield Publishers, Inc, 1999.

② 便西拉智训[M] 圣经后典[M]. 张久宣译. 北京：商务印书馆，1996：206—207.

其间的历史文化价值和文学价值都是不言而喻的。

两次犹太战争后，犹太人进入世界性的大流散，为适应这种失去根基的民族生存状况，尤其是获取精神信仰和民族传统的支撑，犹太人及时地创作了一系列以释经为宗旨的经典文献，如《塔木德经》(Talmud)、《密西拿》(Mishna)、《革马拉》(Germara)，以及《巴比伦塔木德经》等，主要内容都是结合异质文化的生活环境，重在阐释犹太律法、教义、生活训诫等等。《迷津指南》(Guide for the Perlexed)由摩西·迈蒙尼德(Moses Maimonides, 1135－1204)著述，用意在于指引处于基督教、伊斯兰教影响下的犹太人，如何坚定信仰、保持传统。从文学的角度而言，上述作品的形式有历史传说、神话故事、诗歌、寓言等。从纪元前后到中世纪这段时期，此类犹太文献呈现了犹太流散文学深厚的内涵和丰富的形态。

中世纪以后特别到了近现代，由于犹太人在世界各地流散生活的深入，流散文学得到了甚为突出的发展和表现，近代的犹太文学(Jewish Literature)无论在分布空间、语言载体还是内容表现、文体风格各方面，都呈现出一种十分丰富、复杂的文学景观，特别是对犹太人在世界各地的流散进行了深刻的文学表现，可以说，在这个意义上，犹太文学本身就是一种典型的流散文学，也是一个典型的比较文学和跨文化命题。

犹太人进入流散时期以后，其母语希伯来语逐渐淡出世俗生活而仅成为一种宗教用语，故欧洲犹太人逐渐创造并大量使用的是一种糅合了希伯来语、斯拉夫语、德语等语言要素而生成的欧洲犹太人语言——意第绪语(Yiddish)。这种语言是犹太人大流散的典型产物，也是犹太人流散的最典型的文化标识之一。欧洲犹太人以意第绪语创作的意第绪文学(Yiddish Literature)从17世纪开始兴起，经过18世纪欧洲犹太人“哈斯卡拉”(Haskalah，意为“启蒙”)运动的推动和19—20世纪的进一步成长，意第绪文学历经勃兴、发展、兴盛和繁荣，在犹太文学史和世界文学史上呈现出奇观景象，涌现了莱文·艾萨克(1740—1809)、纳赫曼(1772—1810)、肖洛姆·阿莱赫曼(1859—1916，有“犹太马克·吐温”之称)、艾萨克·雷伯·佩雷茨(1852—1915)等一大批文学巨匠。兼用希伯来语和意第绪语创作的撒缪尔·约瑟夫·阿格农(1888—1970)还在1966年荣膺诺贝尔文学奖。意第绪文学从语言符号到文学要素乃至文化内涵，都是流散和流散文学的经典样本。

此外，散布世界各地的犹太人还大量运用居住地语言，以写实或意象化的不同手法，反映散居世界各地的犹太人在异质文化条件下的种种文化境遇和文化困惑。如美国犹太文学(Jewish-American Literature)就涌现了艾·巴·辛格、索尔·贝娄、伯纳德·马拉默德、杰罗姆·戴维·赛林格、约瑟夫·海勒、菲力浦·罗斯等一批在美国乃至世界文学中占有重要地位的作家,他们以不同方式演绎犹太传统与西方世界的文化接触,呈现出深厚的文化内涵。生活在欧洲的卡夫卡、贝克特、奈莉·萨克斯等作家,也都反映了类似的文化情景。

二、流散文学研究的跨文化视野

虽然"流散"一词的原意最初特指犹太人流散世界的历史事实,但在世界的其他一些民族中,也有某些类似于犹太人流散的现象出现,如非洲人、印度人、墨西哥人、华人等族裔在世界各地的流散,在这个意义上也可以说,"流散"并非犹太人所独有,而是一种世界性的现象。当然,客观而言,非洲人、印度人、墨西哥人、华人等族裔在世界各地的"流散"在规模、形式、历史动因以及所表现出的文化形貌、文化特征等方面,与犹太人的流散均有很大不同,但因其脱离"本地、本族、父家",流离并散居在异质文化的夹缝之中,且呈现出某些类似性的文化表征,故学界有以 Diaspora 来参喻这种现象,因而产生了非洲人流散(African Diaspora)、华人流散(Chinese Diaspora)、越南人流散(Vietnamese Diaspora)之类的说法,并成为国外学界的一个重要研究论题。与之相应,便涌现了大量的流散文学作品,诸如非洲流散文学(African Diasporic Literature)、南亚流散文学(South Asian Diasporic Literature)、华人流散文学(Chinese Diasporic Literature)等等。流散文学在其创作者及创作内容方面,相对于居住地主流文化而言,明显处于边缘的、少数的状态,因而这类现象亦被视为"少数族裔文学"(minority literature)。

犹太人历史上的流散经验,在近现代以来特别是在全球化的今天已经成为诸多族裔的一种普遍性经验,流散问题也成为后殖民理论关注的一个焦点问题,后殖民理论的主要代表人物赛义德、霍米·芭芭本身也都是有着多种文化经历、多重文化身份和一定程度的流散特征。在不同的历史条件和文化情境下,产生流散现象的历史动因和文化形貌不尽相同,但流散作为人类历史上异质文化交流碰撞的重要史实,则有其内在规则的一致性,特别是在后殖民研究日益加深的全球化语境下,流散现象突出地昭示了异质文化之间以不同文化态势(强势或弱势)进行的文化接触以及在这种文化接触中所呈现的文化规则,对于流散文学的研究和探讨也就必然要求具有跨文化的学术视野。

流散作为一种历史文化现象,有其深刻的文化机理,它指的不仅是越过国家界限的运动，也是对空间、时间、种族、文化、语言和历史边界的穿越①。以犹太人的流散为样本，对流散文化的整体而言，流散实际上是形成了一种独特的文化散存结构(cultural diasporic structure)，即犹太文化不是汇聚性地集中于一个固定的文化存在空间，而是迁徙性和离散性地存在于各异质文化之间。正如散居世界各地的犹太人构成了犹太人的整体一样，犹太文化的整体亦由散居世界的犹太文化单元汇聚而成，诸如德国犹太人、俄罗斯犹太人、葡萄牙犹太人、西班牙犹太人、法国犹太人、荷兰犹太人、美国犹太人、阿根廷犹太人、澳洲犹太人等等，他们作为既有内在联系又有相对特点的犹太文化单元，存在和成长于各异质文化之间，在延续其民族传统上，在与异质文化的接触、冲突、采借上，既有类同的一致性，又有不尽相同的表现和特征，并由千千万万个不同的犹太文化个体，将犹太文化这种独特的散存结构负载和演绎出来。犹太文化的散存结构既是一种空间维度的考量，也是一种时间维度的考量。因为历史地看，这种散存经历了一个历时性的迁徙和空间转换，尽管这种迁徙是不规则和非常态的，诸如欧洲的排犹主义以及其他的文化、宗教、经济等等方面的原因，均可能成为流散的驱动因素。犹太文化的散存结构最初是以“格托”(Ghetto)或类似于格托的犹太社团为载体的，Ghetto 一词源于希伯来语 ghet(意为“隔离”)和意大利语 getto(意为“铸造厂”)。16 世纪初，曾在意大利某铸造厂旁建立了一个著名的犹太人居住区叫格托(Ghetto)，因而格托就成为后来犹太人居住区的代名词。散布于异质文化汪洋大海中的规模不等的犹太格托，作为犹太文化之载体，不仅承载和保护了犹太文化单元，也共同汇聚和生成了犹太文化独特的散存结构。在其他民族的流散经验中，各种类似的少数族裔的社区性居住区也同样是一个普遍的现象。

流散在呈现出这种文化的散存结构的同时，更蕴含着异质文化之间文化接触的关系状态，在这种关系状态中，流散客民与居住地主民之间的文化接触不仅是必然的，而且其接触的方式异常复杂，有代表性的两种方式是文化冲突(cultural conflict)和文化采借(cultural adoption)。文化冲突代表了流散客民与居住地主民之间两种文化及其内涵、精神、取向等层面相互排斥的关系存在，文化冲突的根源是深刻而复杂的，其表现形式、表现程度亦在不同时期、不同条件下会有很大的差异，但这种对立性、排斥性的关系存在，通常又是恒定性的。犹太人散居在西方基督教文化的环境下，无论犹太人与西方世界的关系如何调适，

① Benzi Zhang. *Indentity in Diaspora and Diaspora in Writing: the poetics of cultural transrelation*//*Journal of Intercultural Studies*[J], Vol. 21, No. 2, 2000.

在犹太人与西方世界之间，都以公开或隐秘的方式固存着一种难以改变的相互对斥。当然，与此同时在两种异质文化之间，还不可避免地有着相互间的文化采借。尤其是在文化实践上，有限地、有选择地采借异质文化的优质要素，是异质文化相互接触的一种适宜方式和自然结果。当然，在这种采借中，在不同的时代与文化条件下，文化接触的各方在采借内容、程度、方式等方面均有极大的不同，在一般生活要素范畴、非信仰范畴等领域，异质文化间的采借更易进行，而在精神信仰、传统价值等文化核心要素领域，文化的采借不仅困难，而且更常常是发生文化冲突的焦点和根源所在。文化采借和文化冲突作为文化接触中有代表性的两种基本方式，有时以其中的一种方式为主导，有时两者则是混合进行、同时发生的。在实际的文化实践中，特别是在文化个体身上，各种形式潜在和隐性的文化冲突和文化采借，无论发生的方式还是发生的过程都是十分复杂的。

流散作为文化存在和文化延展的一种特定程式，由于发生在异质文化之间，并使流散客民与异质文化发生着充分的文化接触，因此，较之通常状况下的文化存在而言，流散蕴藏着更为突出的文化变迁的内涵意义。这里所谓的文化变迁，非指一般意义上文化自身发展中的变迁，而是特指作为文化流散和文化散存结构中的一种基本特质，这种特质由于文化流散及文化散存结构所具有的特殊的发生机制和催化机制而彰显出特定的意义和效能。因此，流散中的文化由于其充分的文化接触而使得其文化变迁更具有了一种内在的必然性。在这种文化变迁中，文化的本原传统和基本精神得到保持和延续，同时，流散文化又能与时俱进，通过对异质文化优质要素的吸纳和对本体文化的扬弃，在文化的适度变迁中使得文化传统一以贯之地得到有效的延续。就文化个体而言，伴随着这种文化变迁，则出现了相应的身份变移（Identity change），并在不同的流散群体之间形成相应的差异，诸如美国犹太人、俄罗斯犹太人、波兰犹太人、德国犹太人等等，他们之间既有作为流散客民——犹太人的某些共同传统和共同特征，又有分属于不同居住地文化的独特属性。可以说，每个流散中的犹太人其身份都是多重性的，既属于犹太人，也部分地从属于他所依托的国家。因此身份认证一直是困扰犹太人的深层文化问题。在后殖民理论中，有学者更将身份问题扩大为流散族群共通性的文化认证问题，而赛义德更认为“流亡是现代知识分子的典型状态”。他强调的反“同化”、“身份回归”，从形而上的层面引发了人们对身份问题的思考。流散客民生存于异质文化的夹缝中间，从而必然具有文化的多重性。这种文化的多重性在具体的文化实践和文化个体身上，其表现远比在理论上的归纳、推演要复杂得多。正因为如此，流散文学以其形象化的表现和文学特有的艺术张力，对流散现象进行了最真切、感性的反映，这也许正是流散文学繁荣的内在动因所在。

20世纪末至21世纪初，海外学界开始对流散文学给予较多关注，在美国犹太文学中的流散问题、印地语流散文学、南亚流散文学以及朝鲜流散文学等方面，都出现了一些颇有见地的论著①，此类著述以流散族裔的文学写作为切入点，整合流散文学与流散文化研究，常纳入后现代与后殖民文化批评语境，但多以个别流散族裔的文学写作为研究对象。在国内，关于海外华文文学、华裔写作方面的研究由来已久，并在最近几年开始"迅速汇入世界性的以漂泊流浪的作家作品为主体的'流散文学'的探讨。这方面的学者不仅致力于引进西方的流散写作理论，而且通过总结中国流散写作的理论和实践，直接与国际学术界进行有效的对话"②。有关研究也为中国比较文学界所关注，且被视为中国比较文学研究的新进展。

三、比较文学视域中的流散文学研究

流散文学纳入比较文学话语并被视作比较文学研究之新领域，有其内在的学科基础和学理要求。

在文学成因上，流散文学生成于异质文化土壤，在异质文化的相互作用下促生，由异质文化的相互作用而衍生的种种问题——诸如对居住地社会进入与彷徨的两难，对"新世界"的渴望与抗拒，在居住地文化与传统文化之间的困惑与迷惘，对故国家园的回忆与梦想等等，都成为流散文学的重要主题。这无论在美国犹太小说（如马拉默德的《店员》、菲利浦·罗斯的《鬼作家》），还是在美国华裔文学，诸如谭恩美（Amy Tan）的《喜福会》（*The Joy Luck Club*，1989），汤亭亭（Maxine Hong Kingston）的《女勇士》（*The Woman Warrior: Memoirs of a Girlhood among Ghosts*，1976）、《中国佬》（*China Men*，1980）等作品中，都得到了不同程度的表现。艾米·凌曾著有 *Between Worlds: Women Writers of Chinese Ancestry*，集中讨论华裔女作家在"两个世界"（Between Worlds）之间的文化困惑。可以说，异质文化的土壤及生存于斯的异化与困惑，是生成流散文学的基本动因和条件。

其次，在异质文化交互作用下生成的各类流散文学，在文化属性上呈现了多重性的特点。美国犹太作家在呈现这种多重性特征时有着不尽相同的表现，迈克尔·高尔德、马拉默德等惯于在作品中直接描写犹太生活，直接写出犹太人进入美国社会所

---

① 如 Susheila Nasta 的 Home Truths: Fiction of the South Assian Diaspora in Britain, Ranen Omer-Sherman 的 Diaspora and Zionism in Jewish American Literature, Lavina Dhingra Shankar 的 Postcolonial Diasporics "Writing in Search of a Homeland"等.

② 乐黛云. 比较文学发展的第三阶段//切磋集[M]. 北京：北京大学出版社，2005：7.

遭受的磨难，同时又在父辈与子辈的矛盾中，表现出子辈的美国化倾向，他们的作品虽然呈现出较强的犹太性，但一种难以掩饰的美国化特征已经表露无遗，他们在美国文学史上都占有特定的地位。索尔·贝娄等作家善于将犹太资源（如身份困惑、寻根意识、传统母题）运用到对当代生活的形而上观照，在文学表象上较少犹太痕迹，更多地写照出美国化特征，他也被认为是与海明威、福克纳并列的当代美国小说家之一。美国犹太文学正是对美国犹太人在美国的双重文化生活和文化身份的真实写照，因为“美国犹太人已经走过了很长的道路，他们业已获得了在美国土壤的扎根意识，他们是美国的一部分，并与美国一道成长。犹太人发言不是作为一个局外人，而是作为这块神圣土地的精神之子，在此，他们建立了自己的家园，抚育了自己的后代；在此，他们也建立了自己的社会，自己的犹太教堂和圣殿，自己的医院和福利机构，自己的学校与校舍，以及自己的文化中心”①。可以说，美国犹太文学的文化多重性是建立在美国犹太人文化生活和文化属性的多重性基础之上的。

无论是流散文学的生成土壤还是流散文学的属性，都显露出“流散文学”的理论框架是建立在两个关键要素和关键支点上的，这就是它的文学性和跨文化性。文学性与跨文化性的统一是流散文学固有的本体特征，在这个意义上，可以说“流散文学”本身就是一个再典型不过的比较文学命题，因此，在流散文学的理论内核与比较文学的学科精神之间，形成的是一种内在的学理联结，也正因为如此，将流散文学纳入比较文学，有着必然性的学科基础和学理要求。

从方法论的角度而言，对流散文学的研究不仅是一种文学研究，而且是一种跨文化的文学研究和跨文化研究，这是流散文学自身的特征使然，并与比较文学研究在方法论层面上形成了内在的一致性和多元性。

但是，流散文学与比较文学两者之间并不完全重叠，其间的诸多关系和问题甚为复杂，且对既有的理论规则和学科原理提出了挑战。

首先是在流散文学的本体品性上，其民族性特征由于与异质文化的充分接触和一定程度的融合，而与其本原传统相比业已发生了明显的变移，与居住地异质文化的某些属性特征发生了重叠，并使得某些异质性成为其本体品性的一部分。在这种文化情境下，“流散文学”本身就汇聚了通常意义上的民族性与异质性（或世界性）的重叠，这是流散文学对比较文学乃至既有研究成规的重大挑战。按比较文学的一般规则，比较文学是对两种或两种以上具有不同文化背景文学

① Rechard C. Hertz. *The American Jew in Search of Himself*, A Preface to Jewish Commitment. Block Publish Company, 1962: 184.

现象的比较研究。流散文学的特殊性在于，它是生成于异质文化土壤上的一种文学现象，它蕴含了两种或两种以上不同文化的要素，但又是将异质文化的要素汇聚在一种文学事实上，并用一种文学现象呈现出来。在这个问题上，如果运用既有的比较文学原理来框定流散文学，则难以将“流散文学”视作两种文学现象；但在流散文学的深层，确又包含了两种不同文化要素，因而在根本的精神理念上，对流散文学的研究又与比较文学的学科理念并行不悖。

与此相联系的一个问题是，流散文学作为其传统本体文学在异质文化中的一种流变，对流散文学的研究亦可视为一种特定的民族文学研究，但这种民族文学研究又是跨越了本体文化与异质文化的研究，具有了跨文化研究和比较文学研究的某些重要属性，因此，在流散文学研究、民族文学研究、比较文学研究之间，原本应该清晰明了的学科界限和逻辑范畴，在这里却变得含混不清了，这种含混是客观而深刻的，需要反思和深究的是如何对既有的理论作出相应的拓展和必要的突破。

其实，流散文学所提出的一系列重要的理论难题和挑战，正是全球化语境下文化接触、文化冲突、文化融合、文化变迁等重要文化事实的表征和反映。在全球化条件下，社会文化以加速的冲力向前发展，用日新月异来形容当今世界的科技变化乃至社会文化变化并不为过。特别是文化间的接触，虽然古已有之，但只有到了当代世界，才变得如此深广，所提出的问题才变得如此严峻，对经典理论的挑战也才变得如此尖锐。也正是在这种语境中，流散文学作为一个重要的学术命题，它所包含的理论意义不仅是深刻和深厚的，也是极其前沿的，它对反思和突破传统的一般文学研究、民族文学研究、比较文学研究乃至跨文化研究等理论成规，都有其重要的理论意义和现实意义。

第四节　比较文学视域中的副文学研究

一、“副文学”及其研究意义

“副文学”一词来自法文 paralittérature。它指的是被列为经典文学之外、并行存在的另一类文学。长久以来，文学研究、学校教学和教育机关等都把公认的大作家和典范作品视作文学的“经典”；而“经典”的文学也就是学校教育、学者研究和有关机构都认定的大作家和典范作品。因而，“经典”文学也就是文学“经典”，这成了一个由上述部门作彼此往返的“公认”和“认定”的循环。然而,“公认”和“认定”的“经典”常常会因时因事而异,而“经典”的文学也就随之因时因事而变,这在文学史上屡见不鲜。五四运动前后,国人对中国文学及其经典的迥然不同的认定,以及改革开放前后,对外国文学一些经典的不同定性,就足以说明这一情况。可是,与此同时存在的另一种情况则更为普遍且持久,即上述教研机构和权力部门,既不“公认”,也不“认定”的非“经典”的文学文本,却经过“大众路线”在大量生产并广为流传。像口述文学、通俗文学、民间文学、蓝色图书(法国的一种封面为蓝色的流行书籍)等都被称之为“副文学”,当代法国比较文学家谢弗尔教授对它下了一个言简意赅的定义:“这个术语涵盖所有不被各类机构承认或接受的文本。”①

以此观照中国的副文学,那就历史悠久又丰富多彩了,尤其我们习惯称之为曲艺的口述文学更是百花齐放、竞相争艳。汉代的“百戏”就有“说故事”、“唱故事”、“演滑稽”等在内。唐宋的“讲史”与“诸般杂技”,就包括了今天曲艺的多种历史渊源成分:讲史、小说、说经、说诨经、说诨话、弹唱姻缘、鼓板、陶真等。发展到近现代,流行各地的口述文学即曲艺,可谓种类繁多、流派纷呈。时至今日,仍然活跃于民间并有广泛影响的就有数十种之多,并已纷纷引起大家对这笔非物质文化遗产的重视和关切。如:北方官话地区的京韵大鼓、相声、梅花大鼓、单弦、天津时调、东北大鼓、二人转、河南坠子、北京评书、山东快书、好来宝、扬州评话;流行于西南官话地区的四川扬琴、清音、评书、贵州花灯;以及南方吴语、粤语地区的苏州评弹、靖江讲经、说故事、粤曲等等。

丰富多样又历史悠久的中国副文学,尤其是口述表演文学(如曲艺),其经过“大众路线”在大量生产并广为流传,理应进入我们研究的范围,其理由如下:

首先,副文学的研究,不仅涉及文学定性、作品价值、评判标准等重大问题,而且还关联到读者接受、发行路线等当今比较文学与社会学关系研究的重要问题。因此自1970年国际比较文学协会第六次大会起(大会主要议题是“文学与社会”,其中以“副文学”为题的就有好几个),对副文学的研究也就成为国际学界十分活跃的新领域,出版了《谈副文学》、《平庸文学? 大众消费文学》等论著。到80年代,对口述文学、通俗文学、民间文学以及大部分不为人知的副文学作者及其“蓝色图书”(在法国,这类无名氏图书因其封面为蓝色而得名)等的研究,不仅全面展开而且还格外关注口头文学的调查和研究,出版了《口述传统文化与语言文库》、《民间故事百科全书——叙述史与比较研究手册》、《从比较文学视野看蓝

① Y. 谢菲雷. 当今比较文学(英译本)[M]. 托马斯·勒菲森大学出版社,1995:47

色图书》等有重大影响的研究著作①。90年代，美国学者白素贞、本德尔等博士，又进一步热衷于中国口述表演文学“一支花”的苏州评弹的比较研究，并成为近年来令人瞩目的中西副文学比较研究“新星”。可见，这一研究，既是同国际学界接轨的新研究方向，又是比较文学研究的新拓展与新领域。

其次，副文学研究还有深入认知文化传统的重要意义。就以口述表演文学的研究来说，通常人们总认为文字文本记载的东西最为可靠，从中探求与认识社会文化及其传统也最为过硬和可信，所谓“立字为据，以书为证”。但事实上，书面文本的撰写是作者的个人行为，有无接受者直接在场或参与，并不决定该文本的产生与完成。因此，就其创作过程与实现而言，并不直接与读者、与社会背景的方方面面发生关系，也不直接受其传统的制约与限定。但是口述表演文学的创作与完成，则并非只是演员的个人行为。如苏州评弹的表演，就必须有听众、有书场、有书场工作人员等社会背景的方方面面共同参与方能实现。这就历史地要求参与各方，都必须遵守共同熟悉并约定俗成的文化传统规则，因此，这活生生的文化传统，也就在这活生生的口述文学表演活动中，由参与各方共同遵守和运用而得以传承保留和运用发展。这就使之成为了解与掌握自身文化传统的有效途径与生动课题。而进一步作中外口述表演文学的比较研究，也就成为认知自我与他者文化传统的重要研究领域。

再次，具体到对中美说书的比较研究，对研究探讨我国优秀口述表演文学，具有更新研究理论方法和现实指导意义。这是因为我国学界对副文学研究，尤其对口述文学的研究，长期以来较多使用书面文学理论或戏剧表演理论，而前者是书面语言艺术的理论，并不针对口述文学的语言表演艺术；后者有口语表演的成分，但主要还是对诉诸于视觉的艺术而非听觉艺术的理论。因此，未能启用针对口述文学表演活动的口述诗学，就难免会对口述文学的性质、特点、规律等的认识，存在不少误区。例如，不少评弹界的人在谈到当前评弹不景气时，往往套用源自书面文学的雅俗之说，怪其“高雅”以致不好“普及”。然而事实却是，20世纪中期评弹兴盛时的大量听众，既有大字不识一个的农民，也有学历不高的店员和市民等普通大众，即便是今天的听众也仍然如此，相反学历较高的大学生、研究生却鲜有爱听评弹者。可见，评弹不属高雅的经典文学，仍然属于非经典但却是大众的通俗的副文学。依照口述诗学的理论，也就不难发现评弹不景气的原因，是涉及表演者、表演内容与形式、演出方式与场所、听众等社会背景和文化传

① Y. 谢菲雷. 当今比较文学(英译本)[M]. 托马斯·勒菲森大学出版社，1995:47.

统等方方面面的原因，是需要运用副文学、尤其是口述文学的理论方法，对评弹的性质、规律与特点等能正确认识与把握，方能对症下药开出良方，提供有现实指导意义的理论意见。这对振兴和发展我们传统的口述文学以及其他非物质文化遗产，具有举一反三的参考价值。

为此，本节以被誉为“艺术百花园中一朵奇葩”的苏州评弹为例，并同美国说书作参照比较，以探讨口述文学与副文学比较研究的一些主要理论与方法。

二、中美口述文学概述

表演中的苏州评弹

表演中的美国“说书”

苏州“评弹”是盛行于江、浙、沪等长江三角洲一带的口述文学表演活动，并由只说不唱的评话和说唱为主的弹词合成，习惯上被列为曲艺的一种并称为“说书”。通常都认为它形成于明末清初，成熟于清代乾嘉，发展于清末民初，鼎盛于20世纪的中前期。

与之相仿的口述文学表演活动，在美国叫Story-telling，直译为“说故事”。英语中的Story，指实有的故事、历史、记实的事，也指虚构或编造的小说、传奇和传说等。而美国说故事人所说的内容，不管其说的是古代的历史、神话传说和童话，还是现代的生活小说、趣闻轶事和科幻故事，或者是重在娱乐的家庭琐事、滑稽故事，以及重在教育或传授知识的异国风情和劝人为善的创作小品等，它们大多取自美国说书人协会专门编辑出版的书刊，或其他出版物，因此也可叫“说书”。这不仅同评弹的又一名称“说书”一样，而且这个“说”字，道出了口述表演文学的艺术本质：它们都是用我们的口头语言，通过主要塑造一个口语声音的艺术世界，以形象的、情感的并具美的魅力的、再现或表现现实世界和人的思想情感。

同已有数百年历史的苏州评弹相比，美国说书活动的历史并不悠久，最多不过百来年时间。在20个世纪的二三十年代，靠了电台的广播曾流行过一段时间。但后来有了电视，说书就消沉下去。直到20世纪80年代它又重新活跃起来，不仅成立了美国说书人协会，而且还定期出版会刊、通讯，说书人频繁演出，以及电视台现场转播等，如今已不仅拥有广大受众，而且还同评弹目前相当萎缩的现状相反——活跃并红火。

与苏州评弹的演出有固定书场不同，美国说书的表演场合，多样而又方便，十分适应其时代生活和本身规律。在少到只有十来人的寻常百姓的家庭“派对”(Party)，多到成百上千人的电视现场直播，以及州议员们的轻松聚会、学校的课堂、学生们的野营空地、乡村博物馆或观光点的院子、汽车加油站的休闲处等，凡有人集会的地方，都是他们一展身手的演出之地。他们没有固定的演出书场，这对他们的表演和事业毫无妨碍。因为没有固定的表演场所，只要有人相聚的空间，他们都能随遇而安，而这正是口述文学表演艺术得天独厚的优势：口语是人类社会交际中最主要、最方便、最自然也最本能的工具，基于口语并运用口语说书的表演艺术，就应当是“随遇而安”，就应当是随时随地能同听众作真实而又自然的当面交流，这既是符合它的自身规律，又是显示说书人真实本领的机会，让听众在艺术接受上也返朴归真并满足其天然要求欣赏真实表演的心理。这是它既有别于当代靠“包装”推销的歌星、影星的表演，也是它能抗衡并优于影视娱乐的原因之一。

同我们评弹所说的艺术水平相比，他们的说书技巧和表演手段，用美国专搞苏州评弹研究的俄州大学马克·本德尔博士的话来说，只能算是小学生。这话说得并不过分。苏州评弹的说、噱、弹、唱、表，其一言一行、一招一式、一曲一调等等，都是历经多少代演员、多少次锤炼才积淀成今天炉火纯青、光彩耀目的面貌。弹词名家说《三笑》，讲到唐伯虎点秋香、秋香被召下楼时，噱头连连妙趣横生，可以细腻铺陈、添油加醋到每走下一级楼梯，就须说上一个晚上。听众不仅不厌，竟还着迷的一次次接着听下去。评弹艺术表演家蒋月泉说的《玉蜻蜓》，更是倾倒听众。他说的《庵堂认母》和《厅堂夺子》，都是脍炙人口的著名折子。前者说被迫出家的尼姑智贞，多年后与其无奈送走的私生子、新科解元元宰相会的一段，母子在庵堂菩萨像前，智贞面对日思梦想的亲子，又耳听元宰想娘盼娘与认娘的哀诉，她欲认又不敢认的悲喜交集和揪心苦楚，一层层一丝丝地细腻表说，说得动人心弦。后者说到元宰改姓归宗时，从小领养他又对他恩重如山的养父养母，此时已沦为无依无靠又年迈贫困的境地，却还要面对顿时失去养子的突然打击，气愤的养父不禁举起拐杖要打元宰三下。可慈爱的养母心疼养子而恳求老伴少打两下，并还对这最后一下也求情道：“你高高举起，却要轻轻放下……”说得回肠荡气催人泪下。

但问题的另一方面，就像评弹的书目，绝大部分都是过往的历史一样，其程式化的表演手段与技巧，也随之服务于那些距今较为遥远而又生疏的过去。虽然历史题材完全可以并且应该赋予今天的时代精神，但也要求其表演艺术应当随之具有今天的时代气息，符合今天的生活节奏。与之相比，美国的说书，不仅在内容和表演上具有强烈的时代精神，吻合当今的时代节奏和审美时尚；而且其整体表演活动，相当切合口述文学的本质规律和特点。

因此，为什么历史悠久又发展成熟的评弹，如今却与时代发展脱节而落入萎缩的低谷？而美国说书，尽管历史短暂艺术一般，却能符合时代现实并红火诱人？形成这一巨大落差的原因，还是要从口语文学表演活动的关键——说书人和怎样说的问题上，予以探讨。

三、口述诗学的初步比较认知

就美国说书活动的说书人和怎样说而言，有三个显著特点：

一是美国是十分讲究知识产权的国家，因此说故事人必须自己动手改编再创造，绝对不能“剽窃”。如美国俄亥俄州一位说书人演员说的故事——《会讲故事的石头》，取材于20世纪80年代出版的《创造性的说故事》一书，但说书人将它改编成了一个彰扬说故事艺术的节目。一个失去双亲、与祖母相依为命的男孩，他为生活去森林中打猎。一天，林中的石头突然开口，给他讲了先于我们而最早住在天上的人们的故事。之后男孩每天都来听故事，每次都带礼物，而石头就像其父母一样，通过故事教会了他许多事情。多年之后，石头又对男孩说：“将来等你打不动猎的时候，我讲的这些故事可以帮助你生存，但在你把我说的故事讲给别人听时，一定要让听你讲故事的人给你一些东西作为回报。”说完石头就不出声了，任男孩怎么求、怎么哭，石头再也没有开口。等这位男孩后来年老不能打猎时，他果然因讲故事而获得了食物和爱戴。这就是“故事”形成以及世界上为什么会有这么多“故事”的原因，因为我们无法停止讲那些由魔幻石头所说的、并先于我们而存在、但今天却属于另一个世界的人们的事①。说书人赋予了它生动而又睿智的现实说故事意义，围绕这一主题，说故事人突出说故事不仅是谋生的技艺，而且是连接前人历史的桥梁，并再创造其动情又动人的故事情节，避开了“剽窃之嫌”。

① 杰克·马柯列. 创造性的说故事[M]. 纽约，1989.

二是说“再创造”故事时，既要适应今人的接受习惯，予以高度的场景化和情节化，又要切合时代现实，赋予当今认识意义。他们的演出时间，一般不超过一个小时，并且要说三到四个故事，开头和结尾的两个故事长些，中间的故事就短些，短些的故事都只有六七分钟。这是因为美国的电视台，在播放故事片时，总是每隔六七分钟就插播广告，使大家渐渐养成了这一时限的接受习惯。比如年近古稀的艾米尔先生，他说的是一个个子又矮、年龄又小的小人，被称作“小东西”，但他却在大家面临危难关头并束手无策时，献计出力解救了大家，因此艾米尔结束时说：“小东西并非意味着无用。”从头到尾只有五分钟。就是他们说的最长的故事之一《少女星》(《THE STAR MAIDEN》)，也没超过十八分钟[①]。故事是讲人和动物本是同源，理应和谐相处在这同一个地球上。整个故事情节就集中在天上、地上和猎人之家这三个场景，而且又同当前盛行的爱护动物、保护生态的思想与时尚合拍。

三是在怎样说的表演中，还根据当下演出环境和听众需要，在运用声音模拟、动作表演、现代舞蹈、吉他演奏、口技、绕口令等技巧方法上，进行再次“再创造”。唐娜·伍格福女士，是位文学博士，说书人协会会刊《说书人指南》中评介她道：“专讲传统的民间故事，并能根据听众的兴趣和表演场合的需要进行创造，以利于家庭生活的和谐与个人视野的开拓。”[②]她的表演深受当地中小学的欢迎，就因为她能结合学校的教学和野营等活动的特点，将地理、自然、民俗、传说和文学等知识，与说书的形象声音和笑话“噱头”等结合起来，说得妙趣横生，让学生听得入神入迷。

凡此都使他们不仅是表演者，而且首先必须是位创作者、编导者，从而经他们自己的“再创造”，使其说书表演既不断翻新，又适应当代生活；既契合现场气氛，又吸引听众并与之实现思想情感的交流和共鸣。因此，美国的说书人，学历较高，有的还是硕士和博士，具有较高的文学、美学、理论和知识修养。平时都订阅有关的书刊和钻研有关的理论著作，参加专业的学术会议，这使他们具备了编、导、评和说好故事的能力。

对此，我们运用中西说书的有关理论，就能进一步发现，这正是口述文学表演活动不同于戏剧表演活动的最大区别和最大优势。针对口头表演文学特质的帕里—洛德的“口头诗学”，以及现代社会语言学家鲍曼教授的“作为表演的口语

① 美国全国说故事协会. 故事艺术[M]，1988.
② 俄亥俄州中部说书人指南[M]. 哥伦布斯，1993.

艺术"理论①,由于"交叉综合了民俗学、社会学、语义学和文学批评",其对口述文学表演活动的过程、规律及其实质的系统研究与阐释,值得我们重视和参考。而我们自己最早的评弹经验总结、清末马如飞编写的《南词必览》等,如同中国的传统文学批评一样,虽然也同样不像西方的理论注重体系性,并都是大部头著作,但却如钱锺书教授所说的:"倒是诗、词、笔记、小说、戏剧里,乃至谚谣和训诂里,往往无意中三言两语,说出了益人神智的精湛见解,含蕴着很新鲜的艺术理论,值得我们重视和表彰。"②

对口述文学表演者的身份认定,现代口语诗学专家帕里与洛德的研究发现,从最早的吟诵者表演口头史诗起,"作品在口头现场创编中完成,并通过口头——听觉管道实时完成传播,……从这个意义上说,歌手同时是表演者、创作者和诗人,是一身而兼数职的"(16)(P19)。对口述文学表演者集编、导、演、说与评论于一身的表演活动规律,鲍曼进一步分析指出,组成口述文学表演活动的是一连串"套架"和程式。比较常用的套架有:"暗示或含沙射影",它将说的话语与被理解的话语的意思,呈曲折或隐蔽的关系;"噱头",不严肃地表达其话语本身的意思;"摹拟",说的方式是模仿另一人或另一角色的言行方式;"转译",将一种话语解释为另一种与之意思相同的话语;"引证",是说书人引用别人的话语等。而各种文化中常用的套式和程式有:"特殊符码",是处于某个或另一个语层或特色中的特殊用语,如古语,常须换声换腔换词;"比喻语言",即通常所说的"打比方的话";"对句法",即重复或转换语言、语法、语意或韵律结构等;"特定的程式",特殊文体的套语或特定的表演套式;以及"表演终止的落套",等等。所谓"套架",是一个源自格雷戈里·贝特生的文章《演戏与虚幻的理论》(1972)中的术语。贝特生首次提出并认为,"套架的意图是限定阐释语境以区分含义的顺序"。也就是说,套架是使表述故事的产生、转换、运作等全过程得以实现的关键,它起了指导或协助接受者理解在这个套架之内的各种信息的作用。而程式则是开启套架实现信息交流的固定模式,这是使用这种语言的人,在其特定文化语境中约定俗成的一种双向话语交流的程式和套式。由于表演活动的主导者是口语文学表演者,所以实现这一活动的关键就取决于口语表演者的三个基本能力,即说书人的表述能力,表演技巧方法的能力及其刺激观众有效性反应的能力。正是这三个能力,使之掌握着口语表演全过程的套架及其开启程式,并通过

① 欧贝特·B.路德.咏唱故事的人[M].纽约,1971年;理查德·鲍曼.作为表演的口语艺术[M].伊利诺斯:1977。本节引文均出自这两本书.

② 钱锺书.旧文四篇[M].上海古籍出版社,1979:26.

“引起的期待值”以吸引听众参与。因为，一旦“你具有了掌握它们的趋势，它们就促使你参与进去”，既把听众注意力集中在表演者身上，又把观众的情感反应束缚在表演者身上，使听众对表演者有依赖性，从而为表演着迷。表演者的能力也就体现为靠它们来控制听众、吸引听众和赢得听众。

这些套架、程式等，可以联合使用，也可以单独使用，但都基于口述话语，从而使之成为一种与戏剧影视等不同的表演活动，也使之成为同听众进行表演信息交流的关键。这是因为套架作用是“认同”。“认同”的本义为持证人与其所持证件相同。在文学批评中有时译作个性，但在此则指表演者、听众、表演场所和整个背景等，通过表演者对套架与程式的运作，使表演者实现其为表演者、听众实现其为听众、表演场所实现其为场所、以及整个背景实现其为背景等的认同相合。

而“代言体”的戏剧影视等的表演特点，是要求演员充当“化身角色”。用英国著名表演艺术家亨利·欧文的话来讲，就是“体现诗人的创作并赋予诗人的创造以血肉，使剧里扣人心弦的形象活现在舞台上”(19)(P256)。戏剧演员的创作“实际是以剧本中的文学形象为起点，以演员造出来的活生生的、有血有肉的人物形象为归宿”，他总是在创造一个与自己不相同，甚至完全不同的另一个人物，一个特定的“化身角色”(20)(P271)。可见，一个是集编、导、说、评于一身的套架创造者，而另一个是化身角色的纯摹仿者，这就是二者的最大区别，也是口述文学的特点、优点和难点所在。

与之相似的有关论述，在《南词必览》中，无论是以正面指出的“书品”要求，还是从反面提出告诫的“书忌”①，它们都是着眼于主体说书人是怎样说的。沈沧洲《杂录》②中说：“书与戏不同何也？盖现身中之说法，戏所以宜观也。说法中之现身，书所以宜听也。”为了让听众“宜听”，所以“书品”要求说书时，声音的掌握要“放而不宽，收而不短”，要“高而不喧，低而不闪，明而不暗，哑而不干”，即便是那些讲究台风要求的“冷而不颤，热而不汗”和忌讳的“束而不展，坐而不安”，以及要求表演必须防止出现的“指而不看，望而不远”等动作表演，也都是为了“宜听”而不是“宜看”的。

而且我们的传统评论非常注意说书人表说的三能力，这同鲍曼的主张可谓异曲同工。如《南词必览》上讲的“小书中亦有五诀”中的“理”、“细”、“味”、“思”等，就是要求说书人，无论是从整个故事脉络，还是人物、言行乃至细节，都应当

① 江苏曲艺协会编. 评弹艺术[M]：第13集. 新华出版社，1991：173。

② 同上：175。

具备“指物意义”的表述能力。而《书忌》中的大多数告诫，也都是从反面强调了说书人应当“乐而不欢，哀而不怨，哭而不惨，苦而不酸……评而不判”等，能将自己的欢乐、哀愁、悲惨、辛酸的情感与评判，化为刺激观众有效性反应的能力，能引起听众的“耐思”，并能让听众“解颐”而生趣。

至于“套语”、“套架”、“套式”、“启动”等等概念及其作用，则在评弹的艺术行话中，比比皆是。“噱”作为产生笑科的“套语”或“套架”，就有“肉里噱”、“外插花”和“小卖”三种。作为“套式”的弹词曲调，就有“陈调”、“俞调”、“丽调”、“琴调”、“蒋调”等20多种，表演时又有“紧弹散唱”、“快弹慢唱”、“润腔”、“拖腔”等多种技巧方法。而“启动”，更是丰富多样且又传统悠久，为江南广大听众与艺人所共有。以致许多青年人，平常只看影视，一旦进了书场，对听书感到没劲，就根本坐不住；纵然是红得发紫的当今影星、歌星，倘若他(她)不懂评弹的表演，在书台上说个故事，也会不知所措；唱个开篇，也难得要领。然而当评弹响档同老听众、票友同进书场，那就说的有劲、听的有味，可谓其喜洋洋者也。所以，不会吴方言不能演、不能听，会了吴方言但不懂其“套架”运作，也同样不能演、不能听。

当然，过去的传统评弹论述，往往是精华与糟粕、合理与悖论并存。“书品”中的“慢而不断”、“新而不窜”等。前者所要求的“慢”，若是指说的技巧，该慢而不断，这是有道理的。但将“慢”列为上“品”级的正面要求，这在过去可以，所谓“试卜闲人一笑中”，然而在当今快节奏的时代，哪来多少“闲人”，何况深受影视熏陶并具快节奏欣赏习惯的年轻一代人，则对之格格不入也就只能敬而远之了。而后者的“新而不窜”，既要不断翻新，又不许大改，要求维持其总面貌不变，这也是矛盾的要求。因为随着时代的变化而变化的内容、形式和技巧等，是不可能“不窜”的。不然，那就只能导致说书的“定格化”、“古董化”，既缺乏时代感，又背离了集编、导、演与评于一身的口述文学表演者的身份认同，完全背离了艺术的美的规律及其功能。

总之，我们的评弹传统评论，既有十分丰富的优秀见解，也有相当数量的谬识悖论，面对悠久而又灿烂的评弹艺术，面对曲艺不景气的现实，作为每个关心非物质遗产的国人，都会焦虑与反思。尤其在这当今“全球化”的时代，在中外经济文化频繁交往的文化转型时期，我们如何立足国情，立足当代，吸收融会中外理论的有益成分，发展我们的现代科学口述文学理论，以指导、振兴与发展中国传统文艺，当有许多课题可做：经典文学与副文学的关系，所谓雅文学与俗文学的问题，中国众多副文学的规律与特点，中文文学经典与中外副文学，包括中外副文学理论在内的总体文学理论等等，都是艰巨而又意义深远的比较文学研究工作。

第十章 全球多元文化语境中的比较文学(代结语)

提示

本章就国内外比较文学界的新发展、新反思和新问题等，择要作一评述，希望能引起大家的思考和关注。

全球化是一个早已开始并且仍在发生、仍在进行的历史进程。它使当今的"世界"变得越来越小，它让"地球村"的说法也越来越被人们认可，它还使比较文学的命运也与之越来越紧密地结合在一起。

一、国际比较文学界的新存亡之说

很少有这样的学科，它的历史超过了一百年，但是关于它的性质的争吵却从来没有休止过。比较文学就是这样一门学科。一个多世纪以来，随着学科的发展和理论的更新，对其性质的拷问与反思从未间断过，而且拷问与反思总是涉及学科的生死存亡。

早在比较文学学科诞生不久的1903年，意大利的克罗齐就著文质疑"什么是比较文学"①？经过两次世界大战后的1958年，美国的韦勒克还是说"比较文学仍然是一个引起争论不休的学科和理念"②。三十五年之后的1993年，英国的苏珊·波斯奈特仍说，比较文学学者早晚都不可回避要回答"什么是比较文学"③？直到2003年，美藉印裔学者佳亚特里·斯皮瓦克出版专著《学科之死》(Death of A Discipline)，试图为这场持续了一个多世纪的论争画上休止符，然而却挑起了更为激烈的讨论。

《学科之死》犹如声讨传统比较文学学科的檄文，透过其颇为耸人听闻的标题，我们可以看出其主旨："比较文学死亡了吗？我们已经看到其理论的终结了

① H. J. Schulz P. H. Rhein,. Compatative Literature: The Early Years[M], Chapel Hill: The University of North Carolina Press, 1973: 219.

② Rene Wellek. Discriminations[M]. Yale University Press, 1971: 1.

③ Susan Bassnett. Comparative Literature: A Critical Literature[M], Blackwell, 1993: 1.

吗？如果不是，这门学科目前处在什么状况？它的发展前景如何？”[①]美国加州大学柏克莱分校比较文学教授朱迪斯·巴特勒认为该书的最终目的“并非是要宣布比较文学学科的死亡，而是迫切地要为此学科领域绘制一幅要求苛刻的未来蓝图，它指出此学科与区域研究融合的重要性，并为研究非主流写作提供了一个基本的伦理框架……极少有‘死’能给我们如此多的灵感”[②]。诚如斯皮瓦克本人在书的“致谢”中所说：“我希望本书被当作一门垂死学科的最后喘息来读。奄奄一息终归胜过死寂无声”，但“我为‘新的比较文学’呐喊的迫切呼声从未改变”。很明显，与其说《学科之死》是一部宣告比较文学学科的“死亡之书”，倒不如说是一部“新生之书”。透过该书，我们可以重新审视西方比较文学的“垂死”之由和“新生”之路，并进而反思中国的比较文学事业。

《学科之死》认为西方比较文学之所以正在“衰落”，首要缘由是该学科两个共生的先天性“疾病”：其一，比较文学在“跨界”过程中的“有限渗透性”[③]问题；其二，只要比较文学仍是欧美文化主导权势的一部分，便永远具有对人的不可判定性的恐惧[④]。对于“跨界”的“有限渗透性”问题，斯皮瓦克指出，“比较文学必须一直跨越界线。而跨越界线，德里达一直引用康德对我们的告诫，是一件麻烦的事……从宗主国出发可以轻易地跨越界线，反之，若从所谓的边缘国出发却会遭遇官僚政治或警政管辖所设的边境，两者合在一起则更难跨越”[⑤]。言下之意，全球文化的渗透是有限的、不对等的，比较文学“跨界”过程中的“渗透”，也只是一方（以西方文化为代表）对另一方（以第三世界文化为代表）的渗透，而非双向平等的“渗透”。更进一层，斯皮瓦克认为，比较文学对人的不可判定性的恐惧——“我们”是谁，他者眼中的“我们”如何，“他们”又是谁——成为该学科发展的瓶颈。书中强调指出，比较文学的这一“疾病”与不可判定的“集体性”问题相关[⑥]：被欧美文化所主导的比较文学研究一旦要“跨界”至非主流国家，其状况正如进入殖民地的行政长官一样，他想了解他者，但最终却只见到自身所理解的他者——作为比较文学这一人文学科的主体成了不可判定、悬而未决的东西。总之，这两个因素共生并发，如若比较文学跨不出欧美国家界线，就认识不了自我

① Gayatri C. Spivak. Death of a Discipline. New York：Columbia University Press，2003：47.

② Ibid，cover paper.

③ Ibid，16.

④ Ibid，25.

⑤ Ibid，16.

⑥ Ibid，27.

和他者,必定会因自身的研究“资源萎缩”而走向“自我灭亡”[1]。

在此基础上,斯皮瓦克进一步分析指出西方比较文学“衰落”的根本原因是:学术意识的西方中心主义“全球化”。在文化层面上,全球化是一种趋同的倾向,它尊崇西方主流文化,却忽视边缘文化的多样性和特殊性,这同成为世界主流话语的“全球英语”[2]有着很大关联。目前,用英语译文来编选世界文学几乎成了西方出版集团的独占产业。由此可见,全球化的本质乃是西方中心主义,这也正是西方比较文学衰落的根本原因。本来,“比较文学研究的一个显著特点是,它把注意力放在非本国语言上,它服务于这样一个目的:改变、离间、疏远说母语的人与其母语之间的关系”[3]。但随着英语世界霸权地位的确立,西方比较文学不仅无法疏远与英语的关系,反倒疏远了边缘国的语言和文化,最终造成无法“跨界”、无法看清他者。诚然,生活在现代社会的我们无法抵制“全球化”,但对于比较文学学科来说,若不抛弃西方中心主义的“全球化”学术意识,则必“死”无疑。有鉴于此,美国老一代比较文学家雷马克多次撰文呼吁:“从不同的文化视野比较研究整个文学作品,大体上是比较文学的关键。”[4]

在指出西方比较文学“衰落”的症结所在之后,斯皮瓦克从研究领域和“思维模式”两方面,提出了学科“新生”之路。首先,她主张比较文学与社会科学中的区域研究(Area Studies)联手,视其为比较文学摆脱政治化并确保其跨界研究的新路径。斯皮瓦克认为这样不仅能消解敌意政治、促进友好政治的到来[5],而且“还能促进世界无数本土语言的写作,这些语言曾在制图时被有计划地抹去。……那些在历史上没有合法读者群或现在失去读者群的语言也可以繁荣起来……”[6]。其次,斯皮瓦克还主张改变学科固有的思维模式,要以“星球化”(planetarity)取代“全球化”,为比较文学重新绘制一张“星球化”地图。全球化的依据是基于交换原则的资本体系,是有差异的不平等政治性空间,具有众多的“他异性”。而这个星球,不是洲际的,而是尚未被西方中心意识所概念化的,“是一个未被划分的‘自然’空间”[7]。唯此方能重视非西方语言与文化,打破充满着

---

① Gayatri C. Spivak. Death of a Discipline. New York: Columbia University Press, 2003:6.

② Ibid, 9.

③ Ibid, 29.

④ Henry H. H. Remark. Origins and Evolution of Comparative Literature and Its Interdisciplinary Studies[M], Neohelicon XXIX (2002)1.

⑤ Ibid, 13.

⑥ Ibid, 15.

⑦ Ibid, 72-73.

西方中心意识的藩篱，以重建多元语言文化的“新生”比较文学学科。

二、国内比较文学研究的信用危机

与西方比较文学“奄奄一息”的发展状况相比，中国比较文学却“风景这边独好”。改革开放三十年来，由于这门学科的性质与对外开放的时代节奏吻合一致，所以中国比较文学在教学、研究以及专业体制化建设等各方面都取得了长足进展。又由于近代以来，中国一直抱着学习的愿望和心态，了解和接受西方的文化与新知，尽管在学习过程中也出现了各种问题，但向“他者”学习与看齐的姿态，也就能够比较自然与有效地避开西方中心主义和文化霸权主义的壁垒与陷阱。比较文学也是如此，中国不是西方国家，我们的比较文学也没有斯皮瓦克所批评的欧美比较文学的种种弊端，但我们也有自身的不足，其最主要的问题是，我们目前的比较文学教学与研究队伍在知识装备方面并不过硬，特别是在中外语言文化和传统学识修养等研究上基础功底相对薄弱。这一现状，不仅使我国的比较文学发展接近“瓶颈”，而且也使我们在国际与国内学界远未赢得应有的尊敬和话语权。相反，不少选题随意、材料贫乏、结论可疑的“文学比较”，还一度充斥学界，在一定程度上损害了比较文学的学科声誉，并带来不应有的信用危机。

回顾学科史，我们不难发现，“信用危机”也一直存在。20世纪五六十年代的法、美两学派之争，现在往往只是作为一个史实还被我们记起，似乎已与学科的现实状况没有多少关系。其实不然，因为引发这场论争的深层原因仍然存在，这就是潜藏在方法优劣之争下面的信用问题。所谓信用，最初是指法国学派认定美国学派的“平行研究”方法，以“文学性”和“美学品格”为比较文学的研究诉求，热衷于理论综合，因而陷入空玄而无边际的境地，最终使比较文学变得毫无意义。他们认为，比较文学只有严格地限定在因果的事实关联之内才有所谓信用（可靠），而美国学派则远远地离开了这一限定。在两派论争后期，法国学者艾琼伯指出，论争不仅应该、而且能够在更高的阶段上实现“和解”。他所说的更高阶段就是指“比较诗学”①。他觉得比较诗学能够把实证的历史探求与综合的美学深思结合起来，也就是说，高深的美学思考也应该以扎实的文献材料作基础。殊不知这一结合，在有事实关联的畛域内的确较易实现，但在没有事实关联的更大

① René Etiemble. The Crisis in Comparative Literature[M]. Translated, and with a Forword, by Herbert Weisinger and Georges Joyaux. East Lansing: Michigan State University Press. 1966:54.

范围里却常常难以把握。由于这种研究需要对相关文化文学具有到位的学养与体认，而实际上绝大多数研究者又远远未能达到这个要求，因此，将这种“比较”应用到“诗学”的领域，信用危机就更加突出。如何摆脱这一危机，实是当今比较文学的当务之急。

再看国内的研究实绩。钱锺书先生恰恰就是比较诗学研究之最杰出的先行者与奠基人。他的《谈艺录》、《管锥编》皆是“文学比较”和“诗学比较”之作，无论是在“针锋粟颗”处的剔抉爬梳，还是在东海、西海间求取“三隅之反”，进而追讨“放而成山河大地”的共同“文心”和“诗心”①，他要“打通”的正是彼此之间没有事实关联的文学与诗学，他要借助“比较”来清除的，正是遮盖了中西共同“文心”、“诗心”的各种“迷障”。他认为，“文艺理论的比较研究即所谓比较诗学（comparative poetics）是一个重要而且大有可为的研究领域。如何把中国传统文论中的术语和西方的术语加以比较和相互阐发，是比较文学的重要任务之一”②。

然而，20世纪另一位最孚众望的国学大师陈寅恪，在这个方面与钱先生的见解恰成对反。陈先生主张，“中外文学比较”应只限于诸如“白乐天等在中国及日本之文学上，或佛教故事在印度或中国文学上之影响及演变等问题”，才能“符合比较研究之真谛”。究其原因，似与上述法国学者相一致，即认定彼此未发生事实关联的异质文学之间因缺乏“历史演变及系统异同之观念”，故对其作比较，往往“穿凿附会，怪诞百出，莫可追诘”，“无所谓研究之可言”③，也即，此种研究根本就无信用可言。

归结到问题的焦点，钱、陈两位大师的见解不同，其实正体现了理论综合与文献实证这两种学术取向的信用冲突。在平行关系比较研究中，究竟应该先做历史学家，还是先做理论家？二者之间，究竟有否“和解”可能？

也许从比较哲学领域我们能够得到有益的镜鉴。这里，我们要特别提到美国比较哲学家郝大为（David L. Hall）和安乐哲（Roger T. Ames）。两位长期合作，撰写了《通过孔子而思》、《期待中国》、《汉哲学的文化探源》、《先哲的民主》、《切中伦常》等著述。二人之中，郝大为长于西方哲学，而安乐哲长于中国哲学，因此，上述著作明显具有中西互镜、互识，即取道于对方来回观自己的特点，特别是《期待中国》一书，自辟蹊径，巧构平台，对中西文化特点做出了独特而系统的比较，很有启发。

① 钱锺书．管锥篇[M]：第二册．北京：中华书局，1979：496．
② 张隆溪．钱锺书谈比较文学与“文学比较”//读书[M]．1981年第10期：135．
③ 陈寅恪．金明馆丛稿二编[M]．上海：上海古籍出版社，1980：223—224．

郝、安二位认为，在西方通往中国的路途之上，业已堆积了大量的无用杂物，急需予以清扫。其症结，倒不在于前期国际汉学研究所惯于采用的西方视角本身，而是因为举世之人对于“科学理性话语”的盲信。基于科学理性所创设的各种西方解释模式，其实都是一些“假说”，它们不仅不能正确理解中国，相反，还造成了无用杂物的更多淤积。

他们二位认为，确立跨文化解释的有效性，关键在于要找到一个“在场的原则”，这一原则的在场，“能够本质地解说、界定甚至形塑一种（特定的）文化”，借助它，比较学者在探究造成某一文化之独特感悟方式（sensibilities）的要素时，就能够关注“真正重要的东西”①。这个原则之确立，有赖于中西文化“解释性构造”之确立。他们认为：1.西方的“解释性构造”在公元前5世纪至公元后5世纪（奥古斯丁是下限标志）定型，而中国则在两汉之时定型；2.“解释性构造”是各自文化发展中特定历史语境下的结果（并非必然的、一定如此的）；3.“解释性构造”不惟对后来的文化发展具有形塑与规划之功，而且对其结果的样态具有发生学意义上的解释力。

郝、安对中西文化中的根本问题进行了具体而细微的“对比”式探讨，提出了不少学术创见。这些创见，具有良好的学术公信度。其对获取学术公信、克服信用危机具有两点现实参考意义：

第一，通过合作，获取比较研究的“合法性”资质。研究成果的信用度与研究者的资质紧密相关。中西文化都是精深博大。在当下学界，仅凭个人的学养，鲜能具透贯之领悟。郝、安二氏，各有所长，又能在构筑中西对话平台方面达成共识，这种由合作而提升研究资质的做法值得借鉴。第二，不把构成对应的某个单一因素从文化整体中单独析出予以对比，因为，每一个因素都只能在各自的语境和“反话语”的作用下方可得到真切的理解，所以，真正的比较研究，不是单独因素并单向的抽象、静态的对比，而是构成某个特定语境之诸要素间的对比，应是具体而动态的双方或多元的平等比较研究。

三、比较文学的新挑战以及发展的新机遇

自20世纪70年代开始，法、美学派论争的硝烟消散之后，“平行研究”所倡导的注重理论和文学作品美学品格的做法得到认可和发扬。此后，更加新异的

① David L. Hall Roger T. Ames. Anticipating China: through the Narratives of Chinese and Western Culture[M], Albany: State University of New York Press, 1995: xv (introduction).

学术浪潮向比较文学发动了一浪接一浪的冲击，把比较文学推入到一个全新的发展时期。比较文学面对冲撞，也在不断地调整自身，结果是，一方面比较文学的研究领域在不断地发生变化，另一方面其自身原有的理论根基也面临着前所未有的更大挑战。

一是在新文论逐渐介入甚至泛滥于本学科的研究领域之后，比较文学自身发生了双重的变化：首先是学科的研究重心从法国学派所强调的历时研究转移到文学理论的共时研究上来；其次是原先所要求的超出国界、族界、语言界或学科界限的"铁律"，便不复成为这一学科的基本要求了，在新文论研究者那里，"比较"一词日益成为累赘，这严重动摇了原有定义的合法性基础。

二是文化研究的引入使得比较文学学科的"文学"性质与传统定位受到了严重的撼动。美国学者希里斯·米勒认为，自 1979 年（即保罗·德曼的《阅读的寓言》出版之时）开始，文学研究的兴趣已发生大规模的转向：从对文学作修辞学式的"内部"研究，转为研究文学的"外部"联系，确定它在心理学、历史或社会学背景中的位置。这一转向大大增强了诸如女权主义、马克思主义、福柯主义等心理学和社会学文学理论的号召力。随之而起的，是一次普遍的回归：回归到新批评以前的旧式的传记、主题和文学史的方法之上。[①] "回归"虽说不是对于旧式"外部"批评的单纯复原，但其非文学化的旨趣与新批评等"形式主义"文论显然不同。这对坚守"传统性"研究来说，无疑是一个颠覆性的挑战。

三是翻译研究在当代西方学界的兴盛使得一些学者认为，应该用翻译研究来接管"比较文学"。这个观点集中地体现在英国学者苏珊·波斯奈特所著《比较文学导论》一书之中。她比斯皮瓦克更早地看到了比较文学在西方的衰落，她认为，这是因为这个学科在诞生之时就浸透了浓烈的民族主义动机、文化殖民主义和帝国主义的倾向以及不平等的性别见解，而这些东西显然不能适应新的研究现状，如后殖民文化研究、女性主义批评等。她说，比较文学总是宣称翻译只是一个次要的范畴（sub-category），可是当翻译研究牢固地确立了自身在跨文化研究中的主体地位，并且在理论和批评两方面都提供了更有生机的方法论之时，比较文学就反而不像一门学科而更像是别的东西的一个分支。这个"别的东西"，她在著作结尾指明就是"翻译研究"："作为一门学科，比较文学曾经拥有过它的辉煌。可是现在，女性研究、后殖民理论、文化研究在跨文化领域里所做的

① 米勒. 文学理论在今天的功能. 程锡麟译//文学理论的未来[M]. 拉尔夫·科恩编. 北京：中国社会科学出版社，1993：411.

工作已改变了文学研究的面貌。从现在开始,我们应该把翻译研究视为主要的学科,而比较文学则只应视为一个有价值但是次要的研究门类。”①

四是东西方比较文学研究的兴起打破了欧美学者划定的研究疆界以及支撑着这一疆界划分的“逻辑基础”。长期以来,在西方比较文学界,比较研究始终都遵循着“一个心照不宣的假设”,即被比较的一系列国家的文学“都源自一个共同的祖先,其语言、历史和文化都有着血缘关系”,比较研究必须以这种“语言和文化的连续一致性”作为基础②。一旦失去了这个基础的支撑,比较便是没有价值和意义的。由于一大批比较文学家的不懈努力,这一看法如今已有根本性的转变,不惟西方比较文学家中不少人已认识到跨文化的文学与诗学比较之价值和意义,而且还有更多的学者视之为亟待开展的工作。

五是不断推进的全球化进程使各民族文化文学之间产生了普遍的联系和影响,这一事实使得一些学者开始怀疑比较文学作为一门学科是否还有继续存在的理由。一个民族文化的发展已与别的民族越来越紧密地联系在一起了,各民族文学文化也因此获得了一个共同的、全球化的诠释语境。任何单一的民族,在此一全球化语境中,如果不把其他民族文化纳入本民族的视野作为同一整体之中相互牵连、相互制约、相互影响的其他部分来对待,便不能真正找到自身问题的症结,也就不能真正提出解决问题的方案。在此一全球化的语境之中,民族的文学研究都染上了“世界”的色泽,有些学者据此认为,以后的民族文学研究实际上也是比较文学。既然如此,比较文学便没有继续存在的必要了。

面对这些来自本学科内外部的变化与挑战,不管比较文学学者采取何种学术立场,坚守何种学科理念,国际主义的学术视野和开放性的学术胸怀始终是所有人都予以认同的。国际视野促使学者努力反思并试图破除各种形式的“中心论”,开放性则有效地防止学科的老化与迟钝。但是,需要指出的是,国际性和开放性不等于允许学科在研究对象和范围上可以漫无边际、无所拘束,事实上,有关学科自身的研究对象、边界划分、逻辑依据等学科理论问题的思考和研究,始终是比较文学界所一直关心并应努力作出回应的重要任务,也是我们学科能得以发展的新机遇。

“沉舟侧畔千帆过,病树前头万木春。”挑战与机遇同比较文学同在。

---

① Susan Bassnett. Comparative Literature: A Critical Introduction[M]. Oxford UK and Cambridge USA: Blackwell, 1993: 9-10/161.

② 余国藩.中西文学关系的问题和前景//中外文学的里程碑[M](原载《比较文学与一般文学年鉴》第23卷,1974年),林必果等译.李达三,罗钢主编.北京:人民文学出版社,1997:9—10.